SOPHIE BONNET
Provenzalische Verwicklungen

SOPHIE BONNET

Provenzalische Verwicklungen

Roman

blanvalet

Verlagsgruppe Random House FSC® N001967
Das FSC®-zertifizierte Papier *Super Snowbright* für dieses Buch
liefert Hellefoss AS, Hokksund, Norwegen.

5. Auflage
Originalausgabe März 2014 bei Blanvalet,
einem Unternehmen der Verlagsgruppe Random House GmbH, München.
Copyright © der Originalausgabe 2014 by Blanvalet Verlag, München,
in der Verlagsgruppe Random House GmbH
Satz: DTP Service Apel, Hannover
Druck und Bindung: GGP Media GmbH, Pößneck
Printed in Germany
ISBN 978-3-7645-0512-7

www.blanvalet-verlag.de

Prolog

Der Wein erinnerte ihn an Schwarze Johannisbeere, tanninhaltig mit pelzigem Abgang. Und doch waren da milde Röststoffe, ein Hauch Vanille, etwas, das auf eine Lagerung in Eichenfässern hindeutete. Wohl ein Syrah, vermischt mit einem *Grenache Noir*. Er konnte deutlich die feine Säure der Kalkfelsen herausschmecken, die Sonne, den Wind.

In Roussillon wusste man den Anbau des *Grenache* zu perfektionieren. Auch wenn die Erträge nicht groß waren, profitierte man von der Sonne und dem Mistral, der jegliche Feuchtigkeit wie ein überdimensionierter Föhn davontrug.

Noch einmal fuhr er sich mit der Zunge über die Lippen, bis das Aroma ihm den Atem verschlug. Die Benommenheit nahm zu. Es war stickig, er brauchte Luft. Du musst dich bewegen, dachte er. *Beweg dich!*

Vor wenigen Tagen war er in Roussillon gewesen und durch die Reihen alter Rebstöcke auf rostig braunem Boden gewandert, hatte seinem Cousin Jean versprochen, ihm bei der Weinlese zu helfen.

»Was ist denn in dich gefahren, du bist doch sonst nicht so hilfsbereit?«, hatte der ihn misstrauisch gefragt.

Er hatte mit den Schultern gezuckt. »Ach, komm schon. Wir sind doch eine Familie.«

Wein schwappte in seinen Mund, er hustete, trat mit den Beinen ins Nichts und stieß mit dem Kopf an das Metall des Deckels. Panik stieg in ihm auf, doch er verbot ihr, sich auszubreiten, klammerte sich an die Erinnerung, als wäre sie sein rettender Anker.

Familie. Was für ein großes Wort. Er selbst hatte wahrlich genug zu tun, aber beim Anblick der tiefen Furchen, die sich in Jeans Gesicht gegraben hatten, und bei dem matten Glanz der Augen war er weich geworden.

Dankbar hatte Jean ihn in den Arm genommen, und er hatte es zugelassen.

In der kommenden Woche würde die Weinlese beginnen ... Das dumpfe Gefühl in seinem Kopf wurde stärker.

Nicht nachgeben, halte durch!

Sein Blick glitt hinab. Die kalten Stahlwände glänzten unwirklich im Rot. Unter ihm war mindestens noch ein Meter Platz. Wenn er jetzt absank, hatte er keine Chance.

Wieder und wieder schwang er die zusammengebundenen Beine vor und zurück, vor und zurück. Durch das kleine Fenster am unteren Ende des Tanks waberte Licht zu ihm herauf, das sich in der steten Bewegung brach. Darin Holzspäne, gleich aufwirbelndem Morast.

Eine Erinnerung drang in sein Bewusstsein. Sie hatten im Fluss gebadet, danach nackt im Gras gelegen und das Spiel der Sonne auf dem funkelnden Wasser betrachtet. Vivianne hatte sich über ihn gebeugt, ihr nasses Haar hatte seine Haut gekitzelt.

»Nein, ich bin noch nicht so weit. Ich will nicht sterben!«

Sein Rufen hallte dumpf wider. Warum nur? Was hatte er denn schon getan? Hatte Angeline es ihrem Ehemann erzählt?

Seine Beine wurden schwer, die vollgesogene Kleidung zog ihn hinab. In plötzlicher Hektik bewegte er seinen verschnürten Körper, als wäre er ein Aal, panisch, mit klopfendem Herzen, dann verließen ihn die Kräfte. Noch einmal atmete er tief ein, sog die verbrauchte Luft in seine Lunge, spürte, wie dabei der

Wein eindrang. Er schluckte heftig, hustete, schloss den Mund. Sank tiefer, mit weit aufgerissenen Augen. Es war ihm, als triebe er einem cineastischen Sonnenuntergang entgegen.

Das Fenster! Vielleicht kam jemand, der ihn bemerkte und aus seinem Gefängnis befreite? Er bäumte sich auf, glitt mit einer einzigen Bewegung an den Rand, presste das Gesicht an das Glas. Starrte mit brennenden Augen hindurch. In verschwommenen Bildern sah er das steinerne Gewölbe, die hölzernen Regale, gefüllt mit den köstlichsten Weinen; Fässer, deren Inhalt man mit groben Kreidestrichen gekennzeichnet hatte.

Er röchelte, kleine Luftbläschen entstiegen seinem Mund. Eine krampfhafte Atembewegung setzte ein, die weiteren Wein in seine Lunge sog. Dann erlosch das Licht, und es war dunkel.

1

»Noch einen Pastis?«

Pierre Durand sah unwillig auf, nickte und blickte zum elften Mal an diesem Abend auf sein Handy, ob nicht doch eine SMS oder eine Mail eingetroffen war. Aber außer einer Werbung für Potenzmittel war nichts gekommen.

Merde! Sie machte es ihm aber auch nicht leicht.

Er nahm das Glas mit dem Pastis entgegen und den Krug, den Philippe, Besitzer der *Bar du Sud*, ihm über den Tresen schob, und goss ein wenig Wasser auf den Anisschnaps, als das Handy klingelte. Vor Schreck füllte er zu viel ins Glas, und es schwappte über, doch bevor er sich über das Malheur ärgern konnte, griff er nach dem Telefon und riss es an sein Ohr.

»Celestine?«

»Hallo, Pierre, gut, dass ich dich erreiche«, antwortete eine männliche Stimme. »Ich habe gerade einen Anruf von einer Frau bekommen, die behauptet, ihr Freund sei verschwunden.«

Es war Luc Chevallier, sein Assistent, übereifrig wie immer.

»Herrje, hat das denn nicht bis morgen Zeit?«, sagte Pierre schärfer als gewollt. »Ich habe Feierabend.«

»Na ja, ich habe sie nicht beruhigen können, und jetzt steht sie hier …«

Im Hintergrund schluchzte jemand auf. Pierre rollte mit den Augen.

»Verdammt, Luc, du wirst doch wohl in der Lage sein, eine weinende Frau zu beruhigen?«

»Ja, aber ...« Ein lautes Kreischen erklang. Der Telefonhörer wurde zugehalten, man hörte eindringliches Reden, dann raschelte es. »Bitte«, flüsterte Luc nun. »Sie will hierbleiben, bis wir etwas unternehmen.«

»Ist ein Mord geschehen?«

»Nein.«

»Ein Überfall, ein anderes Verbrechen?«

»Nein. Das heißt, vielleicht. Zumindest behauptet sie es.«

»Dann geh der Sache nach.«

Luc seufzte hörbar. »Wie stellst du dir das vor? Ihr Freund ist ein stadtbekannter Casanova. Er hat sie versetzt, und ich kann mir schon denken, was er jetzt gerade treibt. Ein Protokoll habe ich bereits geschrieben und ihr gesagt, dass viele Vermisste noch nach Tagen auftauchen und sie übermorgen wiederkommen soll. Was soll ich denn noch tun? Diese Frau steht hier und droht die Wache zusammenzuschreien.«

»Na und? Ist ohnehin niemand außer dir dort.«

»Pierre!« Jetzt klang er wirklich verzweifelt. »Du weißt, ich kann mit hysterischen Frauen nicht gut umgehen.«

»Ruf Celestine an.«

»Hab ich schon versucht. Sie geht nicht ran.«

Klar, sie glaubt ja auch, dass ich sie anrufe, wenn sie die Nummer der Polizeiwache sieht, dachte Pierre und registrierte, dass es ihn mehr traf, als er es sich eingestehen wollte. »Ach, was weiß denn ich«, rief er laut aus. »Mit Frauen kann ich genauso wenig umgehen wie du, denk dir halt was aus.« Damit beendete er das Gespräch und schaltete das Handy aus. Sollten ihn doch alle mal am Allerwertesten ...

»Ärger?« Philippe beugte sich über den Tresen und stellte ihm ungefragt einen neuen Pastis hin, dann wischte er mit einem Lappen, von dem Pierre nicht wissen wollte, was er noch so alles aufgesogen hatte, das Wasser vom Holz.

»Nicht mehr als sonst auch«, war die karge Antwort.

Nein, Pierre wollte nicht über den gestrigen Abend nachdenken. Weder über den Streit noch über Celestine. Sie würde sich schon melden, wenn sie sich beruhigt hatte. Und Luc …

Er leerte sein Glas mit einem Zug, warf ein paar Münzen auf den Tresen und verließ die Bar.

Luc war ein einfältiger Kerl. Fast dreißig und hatte dabei noch nicht einmal das Hirn eines Zwölfjährigen. Pierre konnte nicht verstehen, wie zum Teufel der Bürgermeister darauf gekommen war, ihm einen derart dämlichen Assistenten an die Seite zu stellen. Aber Sainte-Valérie sei zu klein für zwei gestandene Polizisten nebst Telefonistin, es sei ohnehin bereits diskutiert worden, die Station auf einen Mann zu begrenzen, es geschehe ja nichts außer den üblichen Kleinverbrechen, da lohne sich der Aufwand nicht. Was nicht stimmte, denn Pierres Bereich bezog auch die umliegenden Dörfer ein, und seit Künstler und Touristen die Gegend für sich entdeckt hatten, war auch der Bedarf an polizeilicher Präsenz gestiegen.

Doch erst nachdem ein Schweizer Industrieller die alte Poststation zum Luxushotel umfunktionieren wollte und eine einsatzstarke *police municipale* zur Bedingung machte, war umdisponiert worden – und nun war er hier, sein Assistent, und machte mehr Arbeit, als dass er sie ihm abnahm.

Nachdenklich schritt Pierre die *Rue de Pontis* entlang, von der man einen wundervollen Blick über die weite Ebene bis hin zum Luberon-Gebirge hatte, über dicht mit Früchten behangene Weinreben, von der Sonne ausgedorrte Wiesen und abgeerntete Lavendelfelder. An der hüfthohen Mauer stand ein Pärchen, er hatte seinen Arm um ihre Schultern gelegt, verträumt sahen sie in den tiefer sinkenden Sonnenball, der das Land mit einer milchig-sanften Decke umhüllte.

Mit einem zunehmenden Kloß im Magen hielt Pierre inne,

holte sein Telefon hervor und schaltete es an, nur um festzustellen, dass einzig Luc eine Nachricht hinterlassen hatte. Enttäuscht schob er es zurück in die Tasche und setzte seinen Weg fort, ohne die Aussicht noch eines Blickes zu würdigen.

Pierre Durands Wohnung lag in einem alten Steinhaus, an dessen Fassade sich Efeuranken über die gesamte Fläche bis zu den oberen Fenstern ausgebreitet hatten. In regelmäßigen Abständen, wenn ihm das Ungeziefer zu viel wurde, das ihm über das Gestrüpp in die Zimmer krabbelte, nahm er eine große Schere und stutzte die Ranken so weit zurück, dass seine Vermieterin ihm mit Rauswurf drohte.

»*Chef de police* hin oder her, auch Sie haben sich an die Hausordnung zu halten«, schimpfte sie dann aufgebracht, während er einen neutralen Blick aufsetzte und wartete, bis das Gewitter vorübergezogen war. Mit ihr über Sinn und Unsinn von Hausordnungen zu debattieren, die es vorsahen, den Efeu bis in die Wohnung wuchern zu lassen, war zwecklos, das hatte er rasch bemerkt. Ohnehin wollte er hier nicht lange bleiben, er musste nur das passende Haus finden, für das seine Ersparnisse reichten, und das war nicht so einfach. Die Provence ist voller netter Häuschen, hatte er gedacht, als er hier ankam. Das war vor drei Jahren gewesen.

Ich sollte Farid anrufen, dachte Pierre, während er die Tür aufschloss. Farid war Tunesier und lebte seit seiner Geburt in Sainte-Valérie. Eigentlich hieß er Farid Ahmad Khaled Al-Ghanouchi, aber das konnte niemand aussprechen, und so stand auf dem Schild seines Maklerbüros schlicht und einfach *Immobilier Farid*.

Pierre legte den Schlüssel auf die Konsole im Flur, schaltete das Licht ein und ging in die Küche, wo er das Fenster öffnete und die himmelblauen Läden weit aufstieß. Die rostrote

Abendsonne erhellte den Raum und beleuchtete unbarmherzig die Berge ungespülten Geschirrs.

»Du lebst ein typisches Junggesellenleben«, hatte Celestine ihm gestern vorgeworfen und auf die Unordnung gezeigt. »Sieh dich doch nur um. Wie soll eine Frau sich da wohl fühlen?«

Sie hatte die Hände in die Hüften gestützt und ihn mit beinahe schwarzen Augen auffordernd angeblitzt. Dabei hatte sie ihn an eine dieser Furien aus den gezeichneten Witzen erinnert, die ihrem Mann mit dem Nudelholz drohten, wenn ihnen etwas nicht passte. Obwohl der Vergleich natürlich hinkte, denn Celestine war eine junge hübsche Frau, gerade mal dreißig. Doch es hatte ihn rasend gemacht.

»Wenn es dir nicht passt, kannst du es jederzeit ändern«, hatte er gedonnert. »Aber statt das Zeug einfach selbst wegzuräumen, baust du dich lieber davor auf und machst mir Vorwürfe.« Er hasste ständig krittelnde Frauen, und in jenem Moment war das Maß einfach voll gewesen. »Außerdem ist es kein Junggesellenleben. Ein Junggeselle lebt allein.«

»Eben.« Damit hatte sie ihre Sachen zusammengerafft und war ohne ein weiteres Wort aus dem Haus gelaufen.

Seufzend betrachtete Pierre die Teller und Tassen, Töpfe und Pfannen, räumte sie scheppernd in die Spülmaschine. Dann öffnete er den Kühlschrank.

Darin lagen ein Salat, den Celestine noch gekauft hatte, ein ungeöffnetes Paket Butter, Marmelade, luftgetrocknete Salami, Eier und Brot, das er am Vorabend hineingelegt hatte, weil das Verfallsdatum bald überschritten war.

Merde! Er hatte nicht vor, auswärts zu essen, also briet er sich ein paar Spiegeleier und verzehrte sie mit Brot und Salami. Morgen, so schwor er sich, würde er noch vor der Arbeit auf den Markt gehen, um frisches Obst und Gemüse zu kaufen, und damit den Beweis antreten, dass er kein typischer Junggeselle war.

Die Luft war noch kühl und klar, als Pierre am nächsten Morgen mit einem Korb in der Hand das Haus verließ und der *Place du Village* zustrebte, auf deren Mitte jeden Dienstag ein Markt aufgebaut wurde. Es war eigentlich übertrieben, ihn als einen solchen zu bezeichnen, aber die Bewohner waren stolz auf den überschaubaren Kreis vereinzelter Stände: ein Käsehändler, ein Honigstand, der Schlachter aus Cavaillon, ein Obst- und Gemüseverkäufer, der auch Oliven, Kräuter und Gewürze feilbot, und ein Stand mit allerlei Kram, von der Nudelpresse über gemusterte Tischdecken bis hin zum Kinderspielzeug. Da es ansonsten nur einen schlecht bestückten Krämerladen gab, drängte sich an den Markttagen der halbe Ort auf dem Dorfplatz, um sich nach getätigtem Einkauf ins *Café le Fournil* oder das *Chez Albert* zu setzen und den neuesten Klatsch auszutauschen.

Die Sonne war kaum über die Wipfel des nahen Zypressenwäldchens gestiegen, als sich vor dem Gemüsestand bereits eine Schlange gebildet hatte. Geduldig wartete Pierre, bis er an der Reihe war, dann kaufte er eine große Cavaillon-Melone, Muskattrauben vom Mont Ventoux, Tomaten und ein paar Kartoffeln.

»Ist das Spinat?«, fragte er die Marktfrau und wies auf einen Strunk mit länglichen grünen Blättern.

»Nein, das ist Mangold.«

»Und was macht man damit?«

»Essen.«

Sie lächelte süffisant und legte ihr wettergegerbtes Gesicht in Falten. Im vergangenen Monat hatte er ihren Sohn des Autodiebstahls überführt, nun legte sie all ihren Unmut in ihren Blick und verschränkte die Arme.

»Machen Sie doch eine *tarte*.«

Er drehte sich um. Eine Frau mit hellbraunen Locken und wachen, lustigen Augen lächelte ihn an.

»Nehmen Sie den Mangold, dazu Speck, Pilze, Crème fraîche,

Eier und Muskat, und legen Sie eine gebutterte Form mit Blätterteig aus. Es schmeckt köstlich.«

»Das klingt großartig. Aber leider kann ich nicht kochen.«

Pierre musterte sie unauffällig. Sie war fast so groß wie er, schlank und hatte ein ovales Gesicht, schätzungsweise war sie Anfang, Mitte dreißig. Ihrem stilsicheren Auftreten zufolge – eine schmale Jeans mit Volantbluse und feinem Cardigan, lackierte Zehen in perlenbestickten Sandalen – hätte sie genauso gut Pariserin sein können.

»Dem kann abgeholfen werden. Besuchen Sie meinen Kochlehrgang, es ist leichter, als Sie vielleicht denken.« Damit griff sie in ihre Korbtasche und holte eine Karte hervor. »Ich bin Charlotte Berg, Chefköchin in der *Domaine des Grès*, der neuen Hotelanlage an der Straße nach Murs«, fügte sie erklärend hinzu. »Der Kurs findet jeden Mittwoch statt, Sie können jederzeit hinzukommen.«

Berg. Eigenartiger Nachname. Der Aussprache nach war sie keine Französin.

Pierre nahm die elegant gestaltete Karte entgegen. »Vielen Dank. Aber meinen Sie nicht, es sähe komisch aus, wenn ein Mann Anfang vierzig sich hinter den Herd stellt?«

»Ach, das sind doch nur Vorurteile. Es gibt mehr männliche Köche als weibliche. Denken Sie mal darüber nach.« Sie grinste auffordernd.

Er würde den Teufel tun, einen Kochkurs zu machen, wenngleich die Frau ganz sympathisch zu sein schien.

Er nickte höflich, bezahlte seine Einkäufe und machte sich dann auf den Weg zur Polizeistation. Ohne den Mangold, dafür mit einem riesigen Bündel Spinatblätter.

Als Pierre die Wache in der *Rue des Oiseaux* betrat, saß Celestine bereits an ihrem Platz am Eingang und hielt den Kopf über die

Tastatur ihres Computers gesenkt. Der schmale Rücken war gestrafft, eine dunkle Strähne hing ihr ins Gesicht wie ein Blickschutz. Er grüßte knapp, versuchte, den Stich zu übergehen, den ihr Anblick in seinem Herzen auslöste, und wollte gerade in sein Büro verschwinden, als ihre Stimme ihn innehalten ließ.

»Du warst einkaufen?«

Er drehte sich um. Immerhin, der prall mit gesunden Lebensmitteln gefüllte Korb hatte seinen Zweck erfüllt. »Celestine, warum hast du dich nicht auf meine Anrufe gemeldet? Ich habe mir Sorgen gemacht.«

»Sorgen? Ich würde es eher gekränkte Eitelkeit nennen.«

»Es war nur ein Streit.«

»Nicht unser erster.« Sie kniff die Lippen zusammen und setzte diese düstere Miene auf, bei der er immer den Impuls verspürte, ihr einen Witz zu erzählen oder sie in die Seite zu knuffen, damit sie wieder strahlte. Sie hatte ein so schönes Lächeln, wenn sie wollte. »Du hast mich angeschrien!«

»Es tut mir leid. Wirklich, a…« Das *aber* blieb ihm in der Kehle stecken, denn er ahnte, was nun kam.

»Es ist vorbei, Pierre, sieh es ein. Ich möchte keinen Mann, der mich nur dazu braucht, ihm die Wäsche zu waschen, ihn zu bekochen oder hinter ihm herzuräumen. Ich will jemanden, der mich verwöhnt, der mir Blumen schenkt, der meine Bedürfnisse nicht erst dann sieht, wenn ich ihn mit der Nase darauf stoße.«

»Du willst Blumen? Gut.« Er stellte den Korb ab. »Ich gehe sofort zurück auf den Markt und kaufe den schönsten Strauß, den ich finde.«

Sie schüttelte vehement den Kopf. »Siehst du, was ich meine? Von allein wärst du nicht darauf gekommen.«

Gerade als er erwidern wollte, dass er gewiss lernfähig wäre, wenn sie ihm nur etwas Zeit gäbe, bemerkte er die rote Rose, die neben ihr auf der Fensterbank stand. »Aber jemand anders hat es erkannt, nicht wahr?«, fragte er bitter, und als sie schwieg, griff er wieder nach seinem Korb, öffnete die Tür zu seinem Büro und ließ sie laut hinter sich ins Schloss fallen.

Müde setzte er sich an seinen Tisch und schaltete den Computer ein. Dann eben nicht. Er liebte Celestine, ja, aber wenn es bedeuten sollte, dass er für ihre Liebe ein anderer Mensch werden musste, dann sollte sie doch versauern. *Eine* Rose! Er hätte ihr einen ganzen Bund gekauft.

Entnervt betrachtete er die Unordnung auf seinem Schreibtisch. Beinahe hätte er das Protokoll mit der Vermisstenmeldung übersehen, das Luc ihm wohl auf die Tischplatte gelegt hatte, dazu einen Zettel.

Konnte dich telefonisch nicht erreichen. Komme morgen erst um zehn. Bringe die Frau noch nach Hause. Ich glaube, sie will sich ausquatschen.

Ausquatschen nannte er das? Vielleicht verstand Luc es ja doch, hysterische Frauen zu beruhigen. Na, es sollte ihm recht sein.

Gerade hatte er die Meldung gelesen – eine gewisse Vivianne Morel, wohnhaft in Sainte-Valérie, gab an, dass ihr Verlobter, Antoine Perrot, nicht zu ihrer Verabredung erschienen war –, als das Telefon im Nebenraum klingelte und gleich darauf Celestines Nummer auf seinem Display erschien.

»Pierre, du musst sofort zur *Domaine des Grès* fahren. Es ist ein Mord geschehen.«

2

Die *Domaine des Grès* lag am Rand des Dorfes inmitten eines riesigen Weinberges. Die das Anwesen umgebende Steinmauer säumten Oliven- und Feigenbäume, ein schmiedeeisernes Tor versperrte die Zufahrt. Pierre stieg aus, tippte die Tastenkombination ein, die Celestine ihm auf einen Zettel geschrieben hatte, und wartete, bis sich die großen Flügel ganz geöffnet hatten.

Kaum hatte er den alten Renault auf den bekiesten Parkplatz gelenkt, als ihm auch schon ein drahtiger Mann in dunkelblauem Anzug entgegengelaufen kam, offenbar der Leiter der Anlage.

»Monsieur«, rief er aus, noch bevor Pierre dem Streifenwagen entstiegen war, »ich bitte Sie, parken Sie nicht hier, sondern außerhalb des Geländes.«

Pierre hielt in der Bewegung inne und folgte seinem Blick, der nun über die anderen Autos schweifte – ein dunkler Mercedes S-Klasse, zwei Jaguar, einer davon ein Oldtimer, ein Porsche Cayenne, ein BMW Touring –, um dann wieder an dem weißen Renault hängen zu bleiben, dessen linke Seite direkt unterhalb der blauen Aufschrift *POLICE* eine Reihe verrosteter Kratzer zierte.

»Es soll möglichst nicht bekannt werden, dass in unserem Hotel ein Verbrechen geschehen ist«, fuhr der Mann fort und lächelte dabei unentwegt. »Unsere Gäste legen größten Wert auf Privatsphäre und Anonymität und wissen unsere Sicherheitsvorkehrungen sehr zu schätzen. Sie werden verstehen, dass ich jedes Aufsehen vermeiden möchte.«

Kurz überlegte Pierre, was wohl die Gäste zur Privatsphäre sagen würden, wenn auch der Leichenwagen vor dem Tor parken und man den Sarg über die Wege tragen müsste, verkniff sich jedoch eine Bemerkung. Wenn sich der Inhaber des Hotels, dieser Schweizer Industrielle, beim Bürgermeister beschwerte, dann wäre das weder für ihn noch für den kleinen Standort der *police municipale* förderlich. Also stieg er aus dem Wagen, hielt dem Herrn mit ebenso höflichem Lächeln den Autoschlüssel entgegen und sagte: »Aber selbstverständlich, Monsieur ...«

»Harald Boyer. *Directeur de l'hôtel.*«

»Monsieur Boyer, ich habe volles Verständnis für Ihre Befürchtungen. Wenn Sie das bitte übernehmen würden? Die Pflicht ruft.« Damit ließ er den Schlüssel in die Hand des offenbar fassungslosen Direktors fallen und eilte in Richtung Hotelkomplex.

»Aber Monsieur, ich muss Ihnen doch erst zeigen, wo das Verbrechen ...«, stieß Boyer aus und setzte ihm mit eiligen Schritten nach.

Sie durchquerten die Anlage, vorbei an steingesäumten Beeten und kleinen Ruheinseln mit Korbgeflechtmöbeln. Pierre staunte, was aus der ehemaligen verfallenen Poststation geworden war, die vor Jahren einem bekannten Maler gehört hatte, der sein Geld lieber für guten Wein ausgegeben hatte statt für fällige Reparaturen. Die alten Mauern aus Sandstein, die der *Domaine* ihren Namen gegeben hatten, waren erneuert worden, azurblaue Fensterläden verströmten mediterranes Flair. Wo früher die Ställe waren, gab es nun Suiten mit eigenen Terrassen und kleinen Vorgärten; seitlich der Gebäude, auf einem weiten Rasen, ein mit Bruchsteinplatten umrahmter Pool, dessen türkisblaues Wasser in der Morgensonne glitzerte. Ein älteres Paar hatte es sich bereits auf Liegen unter weiß bespannten Schirmen bequem gemacht. Es sah einem Jungen zu, der am Beckenrand saß und die Zehen zögernd ins Wasser hielt. Unter dem tonziegelgedeckten Pavillon eröffnete ein Kellner in einem blütenweißen Anzug gerade die Bar. Alles schien so ruhig und friedlich. Als wäre nichts geschehen.

»Er liegt im Weinkeller«, sagte Boyer nun flüsternd und riss Pierre aus seinen Betrachtungen. »Vielleicht sollte man besser sagen: Er schwimmt. Ich weiß gar nicht, wie wir ihn aus dem Tank bekommen sollen. So etwas habe ich noch nie erlebt!«

Pierre folgte dem Direktor über eine steinerne Treppe seitlich des Haupttraktes hinunter in ein kühles, hell erleuchtetes Gewölbe, dessen Ausmaße beeindruckend waren. Allein die Deckenhöhe betrug mindestens drei Meter. Das hatte er hier nicht erwartet. Die Ausstattung war hochwertig, im vorderen Bereich stand ein ausladender Eichentisch mit Stühlen, umrahmt von Regalen, die bis oben hin mit Flaschen gefüllt waren.

»Der Vorbesitzer war ein großer Weinkenner«, erklärte Monsieur Boyer, und seine Worte hallten dumpf nach, »und gleichzeitig ein begnadeter Winzer. Eine Tradition, die wir fortzuführen gedenken.«

Pierre ließ den Blick über mehrere Reihen Weinfässer schweifen, die weiter hinten im Raum gestapelt waren, dann blieb er an einem großen Stahltank hängen. »Ist die Leiche da drin?«

Der Direktor nickte, und als er sprach, war seine Stimme erneut nur ein Flüstern. »Unser Sommelier hat ihn heute Morgen gefunden, als er die Bestellungen durchgehen wollte. Ich frage mich, wie der Mann da hineingekommen ist. Hoffentlich ist es kein Gast!«

Er lief voraus und blieb dann in sicherer Entfernung vor dem metallenen Ungetüm stehen, dessen Oberfläche, ein wabenförmiges Relief, die vielen Deckenlichter reflektierte. Je näher Pierre kam, desto mehr konnte er erkennen, dass das, was er von der Tür aus für Rotwein gehalten hatte, ein Stück Stoff war, das von innen an das ovale Sichtfenster am unteren Ende des Tanks gepresst wurde. Gleich daneben erkannte man die aufgequollene, gerunzelte Haut eines männlichen Gesichts, dessen weit aufgerissene, eingetrübte Augen ihm entgegenstarrten.

»*Mon Dieu!*«, rief er aus, beugte sich hinunter und schielte in die hellrote Flüssigkeit. Soweit er erkennen konnte, war der Mann verschnürt, der unglückliche Sturz eines Betrunkenen konnte also ausgeschlossen werden. Dem Aussehen der Haut nach war der Tod in der vergangenen Nacht eingetreten, Genaueres musste der Gerichtsmediziner klären.

Pierre richtete sich wieder auf, zog sein Handy hervor und wählte die Nummer der Polizeiwache.

»Celestine? Wo ist Luc? Ich brauche ihn auf der Stelle am Tatort. Und ruf bitte in Cavaillon an. Die sollen augenblicklich jemanden von der Spurensicherung schicken und einen Gerichtsmediziner, wenn möglich Louis Papin. Sag ihnen, wir haben es mit einer etwas eigenartigen Situation zu tun, die Leiche liegt in einem Weintank.« An Boyer gerichtet, der noch immer den Schlüssel des Polizeiwagens fest umklammert hielt, fügte er hinzu: »Haben Sie so etwas wie einen kleinen Lastenkran?«

»Einen Flaschenzug.«

Pierre folgte dem Fingerzeig des Direktors zur Gewölbedecke, an deren Waagerechten ineinanderlaufende Stangen mit einem verschiebbaren Gewinde, an dem Ketten hingen, verbunden waren. Dann sprach er weiter ins Telefon. »Und sag Luc, er soll entsprechende Kleidung mitbringen, das wird eine ziemlich unschöne und nasse Angelegenheit.«

Mit einem Stoßseufzer legte er auf und konnte sich einen Anflug von Schadenfreude nicht verkneifen. Eine in Rotwein marinierte Leiche aus dem Tank zu befördern war eine Sache, die er mit Freuden delegierte. Vor allem an übereifrige Assistenten.

Der Direktor hatte sich in der Zwischenzeit auf einen der Stühle gesetzt, die um den großen Eichentisch standen, und ließ den Schlüssel des Streifenwagens abwesend durch die Finger gleiten. Dabei sah er aus, als wolle er sich jeden Moment die Haare raufen. »Es ist eine Katastrophe. Ich weiß nicht, wie ich das Herrn Leuthard erklären soll.«

Pierre setzte sich zu ihm. »Monsieur Leuthard ist der Besitzer?«

Harald Boyer nickte. »Ich glaube nicht, dass er Verständnis zeigen wird.«

»Verständnis? Wofür? Wie meinen Sie das?«

»Nun, uns ist da offenbar ein grober Fehler unterlaufen. Das Gewölbe ist normalerweise verschlossen, denn hier lagern auch viele alte und teure Weine in den Regalen. Es gibt nur zwei Schlüssel, meinen und den des Sommeliers, Monsieur Martin Cazadieu. Niemand kann diesen Raum ohne unsere Zustimmung betreten. Aber gestern Abend waren wir wohl unaufmerksam …«

Damit hatte der Direktor bereits die ersten Fragen beantwortet, ohne dass sie gestellt werden mussten.

Pierre holte seinen Block samt Stift aus der Innentasche der Jacke und notierte sich die Namen. »Haben Sie Monsieur Leuthard noch nicht informiert?«

Boyer sah ihn mit geweiteten Augen an. »Nein! Ich dachte, das würden Sie …«

Inhaber kontaktieren, ergänzte er, und: *scheint streng zu sein, eventuelle Feinde?* »Wo bewahren Sie die Schlüssel nachts auf?«

»In unseren Zimmern befindet sich ein Safe.« Nun stützte Boyer die Ellenbogen auf und begann tatsächlich, sich die Haare zu raufen. »Ich bin mir ganz sicher, dass ich die Tür bei meinem letzten Rundgang überprüft habe. Das war gegen halb zwölf.«

»Und der Sommelier?«

»Er war bereits schlafen gegangen. Zumindest brannte in seinem Fenster kein Licht mehr. Ich bin für gewöhnlich der Letzte.«

»Wo finde ich ihn?«

»In seinem Zimmer. Es geht ihm nicht gut, wie Sie sicher verstehen werden.« Er seufzte laut und strich sich die Haare glatt.

Pierre widerstand dem Impuls, ihm den Arm zu tätscheln, und stand stattdessen auf, um den Tatort einer genaueren Betrachtung zu unterziehen. Nichts deutete auf einen Kampf hin. Der Boden war makellos, die Regale waren poliert. Alles schien am rechten Platz zu stehen. Entweder war der Ermordete freiwillig mitgekommen, oder man hatte ihn getragen.

Er fertigte eine Zeichnung des Ortes an, trug ungefähre Raummaße und Gegenstände ein, dann machte er ein paar Fotos. Den Rest würden später die Kollegen von der Spurensicherung übernehmen.

Vom Eingang her erhob sich plötzlicher Lärm. Zuerst war ein olivgrün beschichteter Stoff zu sehen, dann rutschte ein Fuß darauf die Treppe herab. Im letzten Moment griff die dazugehörige Hand nach dem Eisengeländer und verhinderte einen Sturz.

»Luc, was machst du denn da?« Pierre eilte seinem Assistenten entgegen.

Mit hochrotem Kopf stolperte dieser den Rest der Treppe hinab. »Dieses verdammte Ölzeug!«, schimpfte er und raffte den Regenmantel zusammen. »Warum soll eigentlich *ich* das machen?« Verstimmt lugte er an Pierre vorbei zum Tank.

»Weil *ich* die Ermittlungen leite. Und die führen mich jetzt zum Sommelier.«

»Und die Leiche?«

»Warte, bis der Gerichtsmediziner vor Ort ist, dann folgst du einfach seinen Anweisungen.«

Luc nickte und hob ein gelbes Ungetüm in die Höhe, das er wohl unter dem Regenmantel verborgen gehalten hatte und das Pierre erst auf den zweiten Blick als Schwimmbrille erkannte.

»Ich habe an alles gedacht«, sagte Luc, und in seiner Stimme schwang eine Mischung aus Furchtsamkeit und Stolz mit.

»Du wirst doch wohl nicht im Tank …« Pierre konnte sich ein Grinsen nicht verkneifen. »Ich bin sicher, mit Hilfe des Flaschenzugs wird sich das irgendwie vermeiden lassen.«

Luc nickte noch einmal, erleichtert. »Weißt du, wer der Tote ist?«

»Nein.«

»Hatte er denn keinen Ausweis bei sich?«

Pierre runzelte die Stirn. »Ich habe nicht nachgesehen.«

»Hmmm.« Luc rieb sich die Stirn, hinter der es nun mächtig zu rauchen schien.

Pierre nutzte die Gelegenheit, sich vom Direktor das Zimmer des Sommeliers zeigen zu lassen. »Und pass auf, dass niemand außer unseren Kollegen den Tatort betritt«, wies er seinen Assistenten im Gehen noch schnell an und verließ das Gewölbe.

Martin Cazadieu, ein wohlbeleibter Mann um die fünfzig mit dunkler Löwenmähne, lag inmitten leuchtend orange schimmernder Kissen auf dem Bett und starrte durch das bodentiefe Fenster auf die Weinberge. Als Pierre eintrat, hob er kurz die Hand von dem Kühlbeutel, den er sich auf die Stirn gelegt hatte.

»Harald hat mir schon gesagt, man würde mich sicher befragen wollen«, sagte er mit angespannter Stimme und senkte die Finger wieder auf das kalte Paket.

»Sie haben die Leiche gefunden«, konstatierte Pierre, nachdem er sich vorgestellt hatte, und setzte sich auf einen Stuhl neben dem Bett. »Wann war das?«

»Heute Morgen gegen neun. Ich bin in den Keller gegangen, um die Weine für das Abendessen auszusuchen und die Bestände zu überprüfen. Da habe ich ihn gesehen.« Er schloss die Augen. »Nie werde ich diesen Anblick vergessen, niemals.«

Seine Stimme bebte in unfreiwilliger Theatralik, doch Pierre nickte verständnisvoll und machte sich Notizen.

»Kennen Sie den Mann?«

Der Sommelier riss die Augen auf. »Glauben Sie, ich hätte ihn mir genauer angesehen? Gott bewahre.«

»Wann waren Sie gestern zuletzt im Keller?«

»Vor dem Abendessen, so gegen sechs. Ich habe die temperierten Weinschränke in unserem Restaurant aufgefüllt. Manchmal muss ich auch während des Essens in die *cave*, wenn ein Gast einen außergewöhnlichen Wunsch hat, aber das war gestern Abend nicht der Fall.«

»Also war der Direktor der Letzte, der das Gewölbe betreten hat?«

»Ob er es betreten hat, kann ich Ihnen nicht sagen, zumindest hat er als Letzter die Schlösser überprüft.«

»Kann es sein, dass er es gestern Abend vergessen hat?«

»Oh nein, Harald ist ein äußerst akribischer Mensch. Die Schlösser überprüft er eher dreimal, als dass er das Risiko eingeht, etwas falsch zu machen.«

Pierre notierte die Bemerkung, dann fiel ihm noch etwas ein. »Der riesige Tank, in dem der Mann liegt, ist sehr ungewöhnlich. Selbst für ein Hotel, das Teil eines Weingutes ist. Zudem verwendet man diese Form der Lagerung eher für Weißwein …«

»Das war ein Wunsch von Gerold Leuthard, dem Inhaber.« Martin Cazadieu hob die Augenbrauen. »Was für ein Unsinn! Im Keller lagern die feinsten Tropfen, auch in den Fässern ist Wein von höchster Qualität. Aber der Winzer, der sich um die Weinberge kümmert, hat ihm einen Floh ins Ohr gesetzt.«

Pierre wartete auf eine Fortsetzung, und als diese ausblieb, half er nach. »Und? Wie sieht dieser Floh aus?«

»Wollen Sie das wirklich wissen?« Der Sommelier schüttelte in gespielter Verzweiflung den Kopf.

Pierre hatte den Eindruck, der Mann könne es gar nicht abwarten, seinen Unmut loszuwerden, was sich gleich darauf bestätigte.

»Der Wein in diesen Bergen ist vollkommen untauglich. Aber es liest sich ja so gut: eigene Kellerei, Weingut *Domaine des Grès*. Alles für den Hochglanzprospekt. In Wahrheit wird in diesem Tank die Reifung verkürzt und das wunderbare Holzaroma durch Eichenchips imitiert.« Er schnalzte mit der Zunge. »Stahltank statt Barrique. Nun denn, die Märkte, die der Winzer beliefert, interessiert das nicht, und der Inhaber hat damit zwei Fliegen mit einer Klappe geschlagen.«

Im Geiste notierte sich Pierre *Inhaber ist geschäftstüchtig* und griff nach einem Hotelprospekt, der auf dem Nachttisch lag. Es war dasselbe Layout wie bei der Karte, die ihm die Köchin am Morgen gegeben hatte. Warmes Sandgelb mit grauer und roter Schrift. Die Aufmachung war einladend.

»Darf ich den mitnehmen?«, fragte er.

»Selbstverständlich.«

»Dann lasse ich Sie jetzt allein. Wenn ich weitere Fragen habe, melde ich mich.«

Der Sommelier nickte matt, lupfte kurz den Eisbeutel und sank zurück in die Kissen.

Als Pierre den Weinkeller zum zweiten Mal an diesem Tag betrat, war Louis Papin bereits bei der Arbeit. Mit höchster Konzentration beugte er sich über den in einen offenen Leichensack gelegten tropfnassen Körper eines jungen Mannes, dessen genaueren Anblick Pierre sich vorläufig ersparte. Luc hatte sich inzwischen zurückgezogen. Er saß am Eichentisch und betrachtete die Szenerie mit blassem Gesicht und offensichtlichem Abscheu, das feucht glänzende Ölzeug wie ein ungeliebter Haufen schmutziger Wäsche zusammengeknüllt zu seinen Füßen. Vor ihm auf dem Tisch lagen die unbenutzte Taucherbrille und ein Stück Papier, das sich dort zuvor nicht befunden hatte.

Als Pierre ihn derart verstört sitzen sah, empfand er fast ein wenig Mitleid mit dem jungen Mann, dem so etwas anscheinend bislang erspart geblieben war. Doch es verflog binnen weniger Sekunden, als er das Papier auf dem Tisch näher betrachtete. »Was ist das?«

»Das hat am Tank geklebt. Es klingt ganz lecker.« Luc griff nach dem Zettel und reichte ihn Pierre.

Sofort hob dieser entsetzt die Hände. »Verdammt noch mal, Luc, das kannst du doch nicht anfassen. Das ist Beweismaterial.«

»Es ist nur ein Rezept.« Der Assistent ließ das Blatt aber sofort auf den Tisch fallen und starrte es nun an, als enthalte es eine Anleitung zum Bombenbau.

Pierre zog sich kopfschüttelnd ein Paar Handschuhe über. »Hast du denn nichts als Stroh im Kopf? Am Tatort muss alles unverändert bleiben, hörst du? Immer!« Er hob das Rezept an, dabei bemerkte er, dass es auf einem Briefbogen des Hotels gedruckt war. *Coq au Vin* stand darauf und darunter *Kochschule Charlotte Berg* sowie das Datum vom vergangenen Mittwoch. Pierre sah Luc fragend an. »Wo genau hast du es gefunden?«

Er folgte seinem Assistenten zum anderen Ende des Raumes, begrüßte dabei Louis Papin, der kurz aufblickte, um den Gruß zu erwidern, und besah sich die rückwärtige Stelle des Weintanks, an der das Papier mit Klebestreifen befestigt gewesen war. Pierre ärgerte sich, dass die Kollegen von der Spurensicherung noch immer nicht da waren. Wie sollte er ihnen das Missgeschick mit dem Rezept bloß erklären? Konnte er den Jungen nicht eine Sekunde allein lassen?

Angestrengt überlegte er, was er in Ermangelung einer geeigneten Hülle damit tun sollte, als sein Assistent einen spitzen Schrei ausstieß.

»Ich kenne den Mann«, stammelte Luc, der sich inzwischen neben Louis Papin gestellt hatte. »Vivianne hat mir ein Foto von ihm gezeigt.«

»Vivianne?«

»Vivianne Morel, die Frau, die gestern ihren Verlobten Antoine Perrot als vermisst gemeldet hat.«

»Diesen Casanova?«

»Genau. Sie war zutiefst besorgt, weil er zu einer Verabredung nicht erschienen ist. Ich wollte es zuerst nicht ernst nehmen, schließlich ist er dafür bekannt, unzuverlässig zu sein, aber als ich Mademoiselle Morel nach Hause brachte, erzählte sie mir, dass er gestern wohl einen bedrohlichen Anruf erhalten habe. Angeblich von einer seiner Verflossenen.«

»Und wie heißt die?«

»Angeline oder so.«

»Okay, dann finde heraus, wer diese Frau ist, wer ihn zuletzt lebend gesehen hat und ob er sich möglicherweise gestern noch mit jemandem getroffen hat.«

»Es wird ihn ja wohl kaum eine einzelne Frau in den Tank gehoben haben.«

Pierre seufzte. »Natürlich nicht.«

Luc strich sich über das Kinn. »Ich frage mich ernsthaft, woher er all diese Frauen hat. Das Dorf ist ja nicht so groß …«

»Seid ihr jetzt fertig?« Louis Papin erhob sich und zeigte auf den Toten. »Ich möchte die Leiche für den Abtransport bereit machen.«

Pierre nickte. »Irgendwelche Erkenntnisse?«

»Er hatte einen Schaumpilz vor dem Mund, was darauf hinweist, dass man ihn lebend in den Weintank befördert hat. Er muss eine ganze Weile gegen das Ertrinken angekämpft haben, also ist er entweder beim Kontakt mit der Flüssigkeit aus einer Art Betäubung erwacht, oder er war von Anfang an bei vollem Bewusstsein.«

Ein furchtbares Ende. Wenn es etwas gab, worum Pierre den Herrn im Himmel bat, dann um einen sanften Tod. Am besten im Schlaf nach einem köstlichen Essen und einer Flasche edlen Weins. »Wie soll man einen Mann von dieser Statur unbemerkt in den Tank hieven?«, fragte er. »Selbst mit Hilfe des Flaschenzugs braucht man eine gute Kondition.«

»Das kannst du laut sagen«, antwortete Papin grinsend. »Aber das ist nicht das einzig Ungewöhnliche an diesem Fall.« Er hob eine kleine Zellophantüte auf, in der sich ein Bündel Kräuter – Petersilie, Thymian und Lorbeer – befand, die Würzmischung für Coq au Vin. »Der Mörder hat Humor. Am Hals des Toten hing ein *bouquet garni*.«

3

Ein Anruf bei der alten Madame Duprais, in deren Haus Antoine Perrot zur Untermiete wohnte, hatte ergeben, dass dieser bis auf eine entfernte Tante in Arles und einen Cousin in Roussillon keine Verwandten mehr besaß.

»Hat der Bengel wieder Ärger gemacht?«, hatte die alte Dame in den Hörer gerufen, und ihre Neugier war beinahe spürbar durch die Telefonleitung gekrochen.

»Nein, ganz im Gegenteil, aber ich würde trotzdem gerne kurz mit Ihnen sprechen«, hatte Pierre geantwortet und sich für den Nachmittag angekündigt.

Er hoffte, dass die Nachricht von Perrots Tod sie bis dahin nicht längst erreicht hatte. Das Dorf war klein, Informationen verbreiteten sich in Windeseile von Haus zu Haus, von Gartenzaun zu Gartenzaun. Geheimnisse, Gerüchte und Vermutungen huschten von einem Ohr zum anderen, bis der ganze Ort im Bilde war, und in diesem Fall würde es gewiss nicht lange dauern, bis auch Madame Duprais wusste, welch grauenhaftes Ende ihren Untermieter ereilt hatte. Doch dieses Risiko musste Pierre eingehen, denn nun war es vorrangig, so rasch wie möglich am Tatort zu ermitteln, alles andere konnte warten.

Harald Boyer hatte das leere Frühstückszimmer vorgeschlagen, damit Pierre in Ruhe seine Befragungen durchführen konnte.

»Die roh belassenen Steinmauern des Raumes«, so hatte der Direktor erklärt, »sind über zweihundert Jahre alt und stammen aus einer Zeit, als man ihn noch als Stall für die Postpferde genutzt hat.«

»Beeindruckend«, hatte Pierre gesagt, und Boyer war hinausgeeilt, um nach der Köchin zu rufen.

So saß er nun allein hier, Notizblock und Arbeitsutensilien vor sich ausgebreitet, und sah sich um. Der Raum war eine Mixtur aus provenzalischer Urtümlichkeit und elegantem Ambiente. Stühle mit weißen Hussen, auf den Tischen Rosenbouquets in silbernen Vasen. Durch die verglaste Flügeltür hatte man einen wunderbaren Blick auf die Terrasse mit ihren schmiedeeisernen Sitzgruppen, auf denen die Gäste bei gutem Wetter unter dicht belaubten Platanen speisen konnten. In den Steintöpfen blühte noch der Lavendel, der andernorts bereits abgeerntet war.

Pierre stand auf, öffnete einen der Glasflügel und hielt das Gesicht in die warme Septembersonne.

Hier würde ich auch gerne frühstücken, dachte er, und seine Erinnerungen führten ihn für einen kurzen wehmütigen Moment zurück nach Paris, wo er ein hübsches kleines Appartement im fünften Arrondissement besessen hatte. Sonntags war er manchmal zum Brunchen ins *Relais du Parc* in der *Avenue Raymond Poincaré* gegangen, das eine ebenso schöne, üppig begrünte Terrasse hatte.

Paris ...

In diesem Augenblick erschien ihm seine Vergangenheit als leitender *Commissaire de police* so fern, als seien nicht erst drei Jahre vergangen, sondern ein halbes Jahrhundert. Es war ein schönes Leben gewesen, damals in der Hauptstadt, aber es war die Zeit gekommen, ein neues zu beginnen.

»Monsieur le Commissaire?«

Charlotte Berg hatte leise den Raum betreten, weshalb er sie erst bemerkte, als sie direkt hinter ihm stand. Er drehte sich um und reichte ihr die Hand.

»Danke, dass Sie sich die Zeit genommen haben«, sagte er. »Ich habe mich Ihnen noch gar nicht vorgestellt. Pierre Durand, *Chef de police municipale*.« Seine Dienstbezeichnung ging ihm inzwischen leicht von den Lippen, und er musste darüber schmunzeln, wie oft die Leute ihn dennoch als *Commissaire* anredeten. Es lag wohl an seinem Auftreten, das sich seit Paris kaum verändert hatte, auch wenn das Abzeichen auf seiner Uniform nun statt des fünfblättrigen Zweiges ein in den Nationalfarben gestaltetes Wappen enthielt.

»So sieht man sich wieder.« Sie hatte ein Lächeln, bei dem die Sonne schien. Kleine hübsche Fältchen umspielten ihre Augen. Statt der farbenfrohen Bluse vom Morgen trug sie nun eine schlicht weiße, dazu eine Schürze mit dem dunkelroten Schriftzug der *Domaine*. Ihre Locken hatte sie straff zurückgebunden, was sie strenger wirken ließ, ihrer Attraktivität jedoch keinen Abbruch tat.

»Sie haben gehört, was geschehen ist?«, fragte er und bat sie, Platz zu nehmen.

»Monsieur Boyer hat mich darüber informiert.«

»Der Tote ist ein gewisser Antoine Perrot. Kannten Sie ihn?«

Die Köchin wurde blass und hob eine Hand an den Mund. Unweigerlich kam Pierre der Gedanke, dass auch sie ein Verhältnis mit dem Verstorbenen gehabt haben könnte. Neben Vivianne Morel und dieser Angeline. Es erschien ihm zwar unwahrscheinlich – Madame Berg strahlte trotz ihrer natürlichen Art eine gewisse Eleganz aus und war eine Frau, die man mit diesem Dorfcasanova nur schwer in Verbindung bringen mochte –, aber in der Liebe war ja bekanntlich alles möglich.

Im Hintergrund summte die Klimaanlage und kämpfte gegen die eindringende Wärme an. Noch einmal rieb sich die Köchin über das Gesicht, dann verschränkte sie die Arme.

»Antoine Perrot ist … war der Verlobte von Vivianne Morel«, begann sie schließlich leise. »Es wird ihr das Herz brechen.«

»Sie kennen Mademoiselle Morel?«

»Selbstverständlich. Sie arbeitet hier im Haus als Zimmermädchen.«

»Und wie war *Ihre* Verbindung zu dem Toten? Ich meine …«

Charlotte Bergs Wangen bekamen augenblicklich Farbe. »Das können Sie nicht ernsthaft annehmen, oder? Ich weiß sehr wohl, welchen Ruf Antoine hatte, und, nein, ich bin keine seiner Eroberungen.« Ihre grünen Augen funkelten.

Pierre hob abwehrend die Hände. »Es ist mein Beruf, jeder möglichen Spur nachzugehen.« Er klappte den Block auf und machte sich eine Notiz. »Haben Sie eine Idee, in welchem Zusammenhang der Tod von Monsieur Perrot mit Ihrem Kochkurs stehen könnte?«

»Mit meinem Kochkurs? Wie um alles in der Welt kommen Sie denn darauf? Soweit ich Viviannes Erzählungen folgen konnte, konnte man Monsieur Perrot eher in Bars oder in den Schnellrestaurants von L'Isle-sur-la-Sorgue antreffen als am häuslichen Herd.«

Pierre zeigte ihr das Blatt mit dem Rezept, das inzwischen in einer Plastikhülle steckte. »Das war an dem Weintank befestigt, in dem man den Toten gefunden hat.« Er machte eine Pause und beobachtete ihre Reaktion.

»Am Tank?« Die Köchin warf einen flüchtigen Blick auf das Papier, dann schüttelte sie den Kopf. »Ich kannte Monsieur Perrot kaum und kann mir nicht vorstellen, dass es hier einen Zusammenhang gibt.«

»Warum sonst sollte jemand das Rezept dort ankleben?«

Sie zuckte mit den Schultern. »Erklären *Sie* es mir.«

»Ich vermute, dass der Mörder mit dieser Tat eine etwas eigenwillige Aussage machen wollte. *Coq au Vin*, verstehen Sie? Hahn im Wein.«

»Ein Wortspiel?« Sie lachte kurz auf. »Wollen Sie mir damit sagen, das sei so gedacht? Das ist ja absurd.«

»Absurd, ja, das könnte man meinen. Allerdings hatte der Tote ein *bouquet garni* um den Hals, und zwar aus Kräutern, die im Rezept aufgelistet waren.«

Erstaunt riss sie die Augen auf, dann schwieg sie und sah dabei hinaus ins Freie. »Mord als kulinarisches Gesamtkunstwerk«, flüsterte sie schließlich. »Wer denkt sich denn so etwas aus?«

»Das wüsste ich auch gerne.« Er betrachtete ihre angespannte Stirn und fühlte, wie sie um Fassung rang. »Madame Berg«, sagte er sanft. »Wir werden alles tun, um den Mörder zu fassen. Egal, ob das Verbrechen in einem Zusammenhang mit Ihrer Kochschule steht oder nicht, wir müssen jede Möglichkeit in Betracht ziehen. Aber dafür brauche ich Ihre Mithilfe.«

»Was kann ich tun?«

»Zunächst einmal bräuchte ich bitte eine Liste der Kursteilnehmer. Und dann muss ich wissen, wie oft Sie das Rezept ausgedruckt haben und wer es erhalten hat.«

»Gut, Sie bekommen die Liste. Es sind zurzeit acht, sechs Frauen und zwei Männer. Die meisten sind Gäste und nehmen an zwei bis drei Abenden teil, jeweils mittwochs. Aus Sainte-Valérie stammen drei Teilnehmer, zwei Frauen und ein Mann.« Sie wartete, bis Pierre die Zahlen notiert hatte, dann fuhr sie fort. »Das Rezept drucke ich zehnmal aus, zwei eigens für kurz entschlossene Interessenten. Manchmal bleibt eines liegen, dann bewahre ich es im Ordner auf, für alle Fälle.«

Donnerwetter, das nannte man wohl Organisation und Akkuratesse! Pierre hob eine Augenbraue. »Hat jemand außer Ihnen Zugriff zur Rezeptdatei?«

Die Köchin schüttelte den Kopf. »Das Programm ist passwortgeschützt, außer mir kommt niemand an die Datei heran. Es gibt die Möglichkeit, sich die Rezepte später auf der Seite des Hotels herunterzuladen, aber dieses hier ist auf dem Originalbriefpapier der *Domaine* ausgedruckt, das am Kopf eine Prägung aufweist. Wie gesagt: Alle Exemplare, die nicht unter den Kurteilnehmern verteilt wurden, sind abgeheftet.«

»Wo befindet sich der Ordner?«

»In der Küche. Möchten Sie ihn sich ansehen?«

»Gerne, Madame Berg.«

»Dann folgen Sie mir bitte.« Sie erhob sich, dann drehte sie sich noch einmal zu ihm um. »Mademoiselle.«

»Wie bitte?«

»Ich bin unverheiratet.«

Er nickte und machte sich eine gedankliche Notiz. In Paris gingen die Frauenrechtlerinnen auf die Straße, um das *Mademoiselle* abzuschaffen, weil sie glaubten, es diskriminiere sie, und diese Frau hier bestand darauf, als eine solche betitelt zu werden.

»Ich weiß, es klingt in manchen Ohren antiquiert«, antwortete sie, als habe sie seine Gedanken erraten, »aber *Madame* klingt so alt, und ich bin doch erst dreiunddreißig.«

»Selbstverständlich hatte diese Bezeichnung nichts mit dem geschätzten Alter zu tun. Ich dachte, Sie wären längst ...«

»Sie eiern ganz schön rum, Monsieur Durand.« Charlotte Berg zeigte wieder ihr sonniges Lächeln. »Es ist in Ordnung.« Damit verließ sie das Frühstückszimmer und öffnete nur wenige Meter weiter den Gang hinunter eine eisenbeschlagene Holztür.

»*Et voilà*, das ist mein Reich.« Sie deutete mit einer weiten Bewegung auf eine moderne Küche mit silbern glänzenden Geräten und einer großen Kochinsel.

Auch dieser Raum war mit urtümlich provenzalischen Elementen kontrastiert: blau-weiße Wandfliesen, ein alter Steinofen und von der Decke an Ketten hängende Kupfertöpfe und Pfannen. An der Arbeitsplatte stand ein junger Mann um die zwanzig und schnitt Karotten mit einer Geschwindigkeit, bei der Pierre sich Sorgen um dessen Finger machte.

»Das ist Marcel Rochard, unser Lehrling«, stellte Charlotte Berg ihn vor. »In der Hochsaison arbeiten wir hier zu fünft, zurzeit sind es jedoch nur der Souschef, Marcel und ich. Mittwochs bleibt die Küche für die Hotelgäste generell kalt, es sei denn, sie nehmen am Kochkurs teil.« Sie ging in den hinteren Bereich des Raumes, an dem ein großer Eichentisch stand, ein Ebenbild desjenigen im Weinkeller. »Hier essen wir dann unsere gemeinsam gekochten Gerichte.« Sie öffnete einen Schrank, in dessen oberstem Regal Akten mit fein säuberlich beschriebenen Ordnerrücken standen. Zielsicher zog sie einen davon hervor und klappte ihn auf. »Hier, bitte. Sie können sich gerne alles ansehen.«

Pierre staunte. Nicht nur, dass die Küche ein Ausbund an Ordnung und Reinlichkeit war, auch der Ordner war akribisch geführt. Jeder Kochkurs hatte ein eigenes Register, vor den Rezepten waren ausgedruckte Computerlisten der Teilnehmer abgeheftet, in die sie die jeweiligen Zu- und Abgänge eingetragen hatte.

Mit jeder Seite, die Pierre umblätterte, wuchs seine Verblüffung. Unfassbar, man sollte meinen, dass sich ein derart leidenschaftlicher Beruf und Akribie ausschlossen. Mit Sicherheit arbeitete Charlotte Berg exakt nach Rezept und wog jedes Gramm aufs Genaueste ab.

Er klappte den Ordner zu und sah auf. »Sie sind Deutsche, nicht wahr?«

»Mein Vater. Aber ich rate Ihnen, mich besser nicht damit aufzuziehen. Ansonsten hätte ich da noch ein weiteres Klischee für Sie: Meine Mutter stammt aus Banyuls-sur-Mer, und in Fällen wie diesem bricht aus mir das vererbte südfranzösische Temperament hervor.«

Dabei lächelte sie so unschuldig, dass Pierre sich einen Wutausbruch ihrerseits absolut nicht vorzustellen vermochte. Aber bei Frauen konnte man ja nie wissen …

Als Pierre am späten Nachmittag mit Mademoiselle Bergs Ordner unter dem Arm durch die gepflasterten Gassen schritt, war er tief in Gedanken versunken. Nichts von dem, was er bislang erfahren hatte, gab einen Hinweis auf den Täter, geschweige denn auf das Motiv dieses wahnwitzigen morbiden Kunstwerks.

Entnervt kickte er gegen einen Kieselstein, der über das staubige Pflaster hüpfte. Ein paar Spatzen, die sich über eine am Boden liegende Brotrinde hergemacht hatten, flogen schimpfend auf und ließen sich auf dem Sims eines rankenüberwucherten Hauses nieder. Ein Mofa startete knatternd und hinterließ einen Geruch aus Benzin und Öl.

Pierre hatte vergeblich versucht, den Inhaber der *Domaine* zu erreichen, und auch den Souschef befragt, der ohne Weiteres an die Rezepte des Kochkurses hätte kommen können, am gestrigen Abend aber bei seiner Schwester in Avignon gewesen war. Die Spurensicherung der *police nationale* war unverrichteter Dinge wieder abgefahren, nachdem sie den Tatort einer genauen Untersuchung unterzogen hatte. Es schien, als habe der Mörder den Boden noch einmal gründlich durchgewischt, denn außer ein paar Putzwasserschlieren gab es nichts Aufschlussreiches. Weitere Informationen erhoffte man sich vom Laborbericht.

In der *Domaine des Grès* gab es im Augenblick für ihn nichts mehr zu tun. Nur sein Assistent Luc war noch dort, um die beiden Rezeptionistinnen zu befragen. Vivianne Morel, so hatte er

Pierre erklärt, sei mit einem Nervenzusammenbruch ins *Centre Hospitalier* nach Cavaillon gebracht worden, nun hoffe er, er könne später hinfahren und sie vernehmen.

»Du kannst meinen Wagen haben, der Schlüssel ist beim Hoteldirektor«, hatte Pierre gesagt und sich von der *Domaine* aus zu Fuß auf den Weg zurück ins Dorf gemacht. Zwanzig Minuten später bog er in die *Rue des Liserons* ein, wo Antoine Perrots Vermieterin wohnte.

Madame Duprais erwartete ihn schon an der Tür, den Wischmopp in der Hand. »Ich habe gerade den Aufgang sauber gemacht«, erklärte sie und goss das Putzwasser mit einem Schwall die Stufen hinunter. Dann trocknete sie sich die Hände an ihrem gemusterten Kittel ab. »Wollen wir hineingehen?«

Die Vermieterin war in einem Alter, in dem die Tage lang wurden und zumeist daraus bestanden, sich in der Nähe von Tür oder Fenster aufzuhalten, um ja nichts zu verpassen. Pierres Besuchsankündigung hatte gewiss zur Folge gehabt, dass sie nun seit geraumer Zeit die wenigen Stufen wischte, die ins Haus führten. Sie lotste ihn in ein dunkles, dicht möbliertes Zimmer, das selbst den Trödler aus Apt in Verzweiflung gestürzt hätte. In den Regalen, die neben Sofagarnitur und Fernsehschrank jeden Zentimeter der Wand einnahmen, standen Nippes und kleine Püppchen, daneben Fotografien in Holzrahmen, die immer nur eine Person zeigten.

»Ist das Ihr Mann?«, fragte Pierre und deutete auf eine der Aufnahmen.

»Er *war* es«, sagte Madame Duprais mit einem Anflug von Bitterkeit und zog das Gesicht in kleine runzelige Fältchen. »Er ist vor fünfzehn Jahren verstorben.«

»Das tut mir leid.«

»Er war ein anständiger Mann.«

»Im Gegensatz zu Antoine Perrot?«

»Dieser Windhund! Er macht den lieben langen Tag nichts anderes, als den Frauen nachzustellen.« Sie stockte kurz, und ein Lächeln huschte über ihr Gesicht. »Gewiss, er ist ein hübscher Kerl im besten Mannesalter, wer will es ihm verdenken. Und in der Gegend gibt es mehr als genug Hausfrauen, die sich über ein wenig Aufmerksamkeit freuen. Manchmal, wenn es besonders heiß ist, verrichtet er seine Arbeit in kurzen Hosen, dass man die Augen kaum von seinen strammen Schenkeln nehmen kann, selbst wenn man es sich fest vornimmt. Glauben Sie mir, in solchen Zeiten ist der Gottesdienst bestens besucht, vornehmlich von Frauen, die gleich danach zur Beichte gehen.« Die Bitterkeit war verschwunden. Mit geröteten Wangen fuhr die Witwe fort, über ihren Untermieter herzuziehen.

Erstaunt nahm Pierre zur Kenntnis, dass die Information über dessen Ableben die Hotelmauern noch nicht überwunden hatte. Er lauschte Madames Redefluss und klappte den Notizblock auf, um jedes Detail festhalten zu können, das aus ihr hervorbrach. So erfuhr er unter anderem, dass Perrot als Postbote in Coustellet gearbeitet hatte, wo es eine gewisse Mademoiselle gab, die ein Kind von ihm hatte; ein Mädchen, gerade mal zwei Jahre.

»Aber kümmern tut er sich nicht«, eiferte die Rentnerin sich. »Ihm geht es einzig und allein um die Eroberung. Dabei macht er auch vor verheirateten Damen nicht Halt.« Sie nickte heftig zur Bekräftigung und ließ das dauergewellte graue Haar wippen, das sie offenbar im Salon von Madame Farigoule hatte frisieren lassen, die die älteren Damen des Ortes so herrichtete, dass sie sich von Weitem glichen wie ein Ei dem anderen. »Es heißt, er hatte sogar eine Affäre mit der Frau des Schlachters.« Sie legte eine bedeutsame Pause ein und musterte Pierre, als wolle sie sich vergewissern, ob das Erzählte auch seine Wirkung zeigte.

Dieser bedachte die Information mit angemessenem Nicken.

Der Täterkreis schien sich ins Unermessliche zu erweitern. Gehörnte Ehemänner, die ihren Kontrahenten mit Selbstjustiz beseitigten – wer wusste schon, wie viele es noch von ihnen gab. Aber als er sah, wie sehr Madame Duprais beim Erzählen dieser Ungeheuerlichkeiten aufblühte, kamen ihm leise Zweifel. »Haben Sie Beweise für diese Behauptungen?«

Jetzt erst wurde die Witwe stutzig. »Warum wollen Sie das eigentlich alles wissen? Sie haben mir ja noch nicht einmal gesagt, was Antoine verbrochen hat.« Sie verschränkte die Arme vor ihrer üppig wogenden Brust. »Ich werde kein Wort mehr sagen, bevor ich nicht weiß, was man ihm vorwirft.«

Pierre klappte den Block zu und seufzte. »Es tut mir leid, Ihnen das mitteilen zu müssen, aber Antoine Perrot wurde heute Morgen tot aufgefunden.«

Madame Duprais riss die Augen auf. Ihre Arme sanken hinab, doch sie sah nicht im Mindesten schockiert aus. »Das sagen Sie mir erst jetzt? Über einen Toten hätte ich niemals so schlecht geredet.«

»Es bleibt unter uns, Madame«, entgegnete Pierre. »Die Hauptsache ist, dass wir den Mörder fassen, und dabei benötige ich Ihre Hilfe. Können Sie mir konkrete Namen nennen?«

Seine Worte schienen nur langsam zu ihr durchzudringen, dann wurde sie sich offenbar ihrer neuen Bedeutsamkeit bewusst. *Sie* würde mit ihren Aussagen mithelfen, dass Recht und Ordnung Einzug nehmen konnten. »Ah, das ist nicht so einfach. Ich will ja niemanden in die Bredouille bringen.« Sie beugte sich zu ihm und senkte die Stimme. »Man sagt, auch der Portier der *Auberge Signoret* habe Grund, wütend auf Perrot zu sein, aber das sind natürlich nur Gerüchte …«

Als Pierre eine halbe Stunde später wieder auf die Straße trat, schwirrte ihm der Kopf. Wäre es nach Madame Duprais gegangen, hätte er noch einen Kaffee getrunken und selbstgebackene Madeleines gegessen, aber angesichts der Mattheit, die ihr ungebrochener Redefluss in ihm ausgelöst hatte, verabschiedete er sich rasch mit dem Hinweis auf die anstehende dringliche Ermittlungsarbeit – obwohl er einen Bärenhunger hatte. Zumal sich aus ihrer Geschwätzigkeit nichts Neues ergeben hatte, ebenso wenig wie aus der Untersuchung des vermieteten Zimmers.

Antoine Perrot schien nicht viel besessen und auch keinen Wert darauf gelegt zu haben, Erinnerungen zu horten. Es gab weder Bilder noch Briefe. Nur sein Ausweis lag in der Schublade seines Nachttisches; Pierre steckte ihn vorsorglich ein. Die Witwe hatte ihm versichert, am gestrigen Abend im Haus gewesen zu sein, als Perrot selbiges verlassen habe. Da sei ihr aber nichts Außergewöhnliches aufgefallen. Der Übergriff musste also woanders stattgefunden haben. Nur wo?

Noch bevor er in die *Rue Magot* einbog, die in Richtung Wache führte, drehte er sich um und sah Madame Duprais mit kleinen eiligen Schritten aus dem Haus laufen. Nun dürfte es nicht mehr lange dauern, und das ganze Dorf wusste Bescheid.

4

Auf dem Weg zur Polizeiwache wählte Pierre einen kleinen Umweg, um nicht an der *mairie* vorbeizukommen. Der Bürgermeister des Ortes, Arnaud Rozier, saß gerne bei offenem Fenster mit Blick auf die Straße am Schreibtisch, und Pierre wollte nicht riskieren, von ihm angesprochen zu werden. Noch nicht. Er musste bald Meldung machen, am besten bevor jemand anders dem Stadtoberhaupt die Neuigkeiten zutrug. Rozier allerdings hasste es, Informationen in kleinen Häppchen zu bekommen, daher verschob Pierre dies lieber auf den nächsten Tag, wenn er alle Fakten beisammenhatte.

Leider bedeutete dieser Umweg auch, dass er nicht am *Café le fournil* vorbeikam, obwohl Pierre gerade so großen Hunger auf eines dieser köstlichen Sandwiches mit nussigem Rohmilchkäse hatte, dass ihm das Wasser im Mund zusammenlief. Er würde Celestine bitten, ihm eines zu holen, dazu noch ein Stück Apfeltarte.

In der Wache empfing ihn warme, stickige Luft. Obwohl sie gegen Nachmittag stets die Jalousien herabließen, war es unmöglich, die Hitze des Tages auszusperren – selbst jetzt im September war es, als befände man sich in einem Troparium. Mit Genugtuung registrierte Pierre, dass die Rose auf dem Fensterbrett vor Celestines Schreibtisch die Blütenblätter hängen ließ.

Celestine hackte konzentriert auf ihrer Tastatur herum, ohne aufzusehen. Eine Weile betrachtete Pierre ihr schmales Gesicht, das lange dunkle Haar. Sie war eine sehr attraktive Frau, hatte etwas von einer Katze. Er dachte an die vielen schönen Momente ihrer Beziehung, die gemeinsamen Ausflüge, die Gespräche, den guten Sex. Vielleicht sollte er seine Taktik ändern?

»Haben wir eigentlich schon eine Antwort auf unsere Bitte um eine Klimaanlage?« Er sagte es in freundlichem Tonfall.

»Nein.« Ihre Finger kamen abrupt zum Stillstand und ruhten angespannt auf den Tasten, der Kopf war noch immer gesenkt.

»Vielleicht sollten wir noch einmal nachhaken? Es ist ja nicht auszuhalten hier.«

Sie erhob sich wortlos, riss die Tür weit auf und verklemmte sie mit einem Holzkeil. »Besser so?«

Pierre schnaubte. Sie hatte sich offenbar vorgenommen, an der Stelle weiterzumachen, an der sie aufgehört hatten.

Wütend drehte er sich um, verschwand in seinem Büro und zog geräuschvoll die Tür hinter sich zu. Celestine jetzt zu fragen, ob sie ihm ein Sandwich holte, konnte er sich wohl schenken. *Zut alors* – so ein Mist!

Er legte die Akten auf den Tisch, griff hungrig in den Korb mit Obst und Gemüse, der seit dem Morgen neben seinem Schreibtisch stand, und aß ein paar Weintrauben. Dann wischte er sich die Hände an der Hose ab und öffnete den Ordner, in dem sich inzwischen auch die Liste der Hotelgäste befand, die Monsieur Boyer ihm ausgedruckt hatte.

Während er die Namen mit der Teilnehmerliste des Kochkurses abglich und Überschneidungen notierte, kamen ihm noch einmal Celestines Vorwürfe in den Sinn. Er sei ohne Frau überhaupt nicht fähig, Ordnung im Haus zu halten, geschweige denn, ein anständiges Essen zuzubereiten. Du liebe Güte! In diesem Dorf gab es haufenweise Männer, die in ihrer Ehefrau nur eine jüngere Version ihrer Mutter sahen und von ihr erwarteten, dass sie ihn bekochte, die Wäsche machte und das Haus sauber hielt. Im Gegensatz zu denen versuchte er selbst, sich zumindest in Celestine hineinzuversetzen und ihre Gefühle zu verstehen.

Abgesehen davon konnte er sehr wohl für sich sorgen und gewiss auch kochen, in diesem Punkt irrte sie. So schwer konnte es ja nicht sein!

Gleich am Abend wollte er für diese Behauptung den Beweis antreten. Entschlossen band er sich Celestines Schürze mit den Blümchen um, die noch immer am Haken neben den Geschirrtüchern hing, und betrachtete die Dinge, die er am Morgen auf dem Markt gekauft hatte. Warum hatte er bloß so viel Spinat geholt? Nur weil er Celestine mit seinem reich gefüllten Obst- und Gemüsekorb beeindrucken wollte? Insgeheim hatte er wohl gehofft, sie würde sich mit ihm vertragen wollen und dies zum Anlass nehmen, ein Versöhnungsessen zu kochen.

Falsch gedacht.

Also gut, dann würde er sich jetzt Nudeln mit einer Spinat-Käse-Sauce machen, so wie er sie seinerzeit in Paris bei seinem Lieblingsitaliener immer gegessen hatte. Ein einfaches Gericht. Das sollte er ja wohl hinbekommen.

Pierre wartete, bis das Wasser köchelte, und warf den Spinat hinein. Eine Handvoll sollte reichen, dachte er und legte die restlichen Blätter beiseite. Die Nudeln tat er gleich mit hinzu, dann machte er sich an die Käsesauce. Im Kühlschrank fand sich noch ein Stück Roquefort, das er in einen kleineren Topf legte und mit Milch übergoss.

Das Handy klingelte, als er gerade Salz in das Spinat-Nudel-Wasser gab. Es war Luc.

»Ich hoffe, es ist etwas Wichtiges«, brummte Pierre. »Hast du inzwischen mit Mademoiselle Morel gesprochen?«

»Kann ich vorbeikommen? Ich glaube, ich habe Mist gebaut.«

Pierre rollte mit den Augen. »Selbstverständlich. Bin aber gerade beim Kochen.«

»Prima, ich habe noch nichts gegessen. Bis gleich.« Damit legte er auf.

Es dauerte keine zehn Minuten, da klopfte es bereits, und Luc stand in der Tür.

»Hübsche Schürze«, sagte er mit vielsagendem Grinsen und trat ein. »Aber sie spannt ein wenig am Bauch, oder nicht?«

Pierre überging den Kommentar, legte die Schürze aber ab. »Nun erzähl schon. Was ist passiert?«

»Hattest du nicht erwähnt, dass du kochst?«

Resigniert bat Pierre seinen Assistenten in die Küche, gerade noch rechtzeitig, bevor die Milch-Käse-Mischung anbrannte. Kaum dass die hochkochende Sauce über den Rand zu laufen drohte, riss er den Topf vom Herd. Dann füllte er einen Teller mit Nudeln, Sauce und Spinat und nahm auch sich selbst eine Portion.

Die grünen Blätter waren zu einem winzigen Häuflein zusammengeschrumpft und nahmen sich auf der Käsesauce aus wie ein paar vereinzelte Kräuterflecken. Dagegen klebten die Nudeln wie eine feste Masse aneinander, die man nur mit Hilfe eines Messers auseinanderbekam.

»Also, was hast du gemacht?«, fragte Pierre und setzte sich zu seinem Assistenten an den Tisch.

»Zuerst erzähle ich besser, was ich herausgefunden habe«, begann Luc. »Eine der Rezeptionistinnen heißt Angeline Vaucher. *Angeline*, verstehst du?«

»Ist das die Frau, die Antoine Perrot am Vorabend seines Todes angerufen hat? Seine Verflossene?« Pierre probierte vorsichtig von dem Essen. Die Nudeln waren völlig zermatscht, und es knirschte beim Kauen. Vielleicht hätte er den Spinat vorher waschen sollen.

»Exakt.« Luc grinste von einem Ohr zum anderen. »Du hast es meinem umwerfenden Charme zu verdanken, dass sie mir ihre Geschichte anvertraut hat.« Luc schob sich eine Gabel Nudeln in den Mund und sprach weiter. »Sie ist mit dem Versicherungsvertreter Xavier Vaucher verheiratet, der von der Affäre nichts wusste, aber …« Er hielt inne, kaute, schluckte. »Das schmeckt ja grauenhaft!«

»Ich weiß.« Pierre starrte auf seinen Teller. »Vielleicht noch etwas Salz?«

»Meinst du, dadurch wird es besser?« Luc schob den Teller weit von sich. »Was ich sagen wollte: Die Trennung von Perrot hat ihr das Herz gebrochen, sie liebt ihn noch immer. Dass er mit Vivianne zusammen war, konnte sie nicht ertragen. Sie sagte, sie habe sich weiter um ihn bemüht, woraufhin er wohl gedroht hat, ihrem Ehemann alles zu erzählen, wenn sie ihn nicht in Ruhe lässt. Da ist sie ausgerastet und hat ihn am Telefon beschimpft.«

»Und? Hat Perrot daraufhin seine Drohung wahr gemacht?«

»Das konnte Madame Vaucher nicht sagen. Ihr Ehemann jedenfalls hat sich nichts anmerken lassen, und sie möchte auch nicht, dass er jetzt davon erfährt.« Luc nickte eifrig. »Aber vielleicht hat Monsieur Vaucher es doch gewusst und seinen Konkurrenten ausgeschaltet. Oder Angeline Vaucher war so sauer, dass sie einen Mörder beauftragt hat. Jawohl, jemanden, der künftigen Dorfcasanovas eine Warnung sein sollte.« Er rieb sich das Kinn. »Meinst du, Perrot hatte auch etwas mit dieser Köchin?«

Pierre stand auf und räumte schulterzuckend die Teller ab. »Zumindest haben wir mit dem Ehemann einen Tatverdächtigen. Einen von vielen, denen es ähnlich ergangen ist, wenn man Perrots Vermieterin Glauben schenken darf. Ich werde ihn mir morgen mal vornehmen.« Er notierte den Namen auf der Papierserviette. »Natürlich, ohne Madame Vaucher in Verlegenheit zu bringen. Hast du die Adresse?«

»Ich fürchte …« Luc hielt inne und wurde rot. »Du erinnerst dich, was ich dir vorhin am Telefon gesagt habe?«

»Den Mist, den du gebaut hast?«

Luc nickte.

»Erzähl schon.«

»Ich konnte Vivianne Morel nicht vernehmen, die Ärzte haben mich nicht zu ihr gelassen, sie sei noch zu schwach. Da ich ohnehin schon in Cavaillon war, bin ich gleich zur Dienststelle der *police nationale* gegangen … Ich dachte, die Zuständigen dort könnten selbst mit Mademoiselle reden, wenn sie aufwacht. Schließlich sind sie vor Ort, und wir haben auch so schon genug zu tun.«

Die Verzweiflung in seinem Blick ließ Pierre erahnen, was nun kam. »Du hast mit Jean-Claude Barthelemy gesprochen.«

»Na ja …« Luc schluckte heftig. »Er war sowieso schon im Bilde. Der Rechtsmediziner und die Spurensicherung … Vielleicht hätte ich nicht erwähnen sollen, dass die *Domaine des Grès* einem reichen Schweizer Industriellen gehört. Ich meine, wir sind ja nur die *Police municipale* …«

»… die in einem solchen Fall nicht zuständig ist«, vollendete Pierre den Satz. »Was hast du dir bloß dabei gedacht? Verdammt, willst du den Rest deiner Dienstzeit nur noch Verkehrskontrollen machen?«

Jean-Claude Barthelemy! Pierre schnaubte. Das war klar. Natürlich oblag Pierre als einfachem Gemeindepolizisten nicht die Zuständigkeit bei einer solchen Straftat, aber angesichts seiner Pariser Vergangenheit hatte man das bislang geflissentlich übersehen und seine Ermittlungen stets wohlwollend als »erweiterte Kooperation zwischen örtlicher *police municipale* und *police nationale*« betrachtet. Niemand riss sich um die Fälle im kleinen

Sainte-Valérie, und Bürgermeister Arnaud Rozier war stolz auf seinen umtriebigen *Chef de police*, solange er ihn und die Zuständigen aus Cavaillon auf dem Laufenden hielt. Hier allerdings ging es wohl um eine Sache von größerer Bedeutung. Wie schnell sich das Interesse doch steigern konnte …

Pierre ließ die halbvollen Teller scheppernd in die Spüle fallen. *Merde!* Bei jedem anderen Fall hätte er dem *Commissaire* den Vortritt gelassen. Aber bei diesem? Barthelemy, der kurz vor der Rente stand und zunehmend schwerfälliger wurde, würde sich bei den Ermittlungen die Hände nicht allzu schmutzig machen wollen. Würde die *police nationale* den Mord von Cavaillon aus überhaupt aufklären können?

»Barthelemy hat sich für morgen früh angekündigt, um alles Weitere mit dir zu besprechen«, fuhr Luc fort.

»Weiß Rozier schon davon?«

»Er hat ihn sofort informiert.« Luc schlug die Augen nieder. »Tut mir leid. Ehrlich.«

Es klang aufrichtig, obwohl Pierre seinem Assistenten für diese Dummheit nur zu gern die Ohren lang gezogen hätte. Fast ärgerte er sich, dass er nicht gleich zum Bürgermeister gegangen war, aber das hätte an der Entscheidung vermutlich nicht viel geändert.

»Schon gut. Ich habe es ja nicht anders gewollt.«

Pierre blickte hinaus in den goldrot gefärbten Himmel, dessen Licht sich langsam hinter den Zedern senkte.

Es war seine eigene Entscheidung gewesen, die Stelle als *Commissaire* in Paris zu kündigen und stattdessen einen Posten in ländlicher Idylle anzunehmen, selbst wenn dieser weit unter seiner Qualifikation lag. Er war zu stolz gewesen, darauf zu warten, bis man ihn zwangsversetzte und in einem fernen Winkel Frankreichs unterbrachte. So wie es einem Kollegen ergangen war, der nun sein Dasein im hintersten Finistère fristete.

Die Provence … Hier hatte er schon immer leben wollen. Weinberge, Olivenbäume und Obsthaine, ein unvergleichbares milchiges Licht, der Wechsel zwischen üppiger Vegetation und kargen, steinigen Hochflächen. Wenn man in einem der beiden Cafés auf dem Marktplatz saß, konnte man bei gutem Wetter bis zum Mont Ventoux sehen, dessen ausgeblichener Kalkstein wie eine Schneekuppe wirkte. Den schönsten Blick auf den fernen Riesen hatte man im Juli, zur Zeit der Lavendelblüte. Weiter oben in den Hochebenen erstrahlte dann das ganze Land in Malve, Blau und Violett. Jeder Atemzug war durchtränkt mit den herrlichsten Gerüchen, und das Summen der Bienen erfüllte die Luft.

Pierre wandte den Blick ab, atmete tief durch und drehte den Hahn auf, bis das Wasser die klebrige Pampe von den Tellern durch den Ausguss gespült hatte.

Nein, er war hier, mitten im schönsten Teil Frankreichs, in dem kleinen, beschaulichen Dorf Sainte-Valérie, um jegliche berufliche Konfrontation hinter sich zu lassen. Alles, was er wollte, war seine Ruhe. Und die würde er sich nicht wegen eines Streits um Zuständigkeiten verleiden lassen. Er würde Barthelemy keine Steine in den Weg legen.

5

Durch das weit geöffnete Fenster drang kühle Morgenluft herein. Bald, wenn das Restaurant *Chez Albert* sich auf den Tag vorbereitete, würde der Geruch von Essen über den Hinterhof ziehen. Mit ihm der Gestank alter Fischabfälle und Gemüsereste, die in der Wärme rasch faulten. Daher hatte Pierre es sich angewöhnt, so früh wie möglich in die Wache zu kommen, um die verbrauchte Luft hinauszulassen, bevor er den Rest des Tages bei geschlossenem Fenster verbrachte.

»*Bonjour, mon ami.*« Die halb geöffnete Tür wurde weiter aufgerissen, und der dröhnenden Stimme folgte ein roter, feister Kopf. Barthelemy trug eine schlecht sitzende, etwas zu groß geratene Uniform, die seinen dicken Bauch nicht im Mindesten verbergen konnte. »Immer fleißig, was?« Er klopfte auf den Schreibtisch.

»Jean-Claude.« Pierre umrundete seinen Arbeitsplatz und gab dem *Commissaire* aus Cavaillon die Hand. »Wie ich höre, interessierst du dich für unser Dorfleben?«

Barthelemys Händedruck war kräftig. »Wie man es nimmt«, brummte er. »Aber es macht nun mal keinen guten Eindruck, wenn ein bedeutender Schweizer Investor wie Monsieur Leuthard im Kommissariat anruft und ich ihn auf einen einfachen *policier* verweisen muss. Das kannst du doch sicher verstehen.«

»*Chef policier*«, korrigierte ihn Pierre, unterdrückte jedoch seinen Missmut. Stattdessen bot er Barthelemy einen Platz an. »Kaffee?«

»Ja. Schwarz.«

»Celestine!«, rief Pierre hinaus in Richtung Vorzimmer, und als keine Antwort kam, entschuldigte er sich und ging hinüber. »Celestine, Monsieur Barthelemy möchte einen Kaffee.«

»Bitte.« Sie blieb ungerührt sitzen und zeigte auf die Kaffeemaschine. »Du kannst ihm gerne einen bringen.«

Was war nur in sie gefahren, so kannte er sie gar nicht. »Celestine, das geht zu weit«, zischte er leise. »Lass uns später noch einmal reden. Unser Streit hat doch nichts mit der Arbeit zu tun, also sei so gut und mach dem *Commissaire* einen Kaffee.«

Sie erhob sich widerwillig. »Ich glaube nicht, dass es zu meinen Pflichten gehört, Getränke zu servieren. Zumindest steht das nicht in meinem Arbeitsvertrag.«

»Das klingt ja fast so, als hättest du mit einem Anwalt darüber gesprochen.«

Sie errötete leicht und reckte das Kinn vor.

»Ach, hast du das wirklich?« Pierre lachte auf. »Sag bloß, diese verdorrte Rose ist auch von ihm.«

Sie schwieg, aber die Röte vertiefte sich.

»Er wird dich gewiss gerne darüber aufklären, dass es durchaus zu den üblichen Aufgaben einer Sekretärin gehört, Kaffee zu kochen, und dass Arbeitsverweigerung ein sofortiger Kündigungsgrund ist.« Grimmig presste er die Lippen aufeinander, ging mit großen Schritten zurück in sein Büro und verschloss die Tür. Ein Rechtsanwalt also. Nur, wer konnte es sein? François Pistou sicher nicht, der war weit über siebzig und sah mit seinem übergroßen Unterkiefer aus wie ein Kamel.

»Probleme?« Barthelemy riss ihn aus seinen Gedanken.

»Der Kaffee kommt gleich«, antwortete Pierre ausweichend und setzte sich hinter seinen Schreibtisch. »So, nun erzähl, wie du dir das vorstellst. Übernimmst du die Ermittlungen, oder schickst du einen von deinen Leuten her?«

»Ich werde mich selbst darum kümmern.«

Vom Hinterhof erklang das Scheppern einer Mülltonne, der strenge Geruch von Kohl waberte durch das geöffnete Fenster. Pierre stand auf und schloss es hastig.

Barthelemy hustete röchelnd, förderte ein Taschentuch zu Tage, um das Hochgeräusperte hineinzuspucken, und warf das zusammengeknüllte Tuch in den Papierkorb unter dem Schreibtisch. Dann lehnte er sich wieder im Stuhl zurück. »Ich werde mir wohl eine Art Behelfsbüro beim Bürgermeister in der *mairie* einrichten«, sagte er und fügte grinsend hinzu: »Dort gibt es übrigens eine Klimaanlage.«

Pierre nickte und nahm sich vor, künftig den Papierkorb mit einer Plastiktüte zu versehen.

»Ekelhafte Sache, das mit dem Jungen«, fuhr der *Commissaire* fort. »Gibt es schon einen Tatverdächtigen?«

Pierre ordnete seine Notizen. »Nur Vermutungen. Bei Antoine Perrot handelt es sich um einen jungen Mann, der nichts anbrennen ließ. Wie viele Frauen er vor seinem Tod beglückt hat, wissen wir noch nicht. Wir kennen nur zwei Namen. Vivianne Morel, seine Verlobte. Arbeitet als Zimmermädchen in der *Domaine des Grès* und liegt zurzeit im *Centre Hospitalier* in Cavaillon. Sie dürfte heute wieder vernehmungsfähig sein. Mit Angeline Vaucher, einer Rezeptionistin der *Domaine*, hatte er vorher eine Affäre. Ihr Mann Xavier weiß nichts davon. Sie wollte Perrot wohl zurückgewinnen, und er hat damit gedroht, es auszuplaudern, wenn sie ihn nicht in Ruhe lässt. Ein entsprechendes Telefonat war am«, er blätterte in seinen Unterlagen, »fünfzehnten September, also einen Tag vor seinem Tod. Daneben gibt es allerhand Gerüchte. Angeblich hatte er auch etwas mit der Frau des Schlachters und der Gattin vom Portier der *Auberge Signoret*.«

»Damit sieht es nach einem Gewaltverbrechen aus Eifersucht aus.«

»Möglicherweise. Nur hätte man den Mord dann mit weniger Aufwand und Risiko verüben können.«

Die Tür ging auf, und Luc steckte den Kopf herein.

»Was gibt's?«, fragte Pierre, ungehalten über die Unterbrechung.

»Sie ist weg.«

»Was heißt ›Sie ist weg‹?«

»Ich soll dir das hier von Celestine geben.« Er trat näher und wedelte mit einem handgeschriebenen Zettel. »Eine Kündigung. Was machen wir jetzt?«

»Das klären wir später.« Celestines offen ausgetragene Wut erstaunte Pierre. Noch vor einer Woche hatte sie sich zärtlich an ihn geschmiegt, und nun das. Konnte man sich so schnell entlieben? Er räusperte sich. Was auch immer sie sich dabei gedacht hatte, es war sicher besser so. »Du übernimmst solange ihre Arbeit«, sagte er dann. »Als Erstes könntest du uns einen Kaffee bringen. Der *Commissaire* trinkt ihn schwarz.«

»Ich?« Der Assistent schüttelte langsam den Kopf.

»Ja, du. Sieh mich gefälligst nicht so an, oder glaubst du, die Arbeit macht sich von allein?«

»Probleme«, bekräftigte Barthelemy trocken, nachdem Luc die Tür hinter sich geschlossen hatte.

Eine Weile arbeiteten sie konzentriert. Pierre legte alle vorhandenen Fakten dar, bis Barthelemy den Stift sinken ließ und sich stöhnend den Kopf rieb.

»Ich denke, das reicht. Den Ordner werde ich Madame Berg persönlich zurückgeben. Alles Weitere liegt ab sofort bei uns.«

»*Mademoiselle* Berg«, sagte Pierre und lächelte. »Sie ist nicht verheiratet.«

»Macht das einen Unterschied?«

»Wenn du ihr eine Freude bereiten möchtest, schon. Sie legt Wert auf diese Bezeichnung.«

»Frauen!« Barthelemy schüttelte sichtbar verständnislos den Kopf und erhob sich. »Du findest mich beim Bürgermeister.«

»Kann ich sonst noch etwas für dich tun?«

»Nein.«

»Ich könnte Alibis überprüfen oder mit den Hinterbliebenen sprechen.«

»Nein, Pierre. Halt dich da raus. Das ist allein Sache des Kommissariats.«

Mit einem knappen Gruß verließ er das Büro.

»Na, wenn du dich da mal nicht täuschst …«

Missmutig schob Pierre die verbleibenden Akten über seinen Tisch: ein Verkehrsdelikt, eine Beschwerde wegen Ruhestörung, ein verlorenes Portemonnaie. Heute ging irgendwie alles schief. Er trommelte mit den Fingern auf seinen Schreibtisch, schließlich fuhr er den Computer herunter und sah nach seinem Assistenten.

»Halte die Stellung, Luc«, rief er ihm zu. »Ich nehme mir für den Rest des Tages frei.«

Unschlüssig hatte Pierre einen Moment vor der Tür der Polizeiwache gestanden, war dann die *Rue de la Citadelle* entlangspaziert und hatte Kindern zugesehen, wie sie Spatzen ein paar Brotkrumen zuwarfen. Dabei hatte er jeden Gedanken an den Fall zu ignorieren versucht. Es wollte ihm nicht gelingen. Was war Barthelemy doch für ein Wichtigtuer! Ein typischer *Commissaire* vom alten Schlag, der alles selbst in die Hand nehmen wollte und dabei jede Hilfe ignorierte. Dabei stand es in den *reglements*, dass die Gemeindepolizei mit der *police nationale* kooperieren durfte. Natürlich nur, wenn jemand ihr den Auftrag dazu erteilte. Und genau hier lag der Haken.

Erbost ballte Pierre die Fäuste in den Hosentaschen. Es erschloss sich ihm beim besten Willen nicht, warum zum Teufel

Barthelemy, der sich im Ort kaum auskannte, keine Unterstützung wollte.

Schließlich gab er es auf, mit der Situation zu hadern. Er würde nicht so tun können, als interessiere ihn der Fall nicht mehr, plötzlich, von einem Moment auf den nächsten. Und es konnte ja nicht schaden, wenn er sich ein wenig umhörte. Unauffällig selbstverständlich und nur aus persönlicher Neugierde. Dabei fiel ihm sofort ein Mann ein, der das Dorfleben besser kannte als irgendeine andere Person abgesehen von den alten Tratschweibern: Farid Ahmad Khaled Al-Ghanouchi.

Das kleine Bergdorf Sainte-Valérie schmiegte sich an eine alte Burgruine, in deren Räumen nun ein Olivenmuseum untergebracht war. In den Sommermonaten, wenn Busse die steile Straße erklommen und sich ganze Ladungen von Touristen durch die gepflasterten Gassen schoben, um die pittoresken Geschäfte und die wunderbare Aussicht über die weite Ebene zu bewundern, war der Ort erfüllt vom Stimmengewirr der Menschen. Jetzt aber, als Pierre sich auf dem Weg zu Farids *bureau immobilier* machte, begegneten ihm nur ein paar vereinzelte Besucher. Das Dorf gehörte wieder seinen Bewohnern.

Farid begrüßte ihn überschwänglich, als Pierre das Maklerbüro betrat. Sein dunkler Teint zeugte weniger von seiner arabischen Herkunft als von den vielen auf einem Stuhl vor der Tür zugebrachten Sonnenstunden. In diesem Ort, davon war Pierre überzeugt, geschah nichts, ohne dass Farid es mitbekam.

»Ich hätte da ein paar wunderschöne Objekte für dich«, begann der Makler sofort und rückte Pierre einen Stuhl zurecht. »Nicht weit von Sainte-Valérie entfernt.«

Pierre setzte sich und warf einen Blick auf das Dossier, das Farid ihm hinschob. »Eigentlich bin ich nur gekommen, um ein wenig mit dir zu plaudern.«

»Dann fühlst du dich also in deiner kleinen, efeuüberwucherten Wohnung wohl?«

Pierre lächelte. »Du hast deine Ohren wohl überall.«

Farid nickte grinsend und wischte sich mit einem Tuch über die schweißfeuchte Stirn, bevor er begann, die Vorzüge einer neu erbauten Villa aufzuzählen, deren Preis weit über dem lag, was Pierre sich leisten konnte. Dabei untermalte er seine Worte mit ausschweifenden Handbewegungen, umschrieb wild gestikulierend erst das Grundstück, dann die Größe des Pools.

»Komm, Farid, du weißt genau, dass ich mir das nicht leisten kann.«

»Nicht? Ich dachte, in Paris hättest du gut verdient?«

»Und du weißt sicher auch, wie viel, hm?«

Der Immobilienmakler schnalzte mit der Zunge und hob die Schultern. »Du kannst froh sein, dass ich dich nicht wie jeden anderen Pariser behandele.«

»Äußerst großmütig«, brummelte Pierre.

Obwohl er bereits seit drei Jahren in Sainte-Valérie wohnte, behandelten ihn die alteingesessenen Bewohner noch immer mit Vorsicht, denn dass ihr Gesetzeshüter ein Ortsfremder war, noch dazu ein Pariser, gab ihnen ausreichend Grund zur Zurückhaltung. Auch wenn er sich darum bemüht hatte, nicht die gängigen Klischees zu bedienen – weder arrogant zu sein noch laut und fordernd noch gekleidet wie ein Lackaffe –, es hatte nichts genützt. Anfangs waren alle Gespräche verstummt, kaum dass er die *Bar du Sud* betreten hatte, um dann in verhaltenem Tonfall weitergeführt zu werden. Die Frauen auf dem Markt hatten die Köpfe zusammengesteckt und getuschelt, sobald sie ihn gesehen hatten. Immer wieder war auch der Name von Pierres Vorgänger gefallen, der ein Tausendsassa gewesen sein musste. Ein unerschütterlicher Held im Dienste des Dorfes, der mit jeder Erzählung unerreichbarer wurde.

Mit der Zeit jedoch begegneten die Einheimischen Pierre mit zunehmender Gelassenheit. Was nicht zuletzt an seiner Verbindung zu Celestine gelegen hatte, die hier geboren und aufgewachsen war. Aber selbst heute, nach all den Jahren, kam es noch immer vor, dass der eine oder andere die Lippen schürzte, sobald Pierre sich in ein Gespräch über dörfliche Belange einbrachte.

»Wahrscheinlich bist du erst in zehn Jahren einer von ihnen«, hatte Farid einmal scherzhaft gesagt. Der Makler, der zwar seit seiner Geburt im Dorf lebte, die typische Unzugänglichkeit der Bewohner aber nicht annehmen mochte, war Pierre von Beginn an mit Freundlichkeit begegnet.

»Hast du schon gehört, was in der *Domaine* geschehen ist?« Pierre brannte darauf, vom neuesten Klatsch und Tratsch zu erfahren, den Madame Duprais sicher bereits in Umlauf gebracht hatte.

»*Ah, oui*. Der arme Kerl. Aber es war nur eine Frage der Zeit.«

»Wie meinst du das?«

Farid ignorierte die Frage und drehte sich stattdessen zu einem Regal mit Akten, aus denen er weitere Angebote hervorzog. An der Decke rotierte quietschend ein Ventilator und verteilte die stickige Luft. Farid öffnete den obersten Knopf seines Hemdkragens und legte einen Teil seines gekräuselten schwarzen Brusthaars frei.

»Komm, lass uns ins *Café le Fournil* gehen. Wir können uns auch dort weiter unterhalten.« Damit griff er nach dem Stapel gebundener Dossiers, ging zur Tür und drehte das Eingangsschild um: *Fermé* – Geschlossen.

Das *Café le Fournil* lag direkt am Marktplatz und war neben der *Bar du Sud* der beliebteste Anlaufpunkt in Sainte-Valérie. Der

Besitzer buk in alter Tradition das Brot selbst. Typisch provenzalisches *fougasse*, saftiges Landbrot, und das *petit pain* köstlicher als beim renommiertesten Pariser Bäcker. Daneben Mandelbiskuits, Apfeltartes und den besten *café brûlot* der Gegend. Was wohl daran lag, dass der Besitzer den verwendeten Orangenlikör ebenfalls selbst herstellte.

Während im Sommer nicht mal daran zu denken war, einen der begehrten Plätze vor dem Lokal zu ergattern, war nun gerade mal ein Drittel der Tische besetzt.

»Zwei *citron pressé*«, rief Farid dem Kellner entgegen, noch bevor Pierre überlegen konnte, was er trinken wollte, und setzte sich auf einen der geflochtenen Stühle unterhalb einer großen Platane. »Aber mit Eiswürfeln.«

Der erste Schluck der kühlen Limonade rann wie Balsam durch Pierres Kehle. Eine Weile saßen sie schweigend da und genossen die angenehme Temperatur unter den im lauen Wind rauschenden Blättern. In der Ferne plätscherte der Brunnen, Tauben flogen gurrend auf, als ein kleines Kind auf sie zulief. Vor *Saint-Michel*, der reich geschmückten Kirche aus dem vierzehnten Jahrhundert, sammelte sich eine kleine Gruppe Touristen und machte Fotos.

Farid kramte eine Packung Kräuterzigaretten aus seiner Hemdtasche, entzündete eine von ihnen und hinterließ einen orientalisch riechenden Rauch.

»Sieh an, Bernhard verdingt sich wieder als Reiseführer«, sagte er abfällig und wies auf einen kleinen Mann, der die Gruppe dirigierte.

»Was ist so schlimm daran?«

»Weil er nicht mehr weiß, als in den Reiseführern steht, die man in jeder gut sortierten Buchhandlung erhält.«

Pierre grinste. Er wollte lieber nicht wissen, was Farid über *ihn* so alles verbreitete. Wahrscheinlich war sein Streit mit

Celestine bereits Dorfthema. »Nun erzähl schon. Was weißt du über Antoine Perrot?«

»Fragst du als Freund oder als Polizist?«

»Macht das einen Unterschied?« Pierre schüttelte langsam den Kopf. »Der Fall liegt beim Kommissariat in Cavaillon. Ich bin raus.«

Farid nickte, nahm einen weiteren Zug und ließ den Rauch genüsslich durch die Lippen fließen. »Willst du wissen, was ich glaube? Es waren gleich mehrere Männer, die sich zusammengerottet haben, um sich von diesem Casanova zu befreien.«

»Eine Verschwörung?«

»Sagen wir mal so: Es gab da gewisse Tendenzen. Einige der Gehörnten haben sich getroffen und darüber gesprochen, Perrot eine Lektion zu erteilen.«

»Wer denn alles?«

Der Makler warf die Zigarette auf den Boden, steckte seine behaarten Finger in das Glas und angelte nach einem Eiswürfel. »Hat es für sie Konsequenzen, wenn ich es dir erzähle?«

»Du weißt, dass ich die Namen melden muss, auch wenn ich nicht der ermittelnde *Commissaire* bin.«

Farids Bemühungen waren erfolgreich, und er steckte sich einen tropfenden Würfel in den Mund. »Lass mich darüber nachdenken«, sagte er und zerbiss das Eis mit einem Knirschen.

Enttäuscht lehnte sich Pierre im Stuhl zurück. Aber er kannte den Tunesier lange genug, um zu wissen, dass er gesprächiger wurde, wenn man ihn nicht bedrängte. »Okay, dann zeig mir mal die anderen Häuser.«

Sofort erhellte sich Farids Gesicht. »Ich habe zufällig einige sehr seltene Objekte ergattern können, nach denen sich andere *agents* alle zehn Finger lecken würden. Darunter ein wunderschönes altes *maison de maître*.« Er schob Pierre ein weiteres Dossier hin, das ein zweistöckiges Steinhaus inmitten eines gepflegten Grundstücks zeigte. »Einhundertachtzig Quadratmeter Wohnfläche, Südwestlage, große Terrasse, automatische Gartenbewässerung.«

»Das ist viel zu groß.«

»Du solltest an die Zukunft denken, mein lieber Pierre. Wer weiß, vielleicht willst du ja bald eine Familie gründen, und dann brauchst du Platz. Eine ganze Menge Platz sogar.« Sein Blick schweifte in die Ferne, und mit einer Handbewegung zeigte er um sich, als sei der erwähnte Platz ebenso groß wie der gesamte Ort.

Pierre schüttelte unwillig den Kopf. »Ist nicht geplant«, sagte er nur knapp.

Farid sah ihn an wie ein trauernder Hund. »Celestine, hm? Oh ja, du Ärmster. Ich habe schon davon gehört. Dieser englische Anwalt. Er soll verdammt gut kochen können. Eigentlich ungewöhnlich für einen Engländer.«

Pierres Herz setzte für einen Schlag aus. Also stimmte es tatsächlich. »Ein englischer Anwalt?« Er suchte in seinen Erinnerungen, aber dort gab es niemanden, auf den diese Beschreibung passte. »Wohnt er außerhalb?«

Der Makler nickte. »Er heißt Thomas Murray. Graues volles Haar, sportlich gebaut, Typ George Clooney. Frühpensioniert und verdammt wohlhabend. Im vergangenen Jahr habe ich ihm ein Haus verkauft, unweit der *Abbaye de Sénanque*.« Das Mitleid in seinen Augen verstärkte sich. »Sag bloß, du hast davon nichts gewusst?«

»Nein.« Pierre unterdrückte ein Seufzen. Dagegen kam er nicht an. Weder war er wohlhabend noch sportlich gebaut, noch war sein Haar so voll, wie es einmal gewesen war. Aber zumindest war es bis auf wenige graue Strähnen dunkel, und er selbst war mit seinen zweiundvierzig Jahren weit von einer Pensionierung entfernt.

»Celestine war wohl schon öfter bei ihm zu Gast«, erzählte Farid weiter. »An manchen Wochenenden lädt er Freunde ein, die alle um eine große Tafel im Garten sitzen, und serviert selbst zubereitete Köstlichkeiten. In den Bäumen hängen bunte Lampions neben Lautsprechern, aus denen klassische Musik ertönt. Seine Feiern sind legendär. Manchmal, in besonders warmen Nächten, sollen die Gäste sogar in den Pool springen. Nackt!«

Pierre wollte sich nicht vorstellen, wie sich Celestine nackt mit diesem pensionierten Clooney im Wasser räkelte. »Der ist doch viel zu alt für sie«, eiferte er sich.

»Aber er kann verdammt gut kochen«, beharrte Farid, und damit schien für ihn dieses Thema beendet, denn er wechselte augenblicklich zum nächsten Dossier. »Sieh mal, ein alter Bauernhof, klein und übersichtlich. Eine Ziege gibt es mit dazu, und das alles zu einem sehr interessanten Preis.«

»Was soll ich denn mit einer Ziege?«

»Nun denn, ich will es mal so sagen: Du kannst froh sein, wenn ich dir nicht eine baufällige Ruine zu einem horrenden Preis anbiete, wie es die meisten *agents* tun. Betrachte die Ziege als Geschenk des Hauses und lade mich irgendwann mal zu einem leckeren Zickleinragout ein, hm?« Er hob die linke Augenbraue.

Pierre starrte auf das Bild. Der Bauernhof sah gar nicht mal so schlecht aus, und mit etwas Arbeit konnte daraus durchaus etwas Nettes werden.

»Gut. Du zeigst mir das Objekt und erzählst mir dabei ein paar Details über die geheimnisvollen Gehörnten, die Perrot eine Lektion erteilen wollten.«

Sie verließen das Dorf in südlicher Richtung. Der Fahrtwind spielte mit Farids dunkel gelocktem Haar, als er sein Cabrio die steile Straße hinablenkte, durch rotbraune Erde, an kleinen

Steinhütten und vereinzelten Häusern vorbei. Kurz bevor sie die Ebene erreichten, fuhr er nach links, und nun ging es wieder bergan. Nach wenigen Minuten bog er auf einen von dunklen Zypressen gesäumten Weg ab, der immer schmaler wurde, bis er schließlich hinter einer steinernen Brücke endete.

»Der Bach ist so klar, dass man die Forellen darin sehen kann«, rief Farid gegen das Plätschern an und brachte das Auto vor dem Gehöft zum Stehen.

Sie stiegen aus, Pierre sah sich um. Überrascht erkannte er, dass sie das Dorf lediglich weiträumig umrundet hatten. Das Objekt, das der Immobilienmakler ihm mit einer einladenden Handbewegung präsentierte, lag nicht einmal zwanzig Gehminuten von Sainte-Valérie entfernt.

Als Pierre auf das alte Haus zuging, war es ihm plötzlich, als erwärme sich sein Herz. War es das, was er immer gesucht hatte?

Der Hof lag inmitten verdorrter Wiesen, Ginsterbüsche und silbrig schimmernder Olivenbäume, an der Bergseite erhob sich ein dichter Laubwald. Das Anwesen bestand aus zwei Gebäuden, wobei das kleinere rechtwinklig zum Haupthaus lag und offenbar der Stall war. Daneben stand ein alter Ziehbrunnen.

»Gibt es auch funktionierende Wasseranschlüsse?«, fragte Pierre.

Beim Näherkommen zeigte sich, dass das Foto im Dossier eindeutig geschönt war. Hoffentlich erwarteten einen hier keine unliebsamen Überraschungen.

»Ja, sie sind allerdings nicht die neuesten …« Farid zuckte mit den Schultern. »Aber ein guter Klempner kann das problemlos richten.«

Sie betraten das kühle Haus. Das Entree ging direkt in einen großzügigen Raum über, in dem ein modriger Geruch vorherrschte. Pierre öffnete die Fensterläden und ließ Luft und

Sonnenlicht herein. Staub tanzte in den eindringenden Strahlen, hier schien seit Jahren niemand mehr saubergemacht zu haben.

»Es ist sehr ... ursprünglich«, sagte er und betrachtete die alten, teils zersprungenen Fliesen und dicken Holzbalken, die offenbar dringend gestützt werden mussten, wenn das Haus nicht über seinen Bewohnern zusammenbrechen sollte. Oberhalb des Wohnraums hatte man den Dachboden entfernt und damit ein Gefühl von Weite geschaffen, dabei jedoch mit Sicherheit versäumt, einen Statiker zu Rate zu ziehen. Pierre überschlug, dass es gewiss Monate dauern würde, das Haus halbwegs bewohnbar zu machen.

»Wie lange steht es schon leer?«

»Ach, eine ganze Weile. Aber man hat es erst jetzt zum Verkauf angeboten. Ein Erbschaftsstreit, du verstehst?«

Pierre nickte. Natursteinmauern, provenzalischer Charme, offener Kamin, und das alles in idyllischer Umgebung. Dieses Haus war der Traum vieler reicher Touristen, die jeden Schafstall kauften, um sich mit einer Menge Geld einen Alterswohnsitz zu erschaffen. Geld, das er nicht zur Verfügung hatte. Jedenfalls nicht in dieser Größenordnung.

Er ging in die Küche und drehte am Wasserhahn, der die Bewegung mit einem lauten Quietschen quittierte. Es blubberte und gurgelte, schließlich kam stotternd brackiges rostbraunes Wasser aus der Leitung geschossen.

»Du musst es nur eine Weile laufen lassen, dann wird es klar«, meinte Farid mit Kennermiene.

»Ich möchte lieber nicht wissen, was passiert, wenn man die Klospülung betätigt.« Pierre stieg die Treppe zum oberen Stock hinauf, durchwanderte drei weitere Räume, wobei er das altertümliche Bad aus olfaktorischen Gründen aussparte, und kehrte dann zum Ausgangspunkt zurück. »Okay, ich habe es gesehen«, resümierte er und schloss die knarrenden Fensterläden. »Ganz nett, aber wohl eher etwas für einen Architekten mit Erfahrung.«

»Ich kann dir einen empfehlen.«

»Das glaube ich nur zu gerne.«

»Und? Nimmst du es?«

»Wenn du es mir für den Preis eines Pferdeackers verkaufst, dann schon. Allein die Renovierung kostet so viel wie ein Neubau.«

Farid lachte. »Du wirst es nehmen, glaub mir. Es passt zu dir. Ich reserviere es dir für eine Woche.«

»Tu, was du nicht lassen kannst. Aber sei nicht sauer, wenn du vergeblich hoffst.«

Als sie wieder ins Freie traten, erklang ein lautes Meckern. Hinter dem Stall lugte eine weiß-braun gescheckte Ziege hervor. Erst neugierig, dann mit wachsendem Interesse. Schließlich rannte sie auf kurzen schnellen Beinen auf sie zu.

»Das ist Cosima«, stellte Farid vor. »Zurzeit kümmert sich der Nachbar um sie. Cosima, das ist dein zukünftiger Besitzer Pierre.«

Als hätte die Ziege seine Worte verstanden, näherte sie sich Pierre mit nach vorn gerecktem Kopf und begann schließlich, ihm die Hände abzulecken.

Die raue Zunge kitzelte an den Fingern, und Pierre fühlte eine spontane Zuneigung zu dem Tier. »Cosima also …« Er suchte in seinen Taschen vergeblich nach etwas Essbarem, allerdings sah die Ziege nicht unbedingt unterernährt aus. »Was fährst du als Nächstes auf, damit ich den Hof doch noch kaufe?«, sagte er, an Farid gewandt, mit einem Lachen. »Einen Weinberg?«

»Wenn es weiter nichts ist. Zu dem Anwesen gehört noch ein wenig brachliegendes Land. Solltest du also auf einem Weinberg bestehen, bitte sehr.« Der Immobilienmakler grinste. »Komm schon, Pierre. Ich mache dir einen guten Preis.«

»Vergiss es. Lass uns fahren.«

Als das Cabrio langsam anrollte, drehte Pierre sich noch einmal um. Die Ziege folgte ihnen, bis sie die steinerne Brücke überquerten, dann blieb sie mit vernehmlichem Meckern stehen.

»Ich habe nachgedacht«, sagte Farid plötzlich. »Dieser Mord. Vielleicht hat er doch nicht Perrot gegolten.«

»An wen denkst du?« Pierre sah wieder nach vorn. Er hatte Mühe, sich auf den Fall zu konzentrieren.

»Womöglich hat es etwas mit der *Domaine* zu tun? Dieser Schweizer, Monsieur Leuthard …« Farid fingerte in seiner Brusttasche und zündete sich eine Kräuterzigarette an. »Es ist nur so ein Gedanke. Weißt du, Perrot war kein übler Bursche. Sicher, einige Ehemänner wollten ihn zur Raison bringen, aber würden sie sich wirklich verschwören, um einen Mord zu begehen?«

Farid sprach aus, was Pierre bereits seit dem Verhör des Sommeliers durch den Kopf gegangen war. Der Besitzer der *Domaine* bot reichlich Aggressionsfläche. Bloß warum ausgerechnet Perrot? War er nur zufällig zum falschen Moment am falschen Ort gewesen?

»Die zuständigen Beamten werden allen Hinweisen nachgehen. Natürlich wäre es einfacher für sie, wenn sie Namen hätten.«

»Ich gebe sie dir. Aber nur, wenn du mir versprichst, dass du niemandem sagst, von wem du sie hast.«

Pierre nickte. »Ich gebe dir mein Wort.«

»Die Männer, die sich zusammengeschlossen hatten, sind allesamt ehrenwert«, begann Farid leise und zog an der Zigarette. »Sie haben lediglich etwas Wesentliches verkannt.« Er blies den Rauch stoßweise aus. »Weißt du, Pierre, wir Männer übersehen manchmal in unserer satten Zufriedenheit, dass unsere Ehefrauen auch Bedürfnisse haben. Irgendwann sind sie wie ausgedorrt und sehnen sich nach Aufmerksamkeiten, Blumen und netten Worten. Perrot hat das gewusst und sie wieder aufblühen lassen.« Er zog noch einmal, bis die Glut heftig aufglomm, und drückte den Stummel in dem überquellenden Ascher aus. »Sag mir, ist es wirklich allein seine Schuld, wenn die Frauen sich ihm hingeben? Oder wäre es ohne das Zutun der Männer erst gar nicht so weit gekommen?«

Pierre schluckte. Er dachte an Celestine und die vergangenen Monate. Sie war ihm selbstverständlich geworden. Wie oft hatte sie ihm gesagt, dass sie Aufmerksamkeiten vermisste? War der Engländer am Ende nichts anderes als das, was Perrot für die anderen Frauen gewesen war? Jemand, der ihr zuhörte und ihre Bedürfnisse ernst nahm?

»Aber nachdem er sie verwöhnt und bekommen hatte, was er wollte, ließ er sie einfach fallen«, antwortete er schroffer als gewollt. »Er ist also keinen Deut besser.«

»Das stimmt.« Farid warf ihm einen kurzen Seitenblick zu. »Die Namen also: Schlachter Guillaume Loriant, Xavier Vaucher, der Versicherungsverteter, Biobauer Joseph Rochefort und Jean Forestier, der Portier der *Auberge Signoret*.«

Xavier Vaucher, sieh an! Pierre holte seinen Block hervor und machte sich Notizen. Inzwischen waren sie wieder am Ortseingang angelangt. Ein Schild wies nach rechts zur *Domaine des Grès*.

»Setzt du mich bitte hier ab? Ich habe noch etwas zu erledigen.«

Farid fuhr an die Seite. »Was ist jetzt mit dem Objekt? Ich kann dir auch noch andere zeigen.«

»Für heute reicht es. Ich melde mich.« Pierre gab ihm die Hand. »Und: danke, mein Freund.«

Pierre entdeckte Charlotte Berg im Kräuterbeet hinter dem Haupthaus der *Domaine*. Kniend, im Korb die unterschiedlichsten Blätter und Blüten. Das Haar trug sie wieder offen, von einem Strohhut beschirmt.

»Haben Sie schon einmal Pimpernelle in den Salat getan?«, fragte sie zur Begrüßung und klopfte sich die Erde von den Beinen. »Es schmeckt hervorragend, leicht nussig.« Sie hielt Pierre ein paar kleine, gezackte Blätter hin. »Hier, riechen Sie mal.«

Er nahm einen Stängel und schnupperte daran. »Erinnert irgendwie an …« Konzentriert schloss er die Augen, roch noch einmal, dann öffnete er sie wieder und schüttelte den Kopf.

»… an Gurken«, ergänzte sie lachend.

»Sie haben Recht.« Bemerkenswert, dachte er, ich habe das Kraut all die Jahre für Viehfutter gehalten.

»Man kann es auch für Kräuterbutter verwenden oder gemeinsam mit Majoran und Estragon als Marinade für ein hauchdünn geschnittenes Rinderfilet nach Art eines Carpaccios.«

»Können Sie es mir beibringen?«

»Wie man ein Kräutercarpaccio macht?«

»Auch das. Ich will kochen lernen. Ein mehrgängiges Menü. Es muss großartig werden, total beeindruckend.«

»Haben Sie denn schon mal gekocht?«

»Wenn Sie zermatschte Nudeln mit geronnener Käsesauce so bezeichnen wollen …«

Sie lächelte belustigt. »Ich sehe schon, wir müssen ganz von vorn beginnen. Wie viel Zeit haben wir?«

»Ein paar Tage?«

»Geben Sie mir drei Wochen. Sie nehmen an meinem Kochkurs teil und lernen die Grundlagen. Gemeinsam stellen wir ein Menü zusammen, das jede Frau beeindrucken wird. Es ist doch für eine Frau, oder?«

Er errötete.

Sie lächelte und hob den Korb mit den Kräutern. »Ich muss das Abendessen vorbereiten. Wenn Sie mögen, begleiten Sie mich. In der Küche gibt es eine Menge guter Bücher, die Sie inspirieren werden. Und keine Sorge: In drei Wochen können Sie ein Menü zaubern, das Ihre Angebetete nie mehr vergessen wird.«

6

Das Bürgermeisteramt lag direkt an der *Place du Village*. Als Pierre am späten Nachmittag die *mairie* betrat, schlug ihm ein intensiver Geruch nach Farbe entgegen. Er hatte sich derart an den muffigen des alten Linoleums gewöhnt, dass er erstaunt innehielt, bevor er die zwei Stufen zur Anmeldung hinaufstieg, wo Gisèle, die magere Empfangsdame, hinter einem Holztresen saß.

»Es geschehen noch Zeichen und Wunder«, sagte er zur Begrüßung und zeigte auf die mit breitem Kreppband abgeklebten Türrahmen. »Sag bloß, ihr renoviert?«

Gisèle nickte. »Die Maler sind seit gestern im Haus. Monsieur Rozier möchte alles in Weiß und Gelb haben. Sogar einen neuen Fußboden bekommen wir.« Sie verzog den Mund. »Es ist das reinste Chaos. Und es stinkt furchtbar!«

»Besser als der Geruch nach alten Turnschuhen.« Pierre zuckte mit den Achseln.

»Ich mochte es so, wie es war«, beharrte Gisèle. »Heutzutage muss ja alles neu sein, dabei wird es nur kälter und ungemütlicher. Der Charakter eines Gebäudes wächst mit den Jahren, das kann man doch nicht einfach übertünchen. Aber ich schwöre Ihnen, wenn irgendjemand auf die Idee kommt, meinen Tresen gegen einen dieser Plastikwürfel einzutauschen, dann kündige ich auf der Stelle.«

Die *mairie* als gemütlich zu bezeichnen erschien Pierre mehr als übertrieben. Sie war seit dreißig Jahren nicht mehr renoviert worden. Spinnennetze wurden bloß noch mit dem Besen verteilt, und der Grauschleier auf Wänden und Decken hatte eine deprimierende Ausstrahlung. Fast könnte man meinen, Gisèle wäre Teil dieses trübsinnigen Ambientes geworden, denn ihre Mundwinkel waren mit den Jahren um mehrere Zentimeter nach unten gewandert.

»Wo finde ich Jean-Claude Barthelemy?«, fragte er, bevor sie ihre Ode auf den Charme althergebrachter Dinge fortsetzen konnte.

»Barthelemy«, stieß Gisèle aus und machte eine abwertende Handbewegung. »Kommt rein und verlangt ein eigenes Zimmer. Und das, obwohl wir mit den Renovierungsarbeiten alle Hände voll zu tun haben.« Sie lehnte sich zurück und verschränkte die Arme. »Er hat gerade vor einer Viertelstunde das Bürgermeisteramt verlassen. Ist es wichtig?«

»Es geht um den Mord an Antoine Perrot. Ist Arnaud da?«

»Ja, der ist im Haus. Soll ich Sie anmelden?« Sie hob die Brille, die an einer goldfarbenen Kette um ihren Hals hing, vor die Augen und tippte ein paar Zahlen in die Gegensprechanlage. »Monsieur Rozier? Pierre Durand für Sie.«

Der Raum des Bürgermeisters strahlte bereits in sonnigem Gelb. Arnaud Rozier war hinter dem Berg von Akten auf seinem Schreibtisch verschwunden. Nur sein von grauen Strähnen durchzogener Haarkranz wippte mit der Bewegung des beinahe kahlen Kopfes auf und ab.

»*Bonjour*, Arnaud«, sagte Pierre, woraufhin Roziers dickwangiges Gesicht hinter den Ordnern hervorlugte.

»*Bonjour, mon ami*«, entgegnete er erfreut, als entdecke er einen lang verschollenen Verwandten. Dabei sprach er mit breitem provenzalischem Dialekt, den er, wie Pierre wusste, mit den Jahren kultiviert hatte, um seinen Wählern Nähe zu suggerieren. Er sprang auf, umrundete den Schreibtisch und reichte Pierre beide Hände. »Unser bester Mann. Was kann ich für dich tun?«

»Vielleicht hast du für euren besten Mann einen komplizierten Einbruch, den es aufzuklären gibt?«, brummte dieser. »Es sei denn, du willst, dass ich vor lauter Langeweile jedem Touristen, der auch nur einen Fingerbreit über die Begrenzungslinien hinaus parkt, eine Radkralle ans Auto montiere.«

»Du kannst mir beim Sortieren der Akten helfen«, schlug Rozier vor und setzte, als Pierre abwehrend die Hände hob, hinzu: »Natürlich nur, wenn du willst. Bevor du jetzt durchdrehst und die Touristen vergrau…«

»Es war ein Scherz, Arnaud!«

Rozier seufzte. »*Beh oui*, die Sortiererei kann ohnehin nur jemand übernehmen, der mit den Anträgen und Formularen vertraut ist. Leider. Freu dich also über die Mußestunden, patrouilliere durch die Straßen und genieß das herrliche Wetter.« Er deutete aus dem Fenster, als habe er den Sonnenschein zu Pierres Ehren bestellt. »Oder gibt es einen bestimmten Grund für deinen Besuch?«

»Celestine hat gekündigt. Fristlos.«

»Wie meinst du das?«

»Sie hat eine handschriftliche Kündigung verfasst und ist gegangen.«

Stirnrunzelnd legte Rozier den Zeigefinger ans Kinn, als müsse er das Gesagte noch einmal genau überdenken. »Das darf sie gar nicht«, sagte er schließlich. »Sie hat einen Arbeitsvertrag mit vorgegebenen Fristen.«

»Laut dem ihrer Meinung nach das Kaffeekochen nicht zu ihren Aufgaben gehört.«

»Das ist doch völliger Unsinn! Sag ihr, sie soll auf der Stelle wiederkommen.«

»Das musst du ihr selbst sagen, auf mich wird sie nicht hören.«

Rozier setzte ein Gesicht auf, das Pierre sehr an Farids Hundeblick erinnerte. »Dieser englische Anwalt, nicht wahr?«

»Du weißt es also auch schon?« In diesem Moment fragte Pierre sich, ob es die Spatzen längst von den Dächern gepfiffen hatten, als er noch glaubte, sie gäben ein wundervolles Paar ab. Aber er war nicht gewillt, näher darauf einzugehen, und kam stattdessen auf die Mordsache zu sprechen. »Ich habe neue Erkenntnisse zum Fall Antoine Perrot. Barthelemy hat mir zwar gesagt, ich soll mich da raushalten, aber ich kann ja schlecht meine Ohren verschließen.«

»Pierre …« Roziers Stimme wurde sanft, als müsse er ein aufgebrachtes Kind beruhigen. »Als du diese Position übernommen hast, war dir doch klar, dass du, bei allen Freiheiten, in einem Mordfall nicht zuständig sein würdest. Egal, welche Qualifikationen du mitbringst. Es ist gesetzlich geregelt, da kann niemand dran rütteln.«

»Natürlich war mir das bewusst. Aber ich hatte nicht erwartet, dass man meine Hilfe ablehnt und mir nahelegt, mich komplett herauszuhalten.« Pierre reichte dem Bürgermeister einen Zettel.

»Was ist das?«

»Eine Liste von Verdächtigen. Man sagt, Antoine Perrot habe mit deren Frauen sexuellen Kontakt gehabt, und diese vier wollten ihm eine Lektion erteilen.«

»*Man?* Wer ist *man?*« Er drehte die Notiz mit spitzen Fingern um, als wäre die Preisgabe dörflicher Zwistigkeiten ein Akt der Blasphemie.

»Ich habe versprochen, nicht zu sagen, woher ich diese Information habe. Gib den Zettel Barthemely. Er wird wissen, was zu tun ist.«

Rozier zuckte mit den Schultern und schob den Zettel unter seine Akten. »Sicher weiß er das. Er ist ja Profi.«

»Natürlich!« Pierre wandte sich zum Gehen. »Also dann«, fügte er mit einem spitzen Grinsen hinzu, »ich patrouilliere dann mal ein wenig durch die Straßen.«

Er hob die Hand zum Gruß an die Schläfe und eilte hinaus, den farbgeschwängerten Flur entlang und an Gisèle vorbei, bevor diese den Kopf heben und ihn in ein weiteres Gespräch über die Nachteile von Modernisierungen verwickeln konnte.

Endlich stand er auf der Straße, stützte die Hände in die Hüften und atmete die warme Luft ein. Seine erzwungene Handlungsunfähigkeit belastete ihn mehr, als er sich hatte eingestehen wollen. Besser, er richtete seine Aufmerksamkeit nun auf etwas Positives. Zum Beispiel auf den Kochkurs von Mademoiselle Berg, den er am Abend besuchen wollte.

Lautes Zikadenzirpen begleitete Pierre, als er zu Fuß durch die abendliche Landschaft in Richtung *Domaine des Grès* ging. Luc hatte ihn noch einmal angerufen, damit er ihm beim Schlichten eines Nachbarschaftsstreits half, der in eine Prügelei ausgeartet war. Nun waren eingehende Notrufe nach Cavaillon umgeleitet, und der Moment, da er in die Geheimnisse der Kochkunst eingeweiht werden sollte, war gekommen.

Die Luft war merklich abgekühlt, umschmeichelte weich sein Gesicht. Zwei Jungen brausten lachend auf ihren Fahrrädern vorbei und zogen eine aufwirbelnde Sandwolke hinter sich her.

Pierre blieb stehen, sah ihnen nach, bis sie den Dorfrand erreichten, und setzte dann seinen Weg an der Abzweigung in Richtung Murs fort. In der Ferne tauchte inmitten eines großen Weinberges der Hotelkomplex auf, von der Abendsonne beleuchtet. Mit ihm die von Oliven- und Feigenbäumen umsäumte Mauer, das rote Dach des Poolhauses und das schmiedeeiserne Tor, das offen stand, um die Teilnehmer des Kochkurses einzulassen.

Die Einheimischen hatten gezetert und gewettert, als der Umbau der alten Poststation begonnen hatte, einige hatten gar mit selbst gemalten Plakaten protestiert und mit Argusaugen darüber gewacht, dass mithilfe der angelieferten Betonmischer nichts hochgezogen wurde, was gegen die Baubestimmungen verstieß. Dieser neureiche Schweizer verschandele mit seinem Vorhaben das ganze Dorf und locke arrogante Touristen an, die die Landschaft mit ihren Autos durchstreiften und dabei die Luft verpesteten, hatten sie geunkt. Er würde Reben herausreißen lassen, um auf dem fruchtbaren Boden einen Parkplatz zu zementieren, und jahrzehntealte Bäume fällen, um Tennisplätze zu errichten. Und wie würde man die aufwendig gestalteten Gärten anders bewässern können als mithilfe des ohnehin oft ausgetrockneten Flusses, der den umliegenden Bauern die Feldarbeit erleichterte? Die Fantasie schlug hohe Wellen, und es wurde manch heiße Debatte in der *Bar du Sud* geführt, die ihre von Alkohol und Sorge aufgepeitschten Gäste oft erst weit nach Mitternacht entließ.

Doch nichts von alldem war eingetreten.

Mit der *Domaine des Grès* war ein ausnehmend schönes Hotel entstanden, das sich nahtlos in die Umgebung einfügte. Die dort wohnenden Urlauber entpuppten sich als zurückhaltend, kulturell interessiert und vor allem: zahlungskräftig. Auch wenn es manch einer im Dorf nicht zugeben wollte, dieses Hotel bescherte dem Ort gute Einnahmen. Nicht nur den Inhabern der Marktstände, dem Klingelbeutel der *Église Saint-Michel* oder dem Restaurant *Chez Albert*. Auch der Krämerladen hatte sein Sortiment um Souvenirs erweitert, die nur ein Tourist würde kaufen wollen, und dabei gleich die Preise für Spirituosen um ein paar Cents erhöht.

Als Pierre das Tor nun zum dritten Mal in dieser Woche durchschritt und dem Kiesweg in Richtung Hauptgebäude folgte, spürte er eine unverhoffte Vorfreude. Er war gespannt, was ihn in Charlottes Kurs erwartete. Der Enthusiasmus, mit dem sie am Vortag ihre Rezepte durchgesehen hatte, um ein Menü zusammenzustellen, das leicht zu kochen und dennoch beeindruckend war, hatte ihn euphorisiert. Und die Gerichte, die sie ihm vorgeschlagen hatte, ließen ihm allesamt das Wasser im Mund zusammenlaufen:

Bouillabaisse mit gerösteten Weißbrotwürfeln, *rouille* und geriebenem Käse. Wolfsbarschfilet mit *sauce choron, poularde aux herbes.* Und erst die Süßspeisen ... Wenn er in drei Wochen auch nur eines dieser köstlichen Gerichte zubereiten könnte, nähme sein Leben eine ganz neue Wendung, dessen war er sich inzwischen sicher.

Derart motiviert betrat er das Gebäude, in dem die Küche lag. Aus dem Dorf, das hatte Pierre in der Teilnehmerliste gelesen, nahmen auch Marie und Isabelle Poncet, die noch unverheirateten Töchter des örtlichen Mechanikers, und Didier Carbonne teil, der beinahe siebzigjährige Uhrmacher und Stammgast der *Bar du Sud.* Pierre hatte seinen alten Kastenwagen schon auf dem Parkplatz stehen sehen.

Carbonnes Gesicht strahlte, als Pierre die große Küche betrat, in der sich die anderen Teilnehmer bereits eingefunden hatten. »Ah, Monsieur Durand. Heute ohne Uniform?«

Pierre sah an sich hinab. Er hatte sich für eine bequeme, nicht zu legere Variante entschieden: Jeans und kurzärmliges Hemd. »Warum nicht? Was soll ich denn sonst zu einem solchen Kurs anziehen?«

»*Sie* wollen kochen lernen?«, fragte Carbonne offensichtlich belustigt und fuhr sich über seinen wild wuchernden Backenbart.

Pierre atmete einmal tief durch. Auch Luc hatte sich ein Grinsen nicht verkneifen können, als er vom Vorhaben seines Chefs erfahren hatte. Da half es auch nicht, verdeckte Ermittlungen vorzuschieben, denn dafür musste man sich nicht selbst in die Küche stellen. »Was ist daran so komisch?«, fragte er den Alten, des Themas überdrüssig. »Oder warum sind *Sie* hier? Doch nicht, um einen Tanztee abzuhalten.«

»Ich bin Witwer«, gab dieser zurück, als sei das eine ausreichende Erklärung. »Und irgendjemand muss ja die Reste essen, wäre schade drum.« Damit hob er einen Stoffbeutel an, der bis oben hin mit Frischhalteboxen gefüllt war.

In diesem Moment löste sich Charlotte aus einer kleinen Traube fröhlich plappernder Menschen. Sie kam ihm entgegen und zeigte dabei ihr Sonnenlächeln. »Monsieur Durand, wie schön, dass Sie gekommen sind.« Dann stellte sie ihm die weiteren Teilnehmer vor.

Neben Marie und Isabelle Poncet, die ihn kichernd begrüßten, waren noch Madame Delacourt und Madame Courrierge, zwei ältere Damen aus der Normandie, Katrin, eine Urlauberin aus Hamburg, und ein Ehepaar um die fünfzig aus Amerika dabei, John und Muriel, die den neuen Teilnehmer gleich als touristische Sensation feierten.

»*Oh, how exciting*, ein echter Gendarm. Haben Sie vor, uns zu verhaften?«

»Das kommt ganz darauf an, wie gefährlich es ist, von dem zu probieren, was Sie hier kochen«, gab Pierre höflich scherzend zurück.

»Nehmen Sie ihn besser gleich mit«, feixte Muriel und zeigte auf ihren Gatten. »Dann ersparen wir uns die Magenschmerzen.«

Eine Weile stand Pierre an die Küchenzeile gelehnt und verfolgte das Schnattern der beiden Schwestern und die angeregte Unterhaltung der normannischen Damen mit dem amerikanischen Paar. Carbonne versuchte unterdessen, der jungen Hamburgerin Avancen zu machen, was diese mit ironischen Bemerkungen quittierte, die ihn nicht im Mindesten verunsicherten. Es war eine fröhliche kleine Gesellschaft, und Pierre konnte sich nicht vorstellen, dass sich ein Mörder unter ihnen befand. Nein, das Rezept, das am Weintank befestigt worden war, musste auf anderem Weg in die Hände des Täters gelangt sein.

Als Charlotte die Arbeitsblätter des heutigen Abends verteilte, warf Monsieur Carbonne in gespielter Verzweiflung die Hände in die Höhe. »*Lapin farci* – gefüllter Hase? *Mon Dieu!* Wer soll das nur alles kochen?«

Marie, die sich gerade ihre Schürze zuband, rollte mit den Augen, aber Charlotte setzte nur ihr wunderbares Lächeln auf.

»Monsieur Carbonne. Sie müssen doch gar nicht an den Herd. Möchten Sie sich auch heute wieder um den Aperitif und die Appetithäppchen kümmern?«

Pierre war enttäuscht. Insgeheim hatte er gehofft, sich mit Carbonne zusammentun und ihn dabei ein wenig ausfragen zu können. Immerhin war der Uhrmacher Teil der Dorfgemeinschaft und mit den gehörnten Ehemännern bestens bekannt. Dass er ihnen sein Rezept gegeben hatte, wäre eine Möglichkeit, die es zu untersuchen galt. Natürlich nur aus persönlicher Neugierde, nicht aus dienstlicher; es war nicht sein Fall, das hatte man ihm deutlich gesagt. Der alte Mann jedoch nickte zufrieden und nahm einen weiteren Zettel an sich, auf dem, wie Pierre mit einem kurzen Blick über dessen Schulter erkennen konnte, nur wenige Arbeitsgänge standen: Brot rösten, schneiden, *tapenade* herstellen und aufstreichen.

»Oliven, Kapern, Sardellenfilets und Zitrone stehen schon bereit«, ergänzte Charlotte. »Ich sage Ihnen Bescheid, wenn wir so weit sind und Sie den *Noilly Prat* einschenken können.«

»Sehr wohl, Sir!«, rief Carbonne und salutierte. Dann machte er sich an die Arbeit.

»Sir?« Pierre schüttelte erstaunt den Kopf.

Doch bevor er seiner Verwunderung auch verbal Ausdruck verleihen konnte, klatschte Charlotte in die Hände, als wolle sie ihrem neuen Titel alle Ehre machen. »*Mesdames et Messieurs*, wir beginnen mit der Füllung.«

Pierre tat sich mit John und Muriel zusammen und wählte eine Arbeit, der er sich gewachsen fühlte: Leber und Speck fein hacken, anbraten und mit den Kräutern mischen, die das Paar neben dem Zerstoßen der Pfefferkörner und dem Einweichen des Brotes übernahm.

Marie und Isabelle, die Schwestern aus Sainte-Valérie, hatten die Sauce zugeteilt bekommen. Die beiden Damen aus der Normandie, die aussahen, als hätten sie sich ebenso wie Perrots Vermieterin im Salon von Madame Farigoule frisieren lassen, befreiten gemeinsam mit der Hamburger Urlauberin Katrin den Hasenrücken von Sehnen und Fett und bereiteten außerdem die Beilage vor: in der Pfanne geschwenkte Kartoffeln mit Rosmarin.

Eine Zeit lang arbeiteten sie schweigend. Einzig Charlottes Stimme war zu hören, als sie den Schwestern zeigte, wie man die Kartoffeln am schnellsten und gleichzeitig am sparsamsten von der Schale befreite.

»Oh, ich liebe die Provence! Es ist einfach wunderbar hier, *it's amazing*«, platzte Muriel heraus und tunkte die Hände tiefer in die Schüssel, um mit den Fingern das in Milch eingeweichte Brot auszudrücken. »Und so wahnsinnig sinnlich. Nicht wahr, *honey*?« Dabei schloss sie die Augen und bearbeitete das Brot dermaßen heftig, dass es unanständige Geräusche von sich gab.

Pierre mochte nicht daran denken, was sie noch so alles

mit ihren Händen bearbeiten wollte, und warf einen Seitenblick auf John, der seine Frau mit seligem Lächeln beobachtete. Schmunzelnd wandte er sich wieder ab und schob die gewürfelten Fleischstücke ins zischende Fett.

»Nacheinander, Monsieur Durand, nicht zusammen.« Plötzlich war Charlotte neben ihm und zog die Pfanne vom Herd. »Der Speck braucht ein paar Minuten, bis er richtig knusprig ist. Bis dahin ist die Leber hart wie Kaubonbons.«

»Kann ich doch nicht wissen«, murmelte er und begann, die Stücke auseinanderzuflöhen.

»Steht im Rezept.« Charlotte stemmte die Hände in die Hüften. »Also, jetzt noch einmal. Zuerst den Speck bei großer Hitze knusprig braten, dann das Fett abgießen und den Speck beiseitestellen. Die Leber in heißem Öl gemeinsam mit dem Knoblauch kurz anbraten, bevor alles wieder miteinander vermengt wird. Haben Sie den Knoblauch schon geschnitten?«

Pierre schüttelte verärgert den Kopf. »*Merde!* Den habe ich vollkommen vergessen.«

»Ist nicht schlimm«, beruhigte ihn Charlotte mit einem Seitenblick auf die Fortschritte der anderen, »ich helfe Ihnen. Wenn Sie alles schon perfekt könnten, dann wären Sie bestimmt nicht hier, oder?«

Pierre trat zurück und beobachtete, wie sie die Knoblauchknolle mit einer geschickten Bewegung auseinanderdrehte und die so freigelegten Zehen rasch in winzig kleine Würfel von nahezu identischer Größe schnitt. Eine Locke löste sich und fiel ihr in die Stirn. Mit einer kurzen Bewegung des Handrückens strich sie sie wieder zurück und arbeitete sofort konzentriert weiter. Verblüffend, dachte er. Diese gewissenhafte und akkurate Frau strahlte plötzlich eine Leidenschaft aus, die er ihr gar nicht zugetraut hatte.

»Für eine Sauce zerstoße ich den Knoblauch immer in einem

Mörser. Aber zum Braten verwende ich geschnittenen, dann bleiben die ätherischen Öle besser erhalten, und er wird nicht bitter.« Charlotte schob die zerkleinerten Zehen in eine Schale und hielt ihm das Messer hin. »Nun Sie.«

Er versuchte, es ihr nachzumachen. Zwar wurden die Stücke größer und unregelmäßiger, aber als er sie gemeinsam mit der Leber in die Pfanne gab und nach kurzer Bratzeit zu dem krossen Speck stellte, war er mit sich und seiner Arbeit zufrieden. Ein herrlicher Duft von Gebratenem hing im Raum und vermengte sich mit dem Geruch nach gehackten Kräutern und frischem Gemüse. Wenig später waren alle Zutaten gemeinschaftlich zu einer dichten Masse verarbeitet: Speck, Knoblauch und Leber, das eingeweichte Brot, Thymian, Rosmarin, Basilikum und der zerstoßene Pfeffer. Während die beiden Schwestern den Eichentisch eindeckten, wurde der Hasenrücken, den Charlotte inzwischen aus dem Kühlschrank geholt hatte, unter ihrer Aufsicht mit der Masse gefüllt, mit einem Faden zusammengebunden und in den Ofen geschoben.

Anschließend ging die kleine Gruppe durch eine Seitentür auf die Terrasse, um dort das Ende der Garzeit mit dem Aperitif, einem eisgekühlten Wermut aus Marseillan, und den von Carbonne vorbereiteten *amuse-bouche* abzuwarten.

Die Luft hatte inzwischen abgekühlt, ein sanfter Wind wehte vereinzelte Blätter über den Platz. Eine wohltuende Ruhe hatte sich über die Szenerie gelegt, nur unterbrochen vom Rauschen der Platanen und den leisen Stimmen der anderen. Pierre setzte sich auf einen der schmiedeeisernen Stühle, die den Tisch umstanden, ließ den Blick über den herrlich begrünten Innenhof schweifen und dachte an das Glück, hier zu sein und nicht in Paris, wo der Verkehrslärm über jede Bebauung hinweg in die Gärten drang.

»Na los, *Monsieur le policier*, ich sehe Ihnen doch an, dass Sie

Hunger haben.« Unbemerkt hatte sich Carbonne zu ihm gestellt, in der Hand ein Tablett, auf dem geröstete Weißbrotscheiben mit Olivenpaste, der *tapenade*, in kleinen, ungeordneten Haufen lagen.

Dankbar griff Pierre zu und überschlug, wann er das letzte Mal etwas derart Einfaches und zugleich Köstliches gegessen hatte. Ein großartiger Einstieg für das Versöhnungsessen, dachte er und nahm noch ein zweites Brot, was der alte Uhrmacher mit einem zufriedenen Lächeln quittierte.

Ein Teilnehmer nach dem anderen ließ sich auf die Stühle sinken, sie prosteten sich mit dem golden schimmernden Aperitif zu und verfielen in leise Gespräche über das zu erwartende Essen und die Schönheit dieses Abends. Pierre hätte gerne die Gelegenheit genutzt, sich mit Carbonne zu unterhalten, aber als er sich nach dem alten Uhrmacher umsah, war dieser verschwunden.

»Wo ist Carbonne?«, fragte er verwundert.

»In der Küche«, antwortete Charlotte mit einem Augenzwinkern, hob einen Finger an den Mund und fuhr leise fort: »Er füllt seine Boxen.«

Zum ersten Mal sah Pierre den alten Mann mit anderen Augen. Als einen Witwer, der niemanden hatte, der sich um ihn kümmerte, dem ein wenig Gesellschaft und eine gute Mahlzeit offenbar mehr bedeuteten, als er es sich anmerken ließ. »Das finde ich sehr anständig von Ihnen.«

Charlotte lächelte. »Warum auch nicht? Andernfalls müsste ich die Sachen wegwerfen, und das wäre doch schade, oder?« Sie nippte an dem *Noilly Prat* und stellte ihr Glas auf dem Tisch ab. »Carbonne mag ein wenig verschroben sein, aber er ist ein guter Kerl.«

Pierre beugte sich zu ihr und senkte die Stimme. »Hat er jemals den Namen des Ermordeten erwähnt, Antoine Perrot?«

Das Lächeln verschwand aus ihrem Gesicht. »Sie glauben, *er* hat etwas damit zu tun?«

»Nein, nicht direkt. Aber irgendjemand muss dem Täter das Rezept von dem Coq au Vin gegeben haben.«

»Es könnte genauso gut irgendwo herumgelegen haben«, gab Charlotte zu bedenken. »Nicht jeder Gast hebt seine Unterlagen auf.«

Ein plötzlicher Windstoß hob die weiße Tischdecke an. »Entschuldigen Sie mich bitte«, sagte sie, lief rasch wieder hinein und kehrte nach einer Weile mit Klemmen zurück.

»Ich habe nachgedacht«, sagte sie, während sie das flatternde Tuch an der Platte befestigte. Dann führte sie Pierre ein wenig abseits der Truppe. »Es beschäftigt mich, dass es *mein* Rezept war, das der Mörder verwendet hat.«

»Das hat wohl eher etwas mit dem Tatort zu tun als mit Ihnen.«

»Trotzdem. Sagen Sie, welche Kräuter hat das *bouquet garni* enthalten, das dem Toten am Hals hing?«

»Thymian, Lorbeer und Petersilie.«

Charlotte wirkte sehr erleichtert. »Bei mir gehören zudem noch Rosmarin und etwas Lavendel dazu.«

»Sehen Sie? Sie müssen sich keine Gedanken machen.« Pierre nickte ihr aufmunternd zu. »Wahrscheinlich hat der Täter dem Ganzen keine allzu große Bedeutung beigemessen. Er hätte auch eine Seite aus einem beliebigen Kochbuch reißen können, um sein eigenartiges Werk zu erklären.«

»Danke. Sie haben mir sehr geholfen.« Sie zögerte. »Kann ich mich denn auch künftig an Sie wenden, wenn ich Fragen habe? Ich meine …«

»Sie hatten Besuch von *Commissaire* Barthelemy«, stellte Pierre fest.

»Ja. Heute Nachmittag. Er wirkte sehr kompetent.«

»Das ist er auch. Der Mordfall fällt in seinen Zuständigkeitsbereich. Sie besprechen sich besser künftig mit ihm.« Pierre presste die Lippen aufeinander und sah in den Himmel, der sich in zunehmender Geschwindigkeit bewölkte.

Sie nickte. »Und wenn ich nun trotzdem lieber mit Ihnen …?«

»Hören Sie, es geht nicht. Selbst wenn ich wollte.« Seine Stimme klang eine Spur zu scharf, was Charlotte nicht weiter zu beeindrucken schien.

»Aber Sie haben das Thema eben selbst angeschnitten, oder etwa nicht? Außerdem haben Sie mir zugehört und mir meine Sorgen genommen. Warum zum Himmel sollte ich mich nicht weiterhin an Sie wenden dürfen?«

Er sah sie an. Ihr Blick zeigte, dass sie gerade versuchte, sein Innerstes zu durchleuchten. Höchste Zeit für einen Themawechsel. »Sagen Sie, Mademoiselle Berg, wollen wir diese fürchterliche Siezerei nicht lassen? In Sainte-Valérie macht man das nur mit Personen, die man noch nicht gut genug kennt. Oder die man nicht leiden kann. Und da ich jetzt nicht mehr im Dienst bin …« Er hob sein Glas. »Ich bin Pierre.«

»Gerne, Pierre. Ich bin Charlotte.« Sie gaben sich flüchtige Wangenküsschen und stießen an. Als sich ihre Gläser klingend berührten, hatte Pierre das unbestimmte Gefühl, dass er mit Charlotte jemanden gefunden hatte, mit dem man sich gut verstehen konnte.

»Was dein Menü angeht«, sagte sie in die aufkeimende Befangenheit hinein, »schlage ich vor, dass du mit einer *bouillabaisse* beginnst. Ich gebe dir nachher ein Rezept mit, und du versuchst, es nachzukochen. Wenn du möchtest, probiere ich gerne das Resultat und gebe dir Tipps zur Verbesserung.«

Von Weitem erklang lautes Donnern. Nur wenige Augenblicke später zuckte ein Blitz über die abendliche Landschaft, auf den ein noch stärkeres Grollen folgte. Im nächsten Moment prasselten bereits die ersten Tropfen nieder. Erst wenige große, dann unzählige kleine, die wie ein Sturzbach vom Himmel fielen.

»Beeilt euch. Die Tischdecke, das Brot, die Oliven«, rief Charlotte aus.

Jeder raffte zusammen, was er tragen konnte, und huschte durch den Seiteneingang in die trockene Küche.

Das Essen verzehrten sie bei Kerzenschein. Mit dezenter musikalischer Untermalung und einem immer wieder einsetzenden Donnercrescendo im Hintergrund aßen sie einen gelungenen *lapin farci* und tranken dazu einen *Bandol Rouge*. Als der Regen am Ende des Kurses noch immer wie eine dichte Wand am Fenster entlangrann, bot Carbonne Pierre und den beiden Schwestern an, sie in seinem Kastenwagen mit zurück ins Dorf zu nehmen.

Lachend und mit Plastiktüten über dem Kopf liefen sie über den Kiesweg zum Parkplatz. Das Wasser hatte inzwischen kleine Spurrinnen in den Boden gegraben und riss alles mit, was keinen Halt fand. Grassoden, Zweige und Blütenblätter trieben in schnellem Strom den abschüssigen Weg hinab. Regen sickerte von der Dachrinne ins Wageninnere, als Carbonne die Tür des verbeulten Citroëns aufriss.

»Schließen Sie Ihren Wagen niemals ab?«, brüllte Pierre gegen den Lärm der aufs Dach trommelnden Tropfen an und schob sich auf den Beifahrersitz.

»Warum sollte ich?«, antwortete Carbonne in derselben Lautstärke, während er den Beutel mit seinen Schätzen auf der Rückbank verstaute, auf der sich gerade die beiden Schwestern niederließen. »Wer will den denn schon klauen?«

Im Wagen roch es nach kaltem Rauch und muffigen Stoffbezügen, und es dauerte eine ganze Weile, bis Carbonne ihn zum

Laufen brachte. Das Ganze war begleitet von lautem Gurgeln und Gluckern des Motors, der den Eindruck erweckte, als sei er beleidigt, dass er bei diesem Wetter arbeiten musste. Endlich schaukelte das Auto durch die Schlaglöcher, die der Regen in den Weg gespült hatte, in Richtung Hauptstraße.

Carbonne schien sich darin zu gefallen, als besonders geübter Rennfahrer zu punkten, und beförderte den Citroën mit durchgetretenem Gaspedal auf die asphaltierte Straße. Die Schwestern schrien auf, als er das Steuer gerade noch rechtzeitig herumreißen konnte, bevor er mit einem ihnen entgegenkommenden Laster zusammenstieß.

»Soll ich lieber fahren?«, erkundigte sich Pierre, obwohl er mindestens einen Rotwein zu viel getrunken hatte.

»Hast du etwa Angst?« Carbonne war unbemerkt ins vertraute Du abgerutscht.

»Nein, aber vielleicht sollten wir besser sofort anhalten und einen Alkoholtest machen«, antwortete er ungerührt.

Im Fond war es mäuschenstill, die Schwestern hielten sich an den Händen und verfolgten die Debatte mit geweiteten Augen.

»Hast du einen dabei?« Carbonne starrte ihn eine Sekunde zu lang an, als ihm ein entgegenkommendes Auto mit aufgeregter Lichthupe zu verstehen gab, dass er schon wieder auf die andere Spur geraten war. Mit ungeahnter Reaktionsschnelle richtete er den Blick nach vorne und lenkte zurück. »Nein? Na, dann können wir wohl leider nichts machen.«

Der Alte sagte es mit einem selbstgefälligen Grinsen, und Pierre beschloss, sich den Rest der schlingernden Fahrt in konzentriertem Schweigen zu üben, um ihn bloß nicht abzulenken.

Als Carbonne den Wagen nach einer gefühlten Ewigkeit unbeschadet in der Nähe des Marktplatzes zum Stehen brachte, atmeten die beiden Schwestern hörbar aus.

»Den Rest gehen wir zu Fuß«, sagten sie beim Aussteigen und verschwanden im Laufschritt durch den Regenschleier.

»Das nächste Mal lässt du den Wagen stehen«, befahl Pierre.

»Wirst du mich einsperren, wenn ich es nicht tue?«

Pierre hielt dem bohrenden Blick des Uhrmachers stand. »In der Tat, das werde ich. In der Wache gibt es einen hübschen Keller ohne Aussicht, wo du deinen Rausch ausschlafen kannst. Ich bezweifele allerdings, dass dir die hohen Kosten für diese eigenwillige Herberge schmecken werden.«

Carbonne rieb sich den nassen Bart, bis er struppig abstand. »Du kommst doch noch mit in die *Bar du Sud*?«, fragte er, ohne auf das Gesagte einzugehen.

Dennoch wusste Pierre, dass damit alles geregelt war. Der Alte würde sich das nächste Mal ein Taxi rufen oder einen nüchternen Kumpel herbeiordern. Zumindest wenn er den *Policier* in der Nähe wusste.

Die Luft in der Bar war stickig, und es dampfte von den nassen Kleidungsstücken, die die Gäste über Stühle und Garderobenhaken geworfen hatten. Ein undurchdringliches Stimmengewirr begrüßte die Ankömmlinge, kaum dass sie den Raum betreten hatten. Auch Farid war da – Pierre hatte es bereits am kräuterrauchgeschwängerten Dunst erkannt, bevor er ihn entdeckte – und winkte ihm, nur mit einem Unterhemd bekleidet, freundlich zu.

Einen Tisch weiter saß Luc, der ihm ein lautes »*Bonsoir, Chef!*« entgegenrief. »Na, wie war der Kochkurs?«

In diesem Moment schienen alle den Atem anzuhalten. Die Gespräche verstummten augenblicklich, und es wurde so still, als hätte jemand den Ton abgedreht.

Pierre starrte auf den ausgetretenen Steinboden, den eine dünne Schicht aus Schlamm und verschüttetem Bier überzog, und malte sich aus, wie er Luc später den Hals umdrehen würde.

Machte der Kerl das etwa mit Absicht? Sofort war er wieder nüchtern. Wenn er jetzt nicht aufpasste, war es um den Respekt seitens der Dorfbewohner vollends geschehen.

Er hob den Blick.

»Großartig«, erwiderte er und sah selbstbewusst in die Reihen sensationslüsterner Gesichter. Dann fuhr er fort, laut genug, damit jedes gespitzte Ohr auch ja verstehen konnte, was er zu seiner Verteidigung zu sagen hatte. »Endlich wieder ein anständiges Essen. Und erst die hübsche Köchin …« Er lächelte vielsagend und ließ den Satz unvollendet im Raum stehen, so dass der Fantasie der Anwesenden reichlich Spielraum blieb. Die Aussicht auf ein amouröses Abenteuer war der einzige Grund, den diese Kerle in einem solchen Fall gelten lassen würden.

Nicht wenige nickten, beifälliges Gemurmel erhob sich, durchsetzt vom missbilligenden Schnalzen derjenigen, die Celestine nahestanden, und mündete schließlich in den anwachsenden Geräuschpegel. Pierre schmunzelte. Sollten sie sich ruhig das Maul zerreißen.

Mit erhobenem Kopf durchmaß er den Raum und setzte sich zu Carbonne, der sich inzwischen an der Bar niedergelassen und ein *bière pression* bestellt hatte.

»Dasselbe für mich«, sagte Pierre zu Philippe, der sofort den Zapfhahn betätigte. Dann wandte er sich an seinen Sitznachbarn: »Ziehen sie dich auch damit auf?«

»Das war nicht schlecht, *mon ami*.« Didier Carbonne grinste so breit, dass man seine großen Zahnlücken sehen konnte. »Nein, mich lassen sie in Ruhe. Ihnen ist klar, warum ich den Kurs besuche.« Er klopfte sich auf den nicht vorhandenen Bauch. »Ich weiß, wie der Hase läuft, und die anderen beglückwünschen mich zu meiner Idee. Der Biobauer Joseph meinte sogar, sie sei so gut, dass er darüber nachdenke, sich ebenfalls einzuschreiben. Aber das habe ich ihm ganz schnell wieder ausgeredet. Wo kämen wir denn hin, wenn plötzlich jeder in der Küche der *Domaine* steht und seine Frischhalteboxen mit den Resten füllt. Da bleibt ja gar nichts mehr für mich übrig! Außerdem hat Joseph eine Frau, die ihn bekocht, noch dazu ganz passabel. Der braucht das noch am allerwenigsten.«

Pierre ließ den Blick über die anwesenden Männer schweifen. Bis auf Jean Forestier, den Portier der *Auberge Signoret*, waren alle Verdächtigen versammelt: Schlachter Guillaume Loriant, dessen Rottweiler schlafend zu seinen Füßen lag, Xavier Vaucher, der Versicherungsvertreter, und Biobauer Joseph Rochefort. Sie spielten Karten und lachten, als sei dort draußen alles so wie immer, als lebten sie in einer Welt, die noch in Ordnung war – oder deren Ordnung man wiederhergestellt hatte.

Pierre nippte an seinem Bier.

Nein, diese Männer waren keine schlechten Kerle. Was immer sie auch angestellt hatten, sie waren einfache Raubeine, deren Bedürfnisse sich um die grundlegendsten Dinge drehten: satt werden, ein Dach über dem Kopf, mit guten Freunden einen Wein oder ein Bier trinken und sich ab und an von der Frau das Bett wärmen lassen. Pierre konnte sich gut vorstellen, was in ihnen vorgegangen war, als Antoine Perrot ihnen Konkurrenz gemacht und dieses feste Gefüge durcheinandergebracht hatte. Aber es entschuldigte nichts.

»Was hältst du von der Sache mit Perrot?«, fragte er den alten Uhrmacher.

»Was soll ich davon schon halten.« Carbonne nahm einen Schluck von seinem *bière pression*, das Schaumtröpfchen auf seinem schlecht gestutzten Bart hinterließ. »Zu meiner Zeit war es erlaubt, sich nach jedem Rock umzudrehen. Allerdings hatte auch niemand etwas dagegen, wenn man dem Schürzenjäger eine Ladung Schrot in den Hintern blies.«

»Oder ihn in den Weintank warf?«

»Oder so. Hübsche Idee.«

Pierre musste an den Anblick des Toten denken. An die aufgequollene, runzlige Haut, an die weit aufgerissenen eingetrübten Augen, die ihm entgegengestarrt hatten. »Glaub mir, das Ergebnis war weniger hübsch.«

Carbonne trank noch einen Schluck und brummte etwas Unverständliches.

»Du hast nicht zufällig einem deiner Freunde das Coq-au-Vin-Rezept gegeben?«, hakte Pierre nach.

Nun zogen sich Carbonnes buschige Brauen zusammen. »Du glaubst doch wohl nicht ernsthaft, dass sich einer von den ›Herren‹ hier fürs Kochen interessiert?«

Er sagte es mit einer derartigen Entrüstung, dass Pierre sofort den Gedanken fallen ließ, der Uhrmacher könnte etwas damit zu tun haben. Also schwieg er und lauschte dem Stimmengemurmel, bis er zufällig den Namen »Barthelemy« vernahm. Doch sosehr er auch die Ohren spitzte und versuchte, aus den Wortfetzen schlau zu werden, die zu ihm herüberdrangen – es ergab keinen Sinn. Sein Blick fiel auf Philippe, den Besitzer der Bar, der mit verschränkten Armen an den rückwärtigen Tresen gelehnt dastand und in das aufbrandende Gelächter einstimmte. Pierre winkte ihn zu sich.

»Erzähl, was ist mit dem *Commissaire*? Habe ich da etwas verpasst?« Er sagte es in betont vertrautem Tonfall, so als gehöre er bereits vollends zu ihnen.

Philippe beugte sich über den Tresen und schrie gegen den Lärmpegel an. »Du kannst dir nicht vorstellen, was vorhin passiert ist.« Er machte eine kunstvolle Pause, die Pierre mit einer ungeduldigen Handbewegung abzukürzen versuchte, so dass er rasch fortfuhr: »Dieser Barthelemy ist tatsächlich in die Bar gekommen, hat sich in die Mitte des Raumes gestellt und lautstark um Ruhe gebeten. Gulliaume hatte Mühe, seinen Rottweiler zu bändigen, fast hätte der Hund sich mit gefletschten Zähnen auf ihn gestürzt.«

»Was wollte er denn?«

»Die Gäste ausfragen. Er hat herausgefunden, dass Antoine Perrot am Abend des Mordes hier in der Bar war.«

Das war allerdings interessant. »Und? Was hat die Befragung ergeben?«

»Nichts. Niemand wollte etwas sagen.« Philippe machte eine abfällige Geste. »Das hat ihn wütend gemacht. Er hat gebrüllt und Konsequenzen angedroht. Was hat er denn erwartet?« Er strich sich eine dunkle Locke zurück ins gegelte Haar und sah dabei derart entrüstet aus, als habe der *Commissaire* verlangt, dass die Männer nackt auf den Tischen tanzten. »Glaubt, wir lassen uns herumkommandieren wie kleine Schuljungen!«

Pierre konnte sich bildlich vorstellen, wie Barthelemy gewirkt haben musste, als er in militärischem Tonfall hitzig ausgefochtene Kartenspiele und Gespräche unterbrach, um Aussagen über Angelegenheiten der dörflichen Gemeinschaft zu erhalten. Vielleicht mochte diese Demonstration von Stärke und Präsenz in Cavaillon ihre Wirkung haben. Hier, in Sainte-Valérie, biss er damit auf Granit. Pierre unterdrückte ein Lächeln. Wäre da nicht diese hämische Schadenfreude, die sich wohltuend in seinem Herzen ausbreitete, er hätte gewiss Mitleid verspürt.

»Antoine Perrot war also am Abend seiner Ermordung noch hier …«

»Ja, aber gerade mal zehn Minuten. Er wollte sich wohl Mut antrinken.«

»Wie kommst du darauf?«

»Er hat zwei *Lillet blanc* bestellt, die er regelrecht hinuntergestürzt hat. Er faselte was von einer Verabredung, die er am liebsten absagen würde. Ich glaube, er hatte Angst.«

»Angst? Wovor?«

Philippe zuckte mit den Schultern. »Er meinte, dass er jetzt am liebsten weit weg wäre. Und das alles wegen den ›Scheiß Frauen‹. Das hat er wörtlich gesagt.«

Pierre schüttelte den Kopf. Antoine Perrot war mit seiner Verlobten Vivianne Morel verabredet gewesen. Hatten die beiden Streit gehabt? Oder gab es noch etwas anderes, was er hatte klären müssen? Vielleicht mit Angeline Vaucher, die ihm die Hölle heißmachte?

»Das hast du Barthelemy aber sicher erzählt?«

Philippe schürzte die Lippen, sagte jedoch nichts.

Pierre unterdrückte eine scharfe Erwiderung. Auch wenn er die Eigenarten der Dorfbewohner im Laufe der Jahre beinahe liebgewonnen hatte, änderte es nichts an der Tatsache, dass sie mit ihrer Haltung laufende Ermittlungen behinderten. Immerhin war ein Mord geschehen! Er nahm sich vor, so viel wie möglich über den Abend in Erfahrung zu bringen und den Fall bei Gelegenheit mit Barthelemy zu erörtern. Ob der nun wollte, dass er sich einmischte, oder nicht. Pierre schnaubte. Diese Provenzalen waren ein ausgesprochen stures Völkchen. Allesamt. Barthelemy machte da keine Ausnahme.

»Hat Antoine Perrot außer mit dir mit noch jemandem gesprochen?«, fragte er möglichst beiläufig und trank einen Schluck Bier.

»Nein. Er hat sich hier keine Freunde gemacht.«

»Feinde?« Pierre stellte das Glas ab und sah Philippe aufmerksam an.

»Keine Feinde. Aber eben auch keine Freunde.«

»Um wie viel Uhr war das?«

»Ich führ doch nicht Buch darüber, wann meine Gäste kommen und gehen.« Philippe sah ihn entgeistert an. »Aber wenn ich mich richtig erinnere, war es draußen noch hell.«

Das war ein Punkt, der wichtig war. Pierre selbst war an jenem Abend in der Bar gewesen, etwa um halb sieben, und hatte seinen Pastis verschüttet, als Luc ihn anrief. Doch er war zu sehr mit seinen eigenen Problemen beschäftigt gewesen, als dass er die Anwesenden registriert hätte. »Kannst du dich wenigstens daran erinnern, wer direkt nach ihm gegangen ist?«

Philippe hob die Hände. »Kein Ahnung, wirklich. Glaub mir, ich würde es dir erzählen, wenn ich etwas wüsste. Du siehst ja, was hier manchmal los ist. Und ausgerechnet jetzt ist meine Aushilfe krank. Frag Georgette, die hat mir an dem Abend geholfen.«

Georgette war Philippes Frau. Eine schlanke und dennoch mit weiblichen Kurven ausgestattete Mittvierzigerin mit einer Vorliebe für riesige Ohrringe, die ihrem Mann zur Hand ging, wenn es die Lage erforderte. Suchend blickte Pierre sich um. »Wo ist sie?«

»Sie besucht unsere Große in Aix-en-Provence. Lusette studiert doch Informatik.« Er sagte es mit Leidensmiene. »Wenn es nach mir gegangen wäre, würde sie etwas Anständiges lernen. Aber Georgette steht ihr bei. Sie meint, das sei die Zukunft, eben typisch Frau, immer das letzte Wort.« Philippe schüttelte den Kopf. »Manchmal ist es besser, sie haben Recht, und der Mann hat seine Ruhe.«

Pierre zeigte sich unbeeindruckt. Von solchen Männerthemen hatte er an diesem Abend genug. »Wann kommt Georgette zurück?«

»Morgen Abend.« Damit drehte Philippe sich um und begann, leere Gläser einzusammeln und neue Bestellungen aufzunehmen. Das Gespräch war offensichtlich beendet.

Pierre fasste im Geiste zusammen: Wahrscheinlich waren Antoine Perrot seine enorme Attraktivität und sein Charme zum Verhängnis geworden. Natürlich hatte er Feinde gehabt. Bislang kamen die vier gehörnten Männer als Täter in Frage.

Die Frauen waren ihm jedoch offenbar auch zum Problem geworden. Wäre er, Pierre, für die Ermittlungen verantwortlich, so würde er als Nächstes Angeline Vaucher genauer unter die Lupe nehmen. Außerdem würde er versuchen, herauszufinden, wie der Mörder – oder in dem Fall die Mörderin – in den verschlossenen Weinkeller gelangt war. Obendrein in Begleitung seines Opfers, ob nun freiwillig oder gewaltsam. Doch er war nicht der Ermittler, verdammt, und es brachte nichts, wenn er so tat, als sei er es.

Pierre blickte sich um. Die Bar hatte sich merklich geleert, und auch für ihn war es Zeit zu gehen. Also trank er sein Glas aus, verabschiedete sich mit einem Schulterklopfen von Carbonne, der inzwischen über seinem Bier eingeschlafen war, und ging durch die abgekühlten, nach Erde und Regen riechenden Gassen nach Hause.

7

Es waren zwei oder drei. Zuerst hatte sie nur das Bellen eines Hundes gehört, das sich langsam näherte. Dann waren auch Schritte erklungen, die von Männern stammen mussten. Von Männern, die keinen Wert darauf legten, leise aufzutreten. Einer von ihnen begann jetzt sogar, laut zu singen.

Ein altes Jagdlied. Sie erhöhte das Tempo.

Nur noch wenige hundert Meter und sie war zu Hause. Sie hasste es, nachts durch die nahezu leeren Gassen zu laufen. Der Auftritt in Apt hatte erst um kurz nach Mitternacht geendet, und sie hatte mit Mühe den letzten Bus nach Sainte-Valérie erwischt. Ein Taxi konnte sie sich bei der geringen Gage nicht leisten, aber das nächste Mal würde sie Richards Angebot annehmen, sie nach Hause zu bringen; er würde schon nicht allzu aufdringlich werden.

Das Lied verstummte, und sie blickte sich um. Die Männer waren verschwunden, der Hund ebenfalls. Nur aus dem Haus neben ihr drangen noch Stimmen, ein Paar schien sich zu streiten, ansonsten war alles still. Sie wandte sich wieder ihrem Weg zu und erschrak. Eine dunkle Gestalt stand plötzlich vor ihr, den Hut tief ins Gesicht gezogen. Noch bevor sie reagieren konnte, riss ihr Gegenüber sie an sich und presste ihr etwas auf den Mund. Ein süßlicher Geruch drang ihr in die Nase, in die Lunge. Dann, noch ehe sie den Gedanken, sich loszureißen und um Hilfe zu rufen, beenden konnte, sank sie bewusstlos zu Boden.

Als sie wieder erwachte, lag sie auf feuchter Erde. Das dünne Kleid klebte an ihrem Körper. Sie fror, und ihr war übel. Über ihr kämpfte sich der Mond durch graue Wolken. Wie war sie hierhergekommen? Was war geschehen? Heftiges Herzklopfen trieb das Blut durch ihren pulsierenden Hals in die Ohren. Mit einer abrupten Bewegung wollte sie sich aufsetzen, doch ihre Glieder fühlten sich merkwürdig taub an. Mehrmals blinzelte sie, versuchte zu erkennen, wo sie sich befand, sah im Schein des fahlen Lichts dunkle Büsche, die sich gegen den Himmel wie Geisterhände ausnahmen. Sie lag mitten in einem Weinberg.

Heftig atmend sah sie sich um. Neben ihr hockte jemand, dieselbe dunkle Gestalt wie im Ort. Derjenige schien nur darauf gewartet zu haben, dass sie erwachte, und beugte sich nun über sie. War jemand aus der Bar ihr gefolgt? Würde er sie jetzt vergewaltigen? Sie missbrauchen und danach wie ein dreckiges Stück Fleisch liegen lassen?

Ein heller Schrei entrang sich ihrer Kehle, doch er wurde sofort mit einem Stück Stoff erstickt. Sie biss hinein, zerrte mit den Zähnen daran, bemühte sich nach Kräften, es von sich zu schütteln. Ein brennender Schlag auf den Mund ließ sie innehalten.

Voller Panik wollte sie sich wegdrehen, aber man hatte sie gefesselt und so fest gebunden, dass sie sich kaum bewegen konnte. Irgendetwas zwang ihren Kopf in eine aufrechte Position, das Tuch glitt zur Seite, im nächsten Moment wurde ein Daumen in ihren Mundwinkel geschoben, bis sie den Kiefer weit öffnete. Sie versuchte, wieder zu schreien, doch mit der Faust schob sich etwas in ihren Schlund. Sie schmeckte Gebratenes, mit Knoblauch gewürzt. Wollte es ausspucken, vergeblich. Eine plötzliche Atemnot ließ sie gierig nach Luft schnappen, dabei sog sie das Essen, das der Täter unbarmherzig in sie stopfte, nur tiefer hinein.

Als ihre Sinne schwanden, waren das Letzte, was sie registrierte, der zarte Geschmack nach Speck und Leber und der Geruch von Thymian, der sie daran erinnerte, wie sehr sie das Leben liebte.

8

Es war noch morgendlich kühl, als Pierre die Einkaufstüten aus dem Auto hob. Er war schon früh zum Supermarkt nach Apt gefahren, um die Zutaten für die *bouillabaisse* zu kaufen. Beim *E. Leclerc* gab es eine große Auswahl an Kräutern und Gemüse, und der Fisch war wunderbar frisch. Natürlich hätte er alles auch hier im Ort kaufen können, es gab einen ganz hervorragenden Fischhändler, aber er hatte keine Lust auf neugierige Blicke oder Nachfragen, was er denn mit dem *rascasse*, der Meerbarbe, dem Petersfisch und den Langusten wolle.

Summend trug er die Einkäufe nach oben, verstaute die Fische im Kühlschrank, legte die Kräuter auf den Tisch und das Gemüse auf die Ablage: Fenchel, Lauch, Zwiebeln, Tomaten und Knoblauch.

»Auf keinen Fall Kartoffeln«, hatte Charlotte ausgerufen, als er diese auf der Einkaufsliste vermisste. »Die haben in der *bouillabaisse* genauso wenig zu suchen wie in einem *salade niçoise*. Wenn du das in Marseille auf den Tisch stellst, lassen die Leute das Essen zurückgehen.«

Pierre hatte schon davon gehört. Die einen bestanden darauf, die anderen verabscheuten es. Dabei kam jedes Mal aufs Neue die Frage auf, wer den Fischtopf eigentlich erfunden hatte und somit das Recht besaß, die Ingredienzien zu bestimmen. Dabei traten neben Marseille etliche weitere Fischerorte entlang des Mittelmeers den Wettstreit an, obwohl es eigentlich eindeutig war, wem die Krone zustand, nämlich Marseille. Und das schon seit Gründung der Stadt im Jahre sechshundert vor Christi Geburt, als griechische Seehändler und Kolonisten das Urrezept aus Phokäa mitbrachten.

»Ist das nicht wieder eine dieser völlig sinnlosen Debatten zwischen dickköpfigen Provenzalen?«, hatte er Charlotte gefragt, denn derartige Diskussionen arteten, wie er inzwischen wusste, regelmäßig aus und konnten ganze Dörfer entzweien.

Sie hatte die ganze Sache mit einer abschließenden Handbewegung weggewischt. »Es schmeckt besser ohne, glaub mir.«

Charlotte wollte nach Feierabend vorbeikommen, um das Ergebnis zu probieren und zu kommentieren. Allerdings könne es spät werden, vielleicht sogar halb zehn. Manchmal schließe die Küche auch früher, hatte sie erklärt, es hänge davon ab, wie zeitig die Gäste zum Essen kämen.

Pierre sah sich um.

Sollte er die *bouillabaisse* hier servieren, an dem kleinen Tisch, nur einen Meter vom Herd entfernt, den später fettige Pfannen und schmutzige Töpfe zieren würden?

Mit erhobenen Augenbrauen ließ er den Blick über den Boden schweifen, wo sich auf den Fliesen dunkle, klebrige Flecken gebildet hatten. Die Arbeitsplatte war vollgestellt mit Konserven und leeren Flaschen. Celestine hatte Recht gehabt. Er begann zu verwahrlosen. Heute Abend, nach Dienstschluss, würde er als Erstes Ordnung schaffen müssen.

Er wollte gerade die Küche verlassen, als sein Blick auf die Schürze fiel, die an einem Haken neben der Tür hing. Erinnerungen stiegen auf, krochen bis in sein Herz, das sich sofort schmerzhaft zusammenzog. Pierre presste den geblümten Stoff an die Nase und inhalierte den zarten Geruch, der sich darin verfangen hatte. Sonne und Blumen. Celestines Duft. Er vermisste sie. Vielleicht sollte er ihr die Schürze vorbeibringen und dabei gleich die Essenseinladung aussprechen?

Bevor er es sich anders überlegen konnte, nahm er das Teil, rollte es im Hinauslaufen zusammen und stieg in seinen Renault, den er in der Morgensonne geparkt hatte und der bereits so früh am Tag einem Brutofen glich. Der Regen hatte nur kurz für Abkühlung gesorgt, jetzt brannte die Sonne auf die feuchte Straße. Kaum hatte Pierre sich hinter das Steuer gesetzt, spürte er, wie ihm der Schweiß aus den Poren brach. Kein guter Moment, um seiner Angebeteten gegenüberzutreten, dachte er. Andererseits verließ ihn später womöglich der Mut. Also zog er die Uniformjacke und das blaue Hemd aus, woraufhin er im weißen T-Shirt dasaß, und legte beides mit der Schürze auf den Rücksitz. Dann drehte er den Zündschlüssel.

Mit einer Hand wählte er die Nummer der Polizeiwache, während er den Wagen durch die engen Gassen lenkte.

»Luc? Ich komme heute ein bisschen später. Ich fahre Patrouille. Du kannst mich jederzeit mobil erreichen.«

»Patrouille?« Das Wort kam gedehnt. Zu gedehnt für Pierres Geschmack.

»Ja, genau.« Ohne eine weitere Erklärung legte er auf und kurbelte das Seitenfenster herunter, um ein wenig Fahrtwind hereinzulassen. Das Wetter spielte in diesem Jahr komplett verrückt. Der Sommeranfang war durchzogen von Regentagen gewesen, und die Touristen hatten Bekanntschaft mit dem eisigen Atem des Mistrals gemacht. Es war eine der längsten Kälteperioden gewesen, die man seit über hundert Jahren verzeichnet hatte und der die *Provençale* eine ganze Serie gewidmet hatte, in der das Ende der verlässlichen Jahreszeiten heraufbeschworen und ein katastrophaler Ertrag prophezeit worden waren. Das Wetter hatte sich jedoch kurz nach Erscheinen des letzten Artikels wieder beruhigt, die Bauern waren, mit einigen Abstrichen, mit ihren Ernteerträgen zufrieden, und nun benahm sich der September, als wolle er dem Sommer Nachhilfestunden geben.

Celestine wohnte in einem der neuen, rostrot gestrichenen Appartementhäuser am Rande von Sainte-Valérie. Sie machten zwar einen sauberen Eindruck, waren aber für Pierres Empfinden zu steril. Selbst die Klingel, inmitten eines Tableaus aus nacktem Metall, fügte sich nahtlos in dieses Bild. Als er sie drückte, erklang ein schrilles Geräusch, das ihn zusammenzucken ließ. Er war nicht gerne hier. Pierre fiel auf, dass er Celestine in den Jahren ihrer Beziehung nur selten besucht hatte. So selten, dass er gar nicht mehr wusste, wie es in ihrem Appartement aussah. Lediglich die steinerne Treppe und das gelb lackierte Geländer, das man durch das schmale Fenster seitlich der Eingangstür sehen konnte, waren ihm in Erinnerung geblieben.

Als sich nichts tat, klingelte er erneut, dieses Mal länger.

»Mademoiselle Baffie ist nicht da. Seit Tagen nicht.« Die Stimme kam von oben.

Pierre trat einen Schritt zurück und blickte in das Gesicht des Hausmeisters, der sich ein Stockwerk höher aus dem Fenster lehnte. Er war alt und hager, trug nur ein Unterhemd, unter dem silbergraue Brusthaare unangemessen lang hervorlugten.

»So? Ist sie verreist?«

»Das könnte man meinen, sie hatte zwei große Koffer dabei, als der Monsieur sie abgeholt hat«, sagte er und nuschelte dabei so stark, dass Pierre Mühe hatte, ihn zu verstehen. »Aber nimmt man Blumentöpfe mit in den Urlaub?« Er grinste vielsagend und offenbarte einen beinahe zahnlosen Mund.

»Wie hat der Mann ausgesehen?«, fragte Pierre, obwohl er die Antwort eigentlich schon wusste.

»Groß, sportlich. Eine beeindruckende Erscheinung.«

»Graues Haar?«

»*Beh oui*, er hat mich an einen Amerikaner aus dem Fernsehen erinnert. Wie hieß der noch gleich?« Der Hausmeister rieb sich das unrasierte Kinn und drehte die Augen gen Himmel. »Clancy oder Cloudy oder so ähnlich.«

»Clooney«, brummte Pierre.

»Ah, Clooney, ja. Genau, den meine ich.«

Celestine war also zu diesem Schönling gezogen. Pierre schluckte. Das Essen und die Versöhnung waren damit in weite Ferne gerückt.

Instinktiv knüllte er die Schürze zusammen und wollte sie durch den Briefschlitz stopfen, dann aber dachte er an Farids eindringliche Worte über die emotionale Vernachlässigung der Frauen. Nein, er hatte Fehler gemacht. Er musste mit ihr sprechen.

Fünfundzwanzig Minuten später passierte er Gordes und fuhr an der D 177 entlang in Richtung *Abbaye de Sénanque*. Die Straße führte in Kurven hinauf zur Hochebene, durch lichter werdende Kiefernwälder in eine immer kargere Landschaft. Dichte Macchie wechselte sich mit Ginster- und Wacholderbüschen ab, ein rauer Wind beugte das verdorrte Gras. Farid hatte ihm vorhin am Telefon gesagt, er müsse sich noch vor dem alten Kloster rechts halten. Murrays Anwesen käme gleich hinter dem *Hotel les Bories* nach einer Biegung und sei unschwer am säulenbegrenzten Tor zu erkennen. Er solle sich von der Kargheit der Umgebung nicht täuschen lassen, ihn erwarte eine wahrhaft beeindruckende Immobilie.

Pierre musste unwillkürlich lächeln, als er an das Gespräch dachte. Farid hatte nicht gezögert, ihm die Auskunft zu geben, und – was weit wichtiger war – nicht einen Moment hatte Pierre sich dazu genötigt gefühlt, sein Interesse an Murrays Wohnort zu erklären.

»Viel Glück«, hatte der Makler nur gesagt und dann aufgelegt.

Der Fahrtwind blies durch das geöffnete Seitenfenster und

brachte die erhoffte Abkühlung. Auf der rechten Straßenseite erschien das Hinweisschild zum genannten Fünfsternehotel, von hier sollten es nur noch wenige hundert Meter bis zu Murrays Haus sein. Pierre drosselte das Tempo und entdeckte kurz darauf das beschriebene Tor. Die weiß lackierten Säulen glänzten in der Sonne, die ebenfalls weißen Metallflügel standen weit offen, als erwarte der Hausherr Besuch.

Pierre lenkte den Wagen ein Stück weiter. Er wollte nicht, dass es so aussah, als käme er in offizieller Mission. Dieses Mal parkte er im Schatten unter dem dichten Blätterdach einer Eiche. Dann nahm der die Schürze vom Rücksitz und ging die Straße zurück bis zum Grundstück, das von einer hohen Steinmauer begrenzt war.

Obwohl er den Klingelknopf, der inmitten einer goldenen Blumenrosette seitlich der Säule angebracht war, ausdauernd betätigte, geschah nichts. Also entschloss er sich, einfach hineinzugehen. Hätte er einen offiziellen Auftrag gehabt, er wäre hoch erhobenen Hauptes auf das Haus zumarschiert. So aber fühlte er sich wie ein Eindringling. Umso mehr, je weiter er dem Weg folgte, der an einer akkurat geschnittenen Lorbeerhecke vorbeiführte.

Farid hatte nicht übertrieben. Was Murray aus der ursprünglichen Umgebung hatte machen lassen, war schlicht beeindruckend. Kaum kam das Haus in Sicht, verbreitete sich die gepflegte Anlage in ein parkähnliches Grundstück mit einer hügeligen Rasenfläche. Darauf mehrere Sitzgruppen und gepolsterte Liegen – eingestreut wie kleine weiße Farbkleckse in einem von Künstlerhand geschaffenen Bild. Der Weg war nun von kniehohen Blumenbeeten flankiert, Lavendel blühte neben wilden Orchideen und duftenden Rosen, und Pierre dachte, dass Thomas Murray sicher eine ganze Horde eifriger Gärtner beschäftigte, die regelmäßig die Pflanzen austauschten, um solch eine dauerblühende Augenweide zu zaubern. Inmitten der Beete waren Kunstwerke aufgestellt, steinerne Skulpturen und Statuetten, als befände man sich in einer Art Freiluftmuseum.

Um wie viel imposanter war jedoch das Haus selbst.

Das helle Gemäuer naturbelassen, die Fensterläden in noblem Grau. Ein moderner Anbau mit verglaster Front führte zu einem türkis schimmernden Pool, an dessen Rand eine riesige überdachte Sonneninsel zum Verweilen einlud. Links des Hauseingangs befand sich eine ebenso moderne Garage, in der neben einem Jeep auch ein roter Lamborghini stand.

Was für ein Anwalt musste Thomas Murray sein, um so viel Geld zu verdienen? Oder hatte er geerbt?

Pierre blieb stehen und verschränkte die Arme, die Schürze noch immer fest umklammert. Er dachte an den Bauernhof, den Farid ihm angeboten hatte, und daran, dass dieser ihm trotz all der offensichtlichen Mängel idyllischer erschien, wohnlicher als das Luxusanwesen des Engländers. Aber es mochte auch an der Abneigung liegen, die er bereits gegen diesen Mann verspürt hatte, als er noch gesichts- und namenlos war und lediglich seine Rose die Fensterbank vor Celestines Schreibtisch zierte.

Das ungute Gefühl, das er bereits am Eingang verspürt hatte, stellte sich wieder ein. Er hatte hier nichts verloren, schlimmer noch: Das war Hausfriedensbruch. Doch gerade als er beschloss, auf der Stelle umzudrehen und zurück nach Sainte-Valérie zu fahren, erblickte er sie. Celestine.

Sie trug lediglich ein Kleid, durchscheinend und kurz. Das Haar hatte sie hochgesteckt, einige Strähnen fielen locker herab. Barfuß lief sie über den Rasen, eine Gießkanne in der Hand, und sah mit ihren katzenhaften Bewegungen aus, als würde sie tanzen.

Pierre hielt inne und bemerkte, wie sich sein Herz erneut zusammenkrampfte, diesmal heftiger als zuvor. Denn in diesem Moment, als er sah, wie harmonisch sie nur wenige Tage nach ihrer Trennung mit dem fremden Grundstück verschmolz, wusste er, dass er sie längst verloren hatte.

»Was machen Sie hier?«

Die Worte waren mit einem entsetzlichen Akzent gesprochen worden. So, wie ihn nur die Engländer zustande bringen konnte. Pierre drehte sich um. Ein sportlicher Mann stand vor ihm und funkelte ihn an. Graue Schläfen, gepflegtes Aussehen. Es gab keinen Zweifel, um wen es sich hier handelte.

»Sie sind sicher Thomas Murray.« Pierre hasste ihn, noch bevor er den Mund aufmachte. Wie hatte sich Celestine, *seine* Celestine, nur in diesen Wichtigtuer verlieben können?

Der Mann nickte. »Und wer sind Sie?«

»Pierre Durand, *Chef de police municipale.*«

»*Chef de* …« Murray wirkte überrascht, für den Bruchteil eines Augenblicks sogar verunsichert. Doch es dauerte nicht lange, bis er sich wieder gefangen hatte. »Ach. *Sie* sind es also«, sagte er eisig. »Das beantwortet aber noch nicht die Frage, was Sie hier zu suchen haben.«

Aus langjähriger Erfahrung wusste Pierre, dass es Macht verschaffte, die Antwort ein wenig hinauszuzögern. Also legte er den Kopf schief und betrachtete Celestines neuen Freund. Nun ja, der Engländer war nicht ganz so attraktiv, wie er es sich ausgemalt hatte. Seine wettergegerbte Haut zeugte von häufigen Aufenthalten im Freien, und sein Mund hatte einen deutlich zu schmalen Zug. Auch hatte er ihn größer geschätzt, stattdessen überragte der Rivale ihn nur um wenige Zentimeter. Dennoch trug die Situation dazu bei, dass Pierre sich wie ein Pubertierender fühlte, der dabei erwischt worden war, wie er mit dem Fernrohr in das Fenster der Nachbarin gespäht hatte. Die beste Lösung, um möglichst unbeschadet aus dieser Lage herauszukommen, war die Flucht nach vorn.

»Haben Sie Celestine tatsächlich dazu geraten, ihre Stelle fristlos zu kündigen, wenn sie Kaffee kochen muss?«

»Ich habe ihr vor allem geraten, sich nicht alles gefallen zu lassen.«

»Sie sind sicher kein Anwalt für Arbeitsrecht, ansonsten wüssten Sie, dass es schärfere Geschütze braucht, um einen Vertrag mit sofortiger Wirkung aufzulösen.«

»Nun …« Murray zögerte, dann zogen sich seine Brauen zusammen. »Sie sind gewiss nicht hier, um mit mir über Celestines Anstellung zu sprechen, nicht wahr? Sie sind hier, weil Sie es nicht ertragen können, dass sie einen neuen Mann an ihrer Seite hat. Daher möchte ich Sie bitten, mein Grundstück augenblicklich zu verlassen, ansonsten sehe ich mich gezwungen, Ihren Besuch als unbefugtes Eindringen aufzufas…« Der Rest ging im Lärmen eines Laubbläsers unter.

Daher hörte Pierre das Klingeln seines Telefons auch erst, nachdem Murray einem Mann in grünem Poloshirt bedeutet hatte, das Gerät augenblicklich auszuschalten.

Betont gleichmütig zog er das Handy aus der Tasche und sah aufs Display. Es war die Nummer der Polizeiwache.

»Was gibt's?«

»Wo steckst du? Ich versuche schon die ganze Zeit, dich zu erreichen.« Luc klang wie eine vernachlässigte Ehefrau.

»Was ist denn los?«

»Eine weitere Leiche ist gefunden worden. Zwischen den Reben. Harald Boyer, der Direktor der *Domaine des Grès* hat uns informiert, ich habe es gleich an Barthelemy weitergeleitet. Das war doch richtig so, oder?«

»Verdammt!«

In diesem Moment fiel Pierres Blick auf Celestine, die stehen geblieben war und, die Gießkanne noch in der Hand, zu ihm herüberblickte. Als sich ihre Augen begegneten, schüttelte sie langsam, beinahe vorwurfsvoll den Kopf und wandte sich wieder ab.

»Das kannst du laut sagen.« Lucs Stimme drang wie aus weiter Ferne an sein Ohr. »Dieses Mal ist es eine junge Frau. Stell dir vor, sie wurde gestopft wie eine Weihnachtsgans.« Er hielt kurz inne. »Ich muss jetzt zum Tatort. Barthelemy will, dass ich alles absichere. Kannst du in die Polizeiwache kommen, damit sie nicht unbesetzt ist?«

»Stell das Telefon um und häng einen Zettel an die Tür.«

»Und was soll ich draufschreiben?«

»Dass wir ausschließlich telefonisch erreichbar sind und man sich ansonsten an die *mairie* wenden soll.« Das war kein Zustand, so ganz ohne Telefonistin, er musste dringend mit Rozier reden. »Und ruf Gisèle an, damit sie vorbereitet ist, falls wirklich jemand dorthin kommen sollte.«

»Bist du dir sicher? Rozier wird fluchen …«

»Das lass mal meine Sorge sein. *Au revoir.*«

Wie in Zeitlupe steckte Pierre das Telefon weg, ohne den Blick von Celestine zu nehmen. Das alles war demütigend, so verdammt demütigend. Und er hatte es langsam satt, sich so zu fühlen.

»Hier, geben Sie das Celestine, sie hat es bei mir vergessen.« Er drückte dem verdutzten Murray die inzwischen völlig zerknüllte Schürze in die Hand und fügte mit fester Stimme hinzu: »Ihre Sorge ist unbegründet. Ich werde ganz sicher nicht um eine Frau kämpfen, die mich nicht will.«

Pierre preschte durch die Landschaft, fuhr scharf in die Kurven. Seine Wut wollte dennoch nicht verrauchen, war sogar noch gewachsen, als er den Wagen auf dem Parkplatz der *Domaine des Grès* in einer aufwirbelnden Staubwolke zum Stehen brachte. Er war wütend auf Murray, Celestine, Luc, Barthelemy und vor allem auf sich selbst, weil die Taktik der Verdrängung nicht funktioniert und weil er erkannt hatte, dass er sein Wesen mitsamt seinen Eigenarten nicht länger verleugnen wollte. Nicht vor anderen, nicht vor sich selbst.

Nein, er war kein weichgespülter Softie, der den Frauen hinterherlief, wenn sie ihn für einen anderen ablegten. Und ja, er liebte es, Fälle aufzuklären, je verzwickter, desto besser. Er war mit Leib und Seele Ermittler! Sich in Situationen und andere Menschen hineinzudenken und nach Lösungen zu suchen, darum ging es, das war seine Leidenschaft. Aber wie ein Schaulustiger an den Rand gestellt zu werden? Niemals! Gut, er hatte sich in diese Lage hineinmanövriert, er selbst hatte ja unbedingt nur Gemeindepolizist sein wollen. Aber nun war Schluss damit, ein für alle Mal. Er musste das wieder ins rechte Lot bringen.

Mit ausladenden Schritten eilte er auf den Tatort zu. Bereits als er den Weg zum Tor entlanggefahren war, hatte er die Menschentraube gesehen, die sich mitten auf dem Weinberg um etwas Dunkles gebildet hatte. Auch jetzt liefen zwei Männer, offenbar Gäste der *Domaine*, bis hin zur Absperrung, wo Luc gemeinsam mit einem anderen Beamten darum bemüht war, die Versammlung der Schaulustigen aufzulösen. Dahinter stand Jean-Claude Barthelemy, der mit Louis Papin, dem Rechtsmediziner, und dem Hoteldirektor Harald Boyer in eine Diskussion vertieft war; Letzterer agierte dabei mit fuchtelnden Händen. Er wirkte besorgt, zeigte auf die Umstehenden.

»*Mon Dieu*, halten Sie doch endlich die ganzen Leute fern«, rief er nun mit sich überschlagender Stimme. »Diese Art Aufmerksamkeit ist Gift für unser Renommee.«

Papin sprach beruhigend auf ihn ein. Er hatte die ersten Untersuchungen wohl schon abgeschlossen, denn seine Assistenten hoben die durch schwarze Transportfolie verhüllte Leiche zum Wagen der Rechtsmedizin, der am Rand der Szenerie wartete.

Pierre bahnte sich einen Weg durch die Gaffer, nickte Luc zu, der mit sich zu ringen schien, ob er ihn überhaupt durchlassen durfte, hob das Band und trat zu den dreien.

Barthelemy zog augenblicklich die Brauen zusammen, als er ihn entdeckte. »Was willst du denn hier?«

»Helfen.«

»Habe ich dir nicht ausdrücklich gesagt, dass du dich nicht einmischen sollst? Woher weißt du überhaupt davon? Hat Luc etwa geplaudert?«

»Bitte? Er ist immerhin mein Assistent. Abgesehen davon: Du glaubst doch nicht, dass ein solches Ereignis verborgen bleibt?«, erboste sich Pierre und zeigte auf die vielen Menschen, die nur widerwillig den Schauplatz verließen. »Sieh dich doch um. Während du noch dabei bist, die ersten Zeugen zu befragen, weiß es bereits das ganze Dorf.«

»Aber sie behindern nicht meine Untersuchungen, indem sie einfach hinter die Absperrung gehen und mitten in unsere Besprechung platzen.«

»Ich weiß, was ich tue, Jean-Claude, ich habe in Paris nichts anderes gemacht, als in derartigen Fällen zu ermitteln. Außerdem habe ich Informationen zum Fall Antoine Perrot, die dich interessieren dürften. Es spricht nichts, aber auch gar nichts dagegen, dass ich mich an der Aufklärung der Mordfälle beteilige.«

»Wir sind hier aber nicht in Paris, sondern im Distrikt Provence-Vaucluse … und damit in *meinem* Bereich.« Barthelemy musterte ihn streng. »Du trägst ja noch nicht einmal deine Uniform.«

Pierre fuhr sich mit der Hand durchs Haar. »Sind denn jetzt alle total verrückt geworden? Willst du allen Ernstes meine Hilfe verweigern, obwohl du jeden Mann gebrauchen kannst?« Er schnaubte vor Wut, noch mehr, als er bemerkte, wie die anderen betreten zu Boden sahen. Einzig Papin nickte ihm zu. Der

Mediziner nahm ihn am Arm und führte ihn ein Stück weg vom Geschehen.

»Lass es, Pierre. Es führt zu nichts.«

»Das ist doch lächerlich. Jean-Claude weiß genau, dass ich in den vergangenen Jahren meine Befugnis als *Policier* überschritten habe, und es war stets gerne gesehen. Und jetzt will er, dass ich mich aus allem heraushalte? Ich lass mir doch von so einem Stiesel keine Vorschriften machen!«

Ein alter Stiesel, ja, und noch mehr als das. Pierre hatte Barthelemy nie besonders gemocht. Ein Wichtigtuer und Gernegroß. Menschen wie er hätten im Kommissariat von Paris keine Chance. Hier dagegen konnte er sich aufführen wie der Sheriff in einem drittklassigen Western.

»Pierre …« Papin senkte die Stimme. »Er darf nicht. Selbst wenn er es wollte.«

»Was soll das heißen?«

»Er hat Anweisungen.«

Pierre stutzte, musterte den Gerichtsmediziner eindringlich. Der hielt seinem Blick stand, sah ihn offen an. »Aus Paris?«

Papin nickte unmerklich. »Jean-Claude hat einen Job zu verlieren. Du wirst einsehen, dass er das nicht riskieren wird.«

Die Polizeipräfektur von Paris also. Seine Vergangenheit schien ihn einzuholen. Paris, das bedeutete Victor Leroc, sein ehemaliger Vorgesetzter, der ihm offenbar nicht verziehen hatte. Dessen verlängerter Arm reichte nicht bis zur Gemeindepolizei, die dem Bürgermeister unterstand. Aber auf die Belange der *police nationale* hatte er sehr wohl Einfluss und damit auch auf den *Commissaire* aus Cavaillon.

»Gut.« Pierre sah hinüber zu Barthelemy, der inzwischen ein Heft in den Händen hielt und sich Notizen machte, während Harald Boyer immer noch unentwegt auf ihn einredete. »Verstehe. Trotzdem will ich wissen, was hier passiert ist.«

Louis Papin schüttelte den Kopf. Doch als Pierre ein Zögern wahrnahm, das nur eine winzige Sekunde andauerte, setzte er in eindringlicherem Tonfall nach: »Komm schon.«

Papin seufzte, begann schließlich in schnellem leisem Stakkato: »Virginie Leclaude, einundzwanzig, Tänzerin. Kam von einem Engagement in Apt. Uhrzeit vermutlich gegen eins.«

»Spuren von Missbrauch?«

»Keine offensichtlichen.« Er hielt inne. »Man hat sie gefesselt und mit Essen erstickt, wahrscheinlich ist sie an einer Bolusobstruktion gestorben. Soweit ich erkennen konnte, hat der Täter dafür eine Füllung verwendet. Man konnte noch Kräuter erkennen. Es scheint zum Rezept zu passen, das der Mörder am Tatort zurückgelassen hat und das ebenfalls von der Kochschule der *Domaine* stammt: *lapin farci*.«

»Gefüllter Hase!« Obwohl Pierres Ausruf kaum hörbar war, hob Papin augenblicklich den Finger an den Mund. »Schon gut«, wisperte Pierre. »Tu mir bitte einen letzten Gefallen. Wenn die Untersuchung ergibt, dass es sich bei der Füllung um exakt jene aus dem Kurs von Mademoiselle Berg handelt, dann gib mir Bescheid.«

»Du bringst mich in eine schwierige Lage …«

»In einfachen Lagen braucht man keine Freundschaftsbekundungen.«

Aus dem Augenwinkel sah er Barthelemy mit flammenden Augen auf sich zukommen, offenbar bereit, ihn nötigenfalls von seinem Beamten entfernen zu lassen.

»Mach's gut, Louis«, sagte Pierre etwas lauter, drehte sich ohne ein weiteres Wort um und verschwand in Richtung der *Domaine*.

Die Küche war leer. Also stellte Pierre sich an den Empfang und schlug auf die Klingel, bis eine ihm unbekannte Rezeptionistin herbeigeeilt kam; ein schmales, blasses Persönchen mit dunkelblondem, zu einem Zopf geflochtenem Haar. Er sah auf ihr Namensschild.

»Guten Tag, Mademoiselle Girard. Wo finde ich Charlotte Berg?«

Die junge Frau schüttelte den Kopf. »Sie ist noch nicht hier.«

Pierre sah auf die Uhr. Beinahe zwölf. Heute war kein Markttag, vermutlich war sie noch auf ihrem Zimmer. War es zu indiskret, sie dort aufzusuchen? »Welche Zimmernummer hat sie?«

»Sie wohnt nicht in der *Domaine*.«

Das allerdings erstaunte ihn. Er hatte Charlotte immer nur im Hotel gesehen oder in Ausübung ihres Berufes als Köchin. Dass sie ein Privatleben haben könnte, irgendwo im Ort wohnte, vielleicht sogar zusammen mit einem Mann, daran hatte er nicht eine Sekunde lang gedacht. »Würden Sie mir bitte ihre Adresse nennen?«

»Ich weiß nicht, ob ich diese Information weitergeben darf, Monsieur …«

Nun ärgerte es ihn doch, dass seine Uniform noch im Wagen lag. »Durand, Leiter der hiesigen *police municipale*.«

In diesem Moment öffnete sich die Tür, und Charlotte trat ein, in bunter Bluse und kurzem Jeansrock, eine beerenrote Tasche über der Schulter. »*Bonjour*, Mirabelle«, sagte sie fröhlich, »*Bonjour*, Pierre.«

»Könnte ich dich bitte einen Moment sprechen?«, sagte Pierre ohne Einleitung.

»Natürlich.« Sie winkte ihm, ihr zu folgen, und ging voran in die Küche. Dort öffnete sie einen schmalen Schrank, legte die Tasche hinein und nahm einen Bügel heraus, auf dem eine weiße Bluse und eine Hose hingen. »Was ist denn mit dir passiert? Du schaust so grimmig.« Sie betrachtete ihn mit demselben eindringlichen Blick, den er bereits vom gestrigen Gespräch her kannte.

Pierre zwang sich, nicht auszuweichen. Dabei bemerkte er, dass sie Sommersprossen hatte, feine Pünktchen, die sich von der Nase her ausbreiteten. »Ach, es ist nichts.«

»Komm schon. So sieht niemand aus, dessen Tag fröhlich verlaufen ist.«

»Also gut. Hast du den Menschenauflauf am Weinberg vor der Hoteleinfahrt bemerkt?«

»Nein.« Ihr Blick wurde ernst. »Was ist geschehen?«

Möglicherweise hatte sich die Ansammlung in dem Moment aufgelöst, in dem Papin mit seinen Leuten das Feld verlassen hatte. »Eine junge Frau aus dem Dorf …«

Alle Farbe wich aus ihrem Gesicht. Sie schien Gedanken lesen zu können. »Ist es wieder eines meiner Rezepte?«

Er nickte. Zögerte, wie viel er ihr verraten durfte. Dann entschied er, dass sie das Recht hatte, alles zu erfahren, was sie betraf.

»Sie ist an der Füllung unseres gestrigen Essens erstickt.«

Charlottes Augen weiteten sich. »*Lapin farci*«, flüsterte sie. »Gefüllter Hase. Das ist vollkommen unmöglich. Soll das wieder so ein makabrer Scherz sein, ist die junge Frau nun etwa das Häschen?« Sie fuhr sich über die Stirn. »Aber wer macht so etwas, doch nicht etwa Didier Carbonne? Er würde sicher nicht mit den Resten …«

Pierre schüttelte vehement den Kopf, auch wenn er es natürlich nicht ausschließen konnte. »Ich bin sicher, er kann keiner Fliege was zuleide tun. Der Täter wirkt eher kaltblütig. Er wird der Frau so lange Essen in den Mund gedrückt haben, bis ein tödlicher Reflex einsetzte. Bei einer Überreizung sendet das sensible Nervengeflecht des Kehlkopfes Signale, die zu einem sofortigem Herz-Kreislauf-Stillstand führen.«

Mit einem scharfen Zischen sog Charlotte die Luft ein. »Ein herbeigeführter Bolustod? Das ist ja grauenhaft!« Dann schüttelte sie den Kopf. »Du hast Recht, keiner meiner Kursteilnehmer würde so etwas tun.«

Pierre überlegte kurz, dass vermutlich niemand das komplette Rezept nachgekocht hatte. Es musste einen Zusammenhang mit dem Kochkurs geben, den er übersehen hatte. »Trotzdem werde ich zu Carbonne fahren und nachhaken.«

»Ich dachte, du willst dich nicht mehr in den Fall einmischen?«

»Das war gestern.« Er betrachtete ihre fahl gewordene Gesichtshaut. Es war ihr anzusehen, wie sehr die neue Situation sie mitnahm. »Du solltest dir ein paar Tage freinehmen.«

»Ich kann nicht. Wir sind zu wenig Leute.« Sie stockte. »Hast du nicht gestern noch gesagt, es habe nichts mit mir zu tun, es gehe lediglich um die Rezepte?«

Er nickte zur Bestätigung, aber ihm war nicht wohl dabei.

»Na also, dann habe ich ja nichts zu befürchten.« Charlotte atmete tief, als zwinge sie sich dazu, die Nerven zu behalten, dann kramte sie ein Gummiband aus der Rocktasche und band sich die Haare hoch. »Ich muss mit den Vorbereitungen beginnen. Sehen wir uns heute Abend?«

Eigentlich hatte Pierre das Essen absagen wollen. Es war sinnlos, Celestine mit seinen Kochkünsten überzeugen zu wollen. Aber Charlotte wirkte so zerbrechlich, so verängstigt, dass er es nicht über das Herz brachte. Vielleicht tat ihr ein wenig Ablenkung gut. Und er könnte ein wenig mehr Einblicke in die Geheimnisse der Küche gut gebrauchen. Auch ohne Celestine.

»Ja. Ich freue mich darauf. Um halb zehn?«

Sie nickte. »Sobald der letzte Hauptgang serviert ist, komme ich vorbei.«

9

Als Pierre die Einfahrt des Hofs betrat, in dessen Hinterhaus Didier Carbonne wohnte, schlug ihm der Gestank von Benzin entgegen. Ein Geruch, der Pierre noch vor wenigen Jahren alarmiert und das Szenario einer bevorstehenden Explosion heraufbeschworen hätte, doch inzwischen wusste er, dass dieser in Sainte-Valérie zu allen Tageszeiten vorwiegend in der Nähe von Hinterhöfen wahrzunehmen war, wo Jugendliche ihre Mofas aufmotzten oder Anwohner an benzinbetriebenen Rasenmähern schraubten. Tatsächlich entdeckte er den alten Uhrmacher genau dort, wo er ihn vermutet hatte: unter dessen altem Kastenwagen. Besser gesagt, er sah nur seine Beine, der Rest war komplett unter dem rostigen Ungetüm verschwunden.

»*Bonjour*, Monsieur Cabonne«, sagte er so laut, dass man zuerst einen harten Aufprall hörte, dann ein Fluchen.

Schließlich kam der Rest des Körpers auf einem kleinen Brettchen hervorgerollt. »*Zut alors*, was schreist du so?« Carbonne rieb sich die Stirn, die kurz darauf mit dunklen Schlieren überzogen war.

»Wieder der Motor?«, mutmaßte Pierre. Dabei beschränkte sich alles, was er von der Reparatur eines Autos wusste, auf das Wechseln von Zündkerzen oder das Nachfüllen von Öl.

»*Non!*« Carbonne verzog den Mund. »Die Zündung.« Er zwang sich hinter das Steuer und drehte den Schlüssel, doch es erklang nur ein Blubbern und dann ein mattes Röhren, das sofort wieder erstarb. »Hörst du das?« Er versuchte es noch einmal, vergewisserte sich, ob Pierre dem Geräusch auch mit gebührender Aufmerksamkeit lauschte. Schließlich hob er mit bemitleidenswerter Dramatik die Schultern. »Ich werde wohl doch zu Poncet gehen müssen. Der gerissene Hund wird mir eine neue Zündanlage einbauen wollen, weshalb ich Haus und Hof verpfänden muss.«

Die Tatsache, dass er den Mechaniker Stéphane Poncet, Vater der beiden Kochkursteilnehmerinnen Marie und Isabelle, nach jahrzehntelanger Freundschaft beim Nachnamen nannte, wies auf eine hinzugekommene Fehde hin, was er auch mit seiner Mimik unterstrich.

»Vielleicht lässt es sich ja auch reparieren, ohne das Teil austauschen zu müssen«, versuchte Pierre, ihn zu beruhigen.

Doch der Alte hob seine ölverschmierten Finger und begann, damit vor seiner Nase herumzufuchteln. »Poncet ist ein Gauner. Auf den solltest du besser mal ein Auge haben. Der hat Dreck am Stecken.« Mürrisch rieb er sich seinen Bart. »Aber du bist sicher nicht gekommen, um mit mir über meinen alten Wagen zu sprechen, *eh*?«

»*Bon*, du hast natürlich Recht.« Pierre schmunzelte. »Ich wollte mit dir über unseren Kochkurs reden. Haben dir die Reste des *lapin farci* geschmeckt?«

»Reste? Schön wär's! Hier gibt es Diebespack, betrügerisches Gesindel.« Carbonne schälte sich aus dem Fahrersitz, fuchtelte wieder mit erhobenem Zeigefinger in der Luft herum. »Noch nicht einmal in Sainte-Valérie kann man sich sicher sein. Jemand hat mir die Tasche mit allen Boxen aus dem Auto geklaut. Ich habe seit gestern Abend nichts mehr gegessen.«

Das erklärte so einiges. Zugleich engte es den Kreis in Frage kommender Täter ein. Dabei tat sich unverhofft eine Möglichkeit auf, die Pierres Herz ein bisschen schneller schlagen ließ. Die Aufklärung eines Diebstahls würden die Inspektoren der *police nationale* dankend ihm überlassen, vor allem wenn es um mit Essen gefüllte Frischhalteboxen ging. Das würde ihm einen perfekten Vorwand liefern, um weiterzuermitteln. Dass dieses Delikt aller Wahrscheinlichkeit nach mit einem Mord zusammenhing, konnte er schließlich nicht wissen. Zumindest nicht offiziell.

»Du musst Strafanzeige erstatten.«

»Eine Anzeige? *Beh non*. Dafür muss man doch nicht …«

»Selbstverständlich«, sagte Pierre mit gespielter Entrüstung. »Wo kämen wir denn hin, wenn man noch nicht einmal sein Essen im Auto liegen lassen kann.«

Der alte Uhrmacher kratzte sich am Kopf. »Vielleicht waren es die Poncet-Schwestern. So schnell, wie die gestern aus dem Wagen gesprungen sind.«

»Nein, ganz gewiss nicht«, widersprach Pierre ohne zu zögern. Nach dieser Höllenfahrt hatten die beiden sicher andere Gedanken, als Essensreste zu stehlen, noch dazu von etwas, das sie am selben Abend mitgekocht hatten. Wahrscheinlich hatten sie sich eher gesorgt, dass es ihnen bei den halsbrecherischen Manövern nicht wieder hochkam. »Wenn ich mich recht erinnere, hatten sie nichts dabei, als sie ausgestiegen sind«, ergänzte er, das Bild von Marie und Isabelle vor Augen, die mit eingezogenen Köpfen durch die Regennacht gelaufen waren.

»Möglicherweise hast du Recht«, antwortete der Alte gedehnt. »Aber als ich zu Hause angekommen bin und die Tasche vom Rücksitz nehmen wollte, war sie verschwunden.«

»Das heißt, man hat sie dir gestohlen, während du in der Bar warst?« Wie lange hatte der Uhrmacher dort wohl geschlafen, mit dem Kopf auf der Theke?

Carbonne nickte wortlos.

Demnach war er tatsächlich noch mit dem Auto nach Hause gefahren, obwohl er nach mehreren Gläsern Wein noch mindestens zwei Bier getrunken hatte. Für einen kurzen Moment überlegte Pierre, ihm eine Standpauke zu halten, ließ es dann aber. Er wollte ihn nicht verärgern, er brauchte diese Anzeige, wenn er unbehelligt weiterermitteln wollte. Nur was, wenn Carbonne so betrunken gewesen war, dass er sich nicht mehr daran erinnerte, die Frischhaltedosen bereits kalt gestellt zu haben?

»Wo bewahrst du das Essen ansonsten auf?«

»Ich zeige es dir.« Der Alte ging voraus zu einem Anbau seitlich des Hauses. »Es hat keinen Zweck, hier abschließen zu wollen, also versuche ich es erst gar nicht«, sagte er, während er die marode Holztür aufstieß. »Aber man hat mir auch noch niemals etwas gestohlen. Noch nie!«

Im Inneren des Raumes war es kühl. Pierre trat ins Dunkel und war sofort von einem regelmäßigen Ticken umhüllt, das gleichförmig und dennoch in den unterschiedlichsten Tonarten klang. Als Carbonne den Lichtschalter betätigte, sah Pierre, dass es sich um die ehemalige Uhrmacherwerkstatt des Alten handeln musste. An der Stirnseite stand eine Werkbank mit vielen flachen Kästchen. Gleich darüber hingen mehrere antik aussehende Wanduhren in verschiedenen Größen, wie ein harmonisches Orchester, dessen unsichtbarer Dirigent einen strengen Taktstock hielt.

Carbonne ging zu ihnen und strich sanft über den aufwendig gefertigten Rahmen einer großen Uhr mit gelblich angelaufenem Zifferblatt. »Diese hier stammt aus dem achtzehnten Jahrhundert«, erklärte er flüsternd, als spreche er von einer heimlichen Geliebten. »Ich habe sie vor der Schrottpresse gerettet und restauriert. Ist sie nicht wunderschön?« Er knipste eine Tischlampe an und hielt sie so, dass das Metall der Uhr zu glänzen begann.

Pierre nickte bestätigend und auch ein wenig sprachlos. Es war eine merkwürdige Kulisse, fast, als stünden sie mitten in einem Museum. Das hatte er an diesem Ort nicht erwartet. So nachlässig Carbonne auch sonst wirkte, hier war alles ordentlich, ja, richtiggehend gepflegt. Mehrere flache Kästen standen nebeneinander, jeder gefüllt mit anderen Geräten: Lupen, Pinzetten, Pipetten, kleinen Schraubendrehern, Uhrgehäusen, Rädern, Wellen und Platinen, alles sorgfältig voneinander getrennt. Daneben mehrere kompliziert aussehende Maschinen mit Kurbeln und miteinander verbundenen Scheiben, vermutlich Prüfgeräte.

»Das ist …« Pierre suchte nach Worten. »Das ist sehr beeindruckend.«

Carbonnes Augen lachten, und der offensichtliche Stolz ließ seine Wangen glühen. »Hier habe ich früher Uhrwerke überprüft, justiert und gepflegt, alte wie neue. Manchmal habe ich auch selbst welche hergestellt. Dein Vorgänger hat sich übrigens all seine Uhren noch von mir fertigen lassen.«

Er sagte es fast überheblich und blickte stirnrunzelnd auf Pierres Armbanduhr, die es mal als Zugabe für ein Jahresabonnement der *Le Monde* gegeben hatte. Inzwischen hatte er es längst gekündigt, die Uhr dagegen trug er noch immer.

»Heutzutage braucht man niemanden mehr, der sich mit der Logik feinster mechanischer Vorgänge befasst«, fuhr Carbonne fort, und in seiner Stimme schwang Bitterkeit mit. »Uhrmacher müssen nur noch Batterien wechseln. Aber dafür braucht man kein Fingerspitzengefühl, das kann sogar ein Mechaniker wie Stéphane Poncet.«

Pierre überging diese Spitze. »Du liebst deinen Beruf, nicht wahr?«

»Das tue ich. Aber ich kann ihn nicht mehr ausüben.«

»Die Augen?«

Der Alte hob seine knotige Hand. Sie zitterte. Nur leicht, beinahe unmerklich, doch Pierre verstand. »Du wolltest mir zeigen, wo du das Essen aufbewahrst.«

Carbonne wies auf einen Kühlschrank, der hinter der Tür stand.

»Darf ich mal reinsehen?«, fragte Pierre, und als der Uhrmacher zustimmend nickte, öffnete er die Tür. Der Inhalt erinnerte ihn an seinen eigenen Kühlschrank, der meist ebenso leer war. Ein kleiner Rest Salami, ein angebrochenes Paket Butter, ein paar Flaschen Weißwein. »Pass auf. Wir gehen jetzt zusammen zur Polizeiwache, und wenn ich den Diebstahl aufgenommen habe, lade ich dich zum Essen ein.«

»Abgemacht.«

Carbonne strahlte, dass seine wenigen gelbfleckigen Zähne zu sehen waren, und Pierre wusste, dass er nun alle Auskünfte bekommen würde, die er wollte.

Als Pierre mit dem Uhrmacher die Polizeiwache betrat, empfing ihn ohrenbetäubender Lärm. Jemand sang gerade »*L'amour ça repart, parfois ça nous quitte*«, irgendeinen angesagten Rap von einem Sänger, dessen Namen er kaum aussprechen konnte. Luc, der eben noch kauend an seinem neuen Platz hinter der Anmeldung gesessen hatte, in der Hand ein großes Sandwich, sprang auf und drehte am Knopf des Radios, bis die Musik erstarb. »Pierre, was machst du denn hier?«, stammelte er mit schuldbewusstem Gesicht, nachdem er den Bissen rasch heruntergewürgt hatte.

»Du machst Pause? Lass es dir schmecken. Ich nehme nur rasch einen Diebstahl auf.«

»Ehrlich?« Nun kam Leben in Luc. Er legte sein Sandwich auf den Schreibtisch und wischte seine mayonnaisebeschmierten Finger an der Uniformjacke ab. »Ich nehme dir das ab. Was ist denn gestohlen worden?«

»Jemand hat mir mein Abendessen geklaut«, empörte sich Carbonne.

In Lucs Gesicht spiegelte sich ein ganzes Universum an Fragen.

»Diebstahl ist Diebstahl«, antwortete Pierre bestimmt. »Ich kümmere mich schon darum.« Er schob den alten Uhrmacher rasch in sein Büro und schloss die Tür.

Ein kurzes Telefonat mit einem der Inspektoren der *police nationale*, Roland Lechat, und er hatte grünes Licht; wie erwartet ließ man Pierre den Vortritt bei der Aufklärung.

»*Bon*, Sie machen das schon, Monsieur Durand, mailen Sie uns nur die Strafanzeige für unsere Akten. Und halten Sie uns auf dem Laufenden.«

»Alles wie immer, Monsieur Lechat, ich melde mich, sobald sich etwas Neues ergibt.«

Das Aufnehmen der Anzeige dauerte weniger als fünf Minuten. Carbonne gab zu Protokoll, er habe erst zu Hause bemerkt, dass die Tasche mit den Essensresten verschwunden war, das sei gegen zwei Uhr morgens gewesen. Sein Wagen sei wie immer nicht verschlossen gewesen, und es gebe auch sonst keine Spuren, die auf einen möglichen Täter hinwiesen.

»Zuerst dachte ich, das war Joseph«, sagte er, als sie nur wenig später unter der grünen Markise des *Chez Albert* am Marktplatz saßen und einen kühlen *Magali* tranken, einen wunderbaren Rosé aus der Provence, der trotz Leichtigkeit über ein pralles Aroma von Aprikosen und Grapefruit verfügte.

Während Pierre noch auf den Salat mit warmem Ziegenkäse wartete, ließ sich Carbonne bereits den ersten Gang des Mittagsmenüs schmecken: eine *soupe au pistou*.

»Er war beleidigt, weil ich ihm verboten habe, sich ebenfalls bei Mademoiselle Berg mit Resten einzudecken. Ich hätte wetten können, er wollte es mir heimzahlen und bediente sich einfach, ohne zu fragen. Aber seine Frau hat für heute einen Hammelbraten gemacht, ich habe ihn selbst in der Casserole köcheln sehen.« Während er sprach, hielt er den Kopf tief über den Teller gebeugt und führte den Löffel mit so viel Schwung zum Mund, dass der größte Teil wieder zurücktropfte. »Aber er hat mir nichts davon abgegeben.«

Pierre nickte und versuchte sich vorzustellen, wie Carbonne bei den Rocheforts am Herd stand und um eine Portion vom *mouton rôti* feilschte. Josephs junge Frau war bekannt für ihre gute Küche. Allerdings sah es nicht gut aus für den Gemüsebauern, der bereits beim ersten Mord zum Kreis der Verdächtigen zählte. Er würde den Mann unbedingt überprüfen müssen.

»Wer weiß noch, dass du die Essensreste mitnimmst?«

»Einige hier im Dorf. Es ist kein Geheimnis. Warum fragst du?«

»Du willst doch wissen, wer es getan hat, oder? Ohne Namen komme ich nicht weit.«

»*Oh oui.*« Carbonne rieb sich den Bart. »Die Männer, mit denen ich Boule spiele. Stéphane Poncet zum Beispiel. Außerdem Marceau und Barberit.« Er nannte noch ein paar Namen, die sich Pierre sofort notierte. Es waren zumeist Pensionäre, darunter auch Cederic Baffie, Celestines Vater.

»Und natürlich die Stammgäste der *Bar du Sud.*«

Großartig! Pierre schüttelte den Kopf. Das waren nahezu alle Männer des Dorfes. Immerhin, niemand außer Joseph Rochefort schien einen Zusammenhang zum ersten Mord aufzuweisen.

»Kennst du Virginie Leclaude?« Die Frage hatte Pierre ohne Vorwarnung gestellt, bereit, jegliche Reaktion seines Gegenübers genau zu überprüfen.

Doch Carbonne antwortete mit fortlaufender Gelassenheit. »Aber ja, jeder Mann kennt sie hier. Hübsches Ding, arbeitet in irgendeiner Bar in Apt, tanzt dort für Geld. Ziemlich dünn.« Er hielt in der Bewegung inne, als er gerade den Löffel zum

Mund führen wollte. Die Suppe tropfte am Teller vorbei auf die Tischdecke. »Meinst du, sie war es? Sie sieht ziemlich verhungert aus.«

»Nun, zumindest scheint sie das Essen eher unfreiwillig eingenommen zu haben.«

»Unfreiwillig?«

»Man hat sie damit erstickt.«

»Das ist ja grauenhaft! Wer macht denn so etwas?«

Genau das hatte Charlotte auch gefragt. Letztlich war das der Kern der Sache: Es ergab keinen Sinn. Irgendjemand arrangierte Morde aufgrund von Kochrezepten, und Pierre fragte sich immer mehr, ob die Personen als Bestandteil dieser morbiden Kunstwerke wirklich zählten oder ob sie nur die passende Staffage für etwas ganz anderes waren. Bloß wofür? Er ärgerte sich, dass er den Bogen nicht weiter spannen und im Umkreis von Leuthard ermitteln konnte, sondern sich auf seinen kleinen Bereich beschränken musste, der mit der Aufklärung des Diebstahls fest umrissen blieb. Zumindest kam der Täter aus Sainte-Valérie, oder er kannte sich hier ziemlich gut aus. Anders war es nicht zu erklären, dass er wusste, wo er Carbonnes Reste finden würde. Sofern diese überhaupt bei dem Mord verwendet worden waren, aber das würde Papin ihm hoffentlich bald bestätigen.

»Hast du eine Idee, wer ein Interesse daran gehabt haben könnte?«

Carbonne blickte auf, dem Kellner entgegen, der nun neben Pierres Salat auch das bestellte *boeuf en daube* brachte. »Lass mich überlegen.« Er zerteilte die größeren Fleischstücke und warf einen anerkennenden Blick auf die dicke braune Sauce, in der Oliven und Karottenstückchen schwammen. »Vielleicht waren es ja die alten Wachteln, denen das Mädchen ein Dorn im Auge war.«

»Die alten …?«

Carbonne sah Pierre mit dem Ausdruck eines tadelnden Lehrers an. »Sieh mal, *Monsieur le policier*, du findest es vielleicht normal, dass junge Mädchen sich in einer Bar bis auf das Höschen ausziehen und mit dem Busen wackeln, aber es gibt Frauen einer gewissen Generation, die es nicht mögen, wenn ihre Männer heimlich nachts das Bett verlassen, um sich in Apt zu holen, was ihnen zu Hause nicht mehr vergönnt ist.«

»Das ist doch wohl nicht dein Ernst.« Pierre schüttelte sich bei der Vorstellung, dass sich die Ehemänner im Dunkeln aus ihren Häusern schlichen, um mit ihren verbeulten Wagen zu einem mehr als zweifelhaften Vergnügen zu fahren. Männer, die zudem Farids Theorie nach ihren eigenen Frauen den Liebhaber nicht gönnten, weshalb sie ihn verschnürt in den Weintank warfen. Noch skurriler war das Bild gestandener Damen, die sich eines Nachts mit Essen bewaffnet aufmachten, um eine potentielle Rivalin mit der Füllung eines Kaninchens zu stopfen. Sainte-Valérie als Zentrum mittelalterlicher Selbstjustiz? Nein, das war einfach zu grotesk. »Virginie Leclaude war Tänzerin, keine Prostituierte«, wandte er ein.

»Wer kann sich da sicher sein?« Carbonne nahm ein Stückchen des wahrhaft göttlich duftenden Ragouts und begutachtete es, bevor es in seinem Mund verschwand. »Außerdem ist das für viele in Sainte-Valérie dasselbe. Hier ist man eigen, wenn es um die Moral geht.«

Was für ein Mordmotiv! Antoine Perrot als Verführer der einsamen Frauen, Virginie Leclaude als die Circe der vernachlässigten Männer und ein Täter, der sich bemühte, mit größter Bildhaftigkeit die Moral wiederherzustellen – ausgerechnet mit den Rezepten der Kochschule und immer auf dem Grundstück der *Domaine des Grès*. Diese Theorie stimmte hinten und vorn nicht. Vielleicht war sie einfach zu simpel. Aber drehten sich nicht die meisten Verbrechen um die immerwährenden Themen Liebe, Eifersucht und Rache?

»Hat Joseph Rochefort auch diese … diese Angewohnheit, ab und an nachts nach Apt zu fahren, in jene Bar, in der Mademoiselle Leclaude getanzt hat?«

Carbonne kaute ausgiebig, und als Pierre schon dachte, er würde zu einer Antwort ansetzen, schob er sich erneut eine Gabel in den Mund.

Pierre wartete, lauschte den Gesprächsfetzen, die von den Nachbartischen herübergetragen wurden, orderte eine weitere Karaffe Rosé. Sah zu, wie der alte Uhrmacher das Essen genoss, den Wein, die friedvolle Atmosphäre des Mittags, die allmählich auch Pierre einfing. Er widmete sich seinem Salat, pikste den warmen, ölig glänzenden Ziegenkäse mit einigen knackigen Blättern auf die Gabel, und als er einen Hauch von Birne in der milden Säure der Sauce herausschmeckte, freute er sich über die Raffinesse aus Monsieur Alberts Küche.

An den anderen Tischen hatte man das Essen inzwischen beendet, trank einen Thymianlikör oder *café noir*, hielt das Gesicht in die Sonne oder machte ein Nickerchen im Schatten. Auch Pierre lehnte sich zurück. Wenn er eines gelernt hatte, dann das: jedem seine Zeit zu lassen. Hektik oder die Aufforderung, sich zu beeilen, wurde hier lediglich mit noch größerer Gelassenheit beantwortet. Für einen echten Provenzalen gab es weit wichtigere Dinge als das Diktat eines unerbittlich fortschreitenden Zeigers. Essen beispielsweise. Das hatte wahrlich nichts mit dem hektischen Hineinschlingen zu tun, wie es die Pariser oft taten oder die Touristen, die ihr *formule express* fast im Hinauslaufen beendeten, um den nächsten Programmpunkt noch zu schaffen. Ausflüge nach Bonnieux, zum *Grand Canon du Verdun* oder zu den *Fontaines des Vaucluses* absolvierten sie im Laufschritt, als gelte es, die Empfehlungen der Reiseführer abzuhaken, um anschließend zu Hause zu erzählen, man habe die Provence gesehen.

Die wahre Provence, die Gerüche von duftendem Jasmin, wildem Thymian und Lavendel, die pastelligen Farben des Himmels, wenn die Sonne erwachte, die vielfältigen Eindrücke der Landschaft, blieb den Eiligen verborgen.

Nicht so Carbonne, der inzwischen mit geschlossenen Augen das letzte Stück Fleisch kaute und jedes Aroma, jede Faser des Gerichts auszumachen schien. Er war derart versunken, dass Pierre nun doch beschloss, die meditative Nahrungsaufnahme zu stören.

»Also, wer von den Männern hier aus dem Dorf fährt nachts nach Apt, um Virginie Leclaude beim Tanzen zuzusehen?«

»Ich weiß nur, was ich gehört habe.« Carbonne tunkte ein Stück Brot in die verbliebene Sauce und meinte dann mit vollem Mund: »Persönlich kenne ich niemanden.« Er sah Pierre an, nickte mit Nachdruck. »Das meine ich ernst. Die Männer in meinem Freundeskreis sind allesamt rechtschaffen. Ich kenne keinen einzigen, der sich mit jungen Dingern vergnügt, auch nicht, wenn sie ihre nackten Brüste hüpfen lassen. Das ist was für Touristen.«

Touristen. Die *Domaine des Grès*. Aber warum dann Antoine Perrot?

Pierre stöhnte innerlich auf. Wollte der Alte ihn mit seinen widersprüchlichen Aussagen auf den Arm nehmen? Nein, auch diese Spur führte ins Leere, und welcher Gast wusste schon von Carbonnes Resten? Außer, er nahm an dem Kochkurs teil ...

Während Pierre an seinem Wein nippte, ging er im Geiste die Teilnehmer durch. Die beiden Schwestern Marie und Isabelle, die Hamburgerin Katrin, Muriel und John, die Damen aus der Normandie. Außer dem amerikanischen Ehepaar fiel ihm niemand ein, der sich in schummrigen Bars herumtreiben würde, doch hier existierte keinerlei Verbindung zu den Bewohnern von Sainte-Valérie. Dieser Fall war völlig verquer. Irgendeine Information fehlte, die ihm den Blick auf das große Ganze öffnete. Vielleicht war Joseph Rochefort derjenige, der sie ihm lieferte. Er war der erste der vier gehörnten Ehemänner, den er befragen konnte, da Carbonnes anfänglich geäußerter Verdacht ihm die Berechtigung dazu gab.

Der Hof des Gemüsebauern lag unweit der *Domaine des Grès* inmitten eines idyllischen Tals. Joseph Rochefort hatte sich mit seinen Bio-Anbaumethoden einen Namen gemacht und belieferte vor allem die örtlichen Restaurants mit Auberginen, Zucchini, Paprika, Spinat und Tomaten, darunter auch die *Domaine des Grès*, das *Chez Albert* oder das *Fantastique*, ein Sternerestaurant aus L'Isle-sur-la-Sorgue. Doch Rocheforts schroffe und wenig serviceorientierte Art eilte dem Ruf seiner Ware oft meilenweit voraus, so dass er die Produktion im Laufe der Jahre hatte einschränken müssen und sich immer mehr darauf verlegte, Wein anzubauen, den er zum eigenen Verbrauch kelterte.

Als Pierre den Wagen der *police municipale* auf dem Platz vor dem Haupthaus zum Stehen brachte, kam ihm eine Horde kläffender Hunde entgegengelaufen. Kaum dass er die Tür öffnete, wurde das Bellen zum Knurren, und ein dunkler Mischling fletschte die Zähne, weshalb Pierre sich gezwungen sah, sie rasch wieder zuzuziehen.

»Rochefort!«, brüllte er durchs halb heruntergelassene Wagenfenster. »Ruf deine Hunde zurück!«

Nichts geschah. Dann bewegte sich eine Gardine am Fenster neben dem Eingang.

Pierre drückte auf die Hupe und ließ sie erst wieder los, als Josephs Frau Heloise angelaufen kam und die Hunde mit einem scharfen Kommando zum Schweigen brachte.

»Was wollen Sie?«, fragte sie mit einem Blick, als wäre er ein gefährlicher Eindringling und nicht Leiter der hiesigen Gemeindepolizei.

Beinahe regungslos stand sie da, und Pierre fand, dass der harsche Zug um ihren Mund nicht zu ihrem übrigen Aussehen passte. Heloise Rochefort war mit Anfang dreißig mehr als zehn Jahre jünger als ihr Mann, eine ausgesprochen hübsche Erscheinung mit schulterlangem blondem Haar, das von einem breiten Band zurückgehalten wurde. Sie hätte eher in ein Kosmetikstudio oder an die Rezeption eines Hotels gepasst in weißer Arbeitskleidung oder einer adretten Bluse. Sie war keine typische Bauersfrau in fleckigem Shirt, Jeans und derben Schuhen. Pierre fragte sich, ob das Leben hier auf dem Hof wohl so war, wie sie es sich vorgestellt hatte, als sie vor acht Jahren ihren Beruf als Krankenschwester aufgab, um zu Joseph aufs Land zu ziehen.

»Ich möchte Ihren Mann sprechen«, antwortete Pierre und stieg aus dem Wagen, den Blick auf die Hunde geheftet, die jede seiner Bewegungen verfolgten.

»Er ist auf dem Feld. Was wollen Sie von ihm?«

Ein lautes Klingeln unterbrach den missglückten Gesprächsbeginn. Pierre holte sein Telefon hervor, es war Papin.

»Wir haben die Probe aus Mademoiselle Leclaudes Kehle mit den Essensresten im Müllbeutel aus der Küche der *Domaine* verglichen.«

»Und?«

»Sie stimmen überein.«

Papin hatte es hastig geflüstert, kurz darauf erklang das Freizeichen. Pierre nickte zufrieden und wandte sich wieder Madame Rochefort zu.

»Wussten Sie, dass man Didier Carbonne bestohlen hat?«

»Seine Frischhalteboxen?« Sie lachte auf. »Der alte Narr! Er war heute Morgen hier und hat Joseph des Diebstahls beschuldigt. Deshalb sind Sie hergekommen?«

»Monsieur Carbonne hat Anzeige erstattet, und ich muss der Sache nachgehen. Wann ist Ihr Mann gestern nach Hause gekommen?«

»Ich habe schon geschlafen.«

Natürlich.

Pierre sah sich um, betrachtete die verblichene Farbe der Hauswand, den ausrangierten Traktor, die vielen grünen Plastikkisten, die an einer Mauer aufgestapelt waren und nur darauf warteten, mit frischem Gemüse gefüllt zu werden. Dann wanderte sein Blick wieder zu Josephs Frau, die in dieser Welt wie ein Fremdkörper wirkte. »Sind Sie glücklich, Madame Rochefort?«

Die Frage war ihm spontan entschlüpft, und Heloise schien darüber sichtlich irritiert. Für einen Moment huschte ein trauriger Zug über ihr Gesicht, zeigte ihm, dass er ins Schwarze getroffen hatte, doch dann fing sie sich wieder und nickte mit einem matten Lächeln.

»Ja, das bin ich.«

»Wirklich?«

Statt einer Antwort warf sie ihm einen vernichtenden Blick zu, der Pierre nur dazu ansporne, hartnäckig zu bleiben.

»Wovon haben Sie geträumt, als Sie jung waren? Ist es das, was Sie wollten?« Er zeigte auf den staubigen Hof, die alten Bauten, deren Steinwände irgendein Wahnsinniger mit einer grauen Zementschicht verkleidet hatte.

»Was hat das mit dem gestohlenen Essen zu tun?«

»Reine Routinefragen.«

Sie sah ihn mit zusammengekniffenen Augen an. In ihren Mundwinkeln zuckte es. »Das glauben Sie doch selbst nicht. Sie zielen auf mein Verhältnis mit Antoine Perrot, nicht wahr?«

Ihre plötzliche Offenheit überraschte ihn. »Bin ich so durchschaubar?«

Nun lächelte sie sogar ein wenig. »Kommen Sie, Monsieur Durand, wir gehen besser rein.«

Im Haus roch es nach Essen, dem Geruch nach hatten die Rocheforts zu Mittag den Hammelbraten gegessen, von dem Carbonne ihm erzählt hatte. Pierre folgte Heloise Rochefort in ein kleines Esszimmer. Dies schien ihr Reich zu sein. Zumindest passten die apricotfarbenen Wände und die duftigen Vorhänge mehr zu ihrem Wesen als das heruntergekommene Anwesen und der Eingangsbereich, in dem Gummistiefel und verdreckte Halbschuhe auf eisernen Ablagen standen. Doch auch die geschmackvollen Möbel und die Wohnaccessoires – eine silberfarbene Schale mit Obst, ein gläsernes Windlicht – konnten nicht darüber hinwegtäuschen, dass die Rocheforts jeden Cent zweimal umdrehen mussten.

Sie setzten sich an einen Holztisch, dem besonders enthusiastische Möbelliebhaber das schmeichelhafte Attribut *shabby chic* verleihen mochten, der aber für Pierre so aussah, als würde er bei größerer Belastung sofort zusammenbrechen. Er holte seinen Notizblock hervor und sah Madame Rochefort erwartungsvoll an.

»Sie haben mich gefragt, ob ich glücklich sei. Nun denn, vielleicht war ich es mal, als es noch so aussah, als lebten mein Mann und ich denselben Traum. Von einem Biohof, dessen Erträge nicht nur zum Leben reichen, sondern auch für ein wenig mehr. Zum Beispiel für ein schöneres Haus.« Sie schaute aus dem Fenster. »Haben Sie sich das Tal angesehen?«

Er folgte ihrem Blick, betrachtete die weiten Hänge, die akkurat abgezirkelten Felder in Gelb, Grün und Braun. Im dunstigen Licht der untergehenden Sonne hatte es den Anschein, als habe jemand die Idylle landläufiger Postkarten genau von diesem Fenster aus fotografiert. »Es ist atemberaubend schön«, entfuhr es ihm.

»Das ist es«, bestätigte sie leise, und ihre Stimme klang mit einem Mal weich und warm. »Wir hätten sogar einen Käufer dafür gehabt. Einen Ausländer, der sich hier niederlassen wollte. Aber Joseph hat abgelehnt.« Sie seufzte und strich sich das Haar zurück. »Wir hätten ja nicht alles hergeben müssen, verstehen Sie? Nur den Teil, auf dem die Felder liegen. Von dem Geld hätten wir uns ein hübsches Haus bauen können, mit Pool und einem großen Garten. Jeden Abend hätten wir uns auf die Terrasse setzen und diesen Blick genießen können, statt einem Traum hinterherzujagen, der längst zum Albtraum geworden ist.«

»Sie kämpfen gegen den finanziellen Ruin.«

Sie nickte heftig. »Der kalte Sommer hat uns um Monate zurückgeworfen, dazu kommt die immer schlechter werdende Auftragslage. Aber Joseph hat sich festgebissen. Für ihn käme ein Verkauf dem Aufgeben gleich, sozusagen ein Fußtritt gegen das Erbe seiner Eltern. Und so etwas tut ein Rochefort nicht.«

»Was ist mit Antoine Perrot?«

»Antoine war ein Mann, vor dem sich jede anständige Frau in Acht nehmen sollte.« Heloise senkte den Kopf und malte die Maserung des Tischs mit den Fingern nach. »Ich habe gewusst, worauf ich mich da einlasse.« Sie hob den Blick. »Es waren nur wenige Nächte. Aber ich habe wieder gespürt, was Leben ist.« Tränen traten ihr in die Augen, sie ließ sie laufen. »Wissen Sie, wie es sich anfühlt, wenn der eigene Mann einen behandelt, als sei man sein Eigentum? Als habe man keine eigene Seele, keine eigenen Wünsche?«

»Er hat Sie mit Perrot erwischt«, vermutete Pierre.

Sie schüttelte den Kopf. »Nein, ich habe es ihm gesagt. Ich wollte sehen, wie er reagiert. Ob er versucht, mich zu verstehen, wenn er weiß, dass ich jederzeit einen anderen haben kann.«

»Und?«

Nun weinte sie hemmungslos. »Er hat getobt wie ein Berserker. Und er hat mich geschlagen, das erste Mal in unserer Ehe. Er hat geschworen, es dem Kerl heimzuzahlen.«

Pierre merkte auf. »Könnten Sie sich vorstellen, dass Ihr Mann Antoine umgebracht hat?«

Sie wischte sich mit dem Handrücken über das tränennasse Gesicht und zog die Nase hoch. »Nein. Eigentlich nicht. Er mag manchmal verschlossen sein und mürrisch. Aber einen Mord traue ich ihm nicht zu.«

»Wo war Ihr Mann am vergangenen Montag zwischen achtzehn Uhr und ...«, er dachte an den Zustand der Leiche, die vor ihrer Entdeckung bereits einige Stunden im Tank gelegen haben musste, »gegen Mitternacht?«

»Mit Sicherheit war er in der *Bar du Sud*. Wie fast jeden Abend. Um welche Uhrzeit er da war und wann er nach Hause gekommen ist, das weiß ich nicht.« Sie straffte die Schultern. »Hören Sie, selbst wenn ich wollte, ich kann Ihnen nicht weiterhelfen. Joseph und ich schlafen seit dieser Geschichte getrennt.«

Vom Eingang erklang ein Poltern. Wenige Sekunden später stand Joseph Rochefort in der Tür, in der Hand eine Mütze, die er wohl bei der Arbeit trug. Seine Finger waren schwarz von der Erde, er hatte sich nicht einmal die Mühe gemacht, sie sich zu waschen, und auch auf dem Boden zeichnete sich die dunkle Spur seiner schmutzigen Stiefel ab.

»Du musst ihm nicht antworten, Heloise«, sagte er mit scharfer Stimme. »Was immer er wissen will.«

»Wovor hast du Angst?«, fragte sie kühl und erhob sich von ihrem Stuhl. »Monsieur Durand ermittelt nur im Diebstahl von Didiers Frischhalteboxen.«

»Wegen Didiers ...« Joseph sah aus, als hätte ihm jemand

Eiswürfel in den Nacken geschüttet. Dann erhellte sich sein Gesicht. »Ah, der alte Carbonne. Der hat deswegen im Ernst Anzeige erstattet?« Nun lachte er.

»Ja, das hat er«, mischte sich Pierre in das Geplänkel der beiden ein und stand ebenfalls auf. »Können Sie mir dazu etwas sagen?«

»Da fragen Sie den Falschen. Didier hat es wohl zu ernst genommen, als ich meinte, ich würde es gerne genauso machen wie er. Wer eine so gute Köchin im Haus hat wie ich, der wird nicht in fremden Küchen wildern.« Er sagte es bemüht belustigt, aber Pierre entging der vorwurfsvolle Seitenblick nicht, den er dabei seiner Frau zuwarf. Die beiden hatten offenbar noch eine Menge zu klären.

»Wann sind Sie gestern Abend nach Hause gekommen?«

»Es muss so gegen eins gewesen sein.«

»Sind Sie auf direktem Weg von der *Bar du Sud* hierher gegangen?«

»Ich habe die Bar gemeinsam mit Xavier Vaucher und Guillaume Loriant verlassen und mich am Ortseingang von den beiden verabschiedet. Für den Rest des Weges habe ich keine Zeugen.« Er musterte Pierre herausfordernd.

Gegen eins. Das entsprach in etwa der Tatzeit. »Haben Sie Carbonnes Wagen gesehen?«

»Natürlich, der hat ja auffällig genug geparkt. Aber wenn Sie nun fragen wollen, ob ich mitbekommen habe, dass sich jemand daran zu schaffen gemacht hat, dann muss ich Sie leider enttäuschen.«

»Fahren Sie manchmal nachts nach Apt?«

»Nach Apt?« Rochefort starrte ihn mit geweiteten Augen an. »Was sollte ich da? Außerdem bin ich nachts blind wie ein Maulwurf und könnte keinen Wagen steuern. Fragen Sie Heloise.« Er wandte sich zu seiner Frau um, die daraufhin nickte.

Lieber würde Pierre die ortsnahen Taxiunternehmen nach einem Fahrgast aus Sainte-Valérie befragen, dann würde man ja sehen, ob diese Art Nachtblindheit tatsächlich ein Hinderungsgrund war. Leider würde das die Ermittlungen sprengen, dennoch notierte Pierre sich diese Möglichkeit im Geiste. »Kennen Sie eine gewisse Virginie Leclaude?«

»Nein. Warum?«

Die Antwort kam schnell und machte jedes weitere Nachfragen sinnlos. »Ich danke Ihnen für die Auskunft.« Pierre nickte Heloise freundlich zu. »Kann ich zurück zu meinem Auto gehen, ohne dass mich die Hunde anfallen?«

»Warten Sie, ich komme mit Ihnen.«

Als Madame Rochefort und er nach draußen traten, war die Luft angenehm kühl. Der von zarten Rottönen durchzogene Himmel zeigte Pierre, dass es spät geworden war. Er musste sich beeilen, wenn er noch bei Georgette in der *Bar du Sud* vorbeifahren und rechtzeitig nach Hause kommen wollte, um aufzuräumen und die *bouillabaisse* zu kochen.

Gerade wollte er in den Dienstwagen steigen, als ihm noch etwas einfiel. »Sagen Sie, war *Commissaire* Barthelemy schon hier?«

Sie schüttelte den Kopf.

Eigenartig, dachte Pierre, als er das Auto vom Hof lenkte, immerhin steht Joseph Rochefort auf der Liste der Gehörnten, die ich dem Bürgermeister ausgehändigt habe. Doch kaum hatte er die *Domaine des Grès* passiert, war er in Gedanken längst wieder bei dem Abend und dem Essen, das es vorzubereiten galt.

10

Die Langusten, welche die Verkäuferin an der Fischtheke des *E. Leclerc* eingepackt hatte, waren dermaßen groß, dass Pierre sich fragte, ob sie zusammen mit den Miesmuscheln, der Meerbarbe und all den anderen Fischen überhaupt in einen Topf passten. Doch die Küchenuhr zeigte bereits Viertel nach acht – keine Zeit mehr, um sich darüber Gedanken zu machen. Er musste sich beeilen, wenn er das Rezept, das Charlotte ihm gegeben hatte, umsetzen wollte. Dieses verlangte mindestens zwei Stunden leises Köcheln, um aus den Fischresten einen schmackhaften Fond zu gewinnen. Es half nichts, er würde es abkürzen müssen.

Er warf einen Blick auf die Arbeitsanweisung, suchte dann nach den Kräutern, dem Bohnenkraut, Thymian und Oregano, bis er verärgert feststellte, dass sie noch immer in der Tüte auf dem Küchentisch lagen, wo er sie am Morgen vergessen hatte. Prompt hatten sie ihre Frische eingebüßt und ließen schlaff die Blätter hängen.

Zut! Pierre strich sich übers Haar. So ein verdammter Mist!

Auf einmal war es ihm wichtig, dass er mit seinem Essen bei Charlotte einen guten Eindruck hinterließ. Aber dann hätte er nicht den Umweg über die *Bar du Sud* machen dürfen. Wen hätte es schon gekümmert, wenn er das Gespräch mit Georgette auf den nächsten Tag verschoben hätte? Dennoch, trotz aller Zeitnot, es war sehr hilfreich gewesen.

Sie war gerade dabei gewesen, die Zapfanlage zu überprüfen,

als Pierre eintrat, war jedoch sofort hinter der Theke hervorgekommen, um ihn zur Begrüßung herzlich auf beide Wangen zu küssen.

»Ich sage dir alles, was du wissen willst«, hatte sie sich bereiterklärt und ihm ungefragt einen *Ricard* eingeschenkt, wobei ihre schweren Ohrringe mit jeder Bewegung zu hüpfen schienen.

Pierre konnte sich nicht daran erinnern, Georgette je ohne Ohrringe gesehen zu haben. Die heutigen waren mit einem violetten Stein besetzt, aber meist trug sie welche mit Strass, die das Licht reflektierten, sobald sie den Kopf drehte.

Was sie ihm erzählte, hatte seine Vermutung bestätigt: Antoine Perrot sei an jenem Abend mehr als ängstlich gewesen, denn er habe noch vor der Verabredung mit seiner Verlobten zu Angeline Vaucher fahren sollen, um sich mit ihr auszusprechen. Diese sei bekannt für ihre Wutanfälle, und wenn sie den Gigolo partout für sich alleine haben wollte, dann habe es für Perrot ganz sicher nicht viel zu lachen gegeben.

Pierre verfluchte sich innerlich, niemals Stenografie gelernt zu haben, so schnell hatte Georgette gesprochen und dabei jedes Detail bis ins Kleinste ausgeschmückt. Selbst die Ehe der Vauchers kam auf den Seziertisch. Xavier sei ein launischer und wenig umgänglicher Mann der ekelhaftesten Sorte. Er stinke unter den Achseln und manchmal auch aus dem Mund, da sei es kein Wunder, dass Angeline sich zu dem höflichen und stets wohlriechenden Antoine hingezogen fühlte.

»Was ist mit Angeline?«, hatte Pierre gefragt, während sein Stift über das Blatt huschte.

Auch die sei, ebenso wie ihr Mann, eine recht schwierige Person. Absolut unverständlich, dass Antoine sich mir ihr eingelassen hatte. Überhaupt sei Vivianne Morel die netteste unter all seinen Geliebten. Ihr habe er ja auch sein Herz endgültig geschenkt, obwohl die beiden erst seit wenigen Monaten zusammen waren. Georgette hatte dabei geseufzt und eine Hand auf ihr Herz gelegt. Eine Verlobung sei so gut wie ein Heiratsversprechen, zumindest normalerweise. Und das wolle schon etwas heißen, bei einem Mann wie Antoine Perrot, dem Frauenflüsterer.

Dem Frauenflüsterer. Genau das waren ihre Worte gewesen, und Pierre schüttelte in Erinnerung daran den Kopf.

Danach war Georgette kaum noch zu bremsen gewesen und erinnerte ihn in ihrem Redefluss zeitweilig an Perrots Vermieterin Madame Duprais, wenngleich ihm Erstere wesentlich sympathischer war. Ohne Luft zu holen, brachte sie ihre Meinung über die unterschiedlichsten Dinge zum Ausdruck, die nur noch peripher zur Klärung des Falls beitrugen. So kam es, dass Pierre im Laufe des Monologs bald vier Seiten seines Notizbuches vollgekritzelt hatte, obwohl nur wenige Passagen entscheidend waren.

Bei aller Auskunftsfreude hatte Georgette ihm jedoch nicht sagen können, wer am Abend des Mordes gleich nach Antoine die Bar verlassen hatte. Es sei ein milder Abend gewesen, und die meisten Männer seien zum Boulespielen nach draußen auf den Platz gegangen, um erst später zurück in die Bar zu kommen. Auch zu Virginie Leclaude hatte sie nur wenige Informationen.

»Ach, das ist doch bloß ein verhuschtes Mäuschen, dem man es gar nicht zutraut, mit seinen Reizen zu spielen. Lebt mit ihrer Mutter in einem der neuen Appartementhäuser in der *Rue des Escaunes*, ansonsten weiß man nur wenig von ihr.« Zum ersten Mal innerhalb der letzten halben Stunde hielt sie für einen Moment inne. »War sie auch eine seiner Geliebten?«

Pierre hatte den Kopf geschüttelt und sich abschließend erkundigt, ob sie eine Idee habe, wer Didier Carbonnes Essensreste geklaut haben könnte. Die Frage hatte er ihr mit aller gebotenen Würde gestellt, immerhin war dies der offizielle Anlass seines Besuchs. Sie hatte derart laut gelacht, dass er die Frage noch einmal mit dem Hinweis wiederholt hatte, dass er jeden Diebstahl ernst nahm, egal, wie klein dieser auch war.

»Das war sicher nur ein derber Scherz irgendeines Kumpels«, hatte sie noch immer lachend geantwortet.

Kurz darauf war Pierre gegangen, ohne sie darüber aufzuklären, dass die gestohlenen Reste Teil jenes makabren Mordes waren, über den später mit Sicherheit alle ihre Gäste sprechen würden.

Inzwischen zeigten die grünen Ziffern bereits drei Minuten vor halb neun, und der abendliche Himmel warf sein letztes Licht durch das weit geöffnete Küchenfenster. Pierre nahm die Fische aus ihrer Verpackung und wusch sie unter fließendem Wasser ab. Georgettes zweitwichtigster Hinweis war das Boulespiel gewesen. Wer sich dabei alles auf dem Platz versammelt hat und wer nicht, lässt sich bestimmt herausfinden, dachte er, während er das Fleisch genau nach Anleitung von der Mittelgräte löste und zu den Langusten in eine Schüssel legte. Der wichtigste Hinweis war nach wie vor Antoines Treffen mit Angeline Vaucher. Sie zu befragen könnte allerdings zum Problem werden, denn dies mit der Aufklärung eines Essensdiebstahls zu begründen war nun wirklich zu sehr an den Haaren herbeigezogen. Aber vielleicht hatte Barthelemy das ja bereits getan, immerhin hatte er ebenfalls herausgefunden, dass der Ermordete nur wenige Stunden vor seinem Tod die Bar aufgesucht hatte. Nachdem er, Pierre, Arnaud Rozier die Liste mit den Namen der Gehörnten gegeben hatte, würden die Ermittlungen ohnehin direkt zu Perrots Verflossenen führen und damit auch zu Angeline Vaucher.

Pierre setzte einen Topf mit kaltem Wasser auf und warf die

Fischreste, Kopf und Gräten, samt Suppengrün und Lorbeer hinein. Laut Rezept musste das Ganze eine Weile köcheln, also hatte er noch Zeit, sich frisch zu machen. So wie er jetzt aussah und womöglich auch roch, konnte er unmöglich Damenbesuch empfangen.

Pfeifend ging er ins Badezimmer, drehte die Dusche auf, die ihn mit einem lauten Röhren begrüßte, zog sich aus und stellte sich, als das Wasser endlich warm war, darunter. Einige Minuten genoss er das beständige Prasseln, glücklich, dass er mit Carbonnes Strafanzeige einen Weg gefunden hatte, nicht untätig bleiben zu müssen. Und er freute sich auf Charlotte, deren Gesellschaft einen amüsanten und unkompliziert verlaufenden Abend versprach.

Wenig später stand er, vom Staub des Tages befreit, das glatt rasierte Kinn mit einem Hauch Rasierwasser bedacht, in der Küche und goss die Fischbrühe vorsichtig durch ein Sieb in einen größeren Topf. Dabei gab er darauf Acht, sein Hemd nicht mit umherspritzenden Tropfen zu bekleckern. Es war sein bestes und zugleich sein letztes sauberes; die anderen stapelten sich im Wäschekorb neben der Duschwanne.

Pierre warf wieder einen Blick auf das Rezept, das inzwischen einige Fettflecken zierten. Nun musste er nur noch die Muscheln abbürsten, das Gemüse putzen und schneiden, die Zwiebeln in Olivenöl anbraten und alle Zutaten in den Sud geben, die Fische und Krustentiere ganz zum Schluss. Dann die *rouille* zubereiten und zu guter Letzt Brot in kleine Würfel schneiden, mit Knoblauch abreiben und rösten.

Er sah sich um. Natürlich musste er auch noch aufräumen, denn in der Küche sah es inzwischen aus wie auf einem Schlachtfeld. Wenigstens der Tisch sollte frei sein. Hastig räumte er die Kaffeetasse vom Morgen in die Spüle, warf die Zeitung und Reste des Croissants in den Müll, legte zwei saubere Tischsets hin und suchte nach dem Kerzenständer, bis er ihn schließlich im Wohnzimmer fand. Noch immer hatte er den Lauch nicht geputzt, geschweige denn die Fenchelknolle zerteilt. Und die Kräuter, die er inzwischen aus dem Kühlschrank geholt hatte, ließen unverändert schlaff die Blätter hängen.

In Ermangelung eines Plans, wie er das alles schaffen sollte, machte er sich daran, die Muscheln zu putzen. Die Zeiger der Uhr preschten ohne Gnade voran. Ihm wurde warm. So sehr, dass er spürte, wie ihm der Schweiß wieder in den Nacken kroch.

Pierre ging zum Fenster und hielt das Gesicht in den kühlen Abendwind. Dabei stellte er sich vor, wie es wohl wäre, Charlotte statt in dieser furchtbar beengten Wohnung in seinem renovierten Bauernhaus zu empfangen. Im Geiste malte er sich aus, dass er einen großen Esstisch kaufen würde, einen ähnlichen wie in der *Domaine*. Und ein deckenhohes Weinregal, das er mit den erlesensten Tropfen bestücken würde. Er würde sogar versuchen, seinen eigenen Wein anzubauen, wie es fast jeder im Dorf tat, der ein noch so kleines Fleckchen Land besaß. Wozu hätte er denn sonst den Luxus brachliegenden Landes!

Er lächelte, schalt sich einen Träumer. Doch er sah weiter über die immer schwärzer werdenden Wipfel der Bäume, weil ihm das Bild besser gefiel als die Realität. Schließlich seufzte er und wandte sich wieder der Arbeitsplatte zu, auf der noch immer die Zutaten lagen und auf ihre Verwendung warteten. Ratlos stand er davor, dann schüttelte er den Kopf. Für eine *bouillabaisse* nach Charlottes Rezept würde die Zeit definitiv nicht mehr reichen.

Plötzlich stutzte er. Etwas war eben in seinen Gedanken hängengeblieben, das für den Fall wichtig war. Woran hatte er gerade gedacht? An einen Esstisch wie jener in der *cave* der *Domaine*, an Weinberge …

Er rieb sich die Stirn.

Wenn man sich diese Serie als perfiden Versuch vorstellte, mit jedem beinahe künstlerisch inszenierten Verbrechen ein Zeichen zu setzen, das nur jemand verstehen konnte, der in der Lage war, ebendiese Zeichen auch zu deuten, dann ließ das bloß einen Schluss zu, und zwar einen Wegweiser zur Verbindung zwischen den Morden, der greller aufleuchtete als jedes Reklameschild.

Diese Verbindung war: Wein.

Sowohl der Mord im Tank als auch der zwischen den Reben hatte etwas damit zu tun. Beide waren auf dem Grundstück der *Domaine des Grès* verübt worden. Damit verfestigte sich in Pierre ein Gedanke: Die Taten richteten sich gegen Leuthard und dessen Methoden des Aromatisierens mithilfe von Eichenstückchen und weiß der Himmel was noch alles. Das war ein Punkt, an dem er ansetzen sollte. Nur leider ging es nicht, weil es diesem Idioten in Paris nämlich einen Riesenspaß machte, ihm Knüppel zwischen die Beine zu werfen.

Sofort sank Pierres Laune auf den Nullpunkt. Sie verschlechterte sich sogar noch, als in diesem Moment die Türklingel schrillte und Charlotte ankündigte, eine Viertelstunde früher als erwartet.

Sie hatte ihre weiße Bluse gegen ein elegant geschnittenes Kleid getauscht, dessen blaue Musterung beinahe provenzalisch aussah. Ihre kastanienbraunen Locken glänzten im Flurlicht, und sie strahlte, als hätten sie sich Jahre nicht gesehen.

»Ich bin gespannt, was du gezaubert hast«, sagte sie und hielt ihm eine Flasche Weißwein entgegen, von dem hauchfeine Tropfen perlten wie Morgentau. »Es ist ein Cuvée aus *Clairette* und *Viognier*, im Barrique gereift. Er passt hervorragend zur *bouillabaisse*.«

»Es gibt keine *bouillabaisse*«, sagte er mürrisch und nahm die Flasche entgegen. »Ich hatte zu viel zu tun.«

Sie zuckte die Achseln, sah ihn aber wieder mit diesem seltsam forschenden Blick an. »In Ordnung. Soll ich ein andermal wiederkommen?«

»Warum?«

»Weil der einzige Grund für mein Kommen war, dass ich deinen selbst gekochten Fischtopf probiere.«

»Und wenn ich dir einen anderen Grund gebe?«

»Der da wäre?« Ein Lächeln schlich sich in ihre Mundwinkel.

»Ein Abend mit einem guten Freund.«

»Sind wir das denn? *Gute* Freunde?«

»Bis jetzt noch nicht. Aber das kann ja noch werden.«

Seine Laune hatte sich während des kurzen Wortwechsels um einhundertachtzig Grad gedreht. Er machte eine einladende Handbewegung und ging voraus in die Küche. Dabei freute er sich, dass es nicht Celestine war, die hinter ihm den kleinen Raum betrat und die ihm spätestens jetzt wieder Vorhaltungen machen würde. Die Köchin hingegen stieß einen jungenhaften Pfiff aus.

»Sieht nach Arbeit aus«, sagte sie nur.

»So kann man das Durcheinander auch nennen.« Pierre lehnte sich gegen die Arbeitsplatte und lächelte. »Ich schlage vor, du setzt dich und trinkst einen Schluck Wein, während ich ein wenig aufräume und uns etwas Schnelles koche.« Er überlegte kurz. »Nudeln zum Beispiel.«

»Die klebrigen, von denen du mir erzählt hast?« Sie grinste bis über beide Ohren.

Erstaunlich, dachte er, überrascht von ihrer ironischen Zunge, dabei sieht sie wie eine junge Dame aus, die kein Wässerchen trüben kann. »Ich werde mir Mühe geben, Sie zufriedenzustellen, Mademoiselle«, antwortete er im Tonfall eines Oberkellners. Er rückte ihr den Stuhl zurecht und entzündete die Kerze auf dem Tisch. Dann entkorkte er den Wein, füllte zwei Gläser und stellte eines mit formvollendetem Schwung vor ihr auf den Tisch. »*Voilà, à votre santé.*«

Sie prostete ihm zu und trank einen Schluck. »Du hast doch nichts dagegen, wenn ich dein Angebot annehme und dir nicht beim Kochen helfe. Ich habe heute lange genug in der Küche gestanden.«

»Ich bitte sogar darum.«

»Großartig. Kannst du uns Musik anmachen?«

Er nickte und ging ins Wohnzimmer zu dem Regal, in dem er seine CDs aufbewahrte. Es waren nicht viele, und fast wäre er an der Frage verzweifelt, welche Musik in einer solchen Situation wohl passend war, als ihm eine CD mit jazzigem Chillout-Sound in die Hände fiel, die er einst im Pariser *Café de Flore* gekauft hatte. Er übersprang die ersten beiden Titel, die ihm zu romantisch erschienen, und schaltete bei Serge Gainsbourgs *Black Troombone* ein. Zurück in der Küche, machte er sich summend an die Arbeit, legte den noch immer grätenübersäten Fisch ins Kühlfach, briet Zwiebeln und Knoblauch in Öl an, warf die Muscheln und Langusten in den heißen Fischsud und setzte die Nudeln auf. Mit einer Gabel probierte er sie minütlich, bis er der Meinung war, sie seien perfekt. Nicht zu hart, vor allem aber nicht zu weich. Dann schöpfte er die Meerestiere ab, gab sie mit etwas Sud und den Nudeln in die Pfanne, um sie in den angebratenen Zutaten zu schwenken.

Als er seine Kreation kostete, war er selbst überrascht, wie gut sie ihm gelungen war.

»Großartig«, sagte auch Charlotte, die sich neben ihn gestellt hatte und ebenfalls davon naschte. »Nur noch ein wenig mehr Salz und etwas Pfeffer ... und ein paar Kräuter.« Sie würzte aus den Streuern, die er ihr reichte, gab noch ein wenig gehackten Thymian und eine Prise Safran hinzu. »Du bist anscheinend ein Naturtalent.«

Das war weit übertrieben. Andererseits freute sich Pierre über das Kompliment und noch viel mehr über ihre Nähe. Am liebsten hätte er die Nudeln weiterhin mit ihr aus der Pfanne gegessen, Schulter an Schulter, doch dann holte er zwei Teller aus dem Küchenschrank und deckte den Tisch.

Während sie aßen, unterhielten sie sich über das Kochen, über die perfekte Zubereitung einer *bouillabaisse*, bei der man das Fischfilet vorher noch grillte, und über den Genuss bitterscharfer Schokoladensoufflés.

»Oh, ich würde so gern lernen, wie man eine *tarte aux truffes* macht«, sagte er. »Das ist mein Lieblingsnachtisch.«

»Ich werde es dir beibringen«, versprach Charlotte. Dann erzählte sie ihm von ihrer Ausbildung in Paris, wo man sie ausgelacht hatte, weil sie dachte, es handele sich um einen Flammkuchen mit Trüffeln, von ihren Stationen in La Rochelle und Marseille und von ihrem Wunsch nach einem eigenen kleinen Restaurant. »Nicht, dass ich mich in meiner jetzigen Anstellung nicht wohl fühle«, sagte sie, und er schmunzelte über ihre doppelte Verneinung, die er häufig bei Deutschen hörte, »aber ich habe noch so viele Ideen, die ich in meiner momentanen Position nicht verwirklichen kann. Sag, wovon träumst du, Pierre? Oder bist du glücklich mit dem, was du tust?«

»Teils, teils«, sagte er ausweichend. Er wollte nicht genau erklären, was er damit meinte, um die Leichtigkeit des Zusammenseins mit Charlotte nicht zu vertreiben. »Mein Traum ist ein kleiner Bauernhof. Nur leisten kann ich ihn mir nicht.«

Sie saß da, als warte sie auf eine Fortsetzung.

»Der hiesige Immobilienmakler hat mir den Hof gezeigt. Er liegt ganz in der Nähe des Dorfes, am Ende eines zypressengesäumten Weges. Es gibt dort Olivenbäume, einen Bach mit Forellen und ausreichend brachliegendes Land, um eigenen Wein anzubauen.« Er lächelte. »Und eine Ziege namens Cosima.«

»Das klingt wunderschön.«

»Ja, aber das Gebäude ist in einem katastrophalen Zustand. Es würde Unsummen verschlingen, es wieder in Ordnung zu bringen.«

»Zeigst du es mir irgendwann einmal?«

Er sah sie überrascht an, nickte nur und lenkte das Gespräch auf unverfänglichere Dinge, etwa das ungewöhnlich warme Wetter. Schließlich entspann sich eine lebhafte Unterhaltung über den ausländischen Energiekonzern, der das Wasserkraftwerk in Meyronne übernommen hatte, und über den Segelflieger, der vor Monaten über Alpes-de-Haute-Provence abgestürzt war und der bis heute als vermisst galt.

Mit keinem Wort streiften sie die beiden Morde, als hätten sie sie vorher zum Tabuthema erklärt, und als sie fertig gegessen hatten, bot er ihr noch einen Rotwein an, weil er nicht wollte, dass sie schon ging.

Die CD spielte inzwischen deutlich ruhigere Lieder. Charlotte lehnte sich zurück, das Rotweinglas in der Hand, sah ihn mit ihren grünen intensiven Augen an. »Wir sollten über den geplanten Abend mit deiner Freundin reden, dafür machst du schließlich dieses Probeessen, nicht wahr?«

»Gut«, sagte Pierre zögerlich. Sollte er ihr erzählen, dass Celestine für ihn Vergangenheit war? Oder war sie es eigentlich noch gar nicht, und er machte sich nur etwas vor? Wenn er sich die Idee mit dem Versöhnungsessen endgültig aus dem Kopf schlug – würde Charlotte ihn dann nicht mehr besuchen, weil ihnen der Anknüpfungspunkt fehlte? Das wollte er nicht riskieren, also setzte er fester hinzu: »Fangen wir an.«

Sie griff nach ihrer Tasche, die an der Stuhllehne hing, um einen Stift und ein Notizbuch herauszuholen, das dem seinen glich. Nur dass ihres mit kleinen bunten Kreisen verziert und seines schlicht schwarz war.

»Welchen Aperitif trinkt sie gerne?«

Pierre überlegte. Er stellte fest, dass er nie so richtig darauf geachtet hatte, nur einmal hatte er Celestine einen bestellen sehen im vergangenen Sommer auf einer Party. »Aperol Spritz.«

Er sah ihr an, dass sie innerlich die Nase rümpfte, doch als sie sprach, war ihr Tonfall unverändert. »Also gut, dann solltest du einen *Picon* auf Eis nehmen, der ist ebenso bittersüß. Dazu vielleicht geröstete Brote mit mildem Frischkäse, am besten *brousse*, serviert mit Rosmarinhonig und süßen Trauben. Danach kannst du ja die Nudeln mit der leckeren Sauce aus Meeresfr...«

»Hör mal«, unterbrach er sie, weil ihm seine kleine Unaufrichtigkeit auf einmal doch unangenehm wurde, »lass uns von etwas anderem reden, in Ordnung? Und sag jetzt ja nicht wieder, du brauchst einen Grund, um zu bleiben, weil du eigentlich nur hergekommen bist, um das Menü zusammenzustellen.«

Charlotte nickte ernst. »Ich würde auch so noch ein wenig bleiben wollen.« Sie zögerte, fuhr dann leise fort: »Ich fürchte mich davor, nach Hause zu gehen. Egal, wie ich es in meinen Gedanken drehe und wende, wenn der Mörder die beiden Rezepte nicht vom Kochkurs hat, kann er sie nur bei mir ausgedruckt haben. In meiner Wohnung.«

Da war sie wieder, diese Verletzlichkeit.

»Du sagtest etwas von einem Passwort.«

»Das habe ich auch, aber es ist sehr leicht zu knacken.« Sie atmete tief ein. »Es steht auf einem Zettel in der Schreibtischschublade.«

»Das ist ...«

»Ja, ja, ich weiß, das ist vollkommener Unsinn. Ich hatte mir eine derart komplizierte Zahlen-Buchstaben-Kombination ausgedacht, dass ich sie mir einfach nicht merken konnte. Irgendwann hatte ich keine Lust mehr, sie jedes Mal aus dem Ordner herauszusuchen.«

Pierre musste gegen seinen Willen schmunzeln. Die akkurate Charlotte Berg, die sich die Mühe machte, ihre Passwörter in Ordner zu heften ...

»*Commissaire* Barthelemy hat meine Wohnungstür auf Spuren überprüfen lassen«, fuhr sie fort, »und es gab keine Hinweise auf einen Einbruch. Dennoch, mir ist gar nicht wohl dabei.«

»Wohnst du alleine?« Die Frage galt ihrer Sicherheit, trotzdem war Pierre neugierig, was sie darauf antworten würde.

»Ja.«

»Gibt es denn niemanden, der für eine Weile bei dir einziehen könnte, damit du dich sicherer fühlst?«

Sie schüttelte den Kopf. »Ich lebe ja erst seit wenigen Monaten in Sainte-Valérie. Meinen Freund habe ich in Marseille gelassen. Besser gesagt: meinen Exfreund.«

»Das tut mir leid.«

»Ach, nicht so schlimm, es war richtig so.« Ihre Gedanken schienen abzugleiten, denn sie fixierte die flackernde Kerze. »Wir haben uns in einem Gourmetrestaurant in der *Rue de Braves* kennengelernt, wo wir beide gearbeitet haben. Eine großartige Zeit, ich habe dort mehr gelernt als in meiner gesamten Ausbildung.« Charlottes Augen sprühten. »Der Besitzer hat eine unglaubliche Kreativität, er bringt dem Gast das Mittelmeer quasi direkt und vollkommen neu interpretiert auf den Teller. Fangfrischer Wolfsbarsch mit Koriander, Trüffeln und feinstem Olivenöl. Stachelmakrele mit einem Jus aus Bergamotte. *Carpaccio de coquillages* auf einem Bett aus Kräutern und Zitronenzesten. Und erst die Lage des Restaurants ... wirklich einmalig. In jeder freien Minute habe ich mich auf die Felsen gesetzt und aufs Meer geschaut, das an dieser Stelle von einem derart tiefen Azurblau ist, wie man es nur selten sieht.«

»Und der Grund ... ich meine ... Warum bist du dann fortgegangen?«

»Ich habe Abstand gebraucht. Damals dachte ich, ich müsse das Glück festhalten, damit es für immer bleibt. Aber man kann es leider nicht abheften und sauber beschriften und glauben, dass es bleibt, wenn man nur aufmerksam genug damit umgeht.« Sie lächelte und rümpfte die Nase. »Nicolas war ein Weltenbummler, hatte tausend Ideen, von denen er kaum eine umsetzte. Doch in seinen Träumen eröffnete er eine Bar in Caracas, flog im Segelflugzeug über die Pyrenäen und züchtete Pferde in der Camargue. Und als er eines Tages in einem der Hafenlokale in der *Rue Canabière* eine Artistin traf, die mit dem *Cirque du Soleil* durch Europa tourte, bewarb er sich um einen Posten in der Pausenbar. Aber als es so weit war, bekam er Angst und blieb doch, nur wollte ich da nicht mehr. Und nun bin ich hier.«

Sie schwieg. Pierre betrachtete ihr Gesicht, das beim Erzählen emotional gewirkt hatte, was die Sachlichkeit der letzten Worte jedoch vertrieben hatte.

»Du bist ein eigenartiges Geschöpf.«

Sie nickte. »Da könntest du Recht haben. Ich will dir noch etwas über mich verraten: Ich schlafe am besten, wenn ein Stuhl vor der Eingangstür steht, damit die Klinke blockiert ist. Nicht, dass ich ein übermäßig ängstlicher Mensch wäre, aber es beruhigt mich zu wissen, dass ich es hören würde, wenn jemand nachts die Tür öffnet.«

»Ein guter Trick. Dann brauchst du dir ja keine Sorgen zu machen.« Er strich ihr über die Hand. Eigentlich, um sie zu beruhigen, doch als er ihre zarte Haut spürte, wurde ihm auf einmal ganz seltsam zumute. Rasch zog er die Finger zurück. »Wenn du Hilfe brauchst, ich bin jederzeit für dich da.«

Das Grün ihrer Augen schien noch eine Spur intensiver, lange sah sie ihn an, bis sich zwischen ihnen eine Spannung aufbaute, die mit jeder Sekunde stärker zu werden schien. Schließlich schob sie das Rotweinglas von sich. »Ich danke dir, *mon Policier*. Wahrscheinlich mache ich mir viel zu viele Gedanken.« Sie packte ihr Notizbuch in die Tasche und stand auf. »Ich werde jetzt besser gehen.«

»Soll ich dich nach Hause begleiten?«

»Nein. Ist schon gut.«

Er brachte sie zur Tür. Die Nacht war sternenklar, nur der Wind blies schärfer als zuvor und kündigte einen Wetterwechsel an. Sie gaben sich unbeholfene Wangenküsschen, sagten sich Gute Nacht. Doch als sie auf ihr Fahrrad stieg, das sie gegen die Hauswand gelehnt hatte, hatte er das Gefühl, sie beschützen zu müssen. Woher wollte er wissen, dass der Mörder es nicht auch auf sie abgesehen hatte? Immerhin verwendete der Täter ihre Rezepte.

»Du kannst gerne auch bei mir schlafen.«

»Bei *dir*?« Ihre Frage klang rhetorisch, denn sie hob bereits einen Fuß auf die Pedale.

»Ich meine es ernst. Charlotte, ich kann dich doch so nicht losfahren lassen.«

»Aber …«

»Du kannst im Bett schlafen, ich nehme das Sofa.«

Charlottes Lippen umspielte ein Lächeln. »Kommt gar nicht in Frage. Wenn, dann schlafe *ich* auf dem Sofa.« Es klang erleichtert.

»Abgemacht.«

»Ehrlich?« Ihr Lächeln war atemberaubend, auch wenn sich jetzt eine Prise Spott hineinschlich.

Pierre hob die Finger zum Schwur. »Aber sicher, Mademoiselle. Bei mir sind Sie in den besten Händen.«

Er hatte gerade von einem Jagdausflug geträumt, bei dem die Hunde sich unerwartet gegen die Treiber wandten, als ein knarrendes Geräusch ihn weckte. Pierre schrak auf und blinzelte in die Richtung, aus der es gekommen war.

Charlotte stand in der Schlafzimmertür. Der Mond schien durch den Spalt des Vorhangs und beleuchtete ihre Gestalt. Nur in Unterhose und T-Shirt, die Wolldecke in der Hand, sah sie aus wie ein junges Mädchen, das einen Albtraum gehabt hatte und nun Zuflucht im elterlichen Bett suchte.

»Ich kann nicht einschlafen, es ist so hell im Wohnzimmer, und die Fensterläden lassen sich nicht schließen.«

Diese verdammten Efeuranken. Sie hatten sich in den Jahren fest um die Scharniere geschlungen, er hätte sie längst zurückschneiden müssen. Pierre setzte sich auf, spähte auf die fluoreszierenden Zifferblätter seiner Uhr. Es war beinahe zwei. »Sollen wir tauschen?«

Sie schüttelte den Kopf. »Damit *du* dann den Rest der Nacht wach liegst?«

»Du kannst gerne zu mir kommen, das Bett ist groß genug. Wenn es für dich …«

Da stand sie bereits am Fenster und zog am Vorhang, bis der Spalt verschwand und es ganz dunkel wurde im Zimmer. Dann hörte er das Tapsen nackter Füße, spürte die Bewegung der Matratze, das Zurechtzupfen der Decke. »Gute Nacht, Pierre.«

»Schlaf gut, Charlotte.«

Er lauschte ihrem Atem, bis er ruhig ging, roch ihren zarten Vanilleduft. Es irritiere ihn mehr, als er es sich eingestehen wollte. Also stellte er sich schlafend, imitierte regelmäßige Atemzüge. Was schwieriger war als gedacht. Sein Herz hatte inzwischen zu galoppieren begonnen, was sie, wenn schon nicht hören, so doch über die Matratze hinweg spüren musste.

»Bist du noch wach?«, flüsterte sie unvermittelt.

Pierre zuckte zusammen, fühlte sich ertappt. »Hm? Nein, ich war gerade dabei einzuschlafen.«

»Danke, dass du mich nicht hast gehen lassen.«

Er brummte nur. Wie hätte er ihr erklären sollen, dass er in diesem Moment den sehnlichen Wunsch verspürte, sie näher an sich zu drücken, ihre nackte Haut zu streicheln, sie zu küssen? Stattdessen dieses müde Brummen. Doch als er hörte, wie sie wieder gleichmäßig zu atmen begann, wusste er, dass es in Ordnung war, wie es war.

II

Als Pierre am nächsten Morgen aus dem Haus trat, schlug ihm ein kalter Wind entgegen. Nicht so reißend und streng wie der Mistral, dessen eisiger Atem das Land oft tagelang im Griff hatte, aber der Temperatursturz war dennoch beträchtlich. Kurz überlegte er, zurückzugehen und seine Jacke zu holen, aber er wollte Charlotte nicht bei ihrer Morgentoilette stören. Also schlug er den Kragen seines Hemdes hoch, schloss den obersten Knopf und beeilte sich, in die Polizeiwache zu kommen, wo noch einer der dunkelblauen Blousons aus dem neuen Equipment der *police municipale* hing.

Mit großen Schritten ging er durch die morgendlich stille Gasse, bog in die *Rue de Pontis* ab, wo sich die Häuserzeilen brachen und jenen atemberaubenden Blick auf die weite Ebene vor den dicht bewaldeten Hügeln des Luberon freigaben, für den Sainte-Valérie bekannt war. Gleichzeitig bot die Lücke in der Bebauung dem Wind einen direkten Kanal ins Dorf. Pierre lief mit gesenktem Kopf weiter, hatte weder einen Blick für die Aussicht, noch bemerkte er, wie der abrupt ansteigende Luftsog sein Hemd aufblähte.

Er hatte seine Wohnung gar nicht schnell genug verlassen können, so sehr hatte es ihn beim Erwachen irritiert, Charlotte neben sich im Bett vorzufinden, die mit engelsgleich entspanntem Gesicht und zerzaustem Haar selig schlief. Genau konnte er es sich nicht erklären, was eigentlich in ihm vor sich gegangen war, als er beinahe panisch ins Badezimmer floh, um sich anzuziehen. Ein Widerstreit der Gefühle zwischen Wohlbefinden und Überforderung. Eines war klar: Diese plötzliche Annäherung ging ihm eindeutig zu schnell. Auch wenn er Charlotte das Angebot, bei ihm zu übernachten, nur gemacht hatte, um ihr die Angst zu nehmen. Zwischen ihnen war eindeutig mehr gewesen, und diese unbestrittene Tatsache beschäftigte ihn schwer.

Noch am vergangenen Morgen hatte er, von Sehnsucht getrieben, seiner Exfreundin nachgestellt, um am selben Abend das Bett mit einer anderen zu teilen. Wenn auch nichts weiter passiert war. Aber Pierre hatte daran gedacht, es sich in seinem weinseligen Zustand sogar gewünscht. Und zwar mit derselben Intensität, mit der er Celestine innerlich zum Teufel geschickt hatte, weil es schmerzte, dass sie sich derart deutlich von ihm abgewandt hatte.

Noch im Gehen schüttelte er den Kopf. Nein, das würde nicht gutgehen. Er musste zuerst das eine in seinem Herzen vollkommen abschließen, bevor er etwas Neues zuließ.

So war er fluchtartig aus der Wohnung gelaufen, in der sich Charlotte, langsam erwachend, wohlig gerekelt hatte. Er war einfach gegangen. Ohne Nachricht, ohne einen gemeinsamen Kaffee, ohne ein freundliches *bonjour*.

»*Bonjour*.«

Eine hohe, beinahe quäkende Stimme ließ ihn zusammenfahren. Fast hätte er Madame Duprais übersehen, die ehemalige Vermieterin des ermordeten Antoine Perrot, die ihm ihr »*Bonjour*, Monsieur Durand« nun noch einmal lauter hinterherrief.

»Was macht der Fall? Gibt es Neuigkeiten? Hat Ihnen meine Aussage weiterhelfen können?« Sie holte auf, gesellte sich zu ihm. »Der Mörder ist doch sicher bald gefasst?« Die alte Dame sah ihn erwartungsvoll an, während sie das Cape, das sie über einer grell geblümten Kittelschürze trug, enger um den Körper zog.

Wenn er jetzt sagen würde, der Präfekt gedenke, ihr aufgrund ihrer grandiosen Mithilfe an der Aufklärung persönlich einen Orden zu verleihen, sie würde es ihm wahrscheinlich glauben. Er selbst hätte etwas zu lachen, wenn er die Geschichte am nächsten Markttag von der Blumenfrau erzählt bekäme. Aber mit so etwas konnte man sich auch gewaltigen Ärger einhandeln, daher widerstand er dem Impuls. »*Bonjour*, Madame Duprais, ich bedaure, keine Neuigkeiten.«

Ein scharfer Windstoß wirbelte Blätter vom Boden auf und ließ sie in kleinen Pirouetten auf dem Steinpflaster tanzen. Während Pierre damit kämpfte, sein Haar aus dem Gesicht zu bekommen, wirkten die ondulierten Locken der alten Dame vom zerrenden Griff des Sturmes völlig unbeeindruckt. Nur ein paar einzelne Härchen flogen im Luftstrom auf und ab.

Sie nickte ernst. »Es wird aber auch Zeit, *Monsieur le Policier*, es ist ja schon wieder ein Mord geschehen.« Sie sagte es in einem Tonfall, als wäre sie mit dieser angeblichen Neuigkeit besser im Bilde als er selbst.

»Ich weiß, Madame, ich weiß.«

»Die Leute im Ort reden schon. Sie haben Angst, dass es noch mehr Tote geben wird.«

Er blieb stehen. »Wer hat das gesagt?«

»Nun denn, ich möchte keine Namen nennen, selbstverständlich hat jeder so seine eigene Theorie. Erste Stimmen werden laut, dass wir hier viel zu viele Zugereiste haben. Wer weiß denn schon, was in diesen Menschen vor sich geht.«

»Madame Duprais, ich bitte Sie!«

»Aber ich sage doch nur, wie es ist. Das Fremde ist vielen unheimlich. Dieser englische Anwalt beispielsweise taucht in letzter Zeit immer häufiger hier auf, auch ohne Celestine, da muss man sich schon mal fragen, warum er das macht. Oder der Schweizer Hotelier, der mit seiner *Domaine* sicher nicht nur am Tourismus verdient.« Sie hob den Zeigefinger und wackelte in raschem Tempo auf und ab. »Ja, ja, die beiden sind gewiss nicht ohne, auf die sollten Sie ein Auge haben. Da kommen seltsame Gedanken auf, wer weiß schon, wie die ticken.« Sie schürzte die Lippen, bis sich viele kleine Furchen bildeten. »Andere sehen in den Morden eine Art Himmelsgericht, das die armen Sünder heimsucht. Manche glauben sogar, dass sie selbst die Nächsten sind, nämlich diejenigen, die sich etwas haben zu Schulden kommen lassen.« Ganz offensichtlich genoss sie die Aufmerksamkeit, die ihr plötzlich zuteilwurde, denn sie lächelte zufrieden und versah ihre Stimme mit einer gekonnten Dramatik. »Zuerst der Tote im Wein, dann die Tänzerin. Ermordet mit Essen. Verstehen Sie?«

Er schüttelte den Kopf, was ihm ein empörtes Schnalzen einbrachte.

»Ja, kennen Sie denn die sieben Todsünden nicht? Wollust, Völlerei, Habgier, Hochmut, Neid, Zorn und Trägheit.« Wieder lauerte sie auf seine Reaktion, beobachtete ihn mit zusammengekniffenen Augen.

»Sie meinen also, mit den Morden seien die Wollust und die Völlerei symbolisiert? Glauben Sie nicht, dass das ein bisschen zu weit hergeholt ist?«

»Ich habe nicht gesagt, dass das von mir kommt.« Madame kräuselte die Lippen. »Aber ganz so abwegig finde ich es nicht. Eine Sünde wird mit einer anderen vergolten, verstehen Sie? Beide Toten waren der Wollust verfallen und sind mit einem Zuviel an Essen und Wein bestraft worden. Nun rechnen sich einige aus, dass ein paar Sünden in dieser Serie fehlen.«

Pierre seufzte vernehmlich. Absurde Theorien und düstere Prognosen waren in Sainte-Valérie an der Tagesordnung. Ob es nun um vermeintliche Klüngeleien in der Politik ging oder um prophezeite Ernteausfälle nach Wettereinbrüchen, alles war von wissendem Nicken und belehrenden Kommentaren begleitet, jeder hatte eine unumstößliche Meinung. Wenn die Vorhersagen jedoch nicht eintrafen, wollte sich niemand mehr daran erinnern. Man widmete sich stattdessen aktuelleren Themen, die man mit neuer Leidenschaft diskutierte. Pierre hatte nicht die geringste Lust, dass die Leute sich nun über die Mordfälle ausließen, schon gar nicht in Form eines biblischen Strafgerichts durch Menschenhand.

»Ich danke Ihnen für Ihre Ausführungen, Madame Duprais, aber ich kann Ihnen versichern, dass Spekulationen dieser Art jeglicher Grundlage entbehren. Sollten Sie wieder jemanden treffen, der Angst hat, das nächste Opfer zu sein, dann schicken Sie ihn zu mir, ich kümmere mich darum.«

Er ging weiter, doch sie hatte es sich offenbar vorgenommen, ihm auf den Fersen zu bleiben, denn sie trippelte mit kleinen, schnellen Schritten neben ihm her. »Und was ist mit dieser deutschen Köchin? Ist sie nicht auch in Gefahr? Haben Sie sie deshalb die ganze Nacht beschützt?«

Pierre blieb abrupt stehen und starrte die alte Dame verwundert an. »Wie kommen Sie denn darauf? Was meinen Sie damit?«

»Na, ihr Fahrrad. Es lehnte gestern Abend an der Mauer vor Ihrer Wohnung, und heute Morgen ist es noch immer da. Da frage ich mich doch, was diese Frau bei Ihnen über Nacht gemacht hat.«

Merde! Pierre strich sich das wehende Haar aus der Stirn, während er nach einer plausiblen Erklärung suchte. Welchen Grund er auch immer nennen mochte, sie würde daraus ihre eigene Geschichte stricken.

»Ich bitte Sie, Madame, das darf ich Ihnen nicht verraten, das werden Sie sicher verstehen. Die Ermittlungen laufen noch.«

»Also stimmt es, dann ist Mademoiselle Berg jetzt in einer Art Schutzhaft? Nun ja, sie ist wahrlich eine feine Dame, immer hübsch angezogen. Es gibt Menschen, die das als Hochmut auslegen würden. Damit meine ich selbstverständlich nicht mich, ich weiß ja, dass diese junge Frau ein ganz bezauberndes Wesen hat. Trotzdem wirkt sie immer ein bisschen, als wäre sie aus Paris, finden Sie nicht?«

Pierre atmete tief durch. »Nein, nein, Sie irren sich, und Mademoiselle Berg muss auch nicht in Schutzhaft.«

»Dann verstehe ich nicht, warum ...«

Die alte Dame verzog ihren schmalen Mund und sah ihn auffordernd an. Offenbar glaubte sie, er beuge sich jeden Moment zu ihr hinunter und beschwöre sie, es *entre nous* – unter uns – zu halten, aber die Erklärung sei ganz einfach.

Natürlich, Madame Duprais, Ihnen kann ich es ja verraten. Charlotte Berg kam eigentlich bei mir vorbei, um von einem Essen zu probieren, das ursprünglich zur Annäherung an Celestine Baffie geplant war, aber da wir so nett geplaudert und dabei die eine oder andere Flasche Wein geleert hatten, lag sie am Ende in meinem Bett. Und da wir schon mal dabei sind: Gehen Sie mit dieser Information bitte umgehend in die Bar du Sud, *spätestens bei der Erwähnung des Namens dieser Köchin werden die Herren wissend nicken und sagen:* »Ja, ja, deswegen hat Pierre ja auch den Kochkurs belegt.«

Nein, er würde ab sofort gar nichts mehr sagen, was der Neugier dieser Alten Futter gäbe. Nur einen Tag später, und die Leute würden ihn mit Antoine Perrot gleichsetzen und zum neuen Dorfcasanova küren. Pierre schnaubte entnervt, machte eine kurze Verbeugung, wünschte Madame Duprais noch einen schönen Tag und ging mit derart großen Schritten voran, dass das aufgeregte Trippeln ihrer Füße langsam leiser wurde und schließlich vollends verschwand.

Missgelaunt wollte Pierre die Tür zur Gendarmerie aufschließen, als er feststellte, dass dies schon jemand vor ihm getan hatte. Er trat ein und fand seinen Assistenten vor, der regungslos auf den Bildschirm seines Computers starrte. Wieso war er schon hier, es war doch erst kurz nach sieben? »Na, so früh heute? Hast du kein Privatleben?«

»Ah, Pierre.« Luc sprang auf und stieß gegen seine Kaffeetasse, konnte sie allerdings mit einem beherzten Griff daran hindern, umzukippen. Dabei wurde er tiefrot. »Ich habe zu Hause keinen Computer«, stammelte er, »darum komme ich manchmal früher, um vor Dienstbeginn noch ein wenig zu surfen. Dieses Mal hat es sich wirklich gelohnt.« Er deutete vor sich. »Sieh mal, was ich gefunden habe.«

Pierre stellte sich neben ihn und starrte auf den Bildschirm. *Immobilier Farid* stand am oberen Rand und darunter eine Auswahl von Häusern, die der Makler zum Verkauf anbot. Eines davon weckte augenblicklich Pierres Interesse.

»Das ist ja die alte Poststation, in der sich jetzt die *Domaine des Grès* befindet«, sagte er erstaunt. »Das Bild zeigt sie ja noch vor der Renovierung.«

»Es ist auch nicht die aktuelle Seite, sondern eine *Cache-Ansicht*«, Luc betonte den Fachbegriff, als wüsste Pierre nicht, was das sei, und erläuterte weiter: »Also eine gespeicherte Version, die dem Stand von vor drei Jahren entspricht. Das Internet vergisst nichts.«

»Demnach hat Farid Monsieur Leuthard das Anwesen vermittelt?«, fragte Pierre, ohne auf Lucs Ausbruch von Gelehrsamkeit einzugehen.

»Er hat es zumindest exklusiv angeboten. Zur Vermittlung ist es allerdings nicht gekommen. Bernhard hat es mir erzählt, er trägt ja manchmal Prospekte für den Kerl aus, wenn er nicht gerade Reisegruppen durchs Dorf führt. Als ich das gehört habe, war alles klar.« Luc fing wild an zu gestikulieren. »Verstehst du denn nicht, was das bedeutet?«

»Du meinst ...«

»Farid ist der Mörder. Er will sich an diesem Schweizer rächen, weil der ihn mit irgendeinem schmutzigen Trick übergangen hat. Die Provision wäre ...« Luc rechnete und breitete schließlich die Arme aus. »Sie wäre unermesslich groß gewesen.«

»Um die zweihunderttausend Euro«, meinte Pierre mit Blick auf die ausgeschriebene Kaufsumme. »Ich verstehe ... Aber dafür würde er doch keine Dorfbewohner ermorden.«

»Er hat ein Motiv.«

»Und indem er unschuldige Menschen umbringt, will er sich an einem Mann rächen, der mehrere hundert Kilometer entfernt in der Schweiz lebt?«

»Einige Gäste sind bereits vorzeitig abgereist«, erwiderte Luc in deutlich beleidigtem Tonfall. »Außerdem habe ich gehört, wie der Direktor gemeint hat, dass unter keinen Umständen etwas durchsickern dürfe. Leuthard stellt sich gerne als Saubermann dar und zieht bei den kleinsten Unstimmigkeiten die Konsequenzen.«

»Die da wären?«

Luc fuhr sich mit der Handkante quer über den Hals. »*Fini!*«

»Er lässt Köpfe rollen?«

»Nein, er verkauft die *Domaine*. Ohne Gäste keine Einnahmen, verstehst du? Damit bekäme Farid die Vermittlungsrechte zurück.«

»Warum sollte Leuthard nach all dem Ärger ausgerechnet ihn mit dem Verkauf beauftragen?«

»Weil ... weil ...« Das schien ein Punkt zu sein, über den Luc bisher nicht nachgedacht hatte. »Vielleicht weil Leuthard doch ein schlechtes Gewissen hat«, endete er schließlich kleinlaut und fügte hastig hinzu: »Oder was weiß ich, das müssen wir dann eben noch herausfinden. Jedenfalls heißt es nicht, dass Farid unschuldig ist.«

»Er war's nicht«, sagte Pierre entschieden. Etwas an dem, was Luc erzählt hatte, war jedoch wichtig. Es war nur ein Gefühl, mehr noch, sein alter Ermittlerinstinkt, der wieder erwacht war und nach Nahrung gierte wie ein im Zwinger vergessener Hund. Dieser biss sich immer mehr an der Person Gerold Leuthard fest. Noch wusste er nicht, was er mit diesem Bauchgefühl anfangen sollte. Aber er würde einiges darum geben, einmal mit dem Schweizer zu sprechen.

Pierre drückte auf die Seitenleiste des Browsers, in der ein Link zur aktuellen Version der Homepage aufgeführt war. Sofort poppte das Fenster des alten Bauernhofs auf. »Reserviert« stand in einem breiten, quer über das Bild gezogenen Balken. Er lächelte.

»Ich habe schon mit Barthelemy über das Thema gesprochen«, kam Luc mit ungewohnter Vehemenz auf seinen Verdacht zurück. »Er ist auch der Meinung, dass Rache ein triftiger Grund ist. Man muss diesen Ansatz zumindest weiter unters…«

»Dann lass das doch den *Commissaire* machen«, unterbrach Pierre ihn entnervt. Er löste sich von dem Bild auf dem Schirm und ging in die kleine Kochnische, um sich einen Kaffee zu holen. Dabei sah er, dass Luc jede seiner Bewegungen beobachtete. »Gibt es sonst noch was?«

»Die Spurensicherung hat angerufen. Sie haben die Untersuchung von Didier Carbonnes Wagen abgeschlossen.« In Lucs Stimme schwang noch immer ein beleidigter Ton mit. »Hast du sie wirklich gerufen, damit sie einen banalen Essensdiebstahl untersuchen?«

»Es ist mehr als das, ich erkläre es dir ein andermal. Also weiter, wie sind die Details?«

»Sie haben keine fremden Fingerabdrücke am Wagengriff

finden können bis auf deine an der Beifahrertür. An der hinteren linken waren noch nicht einmal die des Uhrmachers.«

»Das war vorauszusehen. Der Täter war gründlich.« Pierre trank von seinem Kaffee, der wässrig schmeckte, ein richtiger *américain*. Er verzog den Mund. Später würde er zum *Café le Fournil* gehen, dessen Besitzer den Kaffee so zubereitete, wie Pierre ihn gerne trank: klein, aromatisch und stark.

»Ach, Rozier bittet um Rückruf«, unterbrach Luc seine Gedanken.

»Was möchte er?«

»Es geht um die Weiterleitung, die du gestern veranlasst hast. Er meinte, es müsse doch wohl möglich sein, die *mairie* aus dem Tagesgeschäft der *police municipale* herauszuhalten, zumal es momentan ja nun wirklich nicht viel zu tun gibt. Genau so hat er es gesagt. Dabei klang er übrigens ziemlich ungehalten.«

Na fein. Der Tag begann ja großartig. »Ich rufe ihn an.«

Pierre goss den Kaffee in die Spüle und verschwand in seinem Büro, wo er aus alter Gewohnheit das Fenster aufriss und hinaussah, während die kühle Luft an ihm vorbei in den stickigen Raum strömte. Auf dem betonierten Innenhof zankten sich zwei Katzen lautstark um eine Schale mit Essensresten, die Albert, der Besitzer des Restaurants, ihnen hingestellt haben musste. Am Fenster über der Gaststube hing Wäsche; große Männerunterhosen mit Pferdemotiven flatterten im Wind, daneben blassrosa Spitzenhöschen, die sich die Hausherrin wohl neu zugelegt hatte.

Pierre schmunzelte. Madame Duprais hätte sicher einiges dafür gegeben, einmal einen Blick auf diese Intimitäten zu werfen, um hinterher beim Friseur davon ausführlich zu berichten.

Beim Anblick der wehenden Dessous wanderten seine Gedanken unwillkürlich zu Charlotte. Sie hatte wirklich bezaubernd ausgesehen, wie sie so dagelegen hatte. Zufrieden, mit einem schlaftrunkenen Lächeln auf den Lippen. Vielleicht hätte er ihr zumindest eine kurze Nachricht hinlegen sollen? Es war schon sehr unhöflich gewesen, einfach zu gehen. Ob sie noch immer in seiner Wohnung war?

Er löste sich von der morgendlichen Szenerie und wollte gerade nach dem Hörer greifen, als das Telefon schrillte. Es war Luc, der so laut sprach, dass Pierre es sogar über den Gang hinweg hören konnte.

»Rozier ist in der Leitung. Übernimmst du?«

Die Stimme des Bürgermeisters klang wider Erwarten freundlich, als er seine Beschwerde vortrug: »Du weißt ja, wie Gisèle ist«, kam es in fast wehleidigem Ton aus dem Hörer, »sie war echauffiert, als plötzlich ein Tourist vor ihr stand und den Diebstahl eines Handys aufgenommen haben wollte. So geht das nicht, mein Lieber, das muss künftig anders gelöst werden.«

»Da stimme ich dir absolut zu. Aber wir sind hier nur zu zweit und können schlecht den ganzen Tag in der Wache herumhocken, nur weil wir keine Telefonistin oder Empfangsdame haben. Gisèle hat das doch früher auch gemacht, oder etwa nicht?«

Vor Jahren war die *police municipale* noch im Bürgermeisteramt untergebracht gewesen, weit vor seiner Zeit. Als ein Wasserrohrbruch beinahe die ganze untere Etage überschwemmte, hatte man sie kurzerhand in das leerstehende Gebäude der ehemaligen Gemeindebücherei verlegt und es, da die Sanierungsarbeiten sich verzögert hatten, dabei belassen. Was Pierre ganz recht war.

»Das war vor langer, langer Zeit«, gab der Bürgermeister seufzend zur Antwort. »Da war Gisèle noch ein paar Jahre jünger und«, er stockte, »irgendwie auch flexibler. Es ist ein Unding, dass Celestine Baffie sich derart hartnäckig weigert, ihre Arbeit wieder aufzunehmen. Sie hätte zumindest die vertraglichen

Fristen einhalten müssen. Eigentlich sollte ich ihr deshalb ein Verfahren anhängen, wäre ihr Vater nicht ein so ehrbares und wichtiges Mitglied unserer Gemeinde. Daher werde ich die Sache wohl auf sich beruhen lassen.« Er seufzte noch einmal. »Ich habe bereits eine Stellenanzeige formuliert, aber du weißt ja, wie schwer es heutzutage ist, fähiges Personal zu bekommen. Und ich habe noch so viele andere Dinge zu erledigen.«

Während er dazu überging, sich über die Aktenberge, die sich nach wie vor auf seinem Schreibtisch türmten, zu beklagen und darüber, dass er alle Hände voll zu tun habe – eine Sitzung des Gemeinderats organisieren, die Presse abwimmeln –, hörte Pierre im Hintergrund Stimmen vom Eingangsbereich. Kurz darauf klopfte es. Luc schob sich hinein und versuchte, ihm mit fuchtelnden Händen zu verstehen zu geben, dass jemand ihn sprechen wollte. Seinen Gesten nach musste es ein genauso breit gebauter wie wichtiger Mann sein, der offenbar ein Anrecht auf den sofortigen Abbruch des Telefonats hatte.

»Einen Moment, Arnaud«, sagte Pierre in die Sprechmuschel, hielt sie mit der Hand zu und wandte sich Luc zu. »Was gibt's denn?«

»Barthelemy«, zischte dieser und nickte eifrig. »Er will dringend mit dir reden. Aber pssst.« Er legte den Zeigefinger an die Lippen.

Wenn jemand warten konnte, bis er sein Gespräch mit dem Bürgermeister beendet hatte, so belanglos es auch sein mochte, dann Barthelemy. Pierre nickte langsam, bedeutete seinem Assistenten, er solle das Zimmer schleunigst verlassen, und setzte das Gespräch fort. Eben war Rozier dabei, ihm mitzuteilen, dass sich zu allem Unglück auch noch Gerold Leuthard angekündigt habe und einen umfassenden Bericht über die Vorfälle auf seinem Grundstück haben wolle, als die Tür aufschwang und Luc abermals mit hilflosem Gesichtsausdruck eintrat.

»Er sagt, es sei wirklich dringend.«

Pierre seufzte. »Arnaud, ich muss auflegen. Du bekommst das schon hin«, sagte er betont aufmunternd und beendete das Gespräch. Dann winkte er seinem Assistenten, den *Commissaire* einzulassen.

»Na endlich.« Barthelemys gerötetes Gesicht erschien im Türrahmen, dann folgte die ganze imposante Gestalt in der grotesk weiten Uniform über dem feisten Leib. »Ich muss dringend mit dir sprechen.« Etwas in seiner Miene war anders als sonst. Alles Selbstherrliche wirkte seltsam reduziert. Täuschte sich Pierre, oder zeigte sein Gesicht sogar bemühte Freundlichkeit?

Er blieb sitzen und deutete wortlos auf den Besucherstuhl vor dem Schreibtisch. Barthelemy nahm Platz, und als Luc noch immer wie angewurzelt im Raum stand, räusperte er sich vernehmlich, bis dieser endlich verstand und sie beide allein ließ.

Der *Commissaire* legte seine fleischigen Hände vor sich auf den Tisch, gefaltet wie zum Gebet. »Wie geht es dir, Pierre?«

»Red nicht lange rum. Was willst du?«

Barthelemy hustete rasselnd, was Pierre dazu veranlasste, besorgt zum Papierkorb zu schielen, ob die inzwischen eingelegte Tüte noch vorhanden war. Doch das kurzerhand gezückte Taschentuch schien nicht benötigt zu werden und verschwand wieder in der Hosentasche.

»Die Leute von der Spurensicherung waren bei dir«, sagte er schließlich.

»Wegen eines Diebstahls.«

»Dieser Diebstahl sieht fast nach einem fehlenden Teil meines Puzzles aus.«

»So ist es. Sag bloß, du willst mehr darüber wissen?« Pierre konnte sich den sarkastischen Tonfall nicht verkneifen, und als Barthelemy die Frage bejahte, setzte er hinzu: »Bislang hat es ja nicht so ausgesehen, als würden dich meine Erkenntnisse zum Fall interessieren.«

Der *Commissaire* blieb erstaunlich ruhig, nickte mehrfach. »Du hast ja Recht«, meinte er schließlich. »Das war vollkommen unnötig, ich hätte dich von Beginn an einbeziehen müssen.«

Das waren ja ganz neue Töne. »Woher der plötzliche Sinneswandel?«

»Ich hatte ein Gespräch mit Louis Papin.«

»Und?«

»Er hat mir, sagen wir einmal, ins Gewissen geredet.«

Pierre lehnte sich zurück, die Arme vor der Brust verschränkt, und wartete auf eine Fortsetzung.

Barthelemy versuchte ein zaghaftes Lächeln. »Er war der Meinung, dass der Fall Vorrang vor allen persönlichen Belangen habe, dass es gegen unsere Berufsehre sei, wenn wir wichtige Informanten verprellen, und dass ich den Täter niemals finden würde, wenn ich dich weiter ausschließe. Ich solle mich endlich wie ein echter Provenzale benehmen, statt mich von irgendwelchen Pariser Sesselpupern einschüchtern zu lassen.«

»*Das* hat er gesagt?« Pierre musste wider Willen grinsen und schickte einen gedanklichen Gruß an Papin.

Barthelemy lachte und bekam dabei prompt einen Hustenanfall. »Du musst es richtig verbockt haben«, meinte der *Commissaire*, als er wieder zu Atem kam. »Ich habe noch nie erlebt, dass sich die Pariser Präfektur in unsere Angelegenheiten einmischt. Dieser Victor Leroc war ziemlich eindeutig in seinen Anweisungen.«

»Was hat er denn gesagt?«

»Dass er dich am liebsten ausschließlich den Verkehr regeln sehe.«

»Das kann ich mir vorstellen. Und was meint die Präfektur in Avignon dazu?«

»Die hält sich da raus. Also, was ist? Kann ich auf dich zählen?« Er streckte seine Hand über den Schreibtisch.

Pierre zögerte kurz, dann schlug er ein, woraufhin Barthelemy erleichtert aufatmete.

»Ich habe mich die ganze Zeit nicht wohl dabei gefühlt, das musst du mir glauben. Aber ich hatte Angst, dass sie mir die Pension kürzen.«

»Das können sie noch immer tun, Jean-Claude.«

»Ja, das stimmt.« Barthelemy wurde wieder ernst. »Die Wahrheit ist, dass ich es vermutlich nicht verhindern kann, ganz gleich, was ich tue. Auf der einen Seite soll ich auf wichtige Informanten verzichten, auf der anderen drängt Leuthard auf Ergebnisse. Ich fühle mich wie eine Traube in der Presse. In diesem Moment sitzt der Besitzer der *Domaine des Grès* im Flieger nach Marseille und wird heute Nachmittag um Punkt drei Uhr die *mairie* betreten und einen Bericht hören wollen. Aber alles, was ich habe, sind vage Vermutungen.«

»Warum lässt du dich von diesem Schweizer so unter Druck setzen?«

»Er ist gut mit dem Präfekten befreundet, und seine Zuwendungen scheinen für den Distrikt sehr wichtig zu sein. Wenn er sie zurückzieht, bekomme ich ein ernsthaftes Problem.« Barthelemy verzog den Mund. »Das Ganze wird mir zu politisch, so war das früher nicht. Da konnte man einfach geradeaus gehen und sich auf seinen Fall konzentrieren. Heute dagegen ...«

Ein Windstoß fuhr durchs geöffnete Fenster und fegte ein paar Papiere an den Rand des Schreibtisches. Pierre stand auf, um es zu schließen, und beobachtete dabei für einen Moment nachdenklich den Tanz der aufgereihten Unterhosen über den Mülltonnen des *Chez Albert*. Ja, so wie Barthelemy war es ihm auch einmal ergangen. Dieses ganze politische Taktieren und

Abwägen lag ihm gar nicht, trotzdem hatte es ihn eingeholt, sogar hier, in der Provinz.

Mit einem heftigen Ruck machte Pierre das Fenster zu. Dann setzte er sich wieder und schob die auseinandergestobenen Papiere mit beiden Händen zusammen. »Was soll ich deiner Meinung nach tun?«

»Du musst mir helfen, die Alibis der Verdächtigen zu überprüfen und die Dorfbewohner nach Zusammenhängen und Auffälligkeiten zu befragen, du kennst sie schließlich besser als ich. Unauffällig natürlich. Die in Paris dürfen davon nichts mitbekommen, das wäre eine Katastrophe für die gesamte Kommandantur Provence-Vaucluse. Wenn dich also jemand darauf anspricht, sagst du, dass es bei deiner Arbeit ausschließlich um Belange der *police municipale* gehe.« Ein Geräusch von der Tür ließ den *Commissaire* aufhorchen. Er deutete mit dem Kopf in Richtung Vorzimmer und senkte die Stimme. »Ist dein Assistent vertrauenswürdig? Kann er seinen Mund halten?«

»Luc Chevallier ist ein anständiger Kerl«, antwortete Pierre leise. »Vielleicht in diesem Moment ein wenig neugierig. Aber insgesamt verlässlich.«

Sie schwiegen, lauschten. Kurz darauf hörten sie ein Klappern jenseits des Zimmers, das davon zeugte, dass Luc in der kleinen Kaffeeküche werkelte.

»Wir behalten es besser erst einmal für uns«, entschied Barthelemy.

»Das erscheint mir unklug. Die Ermittlungen sind umfangreich, und wir werden seine Hilfe sicher brauchen. Es sei denn, du kannst einen deiner Inspektoren hierfür abstellen.«

»Es gibt welche, die ich ab und zu einbeziehe, aber das Kommissariat in Cavaillon ist zurzeit unterbesetzt. Wie du weißt, werden bei der *police nationale* massiv Stellen abgebaut, das betrifft auch uns, wir bekommen das zu spüren. Gerade jetzt, wo der größte touristische Ansturm vorbei ist, haben viele Kollegen ihren Jahresurlaub genommen.« Eine kleine Pause entstand, in der Barthelemy den Kopf wiegte, schließlich nickte er. »In Ordnung, Luc Chevallier ist dabei. Aber was wir beide miteinander besprechen, bleibt unter uns. Er wird lediglich mit einzelnen Arbeiten beauftragt.« Der *Commissaire* verschränkte wieder die Arme vor der Brust. »Pierre, ich lehne mich bereits weit genug aus dem Fenster. Ich habe keine Lust, meinen Job zu riskieren.«

»Also gut, wir machen es so. Allerdings solltest du den Bürgermeister darauf vorbereiten, dass wir das Abwesenheitsschild künftig öfter an die Tür hängen werden. Gisèle wird darüber sicher nicht erfreut sein. Aber nun erzähl: Was hast du bislang herausgefunden?«

Barthelemy nickte erleichtert und begann mit dem Bericht der Spurensicherung, laut dem das Schloss des Weinkellers unbeschädigt war, ebenso ließ sich der Einsatz von Spezialwerkzeug weitgehend ausschließen. Da sowohl der Sommelier, Monsieur Cazadieu, als auch Direktor Boyer schwörten, stets hinter sich abzuschließen, musste es einen dritten Schlüssel geben, von dessen Existenz niemand wusste. Die Tatzeiten hatte Papin inzwischen ebenfalls eingegrenzt. Perrot war zwischen zehn und elf Uhr gestorben, die Tänzerin gegen ein Uhr morgens.

»Ein tragischer Fall im Übrigen«, meinte der *Commissaire* sichtlich betroffen. »Ihre Mutter ist bei der Nachricht regelrecht zusammengebrochen. Virginie Leclaude ist mit sechzehn schwanger geworden und hinterlässt einen fünfjährigen Sohn, dessen Vater unbekannt ist. Die Großmutter hat sich die ganzen Jahre um das Kind gekümmert. Aber nun haben sie niemanden mehr, der das wenige Geld zum Leben verdient. Der Pfarrer schaut regelmäßig nach der Familie, aber sie werden wohl wegziehen … zu entfernten Verwandten nach Marseille.«

Er legte sein mehrlagiges Kinn auf den aufgestützten Arm

und wartete, bis Pierre sein Notizbuch geöffnet und die Angaben notiert hatte.

Nach einem ausgiebigen Räuspern fuhr er fort: »Die Nachbarn beschreiben sie als unauffällig, nie hat es Männerbesuch gegeben, sie waren immer nur zu dritt: die Großmutter, die Mutter und der Junge. Ansonsten nichts Greifbares, absolut nichts.«

»Gibt es ein Motiv?«

»Nein. Keine Erbschaften, keine Parallelen zwischen den beiden Morden«, seufzte Barthelemy. »Ich habe mich daran geklammert, dass der Täter beide Opfer für ihre moralischen Verfehlungen bestraft haben könnte, aber niemand, dem so etwas wichtig wäre, kommt in Frage. Sowohl der Pfarrer, der sich wirklich rührend um die Hinterbliebenen kümmert, als auch diverse erzkonservative Kirchgänger haben Alibis oder wären aufgrund ihrer körperlichen Konstitution schlicht nicht in der Lage, solche Morde auszuführen. Ich tappe völlig im Dunkeln«, schloss er resigniert.

Pierre legte den Stift wieder auf das zur Hälfte beschriebene Blatt. Er hatte das Gefühl, dass er jetzt, da man ihn endlich ermitteln ließ, gar nicht richtig in den Fall hineinkam. Es fiel ihm schwer, sich zu konzentrieren, und fast kam es ihm vor, als wolle er noch rasch auf einen Zug aufspringen, der bereits mit hoher Geschwindigkeit an ihm vorüberfuhr. Er musste mehr über die Opfer erfahren, brauchte etwas Greifbares, wo er einhaken konnte. »Erzähl mir von Antoine Perrot. Hast du mit seinem Cousin in Roussillon gesprochen?«

»Einer meiner Inspektoren hat es getan. Er hat auch die Tante des Toten in Arles aufgesucht. Perrot hat seine Eltern bei einem Autounfall verloren, damals war er erst fünfzehn. Seitdem schlug er sich mit diversen Jobs durch, zuletzt als Postbote. Seine Tante sah ab und zu nach ihm. Anfangs zumindest, danach haben sie sich aus den Augen verloren. Eine feste Beziehung hatte er nie, ständig gab es neue Frauen. Und alle hatten eines gemeinsam: Sie waren vergeben.«

»Was ist mit der Kleinen in Coustellet, mit der er eine Tochter hat?«

»Ein hübsches Ding. Bei ihr hat er sich angeblich mächtig ins Zeug legen müssen, weil sie eigentlich in einen anderen verliebt war. Aber kaum war sie schwanger, wandte er sich ab.«

Was für ein trauriges Leben, dachte Pierre. Antoine Perrot war einer dieser jungen Menschen ohne Wurzeln. Rastlos und voller Bindungsangst, stets auf der Suche nach dem nächsten Kick. »Und Vivianne Morel? Die wollte er doch heiraten.«

»Das hat sie zumindest überall verbreitet. Genau wissen wir das nicht. Perrots ehemalige Geliebte, Madame Vaucher, behauptet allerdings, Vivianne habe sich damit nur schmücken wollen und einen billigen Ring vorgezeigt, den sie sich genauso gut auf einem x-beliebigen Markt hätte selbst kaufen können. Viel ist so eine Aussage natürlich nicht wert, ganz offensichtlich konnte sie es nicht verkraften, dass der Dorfcasanova sie nicht mehr wollte.«

»Angeline Vaucher … mit ihr war Perrot am Abend seines Todes noch verabredet. Hast du sie vernommen?« Für einen Moment hatte Pierre einen völlig verrückten Gedanken. Was, wenn Didier Carbonne mit seiner Theorie der weiblichen Rache doch Recht hatte und sich die enttäuschten Frauen von Sainte-Valérie zusammengeschlossen hätten, um sich des ewig Untreuen gemeinsam zu entledigen? Perrots angebliche Verlobte schied allerdings aus, weil sie sich zum fraglichen Zeitpunkt auf der Wache befunden hatte, um die Suchmeldung aufzugeben. Oder war auch das Teil des Plans? Es wäre ein perfektes Ablenkungsmanöver …

Barthelemy nickte. »Ja, ich habe sie vernommen. Sie sagte aus, sie und Perrot hätten sich außerhalb getroffen, bei der alten

Steinhütte unten am Flusslauf der *Sénancole*. Laut ihr ist es zu einem Streit gekommen. Sie wollte ihn nicht gehen lassen, aber er hat sich losgerissen und ist geradezu geflohen. Das war kurz nach acht. Man hat auf seinem Leichnam tiefe Kratzspuren gefunden, die von ihren Fingernägeln stammen.« Er schüttelte den Kopf. »Eine Furie, das kann ich dir sagen. Ist bei der Vernehmung richtig unangenehm geworden. Mit der möchte ich nicht verheiratet sein.«

»Hat sie ein Alibi?«

»Sogar ein bombensicheres, leider. Nach dem Streit hat sie sich ins Auto gesetzt und ist nach Cavaillon gefahren, um sich bei einer Freundin auszuweinen. Auf der D 101 wurde sie geblitzt, mit beinahe hundertzwanzig.«

»Und das Foto?«

»Eindeutig Madame Vaucher, kein Zweifel. Damit müssen wir wohl auch das Motiv weiblicher Rache ausschließen.«

Durften sie das wirklich? Immerhin gab es noch weitere Verflossene, die sich zusammengeschlossen haben könnten. Pierre hatte gelernt, dass gerade Frauen bei ihren Taten besonders intelligent vorgingen. Vielleicht hatten sie sich mit dem Mord an Virginie Leclaude einer unliebsamen Konkurrentin entledigt. Zugegeben, es waren keine typisch weiblichen Morde, dafür waren sie zu grausam, aber zumindest sollten sie diese Möglichkeit im Auge behalten.

Entnervt stieß Pierre die Luft aus. Der ganze Fall war zutiefst verworren, es war, als suchten sie nach der berühmten Nadel im Heuhaufen. Zumindest konnte er sich langsam ein Bild von den Vorgängen machen. »Der Treffpunkt der beiden lag nicht weit von der *Domaine des Grès* entfernt. Angenommen, Angelines Mann wäre den beiden gefolgt ...«

Barthelemy nickte heftig. »Das habe ich bereits überprüft. Xavier Vaucher soll um die Tatzeit in der *Bar du Sud* gewesen sein, aber in dem Punkt gehen die Meinungen auseinander, zumindest was die Angaben zur Uhrzeit betrifft. Gegen halb acht wurde er noch beim Boule gesehen, aber wie lange er dortgeblieben ist, habe ich nicht herausbekommen können. Ein anderer schwört, er habe ihn bis weit nach Mitternacht mit seinen Kumpanen trinken sehen.«

Schon wieder Xavier Vaucher. Pierre notierte den Namen und malte einen dicken Kreis darum.

Sofort schüttelte Barthelemy den Kopf. »Allerdings hat er für den zweiten Mord ein Alibi. Bis um eins war er mit dem Schlachter Guillaume Loriant in der Bar, dann haben sie sich noch in dessen Garten gesetzt und Trinklieder und die *Marseillaise* gesungen, bis die Nachbarin sich wegen Ruhestörung beschwerte. Madame Loriant hat mir bestätigt, dass beide daraufhin ins Haus gegangen sind und auf der Küchenbank ihren Rausch ausgeschlafen haben.«

Mit Bedauern strich Pierre den Namen wieder. »Dann bleiben von den gehörnten Ehemännern nur der Biobauer Joseph Rochefort, der, wie ich gestern erfahren habe, für beide Zeitpunkte kein Alibi hat, und Jean Forestier, der Portier der *Auberge Signoret*. Ich werde mich am späten Nachmittag auf dem Bouleplatz umhören, ob jemand den beiden für den ersten Mord ein Alibi geben kann.«

»Der Biobauer und der Portier?« Nun wirkte der *Commissaire* wirklich überrascht. »Was haben denn die beiden damit zu tun? Und wieso gehörnte Ehemänner? Gibt es etwa noch mehr als den Versicherungsvertreter?«

»Ich habe Arnaud Rozier doch einen Zettel für dich mitgegeben«, erklärte Pierre zunehmend ungeduldig. In diesem Fall gab es einfach viel zu viele Unregelmäßigkeiten. Verdächtige wurden nicht verhört, Spuren nicht weiterverfolgt. So etwas hätten sie ihm in Paris um die Ohren geschlagen. »Darauf standen vier

Namen: Schlachter Guillaume Loriant, Xavier Vaucher, der Versicherungsverteter, Biobauer Joseph Rochefort und Jean Forestier, der Portier der *Auberge Signoret*. Alles Männer, deren Frauen ein Verhältnis mit Antoine Perrot hatten.«

Barthelemys Gesichtsfarbe vertiefte sich. »Diesen Zettel habe ich niemals erhalten«, wetterte er. »Ich hätte die Männer doch sofort befragt. Warum hat der Bürgermeister das getan?«

Es war ein ungeheuerlicher Verdacht, der plötzlich im Raum stand. Pierre schrieb den Namen des Bürgermeisters auf ein neues Blatt, dahinter ein dickes Fragezeichen.

»Arnauds Frau gehört mit Sicherheit nicht zu dem Kreis der Ehebrecherinnen«, sagte er und dachte an die gutmütige runde Nanette, die bereits Ende fünfzig war und mit Vorliebe Kunstausstellungen besuchte. »Vielleicht ist ihm der Zettel auch nur unter seine vielen Ablagestapel gerutscht, und er hat ihn vergessen.«

»Das werde ich herausfinden, darauf kannst du dich verlassen.« Der *Commissaire* erhob sich.

»Das kannst du später machen, wir sind leider nicht ganz fertig.«

»Was denn noch?« Barthelemy sagte es mit einem Anflug von Gereiztheit, trotzdem setzte er sich wieder.

»Hast du schon mal daran gedacht, dass jemand Gerold Leuthard wegen seiner Aktivitäten als Winzer schaden möchte? Beide Morde haben auch etwas mit Wein zu tun, und es liegt nahe, dass es um seine Methoden der Erzeugung geht. Ich denke da an die Eichenholzchips zur Aromatisierung, und wer weiß, was es sonst noch so gibt. Wir müssen auch das untersuchen.«

Pierre nahm ein neues Blatt, das er mit dem Wort MOTIVE betitelte. Darunter malte er drei Spalten, über die erste schrieb er »Moral«. Darunter Joseph Rocheforts Namen und den des Portiers. Die zweite betitelte er als »Weibliche Rache«

und schrieb die vier untreuen Ehefrauen samt Vivianne Morel darunter, was der *Commissiare* mit einem zweifelnden Schnalzen kommentierte. Unter die letzte Spalte mit der Überschrift »Wein« schrieb Pierre den Namen des Sommeliers. Barthelemy stützte sich mit den Händen auf die Tischplatte, beugte sich vor und betrachtete die Auflistung.

»Der Sommelier war es nicht, der hat ein Alibi.«

»Nichtstdestotrotz sollten wir ihn zu den Herstellungsmethoden der *Domaine*-Weine befragen«, erklärte Pierre. »Es gibt da wohl einen Winzer, der sich darum kümmert. Zudem brauchen wir eine Liste derjenigen, denen diese Billigherstellung schadet oder die sie zumindest gegen Leuthard aufbringt.«

»Du hast Recht.« Barthelemy lehnte sich wieder zurück. »Das ist ein sensibles Thema. Die Weinbauern fürchten um ihre Existenz, seit die Australier und Amerikaner ihnen den Rang ablaufen. Und nun setzt auch hier die *cocacolonisation* ein mit dieser künstlichen Aromatisierung und dem Untermischen irgendwelcher Zusätze.«

»Ein Schlag für die kleineren Betriebe, die viel Engagement in ihre Qualitätsweine stecken«, sagte Pierre nickend.

»Allerdings. Wusstest du, dass deren Einkommen in den letzten zehn Jahren um mehr als ein Drittel zurückgegangen ist? Erst hat man ihnen die Subventionen gekürzt, und dann Ende zweitausendsechs kam diese unsinnige Entscheidung der Europäischen Kommission, Holzchips zuzulassen, und zwar ohne Kennzeichnungspflicht. Damit haben sie den Pfuschern Tür und Tor geöffnet.« Barthelemys ohnehin schon rotes Gesicht nahm immer mehr Farbe an. »Mein Sohn ist damals auch auf die Straße gegangen, um zu protestieren, obwohl er gar kein Winzer ist.«

Pierre dachte an die vielen Weine, die er zeitlebens genossen hatte. Die Vorstellung, dass darunter auch welche gewesen waren, die seinem Gaumen mit Hilfe unnatürlicher Substanzen Streiche gespielt hatten, behagte ihm gar nicht. »Zum Glück gilt die Erlaubnis nicht für die kontrollierten Weine mit AOC-Zertifikat«, sagte er.

»Wenn du dich da mal nicht täuschst. Einige AOC-Betriebe aus den Bordelaiser Appellationen dürfen neuerdings die Eichenspäne zu Versuchszwecken verwenden. Sogar im Anbaugebiet der Côte du Rhone experimentieren sie mit offizieller Erlaubnis. Noch müssen sie dafür einen formellen Antrag stellen. Aber du wirst sehen, irgendwann brechen auch diese Dämme.«

Nachdenklich setzte Pierre ein dickes Ausrufezeichen neben die Weinspalte. Er erinnerte sich noch genau an die Zeit, als die EU-Entscheidung anstand. Aufgebrachte Winzer gingen auf die Straße, schütteten Wein auf Rathaustreppen aus, kippten Müll vor die Türen der Supermärkte und belagerten Landwirtschaftskammern. Von Paris aus hatte er die Unruhen mit Besorgnis beobachtet. Bei allem Verständnis für die Wut der Weinbauern hatte es ihn zutiefst entsetzt, als der rechtsextreme Präsidentschaftskandidat Phillippe de Villiers mit seinen nationalistischen Parolen großen Zuspruch in der Bevölkerung bekam. Es ist immer das alte Spiel, dachte er, in Zeiten der Bedrängnis und Angst schlägt die Stunde der Demagogen.

»Demnach hältst du es auch für möglich, dass jemand den Inhaber der *Domaine des Grès* mit diesen Aktionen bestrafen wollte?«

Barthelemy verzog den Mund. »Darauf kannst du wetten. Erinnerst du dich, wie die radikalen Winzer damals die Tanks der Genossenschaft in Nîmes geöffnet und elftausend Hektoliter Wein in die Kanalisation geschüttet haben?« Er hustete heftig und redete weiter, bevor der Anfall vorüber war. »Kannst du dir das vorstellen? Elftausend Hektoliter, das sind mehr als eine Million Flaschen. Und das nur, weil die neben den einheimischen auch ein wenig billigen spanischen Wein abfüllen. Dann der Anschlag auf das Weingut *La Baume* im Anbaugebiet Languedoc-Roussillon.«

Pierre nickte. Das Attentat war seinerzeit in allen Zeitungen heftig diskutiert worden. »Mit dem Unterschied, dass man damals eine Bombe gezündet hat, um Sachschäden hervorzurufen. Hier in Sainte-Valérie dagegen wurden Menschen umgebracht.«

»Ja, aber siehst du, wohin Wut führen kann? Ich meine, wir sollten dem unbedingt nachgehen.«

»Also gut«, schloss Pierre, »Arnaud hat bestimmt noch eine Liste von den Demonstranten, die damals gegen den Umbau der alten Poststation zur *Domaine* protestiert haben. Vielleicht gibt es hier einen Zusammenhang.«

»Das übernehme ich, ebenso die Befragung des Sommeliers.« Der *Commissaire* tippte auf das Notizblatt. »Was ist eigentlich mit diesem Immobilienmakler? Dein Assistent meinte, er sei von dem Schweizer um eine Menge Geld betrogen worden. Damit hätten wir ein weiteres Motiv.«

»Farid? Der hat damit ganz sicher nichts zu tun.«

»Wir müssen alle Möglichkeiten untersuchen.«

»Ich kümmere mich darum«, sagte Pierre und malte eine vierte Spalte: »Vergeltung«. Innerlich sträubte er sich, den Makler hinzuzufügen. Aber vielleicht war sein Blick ja auch getrübt? Pierre mochte den Tunesier, schätzte seinen trockenen Humor. Bei aller Sympathie durfte er natürlich nicht verkennen, dass Farid einen gewichtigen Grund hatte, auf Leuthard wütend zu sein.

Am Ende standen vier Dinge auf Pierres Liste: den Portier der *Auberge Signoret* befragen, mit Farid über die geplatzte Vermittlung der alten Poststation sprechen und sich danach auf dem Bouleplatz umhören. Sein Assistent Luc sollte die Alibis der untreuen Ehefrauen überprüfen und noch einmal mit Vivianne Morel reden.

Als alles besprochen war und Barthelemy erneut Anstalten machte, sich zu erheben, fiel Pierre noch etwas ein.

»Was sagst du zu Charlotte Berg? Hältst du sie für gefährdet?«

»Nein, warum sollte sie das sein?«

»Ein unbestimmtes Gefühl.« Dass sich dieses erst verstärkt hatte, nachdem Madame Duprais ihre eigenartige Theorie mit den Todsünden von sich gegeben hatte, behielt er für sich.

Barthelemy zuckte mit den Schultern. »Die Sorge ist unbegründet. Wir haben alle Türen ihres Appartements auf Spuren überprüft, ebenso den Computer. Nichts. Absolut nichts zu finden.«

»Irgendwoher muss der Täter die Rezepte doch haben. Die Kochkursteilnehmer sind meiner Meinung nach nicht involviert.«

»Er wird sie kopiert haben.« Barthelemy zuckte wieder mit den Schultern. »Oder ausgedruckt. Sie stehen im Netz.«

»So einfach ist es nicht. Es handelt sich nämlich um Originale auf dem Briefpapier des Hotels. Die Prägung auf dem Blatt beweist es. Mademoiselle Berg druckt immer für jeden Teilnehmer genau ein Exemplar aus, und sollte wirklich mal eines übrig bleiben, heftet sie es ab.«

»Eine Prägung?« Der *Commissaire* runzelte die Stirn. »Ich bin mir sicher, dass es nichts dergleichen gab.«

»Überprüf das bitte noch mal und gib mir Bescheid«, sagte Pierre eindringlich. Er blickte auf die Uhr. Es war fast zehn. Höchste Zeit, Charlotte anzurufen.

12

Charlotte war nicht mehr in Pierres Wohnung. Zumindest ging sie nicht ans Telefon, als er laut auf den Anrufbeantworter sprach und darum bat, doch bitte abzunehmen, falls sie dies höre. In der *Domaine* sagte man ihm, dass sie erst am Abend Dienst habe, und auch an den anderen Anschlüssen, die er sich notiert hatte, nahm sie nicht ab. Also verschob er den ersten Punkt auf seiner Liste, den Besuch bei Portier Jean Forestier in der *Auberge Signoret*, und ging zurück zu seiner Wohnung, um nachzusehen, ob ihr Fahrrad noch an der Hauswand lehnte.

Es war verschwunden.

Eilig betrat er das Appartement. Nichts. Keine Charlotte, keine Nachricht, nur das glatt gestrichene Bett und die sorgsam zusammengefaltete Decke.

Noch einmal wählte er ihre Mobilnummer, doch wieder nur das Freizeichen, gefolgt von ihrer freundlichen Stimme mit der Aufforderung, eine Nachricht zu hinterlassen.

In Pierres schlechtes Gewissen mischte sich eine wachsende Unruhe, als er sich auf den Weg zu ihr machte. Charlotte war besorgt gewesen, hatte angenommen, der Mörder sei in ihre Wohnung eingedrungen, um an die Rezepte zu kommen. Hätte er dies ernster nehmen sollen? Natürlich war der Nachweis eines Einbruchs nicht immer möglich, wenn der Täter ein Profi war. Im Weinkeller der *Domaine* war es ähnlich gewesen, das Eindringen war unbemerkt geblieben, und dennoch hatte dort eine Leiche gelegen.

Pierre beschleunigte seinen Schritt.

Charlotte wohnte in einer hübschen Seitenstraße unweit der Burgruine in einem schmalen Haus mit blumenbewachsenen Kästen an den Fenstern und direktem Blick über die nördliche Stadtmauer. Auch hier keine Spur von dem Fahrrad. Pierre klingelte trotzdem. Erst einmal kurz, und als sie nicht öffnete, mehrmals hintereinander lang. Schließlich wählte er wieder ihre Mobilnummer und sprach auf die Mailbox. »Hallo, Charlotte, ich hoffe, du hast gut geschlafen. Wollte mich nur kurz melden. Ruf bitte zurück, wenn du das hörst.« Er zögerte, legte auf.

Stirnrunzelnd betrachtete er das Türschloss. Noch einmal zückte er sein Telefon, nur rief er diesmal seinen Assistenten an.

»Luc, ermittle doch bitte den Vermieter von Charlotte Berg. Sie wohnt im *Chemin des Murs* Nummer dreiundvierzig. Befrage ihn zu möglichen Ersatzschlüsseln, wer der Vormieter war und ob nach ihm das Schloss ausgetauscht wurde. Ach, und notiere dir besser alles, was er sagt, ich brauche einen lückenlosen Bericht.«

»Wird gemacht, Chef. Obwohl ich mir Dinge gut merken kann, vor allem Gespräche. Und Namen weiß ich noch Jahre spä…«

»Schreib es auf«, beharrte Pierre, dann beendete er das Telefonat.

Er sah auf die Uhr. Es war halb elf. Momentan konnte er in diesem Punkt nichts weiter tun als abzuwarten. Aber wenn sie sich bis zum Nachmittag nicht zurückmeldete, würde er Barthelemy bitten, ihr Handy orten zu lassen. In der Zwischenzeit würde er sich auf den ersten Punkt seiner Liste konzentrieren. Zur *Auberge Signoret* waren es höchstens drei Minuten, sie lag nicht weit entfernt in der *Passage du Saint-Michel*, gleich hinter der Kirche.

Innerhalb der Stadtmauern von Sainte-Valérie gab es eine Pension und zwei kleine Hotels, von denen die *Auberge* die älteste war. Als Pierre das Gebäude betrat, schlug ihm ein Geruch von Putzmitteln entgegen, der ihn an den vergeblichen Versuch seiner Mutter erinnerte, den Gestank der maroden Abwasserleitung mit künstlichem Zitronenduft zu vertreiben. Aus einem kleinen Raum neben dem Empfangstresen drang die laute Stimme eines Nachrichtensprechers, gleich darauf unterbrochen von einer Werbung für Haarpflegemittel. Pierre wartete, bis sich seine Augen an das Halbdunkel gewöhnt hatten, und sah sich um.

An den blumig tapezierten Wänden hingen goldgerahmte Bilder mit Stillleben, der Teppich war vor dem Tresen beinahe vollständig abgewetzt. Ein rascher Blick auf das Schlüsselbrett zeigte Pierre, dass die Haken beinahe vollzählig besetzt waren. Das Hotel war offenbar schlecht vermietet, was er angesichts der völlig geschmacklosen Einrichtung, den großzügig aufgestellten Plastikblumen und den Staubspuren auf den Ablagen nur allzu gut nachvollziehen konnte. Die gesamte Atmosphäre wirkte dermaßen überladen, erdrückend und ungepflegt, dass Pierre am liebsten sofort wieder hinaus ins Tageslicht getreten wäre, anstatt hier Nachforschungen anzustellen.

»Monsieur Forestier?«, rief Pierre gegen den Fernseher an, der daraufhin leiser gedreht wurde.

Aus dem Raum trat ein kleiner und schmächtiger Mann mit gekrümmtem Rücken, den er sich beim Gehen hielt. Er trug eine verwaschene Portiersuniform mit goldfarbenen Knöpfen und angedeuteten Schulterklappen. Pierres Informationen nach war Forestier achtunddreißig Jahre alt, doch der Mann, der vor ihm stand, bewegte sich, als sei er weit über sechzig.

»Sie wünschen?«

Pierre stellte sich kurz vor und kam gleich zur Sache. »Ich führe eine Befragung durch und benötige Ihre Aussage. Wo waren Sie am Abend des sechzehnten Septembers und wo am Donnerstag um ein Uhr morgens?«

»Mit Verlaub, warum wollen Sie das wissen?« Der Mann sprach langsam und gewählt. Dabei bewegte er den Mund kaum, als schäme er sich seiner kleinen, spitzen Zähne, die bei jedem Wort hervorblitzten.

»An diesen Abenden sind zwei Menschen umgebracht worden.«

»Es gab *zwei* Morde?«, wiederholte er verblüfft.

»Ja. Beide Opfer sind nach demselben Schema gestorben, einer Nachstellung von Kochrezepten.«

Der Portier kaute auf seiner Unterlippe und schien nachzudenken. Dabei war ihm deutlich anzusehen, dass ihn diese Neuigkeit schwer beschäftigte. »Und warum kommen Sie dann zu mir?«, fragte er noch einmal.

»Weil das erste Opfer, Antoine Perrot, ein Verhältnis mit Ihrer Frau hatte.«

»Aber das ist doch …«

»Ersparen Sie uns das. Man hat Sie dabei belauscht, wie Sie gemeinsam mit drei anderen Männern davon sprachen, es dem Verführer heimzuzahlen. Also, noch einmal: Wo waren Sie am Abend des sechzehnten Septembers und wo am Donnerstag um ein Uhr morgens?«

Der Portier wurde blass, blieb jedoch stumm. Im Hintergrund erklang die Anfangsmelodie einer Fernsehserie, der künstliche Zitronengeruch hing schwer und beißend in der Luft.

Pierre setzte noch einmal nach. »Los, kommen Sie, Monsieur. Ich habe nicht den ganzen Tag Zeit.«

»Ich sage gar nichts, bevor ich meinen Anwalt zu Rate gezogen habe.« Jean Forestier lehnte den Rücken noch stärker an den in der Hüfte aufgestützten Arm und verzog den Mund, als habe er Schmerzen.

»Brauchen Sie denn einen Anwalt?« Pierre betrachtete ihn eingehend. Die Vorstellung, sein Gegenüber habe in diesem Zustand einen erwachsenen Mann auf einen Flaschenzug gehievt, war absurd. Allerdings könnten die Schmerzen auch genau daher stammen. »Mir scheint, Sie brauchen eher einen Arzt. Seit wann haben Sie Rückenprobleme?«

»Ohne meinen Anwalt …«

»Den können Sie gerne anrufen. Allerdings muss ich Sie in diesem Fall bitten, mir sofort auf die Wache zu folgen, dort können Sie dann auf Ihren Rechtsbeistand warten. Sollten Ihre Rückenprobleme am vergangenen Montag begonnen haben, stehen Sie nämlich unter dringendem Tatverdacht.«

»Nein!« Forestier schrie es beinahe. Seine Unterlippe begann zu zittern. »Damit habe ich nichts zu tun.«

»Das will ich Ihnen gerne glauben«, erwiderte Pierre, »nur brauche ich dazu von Ihnen ein Alibi für die Tatzeiten.«

»Ich habe keines.« Es klang verzweifelt. Der Portier deutete in den kleinen Raum. »Dort hinten steht eine Pritsche. Da schlafe ich, seit Brigitte und ich …« Er seufzte, und als er fortfuhr, bebte seine Stimme. »Meine Frau und ich leben seit drei Wochen getrennt. Dieser … dieser Mann war nichts weiter als ein Brandbeschleuniger. Wir haben uns schon lange auseinandergelebt.«

»Seit wann wissen Sie von der Affäre?«

»Anfangs habe ich es nicht wahrhaben wollen, ich war vollkommen blind. Vielmehr habe ich mich darüber gefreut, dass sie sich wieder hübsch machte und rosige Wangen bekam.« Er schluckte schwer, sein Gesicht wirkte vollkommen eingefallen.

»Wie haben Sie davon erfahren?«

»Im Dorf wurde geredet. Irgendwann, ich war wieder mal in der *Bar du Sud* und hatte mit einigen Freunden Karten gespielt, setzte sich Joseph Rochefort zu mir. Er hat mir die Augen geöffnet.«

»Woher wusste er davon?«

»Seine Frau hat ihm ihr Verhältnis mit Perrot gestanden. Die beiden haben heftig gestritten, und dabei hat sie ihm die Namen all der anderen Ehebrecherinnen genannt, die ihre Männer auch satthatten, aber sich im Gegensatz zu ihr nicht trauten, das endlich mal auszusprechen.«

So eine Intrigantin, dachte Pierre. Heloise Rochefort war nicht zu unterschätzen. »Was geschah dann?«

»Ich war wütend. Aber Brigitte hat mir bloß die Koffer gepackt und vor die Tür gestellt. Seitdem wohne ich hier. Da die *Auberge* nur einen Gast hat, der allerdings an den fraglichen Tagen noch nicht eingetroffen war, kann leider niemand bezeugen, dass ich die ganze Zeit hier war.«

»Sie alle hatten also von der Untreue erfahren. Anschließend haben Sie gemeinsam überlegt, wie man es Perrot heimzahlen könne.« Pierre sah den Portier eindringlich an.

»Das war doch nur haltloses Gerede. Nichts als Stammtischprahlereien«, platzte es aus Forestier heraus. »Ja, wir haben davon gesprochen, ihm aufzulauern und einen gehörigen Schrecken einzujagen. Aber von einem Mord war nie die Rede.«

»Wann genau wollten Sie Perrot diesen *Schrecken* einjagen? Am vergangenen Montag vielleicht?«

Der Portier wurde zunehmend nervös.

»Monsieur Forestier, auch das Decken eines Mordes ist strafbar. Das nennt man Strafvereitelung und Mittäterschaft. Macht sieben Jahre, fünf bei guter Führung.«

Auf einmal kam Leben in den Mann, er schüttelte den Kopf, immer wieder, sprach nun in kurzen, hektischen Sätzen. »Nein. Ich habe nichts damit zu tun, *Monsieur le policier*. Niemals! Und meine Rückenprobleme, die habe ich schon seit Jahren, mein Arzt kann es Ihnen bestätigen, ich gebe Ihnen die Adresse. Sie müssen mir glauben, ich habe wirklich nichts damit zu tun.«

Pierre war während des Ausbruchs vollkommen ruhig geblieben. Jean Forestiers Erregung wirkte echt, die Panik in seinen Gesichtszügen sprach Bände. Vielleicht war er ungewollt in diese Männerrunde geraten und hatte sich gegen die Vereinnahmung durch die anderen nur schwer wehren können.

»Sie haben eine Ahnung, wie es abgelaufen ist. Aber Sie waren selbst nicht dabei, ist es nicht so? Und nun haben Sie Angst, dass Sie aus der ganzen Sache nicht mehr herauskommen. Immerhin haben Sie es mit einem oder mehreren Mördern zu tun. Setzen die anderen Sie unter Druck?«

Der Gedanke war Pierre spontan gekommen. Doch die Reaktion des Portiers zeigte, dass er ins Schwarze getroffen hatte. Dieser presste die Lippen fest aufeinander, bis sie fast farblos schienen.

Wäre er der ermittelnde *Commissaire*, er müsste ihn nun verhaften lassen. Allerdings würde das mehr Staub aufwirbeln als notwendig. In jedem Fall gab es diesen einen Moment, in dem man aufpassen musste, dass man sich mit kleinen Aktionen nicht die großen Schritte verdarb. Und genau dieser Moment war gekommen. Es war besser, erst einmal alle verbleibenden Punkte zu klären und dann im entscheidenden Augenblick zuzuschlagen.

»Ihnen wird nichts geschehen, solange Sie unser Gespräch für sich behalten«, sagte Pierre eindringlich, jedoch freundlich. »Um den Rest kümmern wir uns.«

Forestier nickte wortlos. In seinen Augen glitzerten Tränen. Er schien nicht in der Verfassung, darauf zu antworten. Aber es war auch nicht notwendig.

Mit raschem Schritt verließ Pierre diesen unseligen Ort und trat hinaus in die frische Mittagsluft, wo er seine Lunge mit kräftigen Atemzügen füllte.

Dann rief er Barthelemy an, und als er auch hier niemanden

erreichte, sprach er ihm auf die Mailbox. »Wir müssen dringend reden. Wir sind ganz dicht dran. Melde dich.«

Der morgendliche Sturm hatte den Himmel leergefegt, nicht einmal die kleinsten Schäfchenwolken waren zu sehen. Jetzt, da die Sonne ihren höchsten Stand erreicht hatte, war die Luft warm und dennoch erträglich. Im Gegensatz zu den Mittagsstunden der vergangenen Tage war auch das tiefe Blau wieder zu sehen, wenn man den Blick nach oben wandte; kein flirrendes, hitziges Weiß zwang einen dazu, permanent die Augen zusammenzukneifen.

Genau dieses spätsommerliche Wetter liebte Pierre am meisten. Es half ihm, seine Gedanken zu klären.

Vor ihm lag der Marktplatz. Das kristallklare Wasser des Brunnens plätscherte in gleichmäßigen Bögen und hatte etwas Meditatives, als Pierre noch einmal das soeben geführte Gespräch in Gedanken durchging. Der Portier schien zu glauben, dass Joseph Rochefort, Xavier Vaucher und Guillaume Loriant den Dorfcasanova gemeinsam umgebracht hatten. Ganz sicher wusste er es nicht. *Stammtischprahlereien* hatte er es genannt. Dennoch war eine Ahnung in seinen Worten mitgeschwungen, dass diese Prahlereien in die Tat umgesetzt worden waren.

Der Portier hatte ausgesprochen, was Pierre ohnehin schon vermutet hatte. Darüber hinaus hatte das Gespräch auch etwas Neues hervorgebracht, das ihn nun beschäftigte: Jean Forestier hatte offensichtlich nur von *einem* Mord gewusst.

Eigentlich war es unbedeutend, warum hätte man ihn auch einweihen sollen? Aber es hatte Pierre auf einen ganz neuen Gedanken gebracht, den er noch nicht recht greifen konnte. Irgendwie schienen die beiden Morde auseinanderzudriften wie zerbrochene Eisschollen. Die sich daraus ergebende Schlussfolgerung machte den Fall nur noch komplizierter, denn es bedeutete, dass die Karten neu gemischt werden mussten. Und dass das Vorhandensein eines einzelnen Alibis nicht mehr ausreiche, um einen möglichen Mörder auszuschließen.

Noch eine weitere Möglichkeit schoss Pierre durch den Kopf, während er Farids *bureau immobilier* zustrebte, dem zweiten Punkt auf seiner Liste. Hatte der Immobilienmakler die Namen der gehörnten Ehemänner mit Absicht verraten, um den Blick von sich abzulenken?

Das Büro war dunkel, an der Tür hing das Schild *Fermé* – Geschlossen. Pierre klopfte, doch als er bemerkte, dass nicht einmal der Ventilator lief, zückte er sein Mobiltelefon und wählte Farids Nummer. Wahrscheinlich saß er wieder einmal in einem Café oder Restaurant. Dabei fiel Pierre auf, dass er vollkommen vergessen hatte zu frühstücken. Beim Gedanken an ein Croissant und einen anständigen Kaffee lief ihm sofort das Wasser im Mund zusammen.

Als Farid sich meldete, rauschte es im Hintergrund, als befände er sich auf einem stürmischen Plateau.

»Wo bist du?«, fragte Pierre.

»Ich bin gerade auf dem Weg zu einem Termin. Dabei fällt mir ein: Hast du dich bereits entschieden? Noch ist der Bauernhof reserviert, aber es gibt weitere Interessenten.«

»Du gibst wohl nie auf, hm? Ich habe dir doch gesagt, dass ich ihn mir nicht leisten kann.«

Farid schwieg, einzig das Rauschen des Fahrtwindes kroch durch die Leitung. »Na schön. Warum rufst du dann an?«

»Was weißt du über Gerold Leuthard?«

Das Rauschen verebbte langsam, dann erklang das Knirschen von Sand. Anscheinend hatte Farid angehalten, denn nun war nur noch das geduldige Brummen des Motors zu hören. »Ein widerlicher Fuchs«, kam es unvermittelt. »Aber du fragst doch nicht ohne Grund?«

Pierre lauschte dem Zischen eines Streichholzes, hörte, wie Farid schließlich stoßweise ausatmete.

»Wahrscheinlich wirst du es ohnehin herausfinden, also erzähle ich es dir lieber gleich«, fuhr Farid leise fort. »Dieser verdammte Schweizer hat mich um meine Provision gebracht.« Eine Pause entstand, und Pierre hatte bildlich vor Augen, wie der Immobilienmakler den Rauch seiner Kräuterzigarette durch die Lippen fließen ließ.

»Das war keine kleine Summe, davon hätte ich endlich sorgenfrei leben können. Über Jahre.« Er stieß jedes Wort einzeln hervor. Noch immer leise, aber mit unverkennbarer Wut.

»Es gibt Menschen, die glauben, du würdest dich an Leuthard rächen wollen.«

»Menschen? Wer denn? Meinst du die alten Klatschweiber, die nichts Besseres zu tun haben, als über andere herzuziehen?« Er lachte bitter. »Nein, *mon ami*, was hätte ich davon? Nur noch mehr Ärger, und den kann ich nicht brauchen.«

»Du weißt, dass ich dich das nicht gerne frage, aber der *Commissaire* wird sicher wissen wollen, wo du warst, als die beiden Morde geschahen.«

»Es war nachts, nicht wahr? Da werde ich wohl geschlafen haben wie alle anständigen Menschen. Hör mal, Pierre, ich dachte, du seist mein Freund. Du glaubst doch nicht etwa …«

Pierre unterließ es, darauf zu antworten. Stattdessen kam er wieder auf den ursprünglichen Grund seiner Frage zurück. »Wie hat Leuthard es geschafft, an das Anwesen zu kommen, ohne dir eine Provision zu zahlen, obwohl du einen Alleinauftrag hattest?«

»Er hat den Verkäufer direkt kontaktiert. Keine Ahnung, wie er dessen Namen herausgefunden hat, denn der lebt seit Jahren beinahe wie ein Einsiedler am Mont Ventoux. Aber er hat es geschafft, da kann man nichts machen.«

»Der Besitzer durfte den Verkauf ohne deine Zustimmung abwickeln?«

»*Beh oui*, das hatte er sich vertraglich zusichern lassen. Und da Leuthard nie an mich herangetreten ist …«

»Das tut mir leid«, meinte Pierre mitfühlend. »Letztlich rundet es das Bild ab, das ich von dem Schweizer habe, ohne ihn jemals getroffen zu haben.«

»So sind sie, die Ausländer«, sagte Farid, der sich urplötzlich wieder gefangen zu haben schien, mit hörbarem Grinsen. »Ach, da wir bereits beim Thema sind: Wie war dein Besuch beim Engländer?«

»Thomas Murray? Interessiert dich das wirklich, oder bist du nur neugierig?«

»Beides. Vor allem aber finde ich, dass Celestine bei dir besser aufgehoben wäre.«

»Ist das dein Ernst?«

Farid schnalzte mit der Zunge. »Na klar, denn dann bräuchtest du mehr Platz, und ich könnte dir das Haus verkaufen.« Er wurde wieder ernst. »Nein, ehrlich gesagt mag ich den Kerl nicht so besonders.«

»Da sind wir schon zu zweit.«

»Vielleicht interessiert es dich, dass er einer der Anwärter ist?«

»Er will den Bauernhof?«

»Ja.«

»Warum? Er hat doch schon seine Luxusvilla. Was will er denn mit dem baufälligen Haus?«

»Das hat er mir nicht gesagt. Noch sind wir nicht in der Verhandlungsphase. Es liegt also bei dir …«

Pierre schwieg. Der Gedanke, dass Murray nun auch noch von seinem Traum Besitz nehmen wollte, passte ihm ganz und gar nicht.

Das Geräusch knirschenden Sands drang durchs Telefon, dann setzte das Rauschen wieder ein. »Hör zu, *mon ami*, ich muss weiter. Ich will die Interessenten nicht warten lassen. Bitte denk daran: Nächsten Mittwoch läuft die Reservierung ab. Bis dahin gehört der Bauernhof dir. Du kannst ihn dir jederzeit ansehen, der Schlüssel liegt in einer Vertiefung seitlich des Ziehbrunnens. *Au revoir*.« Er legte auf.

Pierre war während des Gesprächs bis zur *Rue de Pontis* gegangen und blieb nun stehen. Er blickte über die Weite vor sich, ohne sie wahrzunehmen, der Wind strich ihm über das Gesicht. Er musste nachdenken. In den letzten Tagen hatte er so viele Informationen erhalten, ohne dass sie ihm eine klare Richtung geben konnten. Immer wieder kam etwas dazwischen, was die Perspektive drehte und dem Fall eine vollkommen neue Wendung gab. Er setzte sich auf eine der Steinbänke, auf denen sich im Hochsommer die Touristen drängten, um den Blick schweifen und die Seele baumeln zu lassen, und holte sein Notizbuch hervor. Seite für Seite blätterte er seine Aufzeichnungen durch und klappte es wieder zu.

Ich muss noch einmal zu den Tatorten, dachte er, es muss etwas geben, das ich übersehen habe.

Kurz erwog er, den Dienstwagen zu holen, dann entschied er sich, zu Fuß zu gehen. Ein Spaziergang zur *Domaine* würde ihm sicher helfen, seine Gedanken zu ordnen.

13

Als Pierre in den schmalen Weg zum Anwesen einbog, musste er sich eingestehen, dass er während des gesamten Fußmarsches kaum über den Fall nachgedacht hatte. Farid hatte vorhin etwas gesagt, das sein komplettes Denken eingenommen hatte, während er vollkommen automatisch ein Bein vor das andere setzte und nun erstaunt feststellte, dass er bereits an seinem Ziel angelangt war. Celestine sei bei ihm besser aufgehoben als bei dem Engländer, hatte der Makler behauptet, wenn es auch nur als humorvolle Überleitung zu dem Bauernhaus gedacht gewesen war.

Pierre bezweifelte, dass Farid damit Recht hatte. Bei seinem Besuch auf Murrays Grundstück hatte er feststellen müssen, dass sehr viel mehr in dieser Frau steckte, als er jemals vermutet hatte. Celestine, die für ihn nicht mehr gewesen war als eine wunderschöne Bewohnerin des provenzalischen Bergdorfes und zudem eine Arbeitskollegin, hatte zwischen dem luxuriösen Haus und dem glitzernden Pool etwas an sich gehabt, das er zuvor nie an ihr bemerkt hatte: Sie war eine Frau, die auf einmal wie geschaffen schien, ein Teil der großen, weiten Welt zu sein, der er selbst vor Jahren entflohen war. Jener Welt der Oberflächlichkeiten, des Repräsentierens, des schönen Scheins. Ihm war, als hätten sie sich für eine kurze Zeit in der Mitte ihrer Wege getroffen, um sich jetzt, einer sich öffnenden Schere gleich, in entgegengesetzte Richtungen auseinanderzubewegen.

Der summende Ton des Handys riss ihn aus seinen Gedanken. Er hoffte, das Display würde Charlottes Nummer anzeigen, doch es war die der Polizeiwache. Sofort nahm er ab.

»Hier Luc. Pierre, du glaubst ja nicht, was ich alles entdeckt habe. Ich habe mit dem Besitzer des Hauses gesprochen, in dem Charlotte Berg wohnt. Er hat nach dem Auszug des Vormieters die Schlösser nicht austauschen lassen, aber das war auch gar nicht notwendig. Der Herr ist nämlich ins Altersheim gezogen und vorigen Monat verstorben. Es kommt allerdings noch viel besser.«

»*Noch* besser als ein toter Pensionär?«, fragte Pierre. »Da bin ich aber mal gespannt.« Er musste grinsen, doch Luc schien die leise Ironie wie üblich nicht zu bemerken und redete nach einer bedeutungsvollen Pause einfach weiter.

»Ja, stell dir vor, es war Farid, der Mademoiselle Berg die Wohnung vermittelt hat. Das bedeutet, er hätte den Schlüssel jederzeit nachmachen lassen können, nicht wahr? Das kann kein Zufall sein. Außerdem ist mir noch eingefallen, dass er als Anbieter der alten Poststation auch eine Schlüsselkopie des Weinkellers besitzen könnte. Das ist eine absolute Steilvorlage, oder etwa nicht?«

Farid soll bei Charlotte eingebrochen sein, um an die Originale der Rezepte zu kommen? Das konnte, nein, das wollte Pierre einfach nicht glauben. Luc hatte sich da in etwas festgebissen, das in eine vollkommen falsche Richtung lief. Das sagte ihm zumindest sein Bauchgefühl, das ihn allerdings schon einmal getrogen hatte. Damals in Paris …

»In Ordnung. Diesen Aspekt müssen wir ernst nehmen.«

»Darf ich dem also weiter nachgehen, ja?«

»Also, Luc, ich weiß nicht, ob …«

»Der Makler hat eine Schwester in Gordes, da könnte ich nachher hinfahren. War er nicht sogar mal verheiratet?«

Pierre seufzte. »Keine Ahnung. Ich kenne Farid nur als ewigen Junggesellen, und er ...«

»Das bekomme ich heraus, keine Sorge. Vorsorglich werde ich auch seine Bankkonten überprüfen. Mal sehen, wie sehr ihm die entgangene Provision geschadet hat.« Luc lachte aufgekratzt. »Ich habe es im Urin, das ist ein ganz dicker Fisch.«

Da war er wieder, der übereifrige Assistent. Gegen seinen Willen musste Pierre schmunzeln. Vielleicht hatte er ihm in der Vergangenheit manchmal Unrecht getan, ihm zu wenig zugetraut. »Gut, geh der Sache nach. Aber sachte, es soll nicht gleich das ganze Dorf mitbekommen, verstanden?« Er wollte gerade auflegen, da fiel ihm noch etwas ein. »Ach, Luc, hast du die Alibis der Frauen überprüft?«

»Noch nicht, ich kümmere mich gleich als Nächstes darum.«

»In Ordnung. Solltest du zufällig Charlotte Berg irgendwo begegnen, ruf mich bitte sofort an.«

Damit beendete er das Gespräch. Ein plötzliches Bild tauchte vor seinem inneren Auge auf. Farid, der während ihres Telefonats auf dem Weg zu einem geeigneten Tatort war, während Charlotte verschnürt im Kofferraum lag. Aber es wollte nicht passen, verflüchtigte sich, löste sich auf wie davonziehender Rauch.

Entschlossen steckte er das Telefon ein und konzentrierte sich wieder auf die Umgebung.

In dem Weinberg, der zur *Domaine des Grès* gehörte, hatte man die Tänzerin gefunden, hier würde er sich noch einmal umsehen, um die Geschehnisse besser nachvollziehen zu können. Er verließ den Weg, der an der Mauer des Anwesens entlangführte, trat auf einen der schmalen Pfade zwischen den Weinreben und folgte ihm bis zu der Stelle, wo die junge Frau gelegen hatte. Er inspizierte alles bis ins kleinste Detail, registrierte die abgeknickten Reben und zertretenen Trauben, schritt abschließend die Spur der am Boden liegenden Blätter und Zweige ab, bis er ein Stück abseits der Hotelzufahrt wieder an der Straße stand.

Dann wählte er Barthelemys Nummer, der noch immer nicht erreichbar war, und sprach ihm erneut auf die Mailbox. »Jean-Claude, ich stehe gerade mitten im Weinberg am zweiten Tatort. Hat die Spurensicherung eigentlich identifizierbare Reifenabdrücke vom Sandstreifen seitlich der Fahrbahn nehmen können? Ruf mich bitte zurück.«

Er hockte sich hin und fuhr mit den Fingern über den trockenen Sand. Es hatte geregnet, als der zweite Mord geschehen war, und die Spuren waren mit Sicherheit am nächsten Tag deutlich zu sehen gewesen. Es sei denn, jemand hätte sie im Nachhinein verwischt.

Nachdenklich umrundete Pierre den Weinberg und betrat erneut die Zufahrt zur *Domaine*. Als Nächstes wollte er sich den ersten Tatort noch einmal ansehen, und dafür brauchte er den Schlüssel zum Weinkeller.

Direktor Harald Boyer, der ihn durch den rückwärtigen Teil der Anlage geführt hatte, zögerte kurz, als Pierre darum bat, ihm den Schlüssel zum Weinkeller einfach auszuhändigen und ihn dann allein zu lassen.

»Wie Sie wissen, ist Monsieur Leuthard heute angereist, und er sieht so etwas nicht gerne … Sind die Ermittlungen am Tatort denn nicht längst abgeschlossen?«

»Selbstverständlich«, meinte Pierre und dachte an die Bitte des *Commissaires*, bei Nachfragen seine Arbeit als Gemeindepolizist vorzuschieben. »Ich bin heute als Leiter der *police municipale* hier und behandele als solcher das unerlaubte Eindringen in den Weinkeller. Der Bürgermeister wartet bereits auf meinen

Bericht.« So langsam machte ihm die kreative Auslegung seiner Befugnisse Spaß, und er hatte es zu schätzen gelernt, dass er sich bei dieser Art von Ermittlungen keinem bürokratischen Zwang unterordnen musste.

Der Direktor legte den Kopf schief, dann seufzte er. »Na schön, wenn es dem Bürgermeister hilft.«

»Ich danke Ihnen für Ihr Verständnis.« Pierre nahm den Schlüssel entgegen und suchte vergeblich nach einer Kennung. Das hieß, man konnte ihn auch ohne Sicherheitskarte nachmachen. »Nur der Vollständigkeit halber: Wurden bei der Renovierung der Anlage alle Schlösser erneuert?«

»Selbstverständlich. Monsieur Leuthard hat überaus hohe Ansprüche an die Sicherheit.«

»Dennoch hat er bloß einfache Zylinderschlösser gewählt.«

»In der Tat. Das gilt allerdings nur für die Vorratsräume. Jetzt mal ganz unter uns: Dort liegen zwar teure Weinflaschen, aber keine Goldbarren.« Er lachte über seinen eigenen Scherz.

Pierre lächelte matt, während er Farid, der lediglich im Besitz einer Schlüsselkopie für die alten Schlösser sein konnte, von der Liste der Verdächtigen strich. Zumindest was den ersten Mord anging.

Wenig später stand Pierre allein in der Mitte des Raumes und inspizierte den Weintank, der das Deckenlicht silbrig reflektierte. Er war inzwischen geleert worden, in den nächsten Tagen sollte er gegen einen neuen ausgetauscht und dieser mit dem Most der neuen Ernte gefüllt werden, die demnächst anstand. Boyer hatte ihm erklärt, ein solcher Tank fasse mehr als siebentausend Liter, was enorm war; man sah es ihm trotz seiner Größe nicht an.

Pierre wandte sich zur Treppe um.

Vom Parkplatz bis zur *cave* hatte er genau hundertdreiundzwanzig Schritte gezählt. Zu weit, um einen Menschen unentdeckt vom Hotelbetrieb herzubringen. Selbst dann, wenn das Opfer zu jenem Zeitpunkt noch freiwillig mitgekommen war. Es wäre zu riskant gewesen. Manche Gäste hatten, wie der Direktor ihm auf Nachfrage erzählt hatte, die Angewohnheit, ihren Digestif am erleuchteten Pool einzunehmen, der seitlich des Kiesweges lag, oft bis weit nach Mitternacht.

Pierre trat wieder vor die Tür und verschloss sie, umrundete dann den Hoteltrakt. Auf der rückwärtigen Seite gab es ein Tor in der Mauer, das sich ebenso wie die Hauptzufahrt mit einem Zahlencode öffnen ließ. Harald Boyer hatte ihm erklärt, dass die Lieferanten ihre Ware hierherbrachten, und als Pierre die genannte Kombination eingab, entriegelte sich das Schloss mit einem vernehmlichen Knacken und gab den Weg auf eine Sandstraße frei, dahinter waren vereinzelte Bäume und verdorrte Wiesen.

Mit einem Blick erkannte Pierre, wohin man kam, wenn man die Ebene überquerte: Von hier war es nicht weit bis zu dem verfallenen Steinhaus, bei dem sich Angeline Vaucher mit Antoine Perrot getroffen hatte. Als dieser nach dem Streit davongelaufen war, musste ihn jemand abgefangen haben. Wenn Madame Vauchers Aussagen zutrafen, dann musste dies gegen acht gewesen sein, und um diese Uhrzeit war es bereits fast dunkel.

Pierre schritt die Wiese ab, suchte vergeblich nach großflächig zertretenem Gras oder Schleifspuren. Er fand lediglich Hinweise darauf, dass jemand über die Wiese gegangen war, doch das hätte jeder gewesen sein können, auch ein Wanderer oder Spaziergänger. Keine Kampfspuren, nichts, was darauf hindeutete, dass man Antoine Perrot am Montagabend überwältigt und gegen seinen Willen mitgenommen hatte.

Pierre holte sein Heft heraus und notierte seine mageren Erkenntnisse. Er musste unbedingt Barthelemy fragen, ob die

Spurensicherung hier gewesen war; sicher hatte man mehr finden können, bevor Regen und Sturm das Gras gewaschen und gekämmt hatten.

Er ging weiter durch die immer dichter stehenden Bäume den steilen Weg hinunter zur *Sénancole*, die sich im Laufe der Jahrhunderte tief in den Kalkstein gegraben hatte und nun, nach den vergangenen Hitzewochen, nur noch ein kleines Rinnsal war. Kaum zu glauben, dass dieses harmlos wirkende Bächlein, das im weiteren Verlauf von Gestrüpp und kleinen Birkenwäldchen eingefasst dahinfloss, nach mehreren Monaten schwerer Regenfälle sein Bett verließ und im Tal für verheerende Überschwemmungen sorgte. An den ersten warmen Sommertagen hingegen war hier der schönste Ort.

Am Ufer lag ein großer, flacher Stein, auf dem man sich sonnen konnte. Pierre war einige Male hier zum Baden gewesen, hatte sich mit Celestine den Platz geteilt, sie zum Rauschen der Blätter und zu dem Lied der Zikaden geküsst. Doch die Erinnerung war nur noch vage, bekam auf einmal einen faden Beigeschmack.

Pierre wandte sich ab und sah in Richtung Tal.

Soweit er wusste, lag das verfallene Steinhaus, die *borie*, weiter unten. Dem Kiesbett folgend, ging er etwa drei Minuten, bis er an die Stelle gelangte, an der Angeline und Antoine sich getroffen haben mussten.

Nachdenklich betrachtete Pierre den fensterlosen Iglu aus Bruchsteinen. Unzählige Wissenschaftler und Archäologen hatten sich mit Bauart, Zweck, Herkunft und Konstruktionstechnik der unbehandelten Steine befasst, sich widersprechende Abhandlungen darüber geschrieben und ganze Bücher gefüllt. Aber Rozier hatte ihm einmal erzählt, diese Bauwerke seien nichts weiter als eine Verwertungsform der beim Roden hervorgetretenen Feldsteine, die die Siedler früher geschickt aufgeschichtet hatten, um Heu zu lagern oder sich vor plötzlichen Gewittern in Sicherheit zu bringen.

Dieses hier war klein und besaß als einzigen Zugang eine niedrige Öffnung. Pierre steckte den Kopf hinein, betrachtete im schwachen Schein des eindringenden Tageslichts den glatt gestrichenen und mit Heu gepolsterten Boden, der an manchen Stellen stark heruntergedrückt war. Vielleicht ein Nachtlager für Obdachlose. Oder aber das Liebesnest von Monsieur Perrot.

In Gedanken versunken, ging er zurück zur *Domaine*, schloss die Tür zum Weinkeller auf und setzte sich auf die steinerne Treppe am Eingang des Raumes.

Noch einmal versuchte er, Barthelemy zu erreichen, dieses Mal hatte er Glück.

»Hat Angeline Vaucher gesagt, in welche Richtung Perrot gelaufen ist, als er vor ihr floh?«, fragte er den *Commissaire* ohne Einleitung.

»Vermutlich zurück zur Straße. Aber sie hat die Verfolgung abgebrochen, als er den Hang vom Flussbett hinaufeilte, und später hat sie ihn dann nicht mehr gesehen.«

»An welcher Stelle war das?«

»Dort, wo der kleine Badeplatz liegt, bei dem flachen Stein.«

»War die Spurensicherung dort?«

»Ja, anscheinend hat Antoine Perrot keinen Widerstand geleistet, als er auf seinen Mörder traf. Zumindest existieren keine Spuren, die das Gegenteil beweisen.«

»Was ist mit den Spuren am zweiten Tatort?«

»Es gibt keine. Weder Reifenspuren noch irgendetwas sonst, das uns einen Hinweis geben könnte.«

Merde!

»Dafür ist etwas anderes durchaus interessant. Dank deines Hinweises wegen der Prägung habe ich noch mal nachgefragt. Du hattest Recht: Für das erste Rezept hat der Täter das dickere

Originalpapier verwendet, es hat ein fühlbares Monogramm. Das zweite allerdings wurde wohl aus dem Netz heruntergeladen, denn es hat ein anderes Format und wurde auf normalem Papier gedruckt.«

Das war eine gute Nachricht. Zumindest musste Charlotte sich keine Sorgen mehr machen, dass jemand bei ihr eingebrochen hatte, um an die Originale zu kommen. Er nahm sich vor, sie umgehend anzurufen, um ihr diese Information zumindest auf die Mailbox zu sprechen. Erneut spürte er eine innere Unruhe, als er an sie dachte, doch er konzentrierte sich gleich wieder auf das Telefonat. Das Gespräch mit dem Portier fiel ihm ein.

»Wir müssen die Möglichkeit in Betracht ziehen, dass es sich um zwei verschiedene Motive handelt.«

»Was meinst du damit?«

»Ich habe da eine Theorie. Wie weit bist du mit der Befragung des Sommeliers?«

»Er hat mir die Adresse des Winzers gegeben, der die Trauben der *Domaine* erntet und sich um die Produktion kümmert. Ein gewisser Kurt Bottmann, ein Deutscher, der sich vor mehr als zwanzig Jahren in der Nähe von Ménerbes niedergelassen hat und über gute Kontakte zu den großen Supermärkten verfügt. Bottmann hat bestätigt, dass Leuthard ihn in die natürliche Reifung des Weins eingreifen lässt, und zwar mit Hilfe der Eichenchips, die wir bereits im Tank gesehen haben. Der Geschmack ist ähnlich wie bei einer Lagerung im Holzfass, allerdings spart man mehr als zwei Euro pro Flasche. Ein echtes Barrique sei teuer, hat er mir erklärt, um die siebenhundert Euro, und nach drei Durchgängen sei es ausgelaugt, da könne man es nur noch wegwerfen. Und noch etwas hat er erzählt: Nach wenigen Wochen hat der Wein zwar das entsprechende Aroma, aber er ist noch zu frisch gegoren. Deshalb führt man ihm winzige Mengen Sauerstoff zu. Dadurch entsteht eine chemische Reaktion, und der Wein wird weicher. Geschmacklich ist er dann kaum von einem zu unterscheiden, der die natürlichen Prozesse durchlaufen hat.«

»Das stößt einigen Weinbauern sicher sauer auf.«

»Man sollte es meinen. Aber Bottmann ist sich sicher, dass niemand etwas davon mitbekommen hat. Zumal es in Sainte-Valérie fast ausschließlich Winzer gibt, die Wein zu ihrem privaten Vergnügen anbauen. Als Nächstes überprüfe ich alle Zulieferfirmen und Kunden, die den Wein als angebliches Qualitätsprodukt in größeren Mengen geordert haben. Aber das kann dauern, die Liste ist lang. Das Weingut der *Domaine* hat einen durchschnittlichen Ertrag von einhundertzwanzig Hektolitern pro Hektar, das entspricht pro Jahr etwa neuntausend Flaschen.«

»Das ist eine ganze Menge. So groß ist der Weinberg nicht.«

»Ja, viel zu viel«, schimpfte Barthelemy. »Der Winzer setzt die Reben zu eng, dabei kann nichts Ordentliches rauskommen. Alles in allem sind es um die fünfzehntausend Weinstöcke pro Hektar. Bottmann lässt die Trauben von billigen Leiharbeitern lesen, moderne Maschinen kommen da gar nicht durch.«

»Hast du die Arbeiter schon überprüfen lassen?«

»Wir sind dabei. Weit bedenklicher erscheint mir allerdings der Umgang mit dem Etikett ›biologisch‹, das in dem Prospekt im Zusammenhang mit den Produkten der *Domaine* verwendet wird. Bottmann meinte, dass es ausreiche, einen einzigen Artikel damit auszuzeichnen, und der Käufer übertrage das dann automatisch auf alle anderen Produkte. Das Prädikat beziehe sich ausschließlich auf die Liköre, die sie ebenfalls selbst herstellen.« Er hustete, räusperte sich ausgiebig, hob dann die Stimme. »Eine Schweinerei, so was. Das wäre ein gefundenes Fressen für jeden Umweltaktivisten. Ich will mal sehen, was sich dahinter noch so verbirgt.«

»Du warst ja richtig fleißig, Jean-Claude.«

»Das bin ich immer.« Er lachte. »Was ist nun mit deiner Theorie? Du sagtest, wir seien der Lösung nahe. Hast du einen konkreten Verdacht?«

»Ja, den habe ich. Mehr erzähle ich dir aber erst, wenn ich sicher bin, dass ich richtigliege.«

»Vergiss nicht, um drei ist mein Termin mit Leuthard. Und ich habe noch nichts in der Hand.«

»Doch, hast du. Lass dich nicht verunsichern. Soll ich wirklich nicht dabei sein?«

»Um Himmels willen, nein. Wir sollten deine Mitarbeit weiterhin geheim halten.«

»In Ordnung.« Pierre seufzte. So schlimm wäre es sicher nicht, wenn er als Vertreter der örtlichen Polizei an dem Termin teilnähme. Doch Barthelemy wollte sich anscheinend nicht die Butter vom Brot nehmen lassen.

»Ich melde mich.« Damit beendete er das Gespräch.

Langsam wurde es auf der steinernen Kellertreppe kalt. Pierre stand auf und dachte über seine Theorie nach, die immer deutlichere Konturen gewann.

Leuthard bot eine Menge Angriffsflächen. Dennoch hatten Pierres Gedanken seit seinem Besuch in der *Auberge Signoret* eine neue Richtung eingeschlagen.

Angenommen, die verbleibenden drei Ehemänner, deren Alibis noch immer von der Aussage der Boulespieler abhingen, hätten den ersten Mord gemeinsam ausgeführt. Dann hätten sie Antoine Perrot unter einem Vorwand in Richtung *Domaine* lotsen, ihn rasch packen und gemeinsam in den Tank werfen können. Damit wäre nur noch zu klären, wie sie in den Weinkeller gekommen waren. Den zweiten Mord dagegen könnte genauso gut jemand begangen haben, der ein völlig anderes Motiv hatte und der sich hinter der scheinbaren Unverwechselbarkeit der Ausführung verstecken konnte. Dazu passte die Erkenntnis, dass das zweite Rezept höchstwahrscheinlich heruntergeladen worden war. Das Konzept hatte sich geringfügig verändert, hier mordete jemand im Alleingang. Nur warum? Und vor allem: Wer?

Pierre ging die Treppe hinab und änderte seine Perspektive, indem er sich neben den Eichentisch stellte. Von hier hatte er einen guten Blick auf die Weinregale und Holzfässer, deren Inhalt mit groben Kreidestrichen markiert war. An der gegenüberliegenden Seite des Raumes, fernab des Weintanks, stand ein kleines kupfernes Gerät, von dem er wusste, dass man es zur Destillation von Likören und Obstbränden verwendete.

Und dann sah er es.

Es fügte sich beinahe nahtlos in den Raum ein, stand neben leeren Flaschen und einem Regal mit Likör und dekorativen Kartons: grüne Kisten, bis an den Rand gefüllt mit samtigen blassroten Pfirsichen.

Augenblicklich gab es für ihn keinerlei Zweifel mehr, wer den Zugang zum Weinkeller ermöglicht hatte. Zumindest der erste Mord lag damit glasklar vor ihm. Alles, was er jetzt noch brauchte, war ein letzter Beweis.

14

Die Werkstatt von Stéphane Poncet war nicht mehr als eine große Garage, in der sich zwei Hydraulikhebebühnen befanden. Der Besitzer betätigte gerade die Mechanik des Rolltors, als Pierre völlig außer Atem auf den gepflasterten Hof stürmte. Im Hintergrund begannen die Glocken der *Église Saint-Michel* mit den ersten Schlägen zur Mittagszeit, dann setzte eine andere, höhere Glocke zum eifrigen Geläut ein und vermischte sich mit dem Quietschen des herabgleitenden Tors zu einem schaurigen Konzert.

»Warten Sie!«, brüllte Pierre gegen den Lärm an und hielt sich nach Luft ringend die Hüften. »Ich muss mit Ihnen sprechen.«

Monsieur Poncet, ein wohlbeleibter, kleiner Mann, nicht viel jünger als Carbonne, zupfte sich am Schnurrbart, während sich das Tor weiter senkte. »Aber nur, wenn es schnell geht. Ich habe Mittagspause.«

»Nur ein paar Minuten.«

Auf eine Handbewegung in Richtung Innenraum hin blieb das Tor auf halber Höhe stehen. Endlich gaben auch die Glocken der Kirche Ruhe.

»*Bien*«, sagte der Mechaniker in breitestem provenzalischem Dialekt und hob die Augenbrauen. Dabei zog er eine selbst gedrehte Zigarette aus der Hemdtasche und steckte sie in den Mund, ohne sie anzuzünden.

Pierre hatte von der *Domaine* aus Luc angerufen, der einen Schlüsseldienst in der Umgebung ausfindig machen sollte. Dabei war herausgekommen, dass es einen in Apt, einen in Cavaillon und einen in L'Isle-sur-la-Sorgue gab. Das bedeutete mindestens eine halbe Stunde Fahrt hin und noch mal so lange zurück plus die Wartezeit, bis der Schlüssel fertig war. Es war einfach zu lange.

»Frag doch Stéphane Poncet«, hatte Luc vorgeschlagen. »Soweit ich weiß, betreibt er auch einen Schlüsselnotdienst.« Außerdem hatte er hinzugefügt, dass der Mechaniker zwischen zwölf und vier Mittagspause mache, also war Pierre den ganzen Weg bis in die Stadt gelaufen.

»Monsieur Poncet, ich habe gehört, man kann sich an Sie wenden, wenn man seinen Schlüssel verloren hat?«

»Na ja, das ist zu viel gesagt. Aber wenn sich ein Schloss verweigert, bringe ich es auf.«

»Womit genau machen Sie das?«

»Mit einem Bohrfräser.« Er grinste und entblößte dabei seine gelben Zähne.

Pierre seufzte. Nach dem Einsatz eines Bohrfräsers konnte man das Schloss wegwerfen. Laut Barthelemy hatte es jedoch nicht einmal Spuren von Spezialwerkzeug gegeben. »Fertigen Sie auch Kopien von Schlüsseln an?«

»Nein. Das ist überhaupt nicht mein Metier. Kann ich jetzt Pause machen?«

»Einen Moment noch.« Pierre hob die Hand. Seine Theorie drohte in sich zusammenzubrechen, er musste anders an die Sache herangehen. »Ich suche nach einer Möglichkeit, innerhalb kürzester Zeit in einen verschlossenen Raum zu gelangen, ohne dass danach Spuren zu sehen sind. Und zwar ohne einen üblichen Schlüsseldienst.«

»Um was für ein Schloss handelt es sich denn?«

»Um ein Zylinderschloss.«

»Haben Sie den Originalschlüssel dazu?« Er kaute auf dem Zigarettenstummel herum, dass sein Schnurrbart auf und ab wippte. Als Pierre nickte, machte er eine knappe Kopfbewegung in Richtung Werkstatt. »Kommen Sie mit.«

Pierre tauchte unter dem halb geschlossenen Rolltor hindurch und folgte dem Mechaniker ins Dunkle. Poncet schaltete die Beleuchtung ein, und augenblicklich waren Reifenstapel, Werkzeuge, Pumpen, Kompressoren und Messgeräte grell beleuchtet. Auf einer der Hebebühnen stand ein quietschgelber Citroën.

»Sehen Sie hier.« Er zeigte auf einen Arbeitstisch, an dem ein Schraubstock befestigt war. »Das und eine feine Feile. Mehr braucht man nicht.« Er hob die Schultern. »*Beh oui*, natürlich auch einen Rohling. Wenn man die Seriennummer hat, kann man den leicht bestellen. Man muss bloß beide Schlüssel aneinanderhalten und die Vertiefungen nachfeilen.«

»Aber das gibt Kratzer am Originalschlüssel«, dachte Pierre laut. Poncets Methode war nicht neu, mögliche Spuren der Manipulation wurden bei Einbrüchen routinemäßig ausgeschlossen. Sollte es welche gegeben haben, hätte Barthelemy es ihm erzählt.

Poncet, der den Satz offenbar als Frage verstand, zog die Stirn kraus. »Natürlich sieht man das. Lernt man so etwas nicht auf der Polizeischule?«

Ohne auf Poncets spitze Bemerkung einzugehen, zog Pierre den Schlüssel zum Weinkeller, den er noch immer mit sich führte, aus der Hosentasche und betrachtete ihn. Das Metall wies wie erwartet keine Beschädigungen auf.

»Hören Sie, ich habe Hunger.« Poncet ging in Richtung Ausgang, legte die Hand auf den Schalter und sah aus, als würde er den *Policier* notfalls in der Garage einsperren wollen, wenn er nicht augenblicklich ging.

Pierre folgte ihm, blieb aber vor dem halb herabgelassenen

Tor stehen. »Eins noch: Waren Sie am vergangenen Montagabend auf dem Bouleplatz?«

»Darauf können Sie wetten. Das Spiel werde ich nie vergessen.«

»Warum?«

»Weil wir noch immer gespielt haben, als die Straßenlampen angingen.« Er grunzte abfällig. »*Mon Dieu*, wir hätten uns besser gleich bei Sonnenuntergang in die Bar verzogen. Dann hätte dieser Narr es nicht gewagt, mich zu bescheißen.«

Pierre verzog den Mund zu einem Lächeln, denn er ahnte, was nun kam. »Sie meinen doch nicht etwa Didier Carbonne?«

»So ein Hurensohn! Er hat behauptet, sein Wurf sei näher. Dabei habe ich genau gesehen, wie er die Kugel mit dem Fuß angeschoben hat. Dachte wohl, es fällt nicht auf. Dem hab ich die Meinung gegeigt, das können Sie mir glauben. Der kann sich einen anderen Mitspieler suchen.« Poncet hatte sich in Rage geredet, sein Bärtchen zitterte zum Ausdruck höchster Empörung. »Er bestreitet das natürlich, aber die anderen können es bezeugen. Marceau und Cederic Baffie. Fragen Sie die. Wenn die erst mal anfangen zu erzählen, welche üblen Tricks der Alte sonst noch so draufhat, da schlackern Ihnen die Ohren.« Er hob mahnend den Zeigefinger, wie es schon Carbonne getan hatte.

Die Vorstellung, wie sich die beiden fuchtelnd gegenüberstanden und wüste Beschimpfungen ausstießen, amüsierte Pierre. »Vielleicht war es ja nur zu dunkel, um die Situation richtig zu erkennen?«

»*Bof*«, meinte Poncet mit verächtlichem Schnauben, »das ist Unsinn!«

Seine Hand fuhr wieder zum Schalter, und Pierre schlüpfte vorsichtshalber auf die andere Seite des Tors.

»Was haben die anderen denn dazu gesagt? Es haben doch

bestimmt noch mehr Personen zugeschaut? Vielleicht Xavier Vaucher, Jean Forestier, Joseph Rochefort oder Guillaume Loriant?«

»Jean Forestier sicher nicht, den habe ich seit der Trennung von seiner Frau nicht mehr gesehen. Der lebt ja quasi in der *Auberge*. Und die anderen?« Er kaute an seiner Zigarette, deren Papier sich am Mundstück bereits dunkel verfärbt hatte. »Keine Ahnung. Fragen Sie sie doch selbst.« Damit drückte er den Schalter, und das Rolltor senkte sich mit lautem Getöse.

»Danke«, sagte Pierre in die nun folgende Stille. »*Bon appetit!*«

Pierre hatte sich auf den Rückweg zur *Domaine des Grès* gemacht. Erst als er in die Straße einbog, die zum Hotel führte, fiel ihm ein, dass er ganz vergessen hatte, sich etwas zu essen zu kaufen. Sein Magen schien ihm das übelzunehmen, er rumorte und kniff, doch das war jetzt zweitrangig. Er hatte beim Betrachten des Schlüssels eine Ahnung gehabt, der er nachgehen wollte, und er hoffte inständig, dass sie sich nicht bestätigte.

Nachdem er das schmiedeeiserne Tor durchschritten hatte und den Kiesweg in Richtung Weinkeller entlangging, kam ihm Harald Boyer entgegen. Sein Gesichtsausdruck war besorgt bis empört.

»Monsieur Durand, bei allem Verständnis für Ihre Arbeit, aber ich habe Ihnen nicht gestattet, den Schlüssel zum Weinkeller mitzunehmen«, rief der Direktor seltsam kurzatmig. »Ich konnte gerade noch verhindern, dass Monsieur Leuthard etwas davon mitbekommt, er hat nach einem besonderen Wein verlangt, der in der *cave* lagert.«

»Das tut mir sehr leid, ich wollte Sie nicht in Schwierigkeiten bringen. Besitzt nicht auch der Sommelier einen Schlüssel?«

»Ja, das tut er. Aber das Restaurant ist außerhalb der Saison mittags geschlossen, und Martin Cazadieus Dienst beginnt erst in wenigen Stunden. Stellen Sie sich nur mal vor, was passiert wäre, wenn er die Anlage in seiner freien Zeit verlassen hätte.«

»Der Inhaber hätte einen anderen Wein wählen müssen«, meinte Pierre trocken, dem das Getue gehörig auf den Geist ging. »Haben Sie denn den Schlüssel jetzt bei sich?«

»Ja.«

»Dürfte ich ihn mir einmal ansehen?«

Boyer zögerte. »Und wo ist meiner?«

Pierre übergab dem Direktor seinen Schlüssel und nahm den anderen entgegen. Er wollte sichergehen, obwohl es eigentlich ausgeschlossen sein musste. Als er seine Befürchtungen bestätigt fand, spürte er, wie ihm die Hitze in den Kopf schoss. Da waren sie, auf dem Schlüssel des Sommeliers: Spuren einer Feile, die beim Kopieren ins Material gekerbt worden waren.

Merde, das konnte doch nicht wahr sein! Dabei hatte er es geahnt: Jean-Claude Barthelemy war mit den Jahren viel zu schwerfällig geworden, um dem Fall die nötige Aufmerksamkeit zu widmen. Wie viele Dinge gab es noch, die er übersehen hatte?

»Den muss ich leider behalten.«

»Warum …?« Der Direktor wurde blass.

»Der Schlüssel ist Teil der Ermittlungen, und ich bin sicher, Monsieur Leuthard ist die Aufklärung der Morde wichtiger als seine Weinauswahl. Ich werde das Beweismittel augenblicklich an die Spurensicherung geben, alles Weitere übernimmt dann *Commissaire* Barthelemy.« Pierre tat den Schlüssel in ein Plastiktütchen, das er seit Lucs Missgeschick im Weinkeller stets bei sich trug, und steckte ihn ein. »Eine Frage noch: Wenn Lieferanten kommen, helfen Sie denen beim Ausladen?«

»Sie meinen bei Weinlieferungen?«

»Ich meine alles, was in die *cave* kommt.«

»Wir sperren lediglich auf.«

»Und dann?«

»Normalerweise schließen wir selbst wieder ab, entweder Monsieur Cazadieu oder ich, wenn die Arbeit getan ist. Natürlich kommt es auch mal vor, dass wir anderweitig zu tun haben. In dem Fall händigen wir den Schlüssel aus, und er wird dann später an der Rezeption abgegeben.«

»Das heißt, Sie lassen die Lieferanten eine Weile damit alleine.«

»*Oui.*« Der Direktor wurde unruhig. »Nur für eine kurze Zeit.«

»Wie lange genau?«

»Vielleicht eine halbe Stunde, mehr nicht.« Sein Gesicht verspannte sich. Boyer sah aus, als hätte Pierre ihm vorgeworfen, Terroristen Asyl zu gewähren. »Monsieur Durand, glauben Sie mir, das sind alles vertrauenswürdige Menschen, uns ist noch nie etwas abhandengekommen.«

»Ich möchte Ihr Vertrauen nur ungern erschüttern«, sagte Pierre. »Aber in diesem Fall hat man es aufs Übelste missbraucht.«

Als Pierre Barthelemy wieder nicht erreichte, wurde er langsam wütend. Es gab so vieles zu besprechen, außerdem waren Entscheidungen zu treffen, die er nicht alleine verantworten konnte. Nicht nur, dass sich der Fall wegen des Kompetenzproblems unnötig verzögerte – es waren obendrein gravierende Fehler gemacht worden. Die Schlüssel hätten von Beginn an überprüft werden müssen. So etwas gehörte zur Routine, Stéphane Poncet hatte Recht mit seiner Bemerkung, dass man das bereits in der Ausbildung lernte. Nun gut, auch er selbst hatte für manche Rückschlüsse viel zu lange gebraucht, und das ärgerte ihn fast noch mehr als Barthelemys Nachlässigkeit.

Noch einmal wählte er die Nummer, erneut sprang nur die Mailbox an. »Jean-Claude, wir brauchen einen Durchsuchungsbeschluss. Bitte melde dich umgehend, es ist dringend, verdammt!«, bellte er ins Telefon.

Nun wurde auch der beißende Hunger derart übermächtig, dass Pierre sich auf dem Weg aus der *Domaine* an einem Feigenbaum bediente, der seitlich des Parkplatzes stand. Der Weg ins Dorf kam ihm furchtbar lang vor, und am liebsten hätte er sich sofort auf einen Stuhl im Café gesetzt, als er an der *Place du Village* vorbeikam, doch er musste erst den Schlüssel des Sommeliers loswerden. Immerhin diente dieser der Beweissicherung für die anstehende Durchsuchung – wenn es dafür nicht längst zu spät war.

In der Polizeiwache angekommen, legte er seinem Assistenten das Plastiktütchen auf den Schreibtisch, mit dem Auftrag, es den Forensikern in Cavaillon zu bringen. Und zwar auf direktem Weg, er könne dafür auch den Dienstwagen nehmen. Dann machte er sich, ohne weiter auf dessen Bericht über das Alibi der Schlachtergattin einzugehen, mit den Worten »Später, Luc, später« auf den Weg zum *Café le Fournil*, wo er sich als Erstes an der Theke ein Sandwich mit *abondance* kaufte, einem wunderbar nussigen Rohmilchkäse aus der Region, bevor er sich auf einen freien Platz unter den Bäumen setzte, um einen *café noir* und ein Wasser zu bestellen.

Der Mensch ist kein Mensch, wenn er Hunger hat, dachte er, während er die ersten Bissen hinunterschlang. Er lehnte sich zurück, spürte dem sanften Streichen des Windes nach und lauschte dem Plätschern des Brunnens. Mit geschlossenen Augen genoss er das aromatische Sandwich, und als der Kellner die Getränke brachte, bestellte er noch ein Stück *tarte aux noix*, für die man hier nicht nur Walnüsse, sondern auch süße Mandeln verwendete, die er besonders liebte. Dann, als er endlich das Gefühl hatte, sein Magen sei zufrieden, rief er noch einmal bei Charlotte an.

Sie nahm ab.

»Gott sei Dank, es geht dir gut«, entfuhr es ihm. »Ich habe schon die ganze Zeit versucht, dich zu erreichen.«

»Gerade wollte ich dich zurückrufen.« Ihre Stimme klang neutral. Weder verärgert noch besonders herzlich. »Was gibt's denn, ist etwas passiert?«

»Ich wollte nur Entwarnung geben. Das zweite Rezept hat der Täter aus dem Internet heruntergeladen. Damit können wir davon ausgehen, dass niemand bei dir eingebrochen ist.«

»Das ist gut.«

»Das erste Rezept wird wohl doch irgendwo herumgelegen haben.«

»Ja, so genau kann man das nie wissen.«

»Bist du sauer?«

»Sollte ich?«

»Ich bin sehr früh wach geworden und wollte dich nicht wecken…« Es klang wie eine Entschuldigung. Nun ja, es war auch eine. Pierre hielt die Luft an und lauschte auf Charlottes Atemzüge.

»Pierre, du musst mir nichts erklären. Ich habe von Anfang an gewusst, dass eine andere Frau eine Rolle in deinem Leben spielt, deswegen machst du diese Kocherei doch auch, oder? Und sollte ich dich mit meinem nächtlichen Ausflug in dein Bett in Verlegenheit gebracht haben, dann tut es mir ehrlich leid. Es soll nicht wieder vorkommen.«

»Charlotte, das ist alles nicht so leicht …«

»Ist schon in Ordnung. Melde dich einfach, wenn ich dir bei deinem großen Essen helfen soll, okay?«

»Mach ich.«

Sie legte auf.

Er hätte erleichtert sein sollen, aber es fühlte sich irgendwie nicht richtig an. Noch immer wusste er nicht, was er wollte, aber *das* war es mit Sicherheit nicht. Erneut wählte er ihre Nummer.

»Ja?«

»Charlotte, verstehst du auch etwas von Architektur?«

»Ein wenig.«

»Dann möchte ich dir gerne etwas zeigen. Wann ist dein nächster freier Tag?«

»Am Dienstag.«

Bis dahin waren es noch vier Tage. »Was ist mit morgen Nachmittag, so gegen drei?«

»Da stehe ich schon seit zwei Stunden in der Küche. Was hast du vor?«

»Wann fängt heute dein Dienst an?«

»Um fünf. Warum fragst du?«

Jetzt war es halb zwei. In Windeseile ging Pierre seine Aufgaben durch. Er musste über Barthelemy einen Durchsuchungsbeschluss erwirken, umsetzen würden ihn dann die Beamten der *police nationale*. Allerdings wollte er dabei sein, wenn es losging, das war wichtig. So gerne er Charlotte heute noch gesehen hätte, es war beim besten Willen nicht drin.

»Bist du morgen Vormittag zu Hause? Ich hole dich um halb elf ab.«

Pierre wollte gerade zahlen und sich auf den Weg zurück zur Polizeiwache machen, als er nicht weit entfernt an einem Tisch unter der grünen Markise des *Chez Albert* zwei Männer bemerkte, die sein Interesse weckten. Der eine war Arnaud Rozier, der Bürgermeister, der sich soeben seine Serviette in den Hemdkragen steckte und erwartungsvoll auf das Essen vor ihm sah. Den anderen kannte er nicht. Er war groß und drahtig, fast schon asketisch, und unter dem blütenweißen, körperbetonten Hemd zeichnete sich ein gut trainierter Körper ab. Der kahl rasierte Schädel gab ihm etwas Militärisches, gleichzeitig besaß er die ruhige Ausstrahlung eines Menschen, der Macht gewohnt war, denn jede seiner Bewegungen schien bedacht und entbehrte jeder Hektik.

Pierre war sich sicher, dass es sich bei dem Fremden um Gerold Leuthard handeln musste, den allgegenwärtigen Schweizer Investor und Besitzer der *Domaine des Grès*. Erst vor wenigen Tagen hatte er sich im Internet ein Bild des Mannes angesehen. Gerade schob Leuthard seine Sonnenbrille nach oben und begutachtete eine Terrine Entenleberpastete, die Pierre auch von Weitem erkannte, weil er sie bereits mehrfach mit dem größten Vergnügen gegessen hatte.

Der Hotelier und Arnaud Rozier schienen sich prächtig zu unterhalten, wirkten beinahe vertraut. Einmal klopfte der Bürgermeister dem Schweizer sogar jovial auf die Schulter, was dieser mit einem Lächeln quittierte. Nun wunderte es Pierre nicht mehr, dass Leuthard in den Besitz der Adresse des Vorbesitzers der alten Poststation gelangt war. Die Daten waren dem Bürgermeister zugänglich. Hatte Arnaud für die Ansiedlung eines zahlungskräftigen Investors etwa in Kauf genommen, dass dem örtlichen Immobilienmakler die Provision entging?

Pierre legte ein paar Münzen auf den Tisch. Auch wenn Barthelemy ihn von dem bevorstehenden Treffen ausschließen wollte, reizte es ihn dennoch, Leuthard kennenzulernen. Er wollte den Schweizer reden hören, nur ein paar belanglose Worte mit ihm wechseln, einen ersten Eindruck gewinnen. Also stand er auf und ging hinüber zu den beiden Herren, die nun schweigend aßen und ihn erst bemerkten, als er direkt vor ihnen stand.

»*Bonjour*, Arnaud, ein herrlicher Tag, nicht wahr?«

Der Bürgermeister sah ihn irritiert an, kaute zu Ende, schluckte dann. »Ja, in der Tat.« Es hatte den Anschein, als erwarte er, dass Pierre nun ging, aber der blieb beharrlich stehen. »Wie ich sehe, hast du einen Gast?«

Rozier seufzte, tupfte sich den Mund mit der Serviette ab und wies mit der Hand auf den Schweizer. »Monsieur Gerold Leuthard, der Besitzer der *Domaine des Grès*«, sagte er, und Pierre fiel auf, dass er seinen provenzalischen Dialekt vollständig abgelegt hatte. Dann zeigte der Bürgermeister auf ihn. »Monsieur Pierre Durand von der örtlichen *police municipale*.«

Der Schweizer nickte höflich, blieb jedoch sitzen. Erst als Pierre ihm die Hand entgegenstreckte, erhob er sich kurz und erwiderte den Druck mit angenehmer Festigkeit. »Freut mich sehr. Es ist immer gut, jemanden in der Nähe zu wissen, der für Recht und Ordnung sorgt.« Er sagte es betont, in einem Französisch, wie man es im Genfer Raum sprach.

»Oh ja«, entgegnete Pierre lakonisch. »Nicht zu vergessen die vielen Verkehrssünden, die es zu ahnden gilt.« Er grinste den Bürgermeister an, dessen Gesicht langsam eine rötliche Farbe annahm. »Ich hoffe, Sie fühlen sich bei uns wohl, Monsieur Leuthard.«

»Wie man es nimmt«, erwiderte dieser knapp. Dann zog er seine Hand weg, setzte sich wieder und wandte sich demonstrativ dem Bürgermeister zu.

Er könnte glatt als Politiker durchgehen, dachte Pierre. Unverbindlich, mit betonter Höflichkeit und sich seiner Stellung jederzeit bewusst. »Ich werde dann mal wieder patrouillieren«, sagte er lächelnd und deutete eine Verbeugung an. »Es hat mich gefreut, Sie kennenzulernen.«

Er war keine zehn Schritte gegangen, als sein Telefon in der Tasche summte.

»Barthelemy?«

»Ich habe deinen Anruf gerade erst abgehört. Entschuldige bitte, Pierre, ich glaube, ich sollte mein Telefon lauter stellen, ich habe das Klingeln vorhin schon wieder nicht bemerkt. Aber ich fürchte, diese neue Technik überfordert mich. Früher brauchte man nur einen Regler zu schieben, heute quält man sich dafür durch zig *Menüs*.« Er betonte das letzte Wort mit besonderer Verächtlichkeit. »Ab Montag soll ich einen eigenen Anschluss bekommen, dann kannst du im Bürgermeisteramt anrufen. Gisèle notiert alle Anliegen und leitet sie dann an mich weiter.«

»Wo steckst du?«

»In meinem Zimmer in der *mairie*. Ich bereite mich auf das Treffen mit Leuthard vor. Du hattest übrigens Recht: Der Bürgermeister hat mir den Zettel mit den Verdächtigen unter tausend Entschuldigungen übergeben. Er hatte es schlicht vergessen.«

Vergessen! Pierre verdrehte die Augen. »Wusstest du, dass Arnaud gerade mit dem feinen Herrn im *Chez Albert* sitzt?«

»Mit Leuthard?«

Pierre hörte, wie ein Stuhl gerückt wurde, dann erklang lautes Knarren. Als er in Richtung der *mairie* blickte, erschien prompt Barthelemy am geöffneten Fenster, das Handy in der Hand.

»Oh, tatsächlich, ich sehe sie«, rief der *Commissiare* ins Telefon. »Ich dachte, das Gespräch finde erst um drei statt, hier im Bürgermeisteramt. Vielleicht sollte ich rausgehen und mich zu ihnen setzen. Ich habe zwar schon etwas gegessen, aber es geht sicher noch was rein.« Er lachte donnernd.

Pierre glaubte nicht, dass es eine gute Idee war, die beiden Männer in ihrem intimen Tête-à-Tête zu stören, zumal es gerade wichtigere Dinge gab, die umgehend zu erledigen waren. »Hör zu, wir brauchen augenblicklich einen Durchsuchungsbeschluss. Ich habe einen Verdacht, wer sich einen Zugang zu dem

Weinkeller verschafft hat, und ich möchte, dass du die Personen überprüfen lässt.«

»Wie meinst du das?«

»In diesem Moment ist mein Assistent auf dem Weg nach Cavaillon, um den Forensikern einen Schlüssel zu bringen, der zum Weinkeller passt. Er gehört dem Sommelier Martin Cazadieu und weist Spuren einer Manipulation auf. Wahrscheinlich hat ihn Joseph Rochefort bei der Anlieferung von Ware ›ausgeliehen‹ und an jemanden übergeben, der ihn in kürzester Zeit nachfeilte.«

Er hielt inne, wartete, ob der *Commissaire* Nachfragen hatte oder sich zu seiner eigenen Nachlässigkeit äußerte, aber es kam nichts. »Verdammt, Jean-Claude, wie konnte das passieren? Das Überprüfen der Schlüssel gehört bei solchen Fällen zur Routine.«

»Ich dachte, die Spurensicherung hätte das erledigt.«

»Hast du ihnen überhaupt gesagt, dass es zwei Schlüssel gibt?«

Eine kurze Pause entstand, in der Barthelemys Gesicht vom Fenster verschwand. »Wahrscheinlich ist es in der Aufregung untergegangen«, sagte er schließlich, und es klang ungewohnt kleinlaut. »Sieh mal, Pierre, der Stellenabbau bei der *police nationale* geht natürlich auch nicht ganz spurlos an uns vorüber. Ich tue, was ich kann, obwohl ich gesundheitlich derzeit nicht auf dem Damm bin. Eine üble Bronchitis. Das entschuldigt natürlich nicht ...«

»Na schön«, brummte Pierre. Die Reduzierung von Einsatzkräften war landesweit ein Problem, dennoch war es in diesem Fall wohl eher Bequemlichkeit gewesen, die den *Commissaire* hatte unsauber arbeiten lassen. »Bitte tu mir einen Gefallen: Du gehst nicht runter zu Arnaud und dem Schweizer, bevor du den Durchsuchungsbeschluss in der Hand hast.«

»Wonach sollen die Beamten denn suchen?«

»Nach einem Schraubstock und einer Feile, mit deren Hilfe man den Zweitschlüssel angefertigt hat. Selbstverständlich auch nach dem Duplikat selbst. Der Durchsuchungsbeschluss muss für den Hof des Biobauern sowie für die Häuser von Xavier Vaucher und Guillaume Loriant gelten.«

»Die beiden haben ein Alibi für die zweite Tat.«

»Es sind zwei getrennte Fälle, da bin ich mir inzwischen ganz sicher.«

»Was ist mit Jean Forestier, dem Portier?«

»Der war es nicht.«

»Ich hoffe, du weißt, was du da tust.«

»Wie gesagt, ich bin mir ganz sicher. Außerdem hast du dann später bei dem Gespräch mit Leuthard etwas in der Hand.«

»Das ist wahr. Ich werde umgehend mit dem Ermittlungsrichter sprechen. Ich melde mich, sobald es losgeht.«

»*Bien*. Bis dann.«

Es war eigenartig. Noch am Morgen hatte Pierre gedacht, er sei ewig zum Dorfpolizisten verdammt, und nun hatte er beinahe das Gefühl, er müsse Barthelemy an die Hand nehmen. Nun gut, ihm sollte es recht sein. Diese Rolle lag ihm mehr, darin fühlte er sich zu Hause.

15

Der Lärm des Traktors wummerte, wurde zum imaginären Taktstock einer unvergessenen Melodie. Joseph Rochefort erhob die Stimme und schmetterte gegen das Brüllen des Motors an: »Doubi, doubi, doubi, douba.«

Er sang, als handele es sich um Kriegsgeheul und nicht um einen Schlager aus den siebziger Jahren. Irgendwie fühlte er sich auch wie ein Kämpfer, seit Heloise ihn behandelte, als sei er ihr Feind und nicht ihr Ehemann. Er hatte diese Streitereien satt, so was von satt! Erst vergangene Woche hatten sie sich wieder in den Haaren gehabt, weil er es abgelehnt hatte, den Hof mitsamt den Feldern zu verkaufen.

»Wir könnten uns endlich ein schönes Leben machen«, hatte sie geschrien, »aber dir ist es ja anscheinend egal, ob ich in Dreck und Armut lebe, nur weil du die Tradition deiner Eltern fortführen willst.«

»Soll ich etwa meinen Beruf aufgeben, bloß damit du deinen hübschen Kopf einmal mehr zum Friseur tragen kannst?«

Er war wütend gewesen. Darüber, dass sie sich anmaßte, Forderungen zu stellen, obwohl sie nach ihrem Fehltritt hätte um Vergebung betteln müssen. Und darüber, dass sie seine Arbeit, die er trotz der geringen Einnahmen über alles liebte, so wenig wertschätzte. Ja, Tradition, auch das war ihm wichtig. Der Hof war seit Generationen in Familienhand, er konnte das Anwesen doch nicht einfach so veräußern. Aber das würde Heloise nie verstehen. Stattdessen hatte sie sich auf die Seite dieses widerlichen Kerls gestellt, der ihnen das Angebot unterbreitet hatte. Einer dieser Schleimbeutel, die zwar freundlich tun, einen aber in Wirklichkeit um Haus und Hof bringen wollen.

Rochefort schnaubte.

Es war bereits die zweite Situation, in der Heloise sich ihm gegenüber illoyal zeigte, obwohl er ihr ein Dach über dem Kopf gab. In Dreck und Armut – von wegen! Er hatte nicht wenig Lust, sie vom Hof zu jagen, damit sie einsah, wie gut sie es bei ihm hatte. Ohne ihn war sie nichts. Nur ein hübsches, keifendes Ding ohne Zukunft.

Der Gedanke, wie Heloise künftig um ein Stück Brot betteln, sich um eine Stellung als Putzfrau bemühen und in einem kleinen, schäbigen Appartement schlafen musste, hatte etwas Erheiterndes.

»Doubi, doubi, doubi, douba«, sang er, und seine Stimme übertönte nun sogar das Wummern des Traktors. »Doubi, doubi, doubi, douba.«

Reihe um Reihe zog er den Pflug über das abgeerntete Feld, immer wieder drehte Rochefort sich um und kontrollierte das Ergebnis.

Plötzlich lenkte eine unablässige Bewegung seine Aufmerksamkeit auf sich. Am Rand des Feldes, dort, wo die Bäume am dichtesten wuchsen, stand jemand und winkte. Rochefort stutzte, brachte den Traktor zum Stehen, versuchte durch die dichte Sandwolke, die wie ein staubiger Nebel über dem Acker schwebte, zu erkennen, wer ihn denn da mit fuchtelnden Armen zu sich heranwinkte, doch die Person stand zu weit weg.

Du musst schon zu mir kommen, wenn du etwas von mir willst, dachte er verstimmt und setzte den Pflug wieder in Bewegung. Er hatte keine Lust, seine Arbeit zu unterbrechen. Nicht für Heloise, nicht für diesen Dorfpolizisten, nicht einmal für den Bürgermeister. Selbst der Papst müsste sich zu ihm aufs Feld bemühen, wenn er etwas von ihm wollte, jawohl!

Doch als Rochefort den Traktor wendete und eine neue Reihe zu ziehen begann, bemerkte er, dass sich die Person inzwischen mit einem Spiegel behalf, den sie so in die Sonne hielt, dass die reflektierenden Strahlen ihn blendeten.

»Verdammt, was soll das?«, fluchte er und zog seinen Hut ins Gesicht. Doch das beständige Funkeln irritierte ihn dermaßen, dass er vom Weg abkam und in eine bereits gezogene Reihe rutschte. Jetzt platzte Rochefort endgültig der Kragen. Wer auch immer mir diesen Streich spielt, wird mich kennenlernen, dachte er und stellte den Motor ab.

Der Lärm erstarb, und in die plötzliche Stille mischte sich das Sirren der Zikaden, laut wie eine Kettensäge.

Rochefort schwang sich vom Sitz, stieß die Tür auf und sprang hinunter aufs Feld. Wütend und mit geballten Fäusten stapfte er auf die Baumreihe zu, während er zwischen den gespiegelten Sonnenstrahlen, die ihn noch immer blendeten, zu erkennen versuchte, wem er da eigentlich die Faust in den Magen zu rammen gedachte. Als er beinahe vor dem Übeltäter stand und erkannte, wer ihn am Feldrand erwartete, stieg seine Wut ins Unermessliche.

Es war nur ein kurzer Augenblick, ein Aufblitzen von Stahl. Doch in der Sekunde, als er sah, was diese Person ihm nun mit Wucht in die Gedärme trieb, wusste er, dass er dieses eine Mal seinem Ärger besser nicht hätte freien Lauf lassen sollen.

16

Klong.
Sand spritzte auf, als die Kugel ihr Ziel traf. Stéphane Poncet riss die Faust hoch und verharrte in grandioser Siegerpose, während seine Augen über den Platz glitten, als wolle er sich versichern, dass Didier Carbonne, der seitlich von ihm stand, diesen Meisterwurf auch gesehen hatte.

Der jedoch setzte eine geringschätzige Miene auf, wandte den Kopf ab und betrachtete eines der entfernteren Spiele, als habe er in den letzten Minuten nichts anderes getan.

»*Touché!*«, rief Poncet laut, woraufhin ihm sein kalter Zigarettenstummel beinahe aus dem Mund rutschte. Er ließ den Arm sinken und wandte dem noch immer unbeeindruckt wirkenden Uhrmacher demonstrativ den Rücken zu, der nun seinerseits Faxen machte und seinem Widersacher den Mittelfinger zeigte.

Was für ein Hahnenkampf. Immerhin spielten die beiden Kontrahenten wieder miteinander, wenn auch in gegnerischen Mannschaften. Pierre schmunzelte und setzte sich auf eine freie Bank unter dem schützenden Blätterdach einer Kastanie, um die Szenerie zu beobachten. Er nickte den Spielern zu, die sein Eintreffen mit einem freundlichen »*Bonjour*, Monsieur Durand« quittierten, und musste grinsen, als Cederic Baffie, ein schmalgesichtiger Mann mit dunklem Haar, das ebenso glänzte wie das seiner Tochter Celestine, ihm strahlend zuwinkte wie einem heimgekehrten Sohn.

Die Bank, auf der Pierre saß, erwies sich als idealer Platz.

Von hier aus konnte er über die *Place du Village* sehen und hatte, wenn er sich ein wenig vorbeugte, auch die breite Flügeltür des Bürgermeisteramtes gut im Blick. Gerade stiegen Arnaud Rozier und der Schweizer Investor die Stufen der Außentreppe hinauf und verschwanden im Dunkel des Gebäudes. Barthelemy hingegen hatte seit ihrem Telefonat die *mairie* nicht verlassen, was bewies, dass er sein Versprechen, sich zu allererst um den Durchsuchungsbeschluss zu kümmern, ernst nahm.

Pierre sah auf die Uhr. Es war kurz vor drei. Langsam wurde er nervös.

Eine Weile ließ er sich vom Spielverlauf ablenken, staunte über die Eleganz, die selbst die ältesten Spieler ausstrahlten, wenn sie federnd in die Knie gingen, um dann mit gestrecktem Arm einen Wurf auszuführen, der in seiner Präzision dem Schuss eines Bogenschützen glich. Eigentlich war es ja kein klassisches Boule, das sie hier so meisterhaft spielten, sondern eine Variation davon, das *pétanque*, bei dem man aus dem Stand heraus warf, statt sich den nötigen Schwung im Anlauf zu holen.

Der Platz war erfüllt von beifälligen Rufen und wüsten Flüchen. Carbonne hatte geworfen, nun umstanden vier Spieler mit ihren Maßbändern die Zielkugel, den *cochonnet*. Marceau, der früher einmal als Malermeister gearbeitet hatte, ging in die Hocke. Mit gezückter *tirette*, einem Maßstab, der eine ausziehbare Zunge besaß, mit der man sich bis auf den Millimeter genau an die Zielkugel herantasten konnte, prüfte er die Abstände. Als er sich erhob, starrten ihn alle an.

»Eine Nullrunde«, sagte er schulterzuckend.

»Das kann nicht sein. Meine Kugel ist näher dran, das sieht doch ein Blinder.« Stéphane Poncet kaute so wütend auf seiner erloschenen Zigarette, dass sein Bärtchen zitterte. »Den Zirkel, wir brauchen den Zirkel!«

Marceau seufzte, ging zu seiner Sporttasche, die neben der Bank stand, entnahm ihr den Zirkel und ein Handtuch, das er seitlich der Kugeln auf dem rotbraunen Sandboden ausbreitete, und kniete sich hin. Wieder beugten sich die drei verbleibenden Spieler, Poncet, Carbonne und Baffie, gemeinsam hinab und beobachteten den Kreis, den Marceau sorgfältig in den Sand zog.

»Gleicher Abstand«, bestätigte er noch einmal und stand auf. »Jede Mannschaft hat noch einen Wurf. Didier, du beginnst.«

Grummelnd stellten die Männer sich wieder hinter die Abwurflinie. Didier Carbonne ging in die Hocke, kniff die Augen zusammen und begutachtete die Beschaffenheit des Bodens, der durch den Aufprall der schweren Metallkugeln an manchen Stellen tiefe Dellen aufwies. Dann erhob er sich, schwang den Arm langsam wie ein Pendel und ließ die Kugel schließlich rollen. Gespannt verfolgten alle Augenpaare, wie sie um den *cochonnet* herum einen leichten Bogen beschrieb, um dann Poncets Kugel ganz sachte beiseitezuschieben.

»Ha!«, rief der alte Uhrmacher aus. »Womit wieder einmal bewiesen wäre, dass ich keinen Fuß brauche, um das Spiel zu entscheiden.«

»Na warte, Bürschchen. Wird Zeit, dass dir mal einer die Regeln erklärt.« Poncet knurrte, spuckte seine Kippe aus und drängte seinen Gegner zur Seite. »Das hier wird dir nicht schmecken.« Er zielte kurz und schoss die Kugel mit voller Wucht mitten ins Geschehen. Mit einem lauten Klacken stob alles auseinander, selbst die Zielkugel kam in Bewegung, bis sie am Spielfeldrand an einem Stein zu liegen kam.

Während die Alten unter lautem Keifen und mit gezückten Maßbändern nach vorne eilten, sah Pierre auf seine Uhr, bestimmt das fünfte Mal in den vergangenen zehn Minuten. *Merde!* Warum dauerte es so lange? Es war ja keine Hexerei, einen Durchsuchungsbeschluss zu erlangen, so etwas ging im Bedarfsfall ganz schnell, manchmal sogar in weniger als dreißig Minuten.

Am liebsten hätte er sich in der *mairie* neben das Faxgerät gestellt und auf das Eintreffen der Befugnis gewartet, aber dort ließen ja gerade die werten Herren ihre Köpfe rauchen. Also holte er sein Notizbuch hervor und begann, die Namen der Anwesenden auf dem Bouleplatz zu notieren.

»Na, mein Junge, geht es dir gut?«

Pierre sah von seinen Aufzeichnungen auf. Es war Cederic Baffie, der sich nun neben ihn setzte und ihm freundschaftlich auf den Rücken klopfte. Dann schüttelte er den Kopf und blickte ihn eindringlich an, als wolle er ihm zu verstehen geben, dass er auf seiner Seite war.

»Na klar, alles bestens«, antwortete Pierre.

»Du kannst dir sicher sein, dass ich Celestine den Marsch geblasen habe. Dieser Lackaffe ist einfach nichts für unsereins.«

»Ach, lass sie doch, wenn er sie glücklich macht.«

»Tut er aber nicht. Er ist ein berechnender Dreckskerl, das hat sie mir selbst gesagt.«

»So, hat sie das? Und das weiß sie nach nicht einmal einer Woche?«

Baffie nickte. »Du solltest sie mal anrufen.«

»Sie ist ein großes Mädchen, Cederic. Glaub mir, das bekommt sie schon allein hin.« Pierre lächelte gequält und wechselte das Thema. »Du warst doch am vergangenen Montag auch hier, richtig?«

»Ja, war ich.«

»Kannst du dich erinnern, wer sonst noch gespielt hat? Ich meine, außer den Männern in eurem Team?«

»Ein paar Jungen aus der Dorfjugend. Und eine Gruppe Touristen.«

»Was ist mit Joseph Rochefort, Xavier Vaucher und Guillaume Loriant?«

»Die waren auch da. Ermittelst du wieder?«

»Ich versuche nur, Antworten auf meine Fragen zu finden.«

Baffie nickte, überlegte kurz. »Die drei haben doch nichts mit den Morden zu tun, oder?«

»Das kann ich dir nicht sagen.«

»Joseph konnte ich noch nie leiden. Seine Ansichten sind mir zu radikal«, sagte Cederic Baffie und wackelte mit dem Kopf. »Aber ich will niemanden reinreiten ...«

Wie oft hatte Pierre diesen Satz in den letzten Tagen schon gehört? »Willst du etwa jemanden schützen, der keinen Respekt vor dem Leben hat?«, fragte er und sah Celestines Vater eindringlich an. »Erst Antoine Perrot, dann Virginie Leclaude. Und dann? Wer sagt dir, dass es nicht so weitergeht?«

Baffie räusperte sich und spuckte aus. »Du hast Recht. Du möchtest wissen, ob Joseph, Xavier und Guillaume an jenem Abend Boule gespielt haben? Nein. Sie haben nur zugesehen. Und plötzlich waren sie verschwunden. Alle drei.«

Endlich eine verbindliche Aussage. »Kannst du dich an die Uhrzeit erinnern?«

»Es muss so gegen acht gewesen sein, vielleicht auch etwas früher. Stéphane Poncet und Didier Carbonne hatten einen furchtbaren Streit. Es ging um Stéphanes Kugel, die Didier mit dem Fuß beiseitegeschoben haben soll. Ich habe nichts davon mitbekommen, weil ich mich mit einem der Jugendlichen unterhielt, und Marceau konnte es in der beginnenden Dunkelheit nicht genau erkennen. Also sah ich mich nach den dreien um, vielleicht waren sie ja aufmerksamer gewesen. Aber sie waren nicht mehr da. Ich habe sie erst Stunden später in der Bar wiedergesehen.«

Es deckte sich mit der Aussage von Georgette, der Frau des

Inhabers der *Bar du Sud*. Pierre lächelte. »Danke, du hast mir sehr geholfen.«

»Was geschieht jetzt mit ihnen?« Cederic Baffie wirkte besorgt.

»Das entscheiden andere.«

Baffie nickte und hob die Hand, um Pierre noch einmal auf den Rücken zu klopfen, hielt jedoch in der Bewegung inne, als jemand seinen Namen rief. Dann stand er auf und trollte sich zurück zum Boulefeld.

In das Geräusch aneinanderschlagender Kugeln hinein erklang das Signal einer eintreffenden Kurzmitteilung, was Pierres Herz schneller schlagen ließ. Er sah auf das Display seines Handys.

Kann jetzt nicht sprechen, bin mitten im Termin. Durchsuchungsbeschluss ist da. Inspektoren aus Cavaillon und Avignon sind zu den drei Verdächtigen unterwegs.
Jean-Claude

Merde! Er musste sich beeilen. Schließlich wollte er unbedingt dabei sein, wenn die Inspektoren die Häuser durchsuchten. Vor allem bei Joseph Rochefort, den Pierre seit dem Gespräch mit dem Portier der *Auberge Signoret* für den Drahtzieher hielt.

Er sprang auf, eilte die *Rue des Oiseaux* entlang zur Polizeiwache. Die Tür war verschlossen. An der Glasfront hing das Schild mit dem Hinweis, sich im Notfall an die *mairie* zu wenden. Der Streifenwagen war ebenfalls weg. Luc hätte längst von den Forensikern zurück sein müssen, aber vielleicht war er auch schon wieder unterwegs, er hatte ja nach Gordes fahren wollen. Pierre entfuhr ein leises Fluchen. Er hatte angenommen, er könne mit den anderen Beamten oder mit Barthelemy zu den Orten der Durchsuchung fahren, und nun stand er da, ohne Auto.

Mit fliegenden Fingern wählte er Lucs Nummer. Vielleicht hatte er Glück, und sein Assistent war gerade erst losgefahren. Doch die Hoffnung erstarb, als Luc abnahm und im Hintergrund orientalische Musik zu hören war.

»Ja, Chef, ich sitze gerade bei Farids Schwester. Der *thé à la menthe* ist einfach köstlich. Wusstest du, dass er noch besser schmeckt, wenn man Pinienkerne dazugibt?«

»Luc, ich habe jetzt keine Zeit für so etwas. Wie lange brauchst du noch?«

»Ich bin gerade erst angekommen.«

Pierres Gedanken rasten. Selbst wenn sein Assistent sich sofort verabschiedete und auf den Weg nach Sainte-Valérie machte, würde es eine knappe halbe Stunde dauern, bis er wieder hier war. Das war zu lange, er musste laufen. Bis zum Biobauernhof brauchte er zu Fuß, wenn er schnell lief, eine Viertelstunde.

Pierre legte auf und stürmte los. Durchs Stadttor hinaus auf die Straße talwärts, dann wieder ein Stück den Berg hinauf. Er wusste gar nicht, warum er das Gefühl hatte, sich derart beeilen zu müssen. Die Inspektoren aus Cavaillon und Avignon konnten unmöglich vor ihm da sein. Aber eine innere Stimme sagte ihm, dass sich hier etwas ereignen würde, das den Fortlauf des Falls entscheidend bestimmen würde.

Schon von Weitem hörte er Rocheforts Hunde. Aber nirgends war ein Wagen der *police nationale* zu sehen, was hieß, er war vor ihnen angekommen. Auf dem großen Vorplatz hielt Pierre inne und hielt nach den Hunden Ausschau. Da kamen sie auch schon auf ihn zugerannt, bellend und mit gefletschten Zähnen. Ihm blieb schier das Herz stehen, in vorsichtigen Schritten wich er zurück. Doch sie waren allesamt an langen Ketten angeleint, sprangen an deren Ende hoch, bis einer der Schäferhunde sich auf den Boden legte und vor Enttäuschung über seine Unbeweglichkeit zu winseln begann.

Ein langgezogener Pfiff ließ sie verstummen.

»Sie sind heute irgendwie unruhig«, sagte Heloise Rochefort, die aus dem Haus gekommen war und ihm entgegenging. »Ich weiß gar nicht, was sie haben.«

»Wo ist Ihr Mann?«, fragte Pierre atemlos.

»Auf dem Feld, wie immer um diese Zeit.« Sie lächelte auf eine Weise, die Pierre fast schon herausfordernd vorkam. »Sind Sie gerannt?«

Er wischte sich mit einem Tuch den Schweiß von der Stirn und nickte. »Jeden Augenblick werden hier Beamte von der Kriminalpolizei eintreffen. Sie wollen mit Ihrem Mann sprechen.«

»Die Kriminalpolizei?« Ihr Lächeln gefror. »Warum? Ist etwas geschehen?«

»Es besteht der dringende Verdacht, dass Ihr Mann zumindest an einem der beiden Morde beteiligt war.« Er betrachtete ihr Gesicht, doch es zeigte keinerlei Regung. »Dem Mord an Antoine Perrot.«

»Ich habe es vermutet.«

Es beeindruckte Pierre, wie sehr Heloise Rochefort sich im Griff hatte. Selbst jetzt noch, als der Wagen der *police nationale* mit hoher Geschwindigkeit auf den Hof fuhr, zeigte sie weder Angst noch Erstaunen.

Die Beamten waren recht jung. Der große, breitschultrige stellte sich als Inspektor Roumiga vor, der andere, mit ovalem Gesicht und hohen Geheimratsecken, hörte auf den Namen Fouchet.

Da sie außer Barthelemys knappen Anweisungen kaum Einblick in den Fall hatten, waren sie dankbar, als Pierre ihnen rasch die Sachlage erklärte. Gemeinsam mit Heloise Rochefort gingen sie ins Haus und begannen mit der Durchsuchung, während Pierre sich auf den Weg zu den Feldern machte, um den Bauern dazuzuholen.

Die Spuren des Traktors waren unverkennbar. Flach gepresste Muster aus dunkler Erde lenkten seine Schritte an hochgebundenen Ranken entlang, an denen feuerrote Tomaten hingen, vorbei an sauberen Reihen mit Setzlingen, aus denen wohl einmal Winterkohl werden sollte.

In dem Augenblick, als er das halb gepflügte Feld erreichte und den Traktor verwaist in der Mitte stehen sah, wusste er, dass seine dunkle Vorahnung ihn nicht getrogen hatte. Aber was er nun erblickte, als er den Kopf in Richtung Waldrand drehte, übertraf seine schlimmsten Vorstellungen.

Der Anblick von Toten war Pierre von jeher unangenehm gewesen. Seine Leidenschaft galt dem Ergründen von Zusammenhängen, nicht dem Betrachten schlimm zugerichteter Körper. Und der nun vor ihm liegende Leichnam machte es ihm besonders unbegreiflich, wie sich ein Täter, dessen Fantasie etwas Derartiges hervorbrachte, so lange hinter der beschaulichen Fassade von Sainte-Valérie hatte verbergen können.

Es war an Sarkasmus kaum noch zu überbieten. Joseph Rochefort lag seitlich da, mit dem Gesicht auf der braunen Erde. Unter ihm breitete sich eine langsam versickernde Blutlache aus. Aus seinem Rücken ragte ein Grillspieß, auf den jemand zwei Gemüsezwiebeln und eine grüne Paprika geschoben hatte. Als hätte jemand die Erklimmung eines Gipfels mit einer Fahne markieren wollen, wehte in altbekannter Manier ein Zettel mit den Insignien der *Domaine* über dem Toten: *brochette de porc* stand in großen Buchstaben darauf, Schweinespieß.

Pierre stieß die Luft aus. Es war ekelhaft! Zudem passte es überhaupt nicht in seine bisherigen Überlegungen. Warum Joseph Rochefort, der seiner Meinung nach als Täter – durchaus auch für den zweiten Mord – in Frage gekommen war? Er hatte geglaubt, ihn an den Vorbereitungen für eine weitere schlimme

Tat hindern zu müssen, und nun das. Alles war wieder offen, es war verworren, langsam bekam er einen Knoten im Hirn.

Er zückte sein Handy und rief Barthelemy an, der nach langem Klingeln endlich abnahm und sich hörbar verärgert meldete.

»Es ist mir egal, ob du im Termin bist oder nicht«, blaffte Pierre in den Hörer. »Du musst sofort herkommen. Es hat sich ein neuer Mord ereignet.«

17

Pierre hatte das Feld umrundet und nach Spuren gesucht, die ihm Aufschluss darüber geben konnten, woher der Mörder gekommen war. Alles wies darauf hin, dass dieser den Rückzug über den Weg hinter dem Wäldchen angetreten hatte, der auf die asphaltierte Straße mündete. Aber der Boden war hart, und es gab keine verlässlichen Abdrücke, daher blieb es bei einer Vermutung. Die Betrachtung des frisch gepflügten Ackers ergab, dass der Biobauer als Einziger das Feld überquert hatte.

Etwas oder jemand hatte ihn hierhergelockt, in die Arme seines Mörders. Der aus der Bahn geratene Traktor und die quer gezogene Spur sagten Pierre, dass etwas den Bauern erschreckt oder zumindest irritiert haben musste. Und es warf die Frage auf, was ihn dazu veranlasst haben könnte, seine Arbeit zu unterbrechen, den Traktor schräg stehen zu lassen und die frisch gezogenen Reihen zu zertreten, um seinem Schicksal entgegenzugehen.

Es schien, als sei Rochefort sehr wütend gewesen. Hatte er seinen Mörder gekannt?

Ein spitzes Kreischen lenkte Pierres Blick gen Himmel. Hoch oben, im sich rötlich verfärbenden Blau, zog ein Bussard seine Kreise. Die Sonne hatte sich inzwischen bis hinter die Wipfel der Bäume gesenkt, zurück blieb eine dunstige Kühle.

Pierre dachte an den aufgespießten Körper, an das Rezept, das mit dem Datum des kommenden Kurses versehen war. Zögernd holte er sein Telefon hervor und wählte Charlottes Nummer.

Er wollte sie nicht erschrecken, aber er brauchte Gewissheit, außerdem war es sein Job, dem nachzugehen. Als sie abnahm, hörte er laute Stimmen, das Klappern von Töpfen und das gedämpfte Rauschen von Wasser.

»Hallo, Pierre, was gibt's? Ich bin gerade bei der Arbeit.«

»Kannst du frei sprechen?«

»Moment.« Die Geräusche wurden leiser, eine Tür fiel zu. »Jetzt.«

»Gibt es weitere Rezepte, die du vorbereitet hast? Was hast du für unseren Kochkurs nächsten Mittwoch geplant?«

»Deswegen rufst du mich jetzt an? Hat das nicht Zeit bis morgen?«

»Bitte, Charlotte. Es ist wichtig.«

Sie ließ ihn ein wenig warten, bevor sie antwortete. »Ich werde den Kurs absagen. Es befremdet mich, wenn jemand meine Rezepte für Morde benutzt. Ich habe es schon mit dem Besitzer der *Domaine* besprochen. Er ist sehr dafür, zumal wohl die Presse bereits davon erfahren hat. Ein Journalist soll sich nach den weiteren Kursinhalten erkundigt haben. Monsieur Leuthard möchte, dass erst einmal Gras über die Sache wächst. Einige der Teilnehmer werden ohnehin bald abreisen.«

»Das ist eine vernünftige Entscheidung«, sagte Pierre und atmete tief durch. »Ehrlich gesagt erleichtert es mich.«

»Ist wieder etwas passiert?«

»Sagt dir *brochette de porc* etwas?«

»Ein einfacher Schweinespieß. Nichts Besonderes, man verwendet ihn zum Grillen. Ein paar Stücke Fleisch, zur Abwechslung etwas Gemüse ... Herrje, du fragst doch nicht, weil schon wieder ein Mord geschehen ist?«

»Darüber darf ich nicht reden.«

»Nein, Pierre, sag es mir. Sonst fange ich wieder an, mir Sorgen zu machen. Wer ist es? Was ist passiert?«

Pierre wusste, dass er sich in diesem Stadium der Ermittlungen niemandem gegenüber äußern durfte. Andererseits war er sich sicher, dass dieses Verbrechen in Sainte-Valérie ohnehin nicht lange ein Geheimnis bleiben würde. Was noch wichtiger war: Er vertraute Charlotte. Vorbehaltlos. Und er wollte ihre Meinung hören.

»Also gut. Aber es bleibt vorerst unter uns, *d'accord*? Es ist Joseph Rochefort. Man hat ihn aufgespießt wie ein Schwein und dieses makabre Kunstwerk obendrein mit Grillgemüse verziert. Es ist einfach widerlich.«

Charlotte sog hörbar die Luft ein.

»Der Täter hat auch diesmal eins von deinen Rezepten vom Kurs dagelassen, mit dem Datum vom kommenden Mittwoch. Es sieht ganz so aus, als wäre es aus dem Internet heruntergeladen worden wie das vorige auch.«

»Ich habe nie ein solches geschrieben.«

»Dann wurde es vermutlich zusammenkopiert«, stellte Pierre nachdenklich fest.

»Ich habe langsam das Gefühl, als sei hier ein Verrückter am Werk. Die Art der Morde macht mir Angst. Allein der Gedanke, dass jemand in Sainte-Valérie unerkannt herumläuft, der Menschen skrupellos tötet und sie auf diese perfide Art und Weise zur Schau stellt, jemand, den man vielleicht sogar gut kennt …«

Genau diese Gedanken schwirrten auch Pierre im Kopf herum. Diese Mischung aus Kaltblütigkeit und Planung, gewürzt mit einem Quäntchen Wahnsinn, machte den Fall so unberechenbar. Dennoch versuchte er Charlotte zu beruhigen. »Die Sache wird sich sicher bald aufklären. Derartige Morde können nicht vollkommen spurlos geschehen. Es muss etwas geben, das den Mörder enttarnt.«

»Du wirst es herausfinden.«

»Ja, das werde ich. Wir sehen uns morgen.«

»Wirklich? Du steckst doch in den Ermittlungen. Lass es uns lieber verschieben.«

»Nein, nein, das bekomme ich schon hin.«

Er hatte es mit fester Stimme gesagt. Ganz so sicher war er sich allerdings nicht.

Mittlerweile hatte sich der Tatort mit Beamten gefüllt: Barthelemy, der sich mit düster zusammengezogenen Brauen mit den beiden Inspektoren besprach. Daneben Louis Papin, der die Umstehenden mit einer wedelnden Handbewegung vom Ort des Geschehens scheuchte, um sich gemeinsam mit einer hübschen Assistentin ungestört der Leiche widmen zu können.

»Wir haben einen Schlüssel im Haus gefunden, der exakt auf das Profil des gesuchten passt«, erklärte Inspektor Roumiga gerade, als Pierre hinzutrat. »Er lag in einer Werkzeugkiste zwischen Schrauben und Nägeln. Es ist eindeutig der Nachschlüssel.«

»Damit hat er jemandem Zutritt zum Weinkeller ermöglicht«, sagte Pierre. »Was ist mit der Feile und dem Schraubstock?«

»Nicht bei Rochefort. Aber unsere Kollegen haben gerade Meldung gemacht. Bei Xavier Vaucher haben sie etwas gefunden, es wird noch untersucht.«

»Ich habe den Kollegen gesagt, sie sollen die beiden Verdächtigen ins Kommissariat nach Cavaillon bringen, sobald die Durchsuchung abgeschlossen ist«, ergänzte Barthelemy. »Wir werden sie dort verhören.«

»Hat man ihnen schon von Rocheforts Tod erzählt?«

Der *Commissaire* schüttelte den Kopf. »Noch nicht.«

»Und seine Frau?«, fragte Pierre. »Wie hat sie reagiert?«

Er sah zu dem umgestürzten Baumstamm am Rande des Feldes hinüber, auf dem Heloise Rochefort in aufrechter Position saß, die Schultern gestrafft.

»Sie wollte unbedingt mitkommen. Wir wollten es ihr ausreden, aber sie war fest entschlossen. Seitdem sitzt sie da wie eine Salzsäule und hat noch nicht eine Regung gezeigt.«

»Darf *ich* mit ihr sprechen?«, fragte Pierre an Barthelemy gewandt, und als dieser nickte, ging er zu der jungen Frau hinüber.

Sie wirkte schmal, hatte die Arme um den Körper geschlungen. Das schulterlange Haar, das sie beim letzten Mal mit einem Band zurückgehalten hatte, hing ihr ins Gesicht.

»Madame Rochefort …«, begann er leise und setzte sich neben sie. »Es tut mir schrecklich leid.«

»Das ist sehr freundlich von Ihnen.« Sie stieß einen Seufzer aus und sah ihn dann direkt an. »Ein furchtbarer Tod, nicht wahr? Aber zumindest ein schneller. Und sicher nicht so grausam wie bei Antoine Perrot.«

»Da bin ich anderer Meinung.«

Heloise Rochefort knetete ihre Hände. »Wissen Sie, im Grunde genommen war er kein schlechter Mensch. Wenn man das von einem Mörder überhaupt sagen kann. Trotzdem wird das Leben einfacher ohne ihn.«

»Es ist noch nicht endgültig erwiesen, dass Ihr Mann ein Mörder war.«

»Ach kommen Sie, das ist doch Unsinn. Natürlich war er das. Ich weiß es, und Sie wissen es auch.«

»Das hat bei unserem Gespräch am Mittwoch aber noch ganz anders geklungen.«

»Ich hatte Zeit, darüber nachzudenken. Er hat es nicht verkraften können, dass ich mich einem anderen hingegeben habe. Für ihn bin ich mit der Heirat zu seinem Besitz geworden, den er mit Zähnen und Klauen verteidigt, sobald wer anders ihn anrühren will.« Sie strich sich das Haar hinter die Ohren. »Ich kann mir gut vorstellen, wie Joseph den Mord an Antoine penibel geplant und die anderen Männer angestachelt hat. Er konnte sehr überzeugend sein, wenn er wollte. Die anderen waren bloß Mitläufer, da bin ich mir sicher.«

Pierre dachte daran, dass Heloise ihren Mann erst darauf gebracht hatte, dass auch andere Ehemänner betrogen worden waren. Laut dem Portier Jean Forestier hatte sie ihm sogar die Namen genannt. Damit war sie nicht ganz unschuldig an dem Geschehen.

Er betrachtete die junge Frau, die nun in Richtung der Hofgebäude schaute, deren rostbraune Dächer sich vom Blau des Himmels abhoben. Der sanfte Wind fuhr durch ihr Haar, bis es das Gesicht wieder verbarg.

»Das Leben wird sich für Sie sehr stark ändern«, sagte er.

»Das stimmt. Sie wissen, was nun geschieht, nicht wahr?« Sie drehte sich ihm zu. »Ich werde das Grundstück verkaufen. Komplett, mit allem, was dazugehört. Wir haben keine Kinder, demnach bin ich die Alleinerbin.«

»Ich dachte, Sie wollten nur einen Teil verkaufen.«

»Das war, als Joseph noch lebte. Ich gebe nichts auf seine Familientradition, ich kann überall glücklich werden, hier hält mich nichts. Von dem Geld kann ich endlich sorgenfrei leben. Macht mich das jetzt zu einer Verdächtigen?«

Es war fast unheimlich, wie kalt ihre Stimme klang. Schön und aufrecht saß sie da, und statt zu trauern, wirkte sie fast erleichtert. »Ja, Madame Rochefort, so ist es. Ich werde das alles überprüfen müssen.«

»Ich war in der fraglichen Zeit auf dem Hof. Nur lässt sich das leider nicht belegen. Ich habe keine Zeugen.«

»Sie müssen die Tat ja nicht selbst ausgeführt haben. Es dürfte ohnehin für eine Frau schwierig sein, einen Grillspieß derart tief in einen Körper zu stoßen, dass er auf der anderen Seite wieder austritt.«

Eine kurze Pause entstand, in der Pierre noch einmal gedanklich den Tathergang durchspielte. Die Hunde, dachte er plötzlich. Wenn sie frei herumgelaufen wären, hätten sie dann nicht wittern können, dass ihr Herrchen in Gefahr war? »Ich frage mich allerdings«, begann er, »warum die Hunde an der Kette waren. Laufen sie ansonsten nicht immer frei herum?«

»Das ist richtig. Ich wollte gerade zum Einkaufen fahren, also habe ich sie angekettet. Wie Sie wissen, haben wir eine offene Einfahrt, da kann ich es nicht riskieren, dass sie jemandem Schaden zufügen, nur weil sie den Hof verteidigen wollen.«

Pierre hörte nur noch mit halbem Ohr zu. Ihm war etwas eingefallen, das seine Gedanken in eine vollkommen andere Richtung lenkte. »Sagen Sie, wer hat Ihnen eigentlich das Angebot für Ihr Haus und das Grundstück gemacht?«

»Ich muss darauf nicht antworten, oder?«

»Natürlich nicht. Sie können es auch Monsieur Barthelemy im Kommissariat von Cavaillon erzählen. Dafür müssten Sie allerdings ein paar Stunden einplanen.«

Sie zögerte, knetete wieder ihre Hände. »*Bien*, Sie haben gewonnen, *Monsieur le policier*. Das Unternehmen nennt sich *Solano Resorts*.«

»*Solano Resorts?* Klingt nach einer Ferienanlage. Das wäre ja eine Konkurrenz zur *Domaine des Grès*.«

»Warum nicht? Ist doch eine schöne Gegend hier.«

»Das wird nur schwer möglich sein. Mit Sicherheit ist das Grundstück als landwirtschaftliche Fläche ausgewiesen, daraus kann man nicht einfach eine Hotelanlage machen, das sieht der ländliche Bebauungsplan nicht vor.«

»Vielleicht errichten sie einen Familienbauernhof? Ich habe keine Ahnung, was sie vorhaben, und es ist mir auch vollkommen egal. Hauptsache, ich kann hier weg. Irgendwo an einen schönen Ort an der Küste, eine Wohnung mit Meerblick.«

Heloise Rochefort erhob sich. »Wenn Sie keine weiteren Fragen haben, würde ich mich jetzt gerne zurückziehen. Die Hunde müssen versorgt werden.«

»Selbstverständlich.«

Er sah ihr nach, wie sie mit federndem Schritt am Feldrand entlang in Richtung Hof ging. Er wurde nicht ganz schlau aus ihr. Aber was sie über den Käufer erzählt hatte, war höchst interessant. Mehr als das. Es änderte alles. Damit gab es noch ein Motiv. Jemand hatte die Art und Weise der ersten Tat kopiert, um den Verdacht in eine andere Richtung zu lenken. Um zu vertuschen, dass er nur ein einziges Ziel verfolgte. Dieses würde er vielleicht erreichen, wenn Heloise Rochefort verkaufte. Nur was zur Hölle wollte der Käufer mit so viel Ackerland anfangen?

Abrupt stand Pierre auf und ging zu den anderen zurück. Die Schatten der Bäume hatten sich über das gesamte Feld gelegt, es war bereits sechs. Wenn er den Bürgermeister in der *mairie* erreichen wollte, musste er sich beeilen. Vielleicht war auch Gisèle noch dort. Er benötigte dringend ein paar Unterlagen.

Der Wind hatte wieder aufgefrischt, und es war deutlich kühler geworden. Bald würde das Laub sich herbstlich färben. In den Weinfeldern schimmerte es bereits orange und gelb, um dann, wenn die letzten Trauben geerntet waren, in flammendes Rot überzugehen. Die Zeit der Ruhe und des Rückzugs, dachte Pierre, als er die Felder und Weinberge hinter sich gelassen hatte und durch die gepflasterten Straßen von Sainte-Valérie in Richtung Bürgermeisteramt eilte. Aber nicht jetzt.

Barthelemy und er hatten sich noch am Tatort kurz besprochen. Der *Commissaire* würde Xavier Vaucher und Guillaume Loriant in Cavaillon verhören und ihm zeitnah die Ergebnisse mitteilen, während Pierre den Bürgermeister mit den Neuigkeiten konfrontieren wollte.

»Er ist nicht besonders gut gelaunt«, hatte Barthelemy ihn gewarnt. »Jemand hat der Presse einen anonymen Hinweis zu Leuthards Methoden der Weinherstellung gegeben, und nun versuchen irgendwelche Journalisten, den Schweizer in die Pfanne zu hauen. Er ist fest entschlossen, die *Domaine* zu verkaufen. Er meinte, das Anwesen habe ihm bislang mehr Scherereien gebracht als Einnahmen. Zudem bestehe die Gefahr, dass sich die Negativpresse auf den Kurs seines börsennotierten Unternehmens auswirkt, das könne er sich nicht leisten. Arnaud hat versucht, ihn umzustimmen. Vergeblich.«

Dann hatte Barthelemy Roziers Stimmung in trüben Farben geschildert, doch das hatte Pierre nicht beeindrucken können. Er wusste, dass sie jederzeit umschlagen konnte. Ohne erkennbare Ursache. Davon abgesehen war es vollkommen unwichtig, in welcher Laune sich der Bürgermeister befand. Er musste lediglich ein paar Informationen bekommen, und die konnte ihm genauso gut Gisèle geben.

Pierre war gerade im Begriff, die Stufen zur *mairie* hinaufzugehen, als sein Telefon klingelte. Es war Luc. Seinen Assistenten hatte er in der ganzen Aufregung vollkommen vergessen.

»Was gibt's?«

»*Pardon*, Chef, die Zeit ist wie im Flug vergangen, ich habe mich total verquatscht. Dafür habe viel in Erfahrung gebracht. Du wirst stolz auf mich sein.«

»Hör zu, lass uns das ein andermal besprechen, ich stehe gerade vor dem Bürgermeisteramt. Es ist schon wieder ein Mord geschehen.«

»Das kann doch nicht wahr sein! Wer ist es diesmal?«

»Joseph Rochefort.«

»Ha, das passt. Seine fremdenfeindliche Einstellung war dorfbekannt.«

»Wie meinst du das?«

»Na, Farid ... Du glaubst nicht, was ich alles über ihn herausgefunden habe.«

Die Kirchenuhr schlug halb sieben. Als vorbildlicher Polizist hätte er sich Lucs Ausführungen anhören müssen, doch er hatte keine Lust dazu. Ganz im Gegenteil. Die Art, wie sein Assistent sich an dem Immobilienmakler festbiss, ging ihm gehörig auf die Nerven. »Ich habe gleich einen Termin. Aber wir können uns um halb acht beim *Chez Albert* treffen. Dann kannst du mir alles erzählen.«

Gisèle hatte bereits ihre Jacke angezogen und goss die Blumen. Das Kreppband auf den Türrahmen war verschwunden, nun hoben sie sich strahlend weiß vor gelben Wänden ab. Die Maler hatten ganze Arbeit geleistet.

»*Bonsoir*, Monsieur Durand, der Bürgermeister erwartet Sie schon«, sagte Gisèle. Dann stellte sie die Gießkanne auf dem Empfangstresen ab und reichte Pierre eine schmale Akte. »Der *plan local d'urbanisme*, wie gewünscht. Darauf finden Sie alle Informationen zur Flächennutzung innerhalb der Grenzen von Sainte-Valérie.«

Er nahm die Mappe entgegen, schlug sie auf. Das gesamte zur Gemeinde gehörende Gebiet war in unterschiedliche Areale aufgeteilt, deren Nutzbarkeit mit unterschiedlichen Farben und Kennungen versehen waren. Wie erwartet war der Besitz des Biobauern mit Grün als landwirtschaftliche Nutzfläche markiert. »Gibt es Personen, die diesen Plan in der letzten Zeit angefordert haben?«

»Der Immobilienmakler Farid sieht ihn sich manchmal an, wenn er für einen Klienten die Nutzungsrechte klären möchte, seine letzte Anfrage ist aber schon ein paar Wochen her. Außerdem Heloise Rochefort.«

»Heloise Rochefort?«

»Ja, sie hat sogar ein *certificat d'urbanisme* beantragt.«

Das war höchst interessant. Das *certificat d'urbanisme* war ein Bebauungsplan, mit dem sich Kaufinteressenten absicherten, inwieweit sie ein Grundstück ihren eigenen Vorstellungen anpassen konnten. Hierin war festgelegt, wie groß die Wohnfläche maximal sein durfte und ob die Nutzung des Grundes variabel war. Hatte man dies schriftlich, so war die Verwaltung für die Dauer von sechs Monaten daran gebunden. Zeit genug, einen entsprechenden Bauantrag zu stellen, der das ganze Prozedere abschloss.

»Haben Sie eine Kopie von dem Antrag?«

»Selbstverständlich.« Sie zeigte auf die Akte in seinen Händen. »Ich habe sie beigefügt.« Sie lächelte komplizenhaft. »Ich habe gewusst, dass Sie danach fragen werden. Ich hatte mich schon gewundert, was Madame Rochefort damit möchte, da das Grundstück ihrem Gatten gehörte. Aber einen Antrag stellen kann jeder Interessent, ob Besitzer oder nicht. Abgesehen davon ging es mich ja auch nichts an. Nachdem nun dieser entsetzliche Mord geschehen war und Sie vorhin anriefen und nach dem Flächennutzungsplan fragten, brauchte ich bloß eins und eins zusammenzuzählen.«

»Das haben Sie sehr gut gemacht, danke. Was halten Sie eigentlich von Madame Rochefort?« Pierre war ihr pikierter Blick nicht entgangen, als sie den Namen ausgesprochen hatte.

»Man kann ihr vermutlich ebenso vertrauen wie der Schlange im Paradies.«

Allmählich wurde ihm die spröde Gisèle richtig sympathisch. Pierre musste grinsen, dann warf er einen Blick auf die Formblätter und las weiter, bis er die entscheidende Stelle fand. Schwarz auf weiß. »Sie sind ein Schatz!«, rief er aus und warf Gisèle eine Kusshand zu, woraufhin die Empfangsdame errötete.

»Sie können jetzt direkt zum Bürgermeister«, sagte sie, griff dann nach ihrer Handtasche. »Wie erwähnt: Er erwartet Sie schon. Einen schönen Abend, *Monsieur le policier*.«

Das Erste, was Pierre auffiel, als er das Büro des Bürgermeisters betrat, war der aufgeräumte Schreibtisch. Alle Aktenberge, die sich bei seinem letzten Besuch hier noch getürmt hatten, waren auf eigenartige Weise verschwunden, das Holz glänzte wie poliert, sogar ein bunter Blumenstrauß stand auf dem Besprechungstisch seitlich des Fensters.

»*Bonsoir, mon ami*«, begrüßte Arnaud ihn überschwänglich, als hätte er nicht vor wenigen Stunden im Café kaum den Mund aufbekommen. »Es ist spät, nicht wahr? Noch dazu Freitag. Dein Anliegen ist sicher dringlich?«

»Ja, das ist es«, antwortete Pierre mit skeptischem Unterton. Von schlechter Laune keine Spur.

»Hat es mit dem Mord zu tun? Es war überaus schade, dass *Commissiare* Barthelemy die Besprechung so überstürzt verlassen musste, aber so ist es nun mal, das ging selbstverständlich vor.« Er setzte eine mitfühlende Miene auf. »Ich werde Madame Rochefort morgen einen Kondolenzbesuch abstatten. Eine furchtbare Sache, das mit ihrem Mann. Dieses sinnlose Morden muss ein Ende haben. Ihr seid dem Täter doch hoffentlich auf der Spur?«

»Deswegen bin ich hier.«

Sie setzten sich an den Besprechungstisch, von dem man einen wundervollen Blick über den Dorfplatz hatte. Pierre legte die schmale Akte vor sich ab und zog die Kopie des *certificat d'urbanisme* heraus.

»Du hast eine Nutzungsänderung bestätigt, die gegen die Vorgaben des *plan local d'urbanisme* ist«, sagte er und tippte auf das Papier.

»Lass mal sehen.« Rozier nahm die Kopie und hielt sie vor

sein dickwangiges Gesicht. »Ah ja, natürlich. Der Antrag von Madame Rochefort. Sie hatte darum gebeten, die Auflagen der landwirtschaftlichen Nutzfläche zu löschen.«

»Was du daraufhin getan hast.«

Rozier hob die Augenbrauen. »Selbstverständlich habe ich das. Ich kann doch meine Bürgerinnen und Bürger nicht hängen lassen, wenn sie Probleme haben. Da die Einkünfte der Rocheforts nicht ausreichten, um den Hof zu halten, war ich offen für andere Vorstellungen. Sie wollten ja nicht die Bebauung vergrößern, sondern lediglich die Natur anders gestalten.«

Wieder deutete Pierre auf das Formular. »Hier steht, dass du ihr eine Sondernutzung als Grün- und Sportfläche eingeräumt hast.«

»So ist es.« Der Bürgermeister lehnte sich zurück und verschränkte die Arme. »Madame und Monsieur Rochefort wollten einen Teil der Fläche verpachten.«

»Verpachten? Davon kann keine Rede sein. Heloise Rochefort will verkaufen. Obwohl ihr Mann dagegen war.«

»Oh, oh …« Rozier runzelte die Stirn. »Jetzt begreife ich so einiges. Natürlich habe ich danach gefragt, wer denn der Pächter werden soll, schließlich muss ich wissen, was in meiner Gemeinde vor sich geht, aber sie hat mir die Antwort verweigert.«

»Kennst du die *Solano Resorts*?«

»Ein Touristikunternehmen, klar kenne ich das. Ich war letztes Jahr in einer von deren Anlagen. Cluburlaub für Besserverdienende. Alles vom Feinsten, das kann ich dir sagen. Schöne Zimmer, fantastisches Essen. Dazu ein Pool, in dem man selbst dann noch ausreichend Platz hätte, wenn alles Gäste gleichzeitig baden wollten. Was hat das mit den Mordfällen zu tun?«

»Heloise Rochefort hat vor, ihren Besitz an dieses Unternehmen zu verkaufen. Ihre Eingabe deutet darauf hin, dass sie vorab klären wollte, ob das Gebiet für touristische Zwecke nutzbar gemacht werden kann oder nicht.« Pierre schüttelte erbost den Kopf. »Verdammt, sie hat mich vorhin angelogen.«

»Nicht nur dich.« Rozier beugte sich vor und stemmte die Hände auf. Alles an ihm strahlte Enttäuschung aus – er, der wohlmeinende Bürgermeister, war hereingelegt worden. »Sie hat uns alle an der Nase herumgeführt. Wir müssen sie sofort verhaften lassen.«

»Eins nach dem anderen. Noch reichen die Beweise für einen Haftbefehl nicht aus. Außerdem gibt es da noch eine Unstimmigkeit: Warum hat sie nicht gleichzeitig eine Vergrößerung der Bebauungsfläche beantragt? Diese hier reicht doch höchstens für knapp zwanzig Gästezimmer.«

»Das ist ohne Frage zu wenig«, bestätigte Rozier. »Die Anlagen, die ich von diesem Unternehmen kenne, haben drei- bis vierhundert. Dann frage ich mich allerdings, was die mit Rocheforts Grundstück wollen.«

Es war ein plötzlicher Gedanke. Alles hing miteinander zusammen. Noch einmal sah Pierre auf den *plan local d'urbanisme*.

Die Wiesen, die sich auf der rückwärtigen Seite der *Domaine des Grès* befanden, gehörten ebenfalls zu Rocheforts Grundstück. Somit war die Hotelanlage lediglich durch einen Feldweg von der zu verkaufenden Fläche getrennt. Zusammen hätten sie genau die Größe, die man für ein derartiges Resort brauchte. Auf einmal passten auch der Bebauungsplan und die Umgestaltung der Fläche zusammen. Keine Luxusanlage ohne Golfplatz.

»Du musst Gerold Leuthard davon überzeugen, dass er seine *Domaine* vorerst nicht veräußert«, sagte Pierre. »Ich habe den dringenden Verdacht, dass jemand versucht, sich an seiner misslichen Lage zu bereichern.«

Arnaud Rozier starrte ihn an, als habe Pierre gerade versucht, ihm zu erklären, dass die Erde eine Scheibe sei. »Du glaubst doch nicht etwa, dass *Solano Resorts* dahintersteckt?«

»Zumindest habe ich das Gefühl, dass jemand hier im Dorf stellvertretend für sie den Boden für einen künftigen Standort vorbereitet. Und dass sie die Ersten sein werden, die Leuthard ein Angebot machen.«

In diesem Moment läutete Pierres Telefon. Es war Barthelemy.

»Wir haben ein Geständnis«, rief der *Commaissaire* in den Hörer. »Rochefort, Vaucher und Loriant haben Antoine Perrot gemeinsam ermordet. Es war als Herrenwitz gedacht, ein Warnsignal für alle Ehebrecher.«

»Ein ziemlich schlechter Witz.«

»Das kannst du laut sagen.« Barthelemy hustete dröhnend. »Sie glauben noch immer, sie hätten der Menschheit damit einen Gefallen getan.«

Was für selbstgerechte Moralisten. »Wie haben sie es angestellt?«

»Xavier Vaucher wusste von dem Treffen zwischen seiner Frau und Antoine Perrot, also sind sie den beiden gefolgt. In der Nähe des Flusses haben sie ihn abgefangen, betäubt, gefesselt und in ein Tuch gewickelt. Über den rückwärtigen Eingang sind sie unerkannt in die *Domaine* gekommen. Den Code für die Schließanlage kannte Rochefort von seinen Anlieferungen. Allerdings war es Vaucher, der den Ort vorgeschlagen hatte, dessen Frau ist ja dort Rezeptionistin. Er wollte ihr einen heilsamen Schrecken verpassen, was ihm auch gelungen ist.« Wieder hustete er ausgiebig.

Zeit, dass er sich wegen der Bronchitis behandeln lässt, dachte Pierre.

Der *Commissaire* fuhr fort: »Sie haben gewartet, bis der Direktor ein letztes Mal die Schlösser überprüft hat, dann sind sie in den Weinkeller eingedrungen. Schlachter Guillaume Loriant stand Wache, während die anderen ihr Opfer in den Tank hoben. Danach sind sie feiern gegangen. Zuerst sah es ja so aus, als würden sie damit durchkommen.« Er stockte. »Tut mir echt leid, Pierre. Ich hätte das mit dem zweiten Schlüssel nicht übersehen dürfen. Wenn du nicht ...«

»Ist schon gut«, winkte Pierre ab. »Ich frage mich nur, was in ihnen vorgegangen ist, als ein weiterer Mord geschah.«

»Es hat sie noch enger zusammengeschweißt. Sie fühlten sich vollkommen verkannt und konnten es gar nicht verstehen, dass jemand ihr Vorgehen derart kopierte, noch dazu an einer jungen Frau. Rocheforts Tod hat sie schließlich komplett aus der Bahn geworfen. Xavier Vaucher kauert in seinem Stuhl und heult wie ein kleines Kind. Ich habe einen Psychologen zu ihm geschickt, da er sich überhaupt nicht mehr beruhigen lässt.« Barthelemy räusperte sich. »Du hattest also Recht. Wir haben es mit jemandem zu tun, der den ersten Mord imitiert hat, aber vollkommen andere Interessen verfolgt. Solange wir nicht wissen, welche das sind, können wir weder sagen, wer dahintersteckt, noch können wir ausschließen, dass dieser Jemand wieder zuschlägt.«

»Leider wahr«, bestätigte Pierre Barthelemys Befürchtungen. »Obwohl sich eine Spur gerade verdichtet. Es sieht fast so aus, als wäre der Mörder bald am Ziel.« Er erzählte ihm von dem Antrag, den Heloise Rochefort vorsorglich gestellt hatte, und von dem möglichen Zusammenhang mit dem anstehenden Verkauf der *Domaine*. »Ich werde morgen noch einmal mit ihr sprechen. Ich will, dass sie Namen nennt und mir eventuelle Vorverträge zeigt.«

Dass auch Farid ein Interesse am Tod des Biobauern haben könnte, behielt er für sich. Erst wollte er Lucs Bericht abwarten.

18

Inzwischen war es beinahe dunkel geworden. Als Pierre aus der *mairie* trat, blieb er einen Moment stehen und ließ den Blick über die *Place du Village* schweifen, um zu sehen, ob Luc noch immer am verabredeten Treffpunkt stand, obwohl er beinahe eine halbe Stunde später kam als vereinbart.

Die antiken Straßenlaternen waren bereits erleuchtet, vereinzelt saßen Menschen auf den Stühlen vor den Lokalen, flackernder Kerzenschein huschte über die Gesichter der Gäste und erzeugte eine fast unwirkliche Stimmung. Über allem der Mond, der über die Dächer der Stadt lugte und sie mit silbrigem Schimmer übergoss. Die Luft war erfüllt von leisen Gesprächen und Lachen, selbst der Bouleplatz war noch belebt. Ab und an blinkte eine Taschenlampe auf, die ein Spieler wohl über den Boden hielt, um den Abstand der geworfenen Kugeln zu überprüfen.

Luc stand mit verschränkten Armen seitlich des *Chez Albert*, zog mit dem Fuß ein Muster in den Sandboden, als er Pierre entdeckte und ihm freudestrahlend entgegenging. »Na endlich, ich habe einen Bärenhunger.«

Sie wählten einen Platz vor dem Lokal, nahe der Hauswand. Die meisten Gäste hatten sich bereits ins Innere verzogen, nur drei der Außentische waren besetzt. Aber Pierre war entschlossen, jede Minute des Essens im Freien zu verbringen; die Luft hatte trotz ihrer Frische eine angenehme Temperatur. Der Herbst würde noch früh genug kommen und mit ihm die Kälte.

Der Kellner entzündete ein Windlicht und nahm die Bestellung auf. Luc wählte *steak frites*, während Pierre sich für ein *côte de veau* entschied, ein Kalbskotelett mit einer Portwein-Sahne-Sauce und einer dicken Schicht gebratener Pilze. Dazu eine Karaffe roten Hauswein, der je nach Verfügbarkeit wechselte, aber immer vollmundig und fein strukturiert war.

In knappen Worten setzte Pierre seinen Assistenten über die neuesten Entwicklungen in Kenntnis. Da Luc bestätigte, dass die untreuen Ehefrauen des Schlachters und des Versicherungsvertreters für den zweiten Mord hieb- und stichfeste Alibis hatten, zog Pierre sein Notizbuch hervor, strich Namen und Motive und malte dafür eine neue Spalte »Geld«. Dorthin schrieb er den Namen von Heloise Rochefort und den des Touristikunternehmens *Solano Resorts*. Dann ergänzte er die Liste um den Namen des Immobilienmaklers und umkringelte dessen Namen in der Spalte »Vergeltung«.

Wie seltsam sich dieser Fall entwickelt, dachte Pierre. Sollte ich mich derart in Farid getäuscht haben?

»Das ist vielleicht ein falscher Hund«, eiferte sich Luc und zeigte auf das Geschriebene. »Der hat mehr Dreck am Stecken als unser ehemaliger Haushaltsminister Cahuzac.«

Zwei Tische weiter hob sich ein Kopf und drehte sich in ihre Richtung.

»Du solltest besser leise sprechen«, wisperte Pierre. »Es sei denn, du möchtest, dass wir unser Essen einpacken lassen und in der Wache weiterreden.«

»Ja, ja, du hast Recht.« Luc nickte heftig, wartete, bis der Kellner den Wein brachte, und fuhr dann fort. »Ich habe einen Blick auf Farids Konten werfen können.«

»Und?«

Er beugte sich näher zu Pierre und sprach in vertraulichem Tonfall. »Unser lieber Immobilienmakler ist hoch verschuldet.

Vor vier Jahren wollte die Bank ihm keinen Cent mehr geben. Nur mit Hilfe der Bürgschaft seiner Schwester konnte er alles in einen Kredit umwandeln, den er heute noch abbezahlt.«

Das hatte Pierre nicht erwartet. Nachdenklich trank er einen Schluck Rotwein. »Er verdient doch nicht schlecht als Makler«, wandte er ein.

»Theoretisch schon, aber wenn es Kunden gibt, die ihm die größten Geschäfte versauen ...« Luc hob die Augenbrauen und lehnte sich mit einem zufriedenen Gesichtsausdruck zurück. »Du siehst, er hat sehr wohl ein Motiv.«

Die Schlinge zog sich zu. Ja, es war nicht mehr von der Hand zu weisen. Farid hatte laut Gisèle Einsicht in den Flächennutzungsplan erhalten. Handelte er etwa im Auftrag von *Solano Resorts*? Als Immobilienmakler hätte er durchaus entsprechende Anfragen des Touristikunternehmens erhalten können. Er hätte lediglich dafür sorgen müssen, dass die Besitzer verkauften. Selbstverständlich gegen Zahlung einer hohen Provision. Pierre fuhr sich durchs Haar. »So ein verdammter Mist!«

»Warum denn Mist? Nun haben wir endlich, wonach wir gesucht haben«, meinte Luc verwundert, doch Pierre hörte nicht mehr hin.

Etwas anderes hatte seine Aufmerksamkeit auf sich gezogen und führte nun dazu, dass ihm das Blut in den Kopf stieg. Vom Anwohnerparkplatz seitlich der Kirche kam ein Paar auf das *Chez Albert* zugeschlendert. Die Frau hatte ihren Arm um die Taille des Mannes geschlungen; ihr langes schwarzes Haar bewegte sich fließend zu jedem ihrer anmutigen Schritte.

Celestine!

Sie trug ein Kostüm, das er an ihr noch nie gesehen hatte, der orangefarbene Stoff leuchtete im Schein der Laternen. An ihrem Handgelenk funkelte eine goldene Uhr. Neben ihr dieser Möchtegern-Clooney in edlem Anzug und blank polierten

Schuhen, der sie fest an sich gedrückt hielt, als wolle er damit aller Welt zeigen, dass diese wunderschöne, katzengleiche Frau ihm gehörte, ihm ganz allein.

Pierre brauchte gar nicht erst an sich herunterzusehen, um zu wissen, dass er in seiner alltäglichen Polizeihose und dem hellblauen Hemd nicht annähernd so attraktiv aussah wie Thomas Murray.

Auch Luc hatte die beiden inzwischen bemerkt und war aufgesprungen. »Wie schön, dich zu sehen.« Er ging ihr entgegen, umarmte sie kurz und schüttelte die Hand ihres Begleiters. Letzteres allerdings mit deutlicher Zurückhaltung. »*Bonsoir*, Monsieur Murray.«

Pierre wäre am liebsten im Boden versunken. Aber nun war es zu spät. Jetzt galt es, das Gesicht zu wahren.

Die beiden Männer gaben sich die Hände, taxierten sich.

»Monsieur Murray.«

»*Bonsoir*, Monsieur … wie ist doch gleich Ihr Name?«

»Durand«, antwortete Pierre und setzte ein eisiges Lächeln auf. »Kein Problem. Man wird vergesslich mit zunehmendem Alter, nicht wahr?«

Murray lächelte säuerlich und wandte sich an Celestine, die das Ganze wie erstarrt mitverfolgt hatte. »Wollen wir hinein?«

»Geh bitte schon mal vor, Thomas, und such uns einen schönen Tisch aus. Ich komme gleich nach.« Kaum war der Engländer missmutig im Inneren des Lokals verschwunden, nahm sie Pierre am Arm. »Laufen wir ein kleines Stück?«

Sie überquerten den Platz und ließen sich auf den Stufen des Brunnens nieder.

»Wie ich höre, ermittelst du in einem Mordfall?«, begann sie, als wären sie gute Freunde, die sich über ihren Alltag austauschten. »Die arme Virginie Leclaude. Ich kannte sie gut, sie wohnte nur ein Haus weiter. Woran ist sie denn gestorben?«

»An Essensresten.«

»Essensreste? Wie kommt man denn auf so etwas?«

»Das ist eine lange Geschichte. Der Täter hat sie Didier Carbonne nachts aus dem Auto gestohlen, während er in der *Bar du Sud* war.«

»Carbonne?« Sie kräuselte die Stirn. »Das ist ja mal ein seltsamer Zufall.«

»Wie meinst du das?«

»Na ja ... Ich denke ... Der Mörder muss ganz genau gewusst haben, wo er die Reste findet, nicht wahr?«

»Das halbe Dorf wusste davon, er hat überall damit geprahlt.«

»Hm ... trotzdem. Eigenartig, wie das Leben so spielt.«

Eine Weile schwiegen sie, lauschten dem gleichmäßigen Plätschern, dann holte Celestine eine Schachtel schlanker Zigarillos aus ihrer Tasche und zündete sich eine an.

»Ich wusste gar nicht, dass du wieder rauchst?«

»Es gibt einiges, was du von mir nicht weißt.«

»Das ist wohl wahr. Ich hätte dich zum Beispiel nie für derart illoyal gehalten.«

»Illoyal?« Sie funkelte ihn an. »Wie kannst du so etwas behaupten?«

»Sag mir, wie ich es sonst nennen soll. Wir haben uns gestritten, Celestine, in Ordnung. Ich war manchmal ein Holzkopf, aber ich war bereit zu lernen. Sogar einen Kochkurs habe ich besucht, um dir zu zeigen, dass ich dich und unsere Probleme ernst nehme.«

Sie nahm einen tiefen Zug, und als sie den Rauch in kleinen weißen Wölkchen in die Nachtluft schickte, glaubte er, ein Lächeln auf ihren Lippen zu erkennen.

»Du hast mir keine Chance gelassen«, fuhr er fort. »Du bist einfach gegangen, hast sogar deinen Job gekündigt und bist zu ihm gezogen, nur eine Woche, nachdem wir zuletzt das Bett geteilt haben. Zu einem Mann, der dich angeblich schon öfter zu seinen legendären Feiern eingeladen hatte, bei denen man zu vorgerückter Stunde nackt in den Pool springt. Hinter meinem Rücken. Was soll das anderes sein als illoyal, kannst du mir das bitte verraten?«

Celestine nahm noch einen Zug und drückte dann den halb gerauchten Zigarillo auf dem Boden aus. »Was hast du denn erwartet? Etwa, dass ich den Rest meines Lebens in diesem furchtbaren Appartement verbringen möchte oder in deiner ständig unaufgeräumten beengten Bude?« Ihre Augen blitzten. »Du hast dich nicht im Mindesten für meine Bedürfnisse interessiert. Oder hast du jemals daran gedacht, mir einen Antrag zu machen?«

»Du wolltest einen Heiratsantrag?«

»Jede Frau möchte irgendwann mal einen bekommen.«

»Hättest du denn ›Ja‹ gesagt?«

»Vielleicht.«

Er schüttelte den Kopf. »Nein, Celestine, so läuft das nicht. Du willst jemanden, der dich umgarnt und dir die Füße küsst. Dabei bist du selbst nicht bereit, dich ganz zu ihm zu bekennen, mit all seinen Fehlern und Macken.«

»Deine Machoallüren nennst du also *Macken*, hm? Findest du das nicht ziemlich untertrieben? Wie hätte unser Leben ablaufen sollen? Etwa wir beide gemeinsam in deiner engen Wohnung, womöglich hätten wir noch ein, zwei Kinder bekommen. Dann wäre der gesamte Haushalt an mir hängen geblieben, während du als Dorfpolizist dafür gesorgt hättest, dass wir etwas zu beißen haben. Nein, mein Lieber, das ist nicht das Leben, das ich mir vorgestellt habe.«

»Ich habe nur dieses eine Leben«, erwiderte Pierre. »Es gefällt mir. Und ich werde es ganz bestimmt nicht ändern, nur weil meine Freundin sich plötzlich für etwas Besseres hält.«

»Du spinnst wohl«, brauste sie auf und holte aus, doch bevor sie ihm eine Ohrfeige verpassen konnte, packte Pierre sie fest am Handgelenk.

»Sag mir nur eins, Celestine, macht dich das hier glücklicher?«

Sie riss sich los, ließ den Arm jedoch sinken. Dann schwieg sie und schaute zu Boden.

»Dein Vater macht sich Sorgen um dich«, sagte Pierre leise.

»Das geht dich nichts an. Es ist mein Leben. Thomas ist in Ordnung.«

»Das hat bei deinem Vater anders geklungen. Er sagte, dein neuer Freund sei ein *berechnender Dreckskerl*.«

»So habe ich ihm das ganz sicher nicht erzählt. Na ja, Thomas bietet mir natürlich ein schönes Leben. Aber ich sehe ihn kaum. Er ist eben ständig unterwegs. Beruflich.«

»Was macht er denn so, wenn er beruflich unterwegs ist?«

»Das kann ich dir nicht sagen. Er redet nicht gerne darüber.«

»Klingt nach einer innig vertrauten Beziehung.«

Sie lachte, es klang bitter. »Was ist mit dir? Wie ich höre, triffst du dich mit einer Frau, die von ihren Kochschülern mit ›Sir‹ angeredet wird.«

»Lass Charlotte aus dem Spiel.«

»Ich vermisse dich, Pierre«, sagte sie plötzlich mit rauer Stimme und sah ihn mit halb geschlossenen Augen an. »Glaubst du, wir beide haben noch eine Chance?«

Verwundert musterte er sie. Hatte er manchmal gedacht, Frauen nicht wirklich zu verstehen, so war dies ein weiterer Beweis dafür. Nein, so ganz stimmte es nicht. Bei Charlotte war es anders. Mehr noch: Allein der Gedanke an sie löste in seinem Herzen ein sanftes Beben aus, das sich im ganzen Körper ausbreitete.

Pierre presste die Lippen aufeinander, atmete tief ein. »Nein,

Celestine. Es hat ein wenig gedauert, bis ich es begriffen habe. Doch ich weiß nun ganz sicher, dass mein Glück woanders liegt.«

Als Pierre wieder an seinem Platz ankam, stand das Essen bereits auf dem Tisch.

»Sie haben gefragt, ob sie es später bringen sollen, aber ich dachte, du bist gleich wieder da«, sagte Luc mit Unschuldsmiene und steckte sich eine Pommes frites in den Mund.

»Schon gut.« Pierre leerte sein Glas, schenkte sich und seinem Assistenten nach, trank noch einen Schluck und stocherte im Essen herum, das sich als köstlich, wenngleich nur noch als lauwarm erwies.

Luc konnte seine Neugier nur kurz zügeln, denn bald brach es aus ihm hervor: »Was wollte sie denn von dir? Habt ihr euch wieder vertragen?« Sein Verhalten war irgendwie auffällig. Und als Pierre mit der Antwort zögerte, beugte sich Luc vor. »Na komm schon, erzähl.«

Er verstand. »Hast *du* ihr etwa gesagt, dass wir heute Abend hier sind?«

»Ähm ... *bon*, ich habe sie vorhin beim Krämerladen getroffen, es hatte sich so im Gespräch ergeben.«

»Grundgütiger!« Pierre zog eine Braue hoch. »Keine weiteren Verkupplungsversuche, verstanden? Halte dich da raus, okay?«

Er wandte den Blick ins Innere des Restaurants zu Celestine, die gerade ihr Gesicht hinter der riesigen Speisekarte verbarg. Es war die richtige Entscheidung, dessen war er sich sicher. Es hatte ihn sogar erleichtert, einen endgültigen Schlussstrich zu ziehen. Nicht nur gedanklich, sondern auch im persönlichen Gespräch. Dennoch rumorte es in ihm, als er sich wieder umdrehte und in die Kerze starrte, die hinter dem Glas des Windlichts langsam niederbrannte.

Den Rest der Mahlzeit aßen sie schweigend. Erst als Pierre einen weiteren Wein für sie beide bestellt hatte und nun auch Krüge mit Pastis und Wasser auf dem Tisch standen, fühlte er sich wieder in der Lage, sich auf den Fall zu konzentrieren.

»Du hast vorhin von Farid erzählt«, forderte er seinen Assistenten auf weiterzusprechen. Dabei schenkte er ihm Wein nach.

»Ja, richtig.« Luc blickte misstrauisch auf sein Glas. »Dürfen wir das denn? Immerhin sind wir im Dienst.«

»Sind wir nicht. Eine dienstliche Besprechung kann man auch nach Feierabend abhalten.« Pierre prostete ihm zu. Er hielt nichts davon, sich zu betrinken, aber es gab Tage, an denen war es ihm ein dringendes Bedürfnis. So wie heute.

»Also gut. Ich war wie gesagt bei der Schwester von Farid. Sie heißt Neyla und ist mit einem Portugiesen verheiratet. Eine ganz zauberhafte Frau. Sie hat mir etwas höchst Interessantes erzählt: Unser Immobilienmakler ist spielsüchtig. Poker.« Luc warf Pierre einen Blick zu, der James Bond alle Ehre gemacht hätte.

»Spielsüchtig«, murmelte Pierre. Was kam denn noch alles zum Vorschein? »Ist er das immer noch, oder galt das nur für die Zeit, aus der die Schulden stammen?«

»Nun ja, wann ist man als Abhängiger denn wirklich clean?« Luc zuckte mit den Schultern. »Also, richtig süchtig ist er zurzeit nicht mehr, glaube ich. Aber stell dir mal vor, wie das ist. Man arbeitet hart, um seine Schulden abzubezahlen, hat einen dicken Fisch an der Angel, der einen auf einen Schlag von allen Sorgen befreien könnte, und dann kommt da so ein blitzgescheiter Investor und trickst einen aus.« Er blinzelte Pierre verschwörerisch zu, leerte das Glas in einem Zug. »Du weißt, wie die so ticken, die nichtchristlichen Völker, die bringen aus verletztem Stolz auch schon mal wen um. Blutrache und Dschihad und so weiter, das kennt man ja. Ich habe das mal in einer Sendung gesehen. Da ging es um die Muslime, die sind manchmal ganz schön rabiat. Rochefort hat sicher einigen Hass geschürt. Ich habe es mit meinen eigenen Ohren gehört, als er schlecht über Farid sprach, weil der nicht konvertiert ist. Obwohl er hier seit seiner Geburt wohnt.«

Pierre musste laut auflachen. Sein Assistent hatte ohne Punkt und Komma geredet, und mit jedem Wort gewann die Theorie an Absurdität. »Luc, du kannst doch nicht irgendwelche Begriffe völlig aus dem Zusammenhang reißen und nach Gusto neu ordnen. Farid Blutrache zu unterstellen, nur weil er Muslim ist, das geht nun wirklich zu weit.«

»Ach ja? Dass er Schulden hat, reicht etwa nicht aus?«

»Natürlich, das ist ein gewichtiger Grund, da gebe ich dir vollkommen Recht. Aber das eine hat doch mit dem anderen nichts zu tun.«

Nun war es an Luc, noch einmal nachzuschenken. »Weißt du, was ich glaube? Dein Freund hat dir gehörig das Hirn gewaschen, deshalb verteidigst du ihn jetzt. Du solltest besser genau hinsehen. Warum hat er dir nicht von seiner Spielsucht erzählt, hm? Ich dachte, er vertraut dir.« Seine Stimme wurde langsam schwer, mit einer fahrigen Bewegung faltete er die Hände wie zum Gebet und sah Pierre mit geweiteten Augen an. »Bitte, das kannst du nicht ignorieren. Du verlierst deine Objektivität.«

Pierre setzte zu einer scharfen Erwiderung an, ließ es dann aber sein. Es fiel ihm schwer, sich Lucs Argumentation zu entziehen. Gleichzeitig spürte er, wie sein innerer Widerstand wuchs. Farid war am Anfang der Einzige in Sainte-Valérie gewesen, der ihn freundlich und mit Respekt behandelt hatte. In der ganzen Zeit hatte Pierre ihn niemals aggressiv oder aufbrausend erlebt. Eher ruhig und verständig. Nein. Auch wenn dieser Mann sicher dunkle Seiten hatte, die er lieber verbergen wollte, oder als Makler eine gewisse Schlitzohrigkeit an den Tag legte: Die Art der Morde passte nicht zu ihm. Ebenso wenig wie das Bild, das Luc von dem Makler zu zeichnen versuchte.

»Ja, ich mag ihn«, antwortete Pierre mit Bestimmtheit. »Und es ist gut möglich, dass ich deshalb befangen bin. Trotzdem möchte ich, dass du mir vertraust, wenn ich dir sage, dass er die Taten nicht begangen hat.«

»Du musst wissen, was du tust.« Lucs Lippen zitterten, mit glasigen Augen starrte er Pierre an. In seinem Blick zeichneten sich Unverständnis und Wut ab. Er zog einen zerknitterten Schein aus der Hosentasche und klemmte ihn unter sein Weinglas. Dann er hob er sich und ging. Wortlos, ohne Gruß.

Pierre seufzte und fuhr sich durchs Haar. Das hatte ihm gerade noch gefehlt. Er wusste, wie es sich anfühlte, in seinem Enthusiasmus gebremst zu werden, doch Luc war mit seinen Anschuldigungen einfach zu weit gegangen.

Mit einer abrupten Bewegung schob er das Glas von sich. Er würde seinen Verstand heute Abend noch brauchen. Jetzt galt es, etwas zu finden, das ihm sagte, dass er mit seiner Einschätzung richtiglag. Er würde sich zu Hause noch einmal an den Computer setzen und ergründen, wer sich hinter den *Solano Resorts* verbarg.

19

Ein penetrantes Geräusch ließ Pierre hochschrecken. Es dauerte, bis er registriert hatte, dass es das Klingeln seines Telefons war, das ihn aus tiefstem Schlaf gerissen hatte. Als er es endlich zu fassen bekam, verstummte es. Kurz darauf flammte eine SMS auf.

Ruf mich zurück, ich muss mit dir sprechen.
Arnaud

Der Bürgermeister hatte ihn noch nie an einem Samstag angerufen, er hielt sich penibel genau an die Öffnungszeiten der *mairie*. Ohne Zweifel war es etwas Dringendes, ansonsten hätte er bis zum Montag damit gewartet. Pierre gähnte herzhaft. Er würde sich erst frisch machen müssen, bevor er sich in der Lage fühlte zurückzurufen.

Brummelnd rieb Pierre seinen schmerzenden Kopf. Ein Blick auf die Uhr zeigte ihm, dass er verschlafen hatte, es war bereits kurz nach neun. Er hatte den Radiowecker wohl überhört oder im Halbschlaf ausgestellt. Um halb elf wollte er Charlotte abholen, also schlüpfte er rasch unter die Dusche und ließ kühles Wasser auf seinen Körper prasseln.

Die ganze Nacht hatte er an dem Fall gesessen und versucht, etwas über die *Solano Resorts* herauszufinden, bis der dunstige Morgen seine grauen Fühler ausgestreckt hatte. Das Internet war voller Informationen gewesen, daher wusste er jetzt, dass das 1996 gegründete Unternehmen zu achtundsiebzig Prozent einer spanischen Holding gehörte, die ihren Sitz in Barcelona hatte, und zu zweiundzwanzig Prozent einer internationalen Beteiligungsgesellschaft, die diverse Projekte der Tourismusbranche unterstützte. Ziel der Holding war es, die Konkurrenz zu überflügeln und mit ihren Luxusresorts vornehmlich zahlungskräftige Kunden und Prominente anzuziehen. Es gab bereits acht Anlagen, alle an exklusiven Orten mit gehobenem Ambiente.

Gerade Frankreich schien dabei ein schwer zu besetzendes Vertriebsgebiet, beinahe flächendeckend erfasst vom großen Konkurrenten, dessen Club nahe der Côte d'Azur nach aufwendiger Renovierung Millionenumsätze machte.

Nur dort, wo die Seele der Provence lag, im Département Vaucluse mit seiner malerischen Landschaft zwischen dem Mont Ventoux und dem Luberon-Gebirge, gab es nicht eine einzige Clubanlage. Von niemandem. Genau das war der springende Punkt.

Pierre sortierte seine Erkenntnisse, während er aus der Dusche stieg und sich abtrocknete.

Die Morde gingen ganz klar auf jemanden zurück, der sich im Dorfgefüge auskannte. Anders war es nicht zu erklären, woher der Täter beispielsweise von Carbonnes Essensresten gewusst hatte. Oder warum ausgerechnet Virginie Leclaude sterben musste, ein Bauernopfer, wie er glaubte, allerdings mit Bedacht gewählt, damit das Rezept in seiner Symbolik stimmig war.

Die Wahrheit schien irgendwo dazwischen zu liegen. Es gab ganz offenbar jemanden von außerhalb, der Interesse bekundete, und einen anderen aus der Dorfgemeinschaft, der dem Fremden einen Weg bahnte.

Pierre schlüpfte in Jeans und Poloshirt – schließlich war Wochenende – und tupfte sich etwas Eau de Cologne hinter die Ohren.

Die Liste der Geschäftsführer und Beteiligten von *Solano Resorts* war lang, keiner der Namen sagte ihm etwas, allesamt lebten im Ausland. Dennoch wollte Pierre sie einzeln überprüfen, und das konnte eine Weile dauern. Luc würde ihm dabei helfen müssen ... wenn er sich wieder beruhigt hatte. Aber er glaubte ohnehin nicht, dass einer der Verantwortlichen irgendwo in Sainte-Valérie aufgetaucht war, um sich die Hände schmutzig zu machen. So etwas erledigten im Allgemeinen Verbindungsmänner.

War Farid einer von ihnen? Hatte er sich doch geirrt, als er den Makler so vehement verteidigt hatte?

Während Pierre sich einen Kaffee aufbrühte, versuchte er, den Bürgermeister zu erreichen – aber der nahm weder unter der Büronummer noch unter seinem privaten Anschluss ab. Auch Heloise Rochefort, die er ebenfalls anrief, ging nicht ran. Er würde vorbeifahren und sie persönlich befragen müssen. Nachher.

Mit der dampfenden Tasse setzte er sich ans Fenster, nippte am Kaffee und blickte auf die Felder, die von oben aussahen wie ein großer bunter Flickenteppich.

Er hatte sich wirklich eine Pause verdient. Zudem freute er sich darauf, mit Charlotte zum alten Bauernhof zu fahren. Der kurze Ausflug würde seinen Kopf frei machen, frei für neue Ideen, wie bei diesem Fall weiter vorzugehen war.

Er hatte das Fahrrad aus dem Schuppen geholt und es gründlich von Staub und Spinnweben befreit. Dann ein paar Besorgungen im Krämerladen gemacht, die er in seinem Rucksack verstaut hatte. Nun stand Pierre vor Charlottes Tür und hatte ein wenig Herzklopfen, als er klingelte.

Sie öffnete mit ihrem Sonnenlächeln. Die Köchin trug ein meergrünes Kleid, das die Farbe ihrer Augen unterstrich, und bei ihrem Anblick wurde ihm ganz warm.

»Du bist nicht zu Fuß?«, fragte sie erstaunt. »Verrätst du mir jetzt, was du vorhast?«

»Du wirst es noch früh genug sehen«, entgegnete Pierre schmunzelnd. »Hol dein Fahrrad, es ist nicht weit.«

Sie fuhren durchs Dorf, winkten Madame Duprais zu, die wieder einmal die Treppe zur Straße wischte und ihnen mit offenem Mund nachstarrte, nahmen die Straße in Richtung Murs und bogen kurz vor der *Domaine* in einen schmalen Sandweg, der sie ein Stückchen bergab führte. Sie rasten, als wollten sie fliegen, vorbei an abgeernteten Feldern, knorrigen Eichen und wildem Rosmarin, bis der Boden steiniger und unzugänglicher wurde und sie abstiegen und die Fahrräder schoben, um die Reifen zu schonen.

Bald stießen sie auf den von Zypressen gesäumten Weg, den Farid am vergangenen Mittwoch entlanggefahren war. Pierre hatte sich die Strecke auf einer Karte angesehen und sich über die Abkürzung seitlich der Felder gefreut, die ihnen mindestens eine Bergfahrt erspart hatte.

»Ich ahne etwas«, murmelte Charlotte, als sie seinem Blick folgte, und wirkte beeindruckt. Noch konnte man den Hof nicht erkennen, nur den Weg, der immer schmaler wurde und sich zwischen Bäumen verlor, und schließlich die erhöhten Wipfel des Laubwäldchens, die sich im Wind wiegten.

Wieder stiegen sie auf ihre Räder, überquerten kurz darauf die steinerne Brücke und hielten langsam auf den Bauernhof zu.

Er war genau so wie in seinen Erinnerungen. Wieder durchströmte ihn dieses eigenartige Gefühl, als gehöre er hierher, als sei dies seine Heimat. Sollte er all das wirklich jemandem wie

Thomas Murray überlassen, der daraus womöglich einen weiteren Hochglanzpalast mit elegantem Fuhrpark machte?

»Es ist wunderschön«, flüsterte Charlotte in seine Gedanken hinein.

Sie lehnten die Fahrräder an das alte Gemäuer im Schatten einer Platane. Pierre beobachtete aus dem Augenwinkel, wie Charlotte den Blick schweifen ließ, über die steinerne Fassade, das Nebengebäude, den Ziehbrunnen und schließlich über die angrenzenden Wiesen und die Olivenbäume mit ihrem silbrigen Laub. Ihr Gesicht spiegelte Neugierde und ein Entzücken, wie es nur Frauen zustande brachten. Sie löste sich aus dem Schatten und lief auf einen Platz seitlich des Hauptgebäudes zu, der rückwärtig von einer brüchigen Steinmauer begrenzt war.

»Hier ist ein wunderbarer Ort für ein paar Sitznischen und einen Tisch, um im Freien zu essen. Oder für eine Steinbank, umrahmt von Rosenbüschen und Callas«, rief sie aus, dann zeigte sie in den Himmel. »Sieh doch nur, am Nachmittag spenden die Zypressen Schatten, aber wenn die Sonne untergeht, wird ihr Licht diesen Platz streifen, und man kann die Abendstunden mit einem gekühlten *Côtes de Provence* genießen. Und hier«, sie machte eine halbe Drehung, »hier könnte man einen kleinen Teich anlegen, mit Seerosen und Zierfischen. Und dort drüben, wo das Gras wild wuchert, zauberst du ein Meer aus Mohn, Sonnenblumen und Lavendel.«

»Oder Weinreben.« Er lachte ihr zu. Ihre Begeisterung war ansteckend. »Wenn du willst, machen wir hier an einem der nächsten Tage ein Picknick. Farid hat den Hof bis Mittwoch nächster Woche für mich reserviert.«

»Wirklich?« Ihre Augen strahlten. »Dann am Dienstag, an meinem freien Tag.«

»Abgemacht. Jetzt zeige ich dir erst einmal das Innere des Hauses.«

Auf dem Weg zum Ziehbrunnen, in dessen Mauerritze sich laut Farid der Hausschlüssel befinden sollte, blickte Pierre sich suchend um. Er hatte eigentlich erwartet, dass ihn die Ziege schon bei der Ankunft begrüßte, direkt hinter der Brücke, wo er sie vergangenen Mittwoch hatte stehen lassen, doch von Cosima keine Spur. Nur ein paar herb duftende Köttel hie und da zeugten von ihrer Anwesenheit. Auch um den umgekippten Eimer am Brunnen herum lagen ihre Hinterlassenschaften zwischen lauter kleinen Hufabdrücken.

Pierre tastete die Steine, zwischen denen blühendes Kraut wucherte, nach der von Farid beschriebenen Stelle ab, bis er sie schließlich fand und den alten, von Rostblumen übersäten Schlüssel hervorzog. Als er damit in Richtung Hauptgebäude ging, war ihm beinahe feierlich zumute.

Auch das Innenleben des Hauses entlockte Charlotte ungebremstes Entzücken. Nicht einmal der Gestank im Badezimmer brachte sie zur Vernunft, hier lobte sie den alten Waschtisch, den man bestimmt in wenigen Arbeitsschritten in ein Kleinod verwandeln konnte. Unter mehreren Ahs und Ohs folgte sie Pierre durch alle Räume, bis sie wieder im Eingangsbereich anlangten.

»Das ist wirklich ein fantastisches Haus«, meinte sie abschließend. Dabei strich sie beinahe zärtlich über das schmiedeeiserne Geländer der Treppe, die zum Obergeschoss führte, folgte mit den Fingern den Schnörkeln im Metall. »Du musst es unbedingt kaufen.«

»Hast du die hohe Decke im Wohnraum gesehen? Die Konstruktion bricht irgendwann zusammen, da gibt es kaum Stützbalken.«

»Die kann man einsetzen.«

»Außerdem müssen die Rohrleitungen allesamt erneuert werden.«

»Es gibt immerhin einen Anschluss an die Kanalisation.«

»Aber die Risse in den Wänden, die alte Sanitäreinrichtung … Allein die Malerarbeiten werden ein Vermögen verschlingen.«

Sie sah ihn belustigt an. »Soll ich dir einen Kostenplan erstellen? Mit einer Übersicht der einzelnen Gewerke und vor allem der Arbeiten, die man auch selbst erledigen kann? Ich bin gut in solchen Dingen.«

»Daran habe ich keinen Zweifel. Mit dir könnte man sicher einen kompletten Hausbau planen bis auf den letzten Cent.«

Sie legte den Kopf schräg. »Wusstest du, dass dies eine meiner Eigenschaften war, die Nicolas beinahe in den Wahnsinn getrieben hätten?«

»Er muss ein furchtbarer Ignorant gewesen sein.«

Sie schmunzelte. Dabei überzog eine leichte Röte ihre Wangen, und sie wandte den Blick ab.

Er wollte ihr gerade einen Finger unters Kinn legen, um ihr Gesicht zu heben und diesem Ausdruck von Verlegenheit nachzuspüren, der noch etwas anderes beinhaltet hatte, das ihn tief berührte, als sie unvermittelt in die Knie ging und mit der bloßen Hand über den Boden wischte.

»Siehst du das?«

Sie rieb weiter, kratzte mit ihren gepflegten Fingernägeln an der schmutzigen Patina, dann blitzte etwas Bläuliches hindurch. »Gibt es hier Putzzeug oder einen Lappen?«

Sie durchstreiften das Haus, fanden Besenstile ohne Besen, kaputte Plastikeimer und eine Kehrschaufel. Auf einer Ablage oberhalb des Herdes entdeckten sie einen Schwamm, dessen Scheuerfläche kaum noch vorhanden war.

»Ich möchte gar nicht darüber nachdenken, wo damit überall schon geputzt worden ist«, sagte Pierre, aber Charlotte nahm den Schwamm beherzt in die Hand und drehte den Wasserhahn auf. Es gluckerte und rumorte, die dreckige Brühe schien dunkler als beim ersten Mal, als habe der heftige Regenguss sämtlichen Schlamm in die Leitungen getrieben. Je länger sie es laufen ließ, desto klarer wurde das Wasser.

»Das sollte reichen«, sagte sie, hielt den Schwamm unter den Strahl und eilte damit zurück in den Eingangsbereich.

Nach und nach kam ein fantastischer Fliesenboden zum Vorschein, in hellgrauen, beigen und blauen Mustern, die in regelmäßigen Abständen von Ornamenten eingefasst waren. Er erstreckte sich über den gesamten Flur bis hin zur Küche, wo der Vorbesitzer ihn mit einem PVC-Belag beklebt hatte, der sich jedoch als derart porös erwies, dass man ihn in dicken Bahnen abziehen konnte.

»Das ist unglaublich«, rief Charlotte aus, nachdem sie sich die Hände gründlich gewaschen hatten und das Ergebnis in Ruhe betrachteten. »Bis auf wenige Stellen ist der Boden nahezu unversehrt. Stell dir nur mal vor, wie wundervoll es wirkt, wenn man die Vorhangstoffe und Wandfarben darauf abstimmt und das Ganze mit Möbeln in warmen Holztönen ergänzt.«

Er lachte, trotzdem fand er, dass es an der Zeit war, ihrem Enthusiasmus endgültig einen Riegel vorzuschieben.

»Ja, Charlotte, ich weiß. Hör zu, ich habe zwar eine ganz ansehnliche Summe zurückgelegt, aber das Geld reicht hierfür nicht aus.«

»Dann nimmst du eben einen Kredit auf.«

»Kommt nicht in Frage.«

»Jeder braucht eine Bank, wenn er ein Haus kaufen möchte. Warum sollte es bei dir anders sein?«

»Weil ich unabhängig bleiben möchte.«

Sie sah ihn aufmerksam an. Wieder der sezierende Blick. Dieses Mal konnte er sich ihm nicht entziehen. Er wollte, dass sie über ihn Bescheid wusste.

»Es ist nun mal so …«, setzte er zögernd an. »In meinem beruflichen Leben musste ich erfahren, dass es so etwas wie Sicherheit niemals wirklich gibt. Vor allem möchte ich mir die Freiheit erhalten, jederzeit zu kündigen.«

»Der Streit mit Barthelemy?«

»Auch, obwohl der inzwischen beigelegt ist. Nein, es gibt da etwas, das noch weiter zurückliegt.« Er hielt kurz inne, dann endlich begann er zu erzählen. Erst schleppend, danach in immer schnellerem Tempo. Es war, als breche alles erneut aus ihm hervor, die aufgestauten Emotionen, seine Enttäuschung. Seine berufliche Vergangenheit lebte wieder in ihm auf. Das alles nur, weil Charlottes Blick wie ein Katalysator wirkte, der ihn geradezu zwang, seine Geschichte vor ihr auszubreiten. Das schöne und aufregende Leben in Paris. Die Unbeschwertheit. Die immer größer werdende Verantwortung, je weiter er beruflich kam. Dann das Gefühl der stetigen Beobachtung, des zunehmenden Konkurrenzkampfes.

»Eines Tages musste ich feststellen, dass man von mir nicht mehr nur die Aufgaben eines *Commissaires* erwartet hat, sondern vielmehr die eines Politikers.«

»Was war der Anlass?«

Pierre setzte sich auf eine Treppenstufe und bedeutete ihr, neben ihm Platz zu nehmen. Diese Geschichte würde länger dauern. Sie ließ sich neben ihm nieder, und er fuhr fort zu reden.

»Gemerkt hatte ich es schon lange. Das Taktieren lag mir nicht, aber es gehörte nun mal zu meinem Job. Erst als mein damaliger Vorgesetzter, Victor Leroc, sich direkt in einen meiner Fälle einmischte, bin ich aufgewacht.«

Sein Blick glitt an der offenen Tür vorbei zu dem sandigen Hof, aber vor seinem inneren Auge sah er sich wieder in der Präfektur am *Boulevard du Palais*. Von seinem Bürofenster aus konnte man die Ausflugsboote auf der Seine beobachten und das goldene Funkeln der abertausend Schlösser, die Liebende auf den Brücken zur *Île de la Cité* angebracht hatten. Als er weitersprach, war seine Stimme ganz leise.

»Eines Abends kurz vor Dienstende kam Leroc in mein Büro, schloss die Tür hinter sich und setzte sich auf meinen Schreibtisch. Ich war gerade mit dem Fall einer spurlos verschwundenen Malerin befasst. Sie hatte die Absprachen innerhalb der Galerien beklagt und einen Kulturjournalisten wegen Korruption angegriffen, redete von Beweisen, die einigen Leuten schaden könnten. In der Kunstszene wurde gemunkelt, man habe sie daraufhin ausschalten wollen.«

»Ein Mord?«

»Es sah ganz danach aus. Alle Hinweise deuteten darauf hin, dass sie in ein Wespennest gestochen hatte. Der Kulturjournalist war bekannt, Künstler und Mäzene umgarnten ihn, seine Worte hatten Gewicht. Er ließ es sich gut bezahlen, Galerien und Kunstprojekte öffentlich mit fatalen Fehlinformationen zu diffamieren, um andere in ihrer Position zu stärken und Konkurrenten auszuschalten. Es war einer der größten Fälle von Korruption und Machtmissbrauch seitens der Medien. Darüber hinaus gab es auch andere Möglichkeiten, seine Gunst zu erwerben, die Malerin war eine Schönheit und zahlte in Naturalien. So ist sie wohl an die relevanten Beweise gekommen.«

»Die mit ihr verschwunden sind?«

»So ist es. Die Sachlage war klar. Leroc aber saß mit seinem fetten Hintern auf meinem Schreibtisch und erkundigte sich nach meinen Fortschritten. Dann wollte er wissen, ob ich mich hier wohl fühle. Denn wenn ich das täte, solle ich den Journalisten besser nicht weiter behelligen.« Pierre fixierte das sich wiederholende Muster im Fliesenboden, bis es vor seinen Augen verschwamm. Die Situation jenes lauwarmen Junitages vor mehr als drei Jahren war noch immer präsent. Er sah Leroc vor sich. Seine oberflächliche Freundlichkeit, das besorgte Lächeln, als

Pierre ihn fragte, was das solle. »Er hat mit mir geplaudert, als ginge es um einen Betriebsausflug oder um die anstehenden Feierlichkeiten zur *Fête de la Musique*. Dabei drohte er mir, dass ich, sollte ich meine Ermittlungen in diese Richtung fortsetzen, mir aussuchen könne, ob ich lieber ins Département Aube oder nach Creuse, in die hinterste Provinz, versetzt werden möchte.«

»Das ist ja unglaublich.«

»Ja, das ist es. Ich stand also vor der Entscheidung, einen eventuellen Mord vor dem Hintergrund von Korruption und Manipulation zu decken oder mich in einer Region wiederzufinden, die mir wie ein einziges Straflager vorkommen musste.«

»Was hatte Leroc mit dem Fall zu tun?«

»Eigentlich gar nichts. Aber der Kulturjournalist hatte einen guten Einblick in unsere Strukturen. Vermutlich hatte er Fakten gesammelt, sozusagen als Rückversicherung, die einigen von uns hätten schaden können. Im Fall von Victor Leroc war es nicht wirklich dramatisch, allerdings hatte er seit Jahren eine außereheliche Beziehung, die er unter allen Umständen geheim halten wollte.«

»Du hast weitergemacht, stimmt's?«

Pierre schloss für einen kurzen Moment die Augen und atmete tief durch. Als er sie wieder öffnete, sah er den staubigen Hofplatz, die abgeblätterte Tür, die Muster des Fliesenbodens und schließlich Charlottes aufmerksames Gesicht.

»Ja, ich habe weitergemacht. Allerdings deutete plötzlich alles darauf hin, dass die Malerin nicht ermordet worden, sondern nur nach Südamerika ausgewandert war, was meinen Ermittlungen jede Grundlage entzog. Alles, was passierte, war, dass Lerocs Ehefrau einen ausführlichen Brief inklusive Fotos erhalten hatte, durch den sie von dem Verhältnis ihres Mannes erfuhr, und sich daraufhin scheiden ließ.«

»Du hast den Fall also nicht abschließen können?«

»Nein, leider. Nachdem Lerocs Frau diesen Brief bekommen hatte, setzte ein wahres Gewitter ein.« Er hob die Schultern. »Und nun bin ich hier.«

»Das hier ist aber nicht das Département Aube.«

»Gott sei Dank. Obwohl es dort neben hübschen Seen und einer großen Vogelvielfalt auch guten Champagner geben soll.« Er verzog den Mund. »Ich wollte mich nicht zum Spielball machtpolitischer Strukturen machen lassen. Schon gar nicht wollte ich Teil eines Systems bleiben, in dem man die Wahrheit wegen persönlicher Interessen hintanstellt. Einer der wenigen Freunde, die ich in der Behörde noch hatte, erzählte mir von einem frei werdenden Posten in Sainte-Valérie. Es liegt ganz in der Nähe des Ortes, wo ich als Kind viele unbeschwerte Sommer mit der Familie verbracht habe, und so wagte ich nach einer kurzen Umschulung den Neubeginn.« Nun lächelte er. »Mir war sofort klar, dass ich nirgendwo anders leben wollte als in der Provence. Mittlerweile, trotz aller Schwierigkeiten, glaube ich sogar, dass es das Beste war, das mir je passiert ist.«

Charlotte nickte, dann schwiegen sie, lauschten dem Zirpen der Zikaden und genossen den Augenblick.

»Danke«, sagte er nach einer Weile.

»Wofür?«

»Fürs Zuhören. Es war Zeit, dass ich endlich mal darüber gesprochen habe.«

»Du hast es bisher niemandem erzählt? Auch nicht deiner ...« Sie brach ab.

»Nein, auch nicht Celestine. Und da ich gerade dabei bin, von vergangenen Dingen zu sprechen: Ich bin nicht mehr mit ihr zusammen. Der Kochkurs und das dabei erlernte Menü sollten dazu dienen, sie zurückzugewinnen, aber inzwischen weiß ich, dass ich das gar nicht mehr will.«

Sie lächelte. Ihre Blicke verbanden sich, und Pierre fühlte, wie eine innere Ruhe einkehrte, die er lange nicht mehr gespürt hatte.

Er legte einen Arm um sie, zog sie an sich, strich mit seinem Mund über ihr duftendes Haar. Sie saßen eng beieinander und sahen durch die Tür auf den Hof, über dessen Boden sich langsam die Mittagssonne tastete, als plötzlich ein leises Klackern einsetzte, das immer lauter wurde. Und schließlich steckte eine weiß-braun gescheckte Ziege den Kopf durch den Türrahmen, begleitet von einem freudigen Meckern.

»Cosima!« Pierre sprang auf. »Komm, ich habe dir etwas mitgebracht.« Er kraulte sie zwischen den gebogenen Hörnern und ließ es zu, dass sie an seinen Händen leckte. Dann lief er hinaus zu seinem Fahrrad, an dessen Lenker der Rucksack baumelte. Sie folgte ihm artig, und ihr Meckern wurde ungeduldiger, als er hineingriff und einen Apfel und eine Karotte hervorholte.

Begierig schnappte sie nach den Leckereien und fing an zu kauen, aber nach einigen Bissen ließ sie sie am Boden liegen und sah ihn auffordernd an.

»Was hat sie denn?«, fragte Pierre und kraulte die Ziege hinter den wackelnden Ohren.

»Vielleicht hat sie Durst.«

»Aber da drüben ist doch der Bach. Los, Cosima«, versuchte er es mit scheuchenden Bewegungen in Richtung Uferböschung. »Da gibt es etwas zu trinken!«

»Wir müssen wohl nachhelfen.« Charlotte nahm die Ziege bei den Hörnern. Das Tier ließ es sich gefallen, trabte gehorsam neben ihr her in Richtung Bach, der in den durch das Laub der Bäume fallenden Sonnenstrahlen verheißungsvoll funkelte. Doch je näher sie dem Wasser kamen, desto mehr sträubte Cosima sich gegen jeden weiteren Schritt. Charlotte versuchte, die Ziege am Hinterteil zu schieben, und wäre dabei beinahe ausgerutscht.

»Vielleicht ist sie wasserscheu?«, meinte Pierre, der den beiden gefolgt war, lachend. Er krempelte seine Hose bis zu den Knien hoch, zog die Schuhe aus, watete vorsichtig in den Bach und schöpfte ein wenig Wasser. Kaum hielt er Cosima über die Gräser hinweg die Hände hin, da trank sie bereits mit gieriger Zunge daraus und beförderte dabei die Hälfte wieder hinaus.

»Oder sie hat Angst vor den Fischen«, sagte Charlotte, die das Schauspiel mit geneigtem Kopf beobachtete. »Ich habe lange keine so großen Forellen mehr gesehen.«

»Wir sollten ihr den Brunneneimer füllen.«

Der Eimer war leer, und er fragte sich, ob der Nachbar sich wirklich so gut um die Ziege kümmerte, wie Farid behauptet hatte. Wenn man überhaupt von Nachbar sprechen konnte, denn das nächste Wohnhaus war außer Sichtweite.

Es stellte sich heraus, dass der Brunnen zwar noch ein wenig Wasser führte, die Fasern des Zugseils durch die Reibung an den Steinen jedoch derart porös geworden waren, dass Pierre Angst hatte, den Eimer zu verlieren. Also entknotete er das Seil, nahm den Eimer mit zum Bach und schöpfte das klare, kühle Nass.

Cosima hielt den Kopf hinein, bis er vollkommen darin verschwand, und wackelte dabei mit ihrem Stummelschwänzchen. Dabei klapperten ihre kleinen Hörner immer wieder gegen das Metall, bis das Tier den Eimer schließlich geleert hatte und damit klappernd Kopfball spielte.

Noch einmal schöpften sie Wasser, dann schaute Charlotte auf ihre Uhr. »Um Himmels willen, schon halb eins. Wir sollten zurückfahren. Mein Dienst beginnt um drei, und ich möchte mich vorher noch frisch machen.«

»Es war ein schöner Vormittag. Wann sehen wir uns wieder? Du wolltest mir noch zeigen, wie man eine *tarte aux truffes* macht.«

Sie musterte ihn aufmerksam. »Ich dachte, du wolltest das Essen für deine ehemalige ... Freundin ausfallen lassen?«

»Ja, das stimmt. Aber ich finde Gefallen am Kochen. Magst du es mir trotzdem weiter beibringen?«

Charlotte lächelte.

Sie schwangen sich auf ihre Fahrräder. Auf der Steinbrücke hielt Pierre noch einmal an und wandte sich um. Cosima stand noch immer beim Wassereimer und reckte den Kopf in seine Richtung.

Nur noch drei Tage, dachte Pierre und spürte, dass das innerliche Ringen schon längst begonnen hatte, ohne dass er sich dessen bewusst gewesen war. Im nächsten Moment trat er in die Pedale und folgte Charlotte, die gerade hinter der ersten Kurve verschwand.

Er würde noch einmal hierherkommen, um mit ihr zu picknicken. Dann würde er sich entscheiden. Endgültig.

20

Sie waren erst wenige Meter weit gekommen, als Pierres Handy klingelte. Im Fahren sah er auf das Display: Es war der Bürgermeister. Rozier musste es schon mehrfach versucht haben, drei Anrufe in Abwesenheit, alle von dessen Privatanschluss.

Pierre hielt an und rief Charlotte zu, sie solle kurz auf ihn warten. Dann nahm er ab. »Hallo, Arnaud.«

»Pierre, mein Lieber. Ich habe schon x-mal versucht, dich zu erreichen. Wo st… eck… st du?« Die Worte klangen wie Salven, es knackte, dann hörte Pierre gar nichts mehr.

»Arnaud? Hallo, Arnaud?«

»Ja … a. Wo bi… st du?«, tauchte dessen Stimme unvermittelt wieder auf.

»Nicht weit vom Dorf. Aber der Empfang ist schlecht, ich verstehe dich kaum. Warte, ich gehe mal ein Stück.«

Pierre legte das Fahrrad an den Straßenrand, übersprang einen schmalen Graben und lief weiter, bis die Netzanzeige einen weiteren Balken nach oben kletterte.

»Besser jetzt?«, brüllte Rozier.

»Ja, viel besser, du kannst wieder normal reden. Was ist denn so dringend?«

»Ich wage dir gar nicht zu erzählen, was hier los ist.«

»Hat Leuthard etwa verkauft?«

»Nein, schlimmer«, seufzte der Bürgermeister und fuhr mit sehr ernster Stimme fort: »Ich habe einen Anruf aus Paris erhalten.«

Es war ihm, als hinge all seine Energie an einem einzelnen Stecker, den man ihm jetzt zog. Pierre sah auf die wogenden Gräser, die der Wind sanft streifte. Über den Himmel zogen bleigraue Wolken, schoben sich vor die Sonne. »Sag nicht, dass es Victor Leroc war.«

»Doch. Er hat erfahren, dass du noch immer ermittelst, trotz ausdrücklichen Verbots.«

»Woher?«

»Was weiß denn ich. Er meinte, die Präfektur Avignon habe ihn kontaktiert, weil sich angeblich irgendjemand darüber beschwert hat, dass du die Ermittlungsarbeit an dich gerissen hast. Da unser Präfekt von Paris aus instruiert worden ist, musste er natürlich Meldung machen.«

»Natürlich.« Pierre fuhr sich durchs Haar. Erste Tropfen fielen auf sein Gesicht, ungeduldig wischte er sie weg. »Dir ist doch klar, dass dieser Jemand einer der Verdächtigen sein kann, den ich mit meinen Ermittlungen in Bedrängnis gebracht habe.«

»Ja, bloß was hätte ich denn tun sollen? Wir müssen uns alle an die Reglements halten. Die Aufgaben eines Gemeindepolizisten sind klar umrissen: Er hat für die Ordnung und Sicherheit auf öffentlichen Plätzen und Straßen zu sorgen, für Ruhe und Frieden bei Versammlungen und Kundgebungen. Es steht ihm jedoch nicht zu, sich als Ermittlungsbeamter aufzuspielen, um auf eigene Faust Morde aufzuklären.«

»Die Reglements! Die Reglements sehen vor, dass eine Zusammenarbeit bei der Aufklärung erwünscht ist. Seitdem die *Police nationale* immer mehr Arbeitsplätze gestrichen hat, fehlen denen die Leute. Die Beamten der *Police municipale* sind sogar dazu verpflichtet, alle Informationen über Straftaten zu sammeln und weiterzuleiten. Es ist völlig absurd, dass mein Engagement urplötzlich unterbunden werden soll, nur weil ich Victor Leroc vor Jahren mal quergekommen bin.«

»Krieg dich wieder ein. Du hast mehr getan, als nur Informationen zu sammeln, das war echte Ermittlungsarbeit, das musst du zugeben«, versuchte Rozier ihn zu beruhigen. »Pierre, mir sind die Hände gebunden. Ich kenne genug Fälle, bei denen die Überschreitung der Befugnisse juristische Folgen hatte. Auch für den jeweiligen Bürgermeister. Oder glaubst du etwa, wir können innerhalb unserer Gemeinden frei über alles bestimmen? Ich bin mit meiner Gemeindepolizei in letzter Konsequenz der administrativen Kontrolle des Innenministeriums unterworfen, ebenso wie die *police nationale*, die Gendarmen oder etwa die Feldhüter.« Dann wurde er wieder laut. »Das ist bereits ausgiebig im Senat diskutiert worden, und man hat sich dagegen ausgesprochen, die Kompetenzen der *police municipale* auszuweiten. Ich werde meinen Posten nicht aufs Spiel setzen, nur weil es dir nicht in den Kram passt.«

»Schon klar, du siehst also lieber zu, wie die Herren auf ihren Amtsschimmeln ein Wettrennen veranstalten. Dass ein Mörder frei herumläuft, ist dir wohl vollkommen egal.« Pierre kochte vor Wut. Er dachte an Barthelemy. »Was ist mit Jean-Claude? Hat er mit Konsequenzen zu rechnen?«

»Nein. Ich habe mit dem Präfekten telefoniert. Er hält die Hand schützend über seinen *Commissaire*. Ebenso wie ich im Übrigen all meine Überzeugungskraft aufbieten musste, damit du nicht die Staatsanwaltschaft am Hals hast.« Seine Stimme wurde beschwörend. »Nimm dir ein paar Tage frei, Luc wird hier alles Weitere regeln, in Ordnung?«

»Luc? Der ist damit doch vollkommen überfordert.«

»Na, jetzt übertreibst du aber, dein Assistent ist ein aufgewecktes Kerlchen. Wenn es stimmt, was er mir heute Morgen erzählt hat, dann ist der Täter ohnehin bereits gefunden. Also sei unbesorgt, wir schaffen das schon.«

»*Merde!*« Pierre schleuderte sein Handy ins Gras.

Als er das Telefon wieder aufhob und sich auf den Weg zurück zur Straße machte, sah er, dass auch Charlotte ihr Fahrrad abgelegt hatte und ihn nun unverwandt anstarrte.

»Ist etwas passiert?«, fragte sie mit besorgtem Gesichtsausdruck.

»Ja. Er hat sich wieder eingemischt.«

»Wer?«

»Victor Leroc.«

»Dein ehemaliger Vorgesetzter, von dem du mir vorhin erzählt hast?« Der Regen benetzte ihr Haar mit kleinen silbrigen Tropfen. Sie standen nun ganz dicht beieinander.

»Genau der.« Pierre atmete tief durch, sah an Charlotte vorbei auf den Asphalt, dessen sandiger Belag sich zunehmend dunkel verfärbte. »Wenn ich jetzt nachgebe, werde ich auf ewig dazu verdammt sein, den Verkehr zu regeln und Nachbarschaftsstreitigkeiten zu schlichten. Aber das ist nicht das, was ich will. Es genügt mir nicht. Wenn ich ehrlich bin, hat es mir noch nie genügt. Ich dachte nur immer, ich könne es ignorieren.« Er blickte auf, entschlossen. »Es gibt übrigens noch einen Grund, warum mich niemand daran hindern wird weiterzuermitteln. Ich bin es einem Freund schuldig, der jetzt womöglich zu Unrecht in die Bredouille kommt.«

»Was wirst du nun tun?«

»Etwas, das längst überfällig ist. Ich fahre nach Paris.«

21

Paris empfing ihn mit trübem Regenwetter.

Die Tropfen zogen lange Schlieren über das Fenster des TGV, der Geschäftsleute und Fernreisende an diesem frühen Montagmorgen in zwei Stunden und vierundvierzig Minuten dem Pariser *Gare de Lyon* näher brachte. Das Abteil des Hochgeschwindigkeitszuges war voll besetzt, Pierre saß inmitten von Menschen jeder Couleur, ihrer Gerüche und Gespräche. Ein Mann, der seinen Mantel seit der Abfahrt in Avignon nicht ausgezogen hatte, redete unentwegt ins Headset seines Diktiergerätes, zwei beleibte Frauen in bunten Mänteln, die auf der anderen Seite des Ganges saßen, trugen lautstark einen Konflikt aus.

Pierre wandte sich ab, sah hinaus auf die vorbeiziehenden Wohnblöcke, mit Graffiti verunstaltet, karg. Betonwüsten am Rande der Metropole. Je weiter die Bahn in die Stadt vordrang, desto mehr vermisste er die Provence.

Noch im Morgengrauen hatte Luc ihn zum Bahnhof nach Avignon gefahren. Er war auffallend schweigsam gewesen.

»Kommst du wieder?«, hatte er gefragt, als Pierre ihm die Hand zum Abschied reichte. Dabei hatte er ihn mit einem Ausdruck angesehen, den Pierre nicht deuten konnte.

»Na klar. Ich kann dich doch nicht alleine lassen.«

Es hatte aufmunternd klingen sollen. Aber Luc hatte bloß die Lippen aufeinandergepresst, war rasch wieder eingestiegen und davongefahren.

Pierre schloss die Augen. Nun war er also wieder in Paris.

Und jeder Kilometer, der ihn der *Île de la Cité* näher brachte, machte ihm sein Dilemma bewusster. Er hatte Victor Leroc nichts entgegenzusetzen außer seiner Wut. War es eine Kurzschlussreaktion gewesen, als er das Ticket gelöst hatte? Sollte er nicht besser alles auf sich beruhen lassen, den Fall endgültig abgeben und sich mit seinen Aufgaben als Gemeindepolizist arrangieren?

Er öffnete die Augen und straffte die Schultern. Nein. Er musste Klartext reden. Von Angesicht zu Angesicht. Damals war er vor der Konfrontation geflohen, war gegangen, weil er sich nicht beugen wollte. Aber er hatte sich in den Jahren verändert, war reifer geworden. Hatte gelernt, dass sich Probleme nicht durch Davonlaufen lösen ließen.

Am Sonntag hatte er seinen ehemaligen Kollegen Eric Truchon angerufen, der ihm den Posten in Sainte-Valérie vermittelt hatte. Als Pierre ihm den Grund seines kurzfristigen Besuchs mitteilte, hatte Eric ihn in seinem Vorhaben bestärkt.

»Das Ganze ist absolut lächerlich«, hatte er bestätigt. »Warum sollte das Kommissariat auf deine Berufserfahrung verzichten? Abgesehen davon kann sich Leroc nicht einfach in die Belange anderer Départements einmischen. Das ist allein Sache der Präfektur Avignon.«

»Du kennst ihn«, hatte Pierre erwidert. »Er braucht nur seine Kontakte zum Innenministerium spielen zu lassen.«

»Das stimmt, und es wäre nicht das erste Mal. Was hast du jetzt vor?«

Pierre hatte es selbst nicht so genau gewusst und gehofft, Eric habe eine zündende Idee. Doch wie hielt man einen Mann auf, der ewige Rache geschworen hatte?

Sie hatten sich in der *Brasserie de L'Îsle Saint-Louis* verabredet, noch vor Dienstbeginn. Das Lokal, das seit den fünfziger Jahren Intellektuelle und Künstler anzog, lag unweit der *Cathédrale Notre-Dame* an der Spitze der *L'Île Saint-Louis*. Wenn man bei schönem Wetter draußen saß, hatte man einen wundervollen Blick über die Seine auf das *Rive Droite*, die rechte Uferseite, mit ihren herrschaftlichen Prachtbauten aus der Jahrhundertwende. Hier hatten sie früher oft gemeinsam zu Mittag gegessen. Eric war einer der wenigen, den Pierre vermisste, seit er Paris den Rücken gekehrt hatte. Das galt sonst nur noch für seine ehemalige Freundin Aurelie, eine Journalistin, mit der er auch nach der Trennung ab und zu ausgegangen war.

Als Pierre die Brasserie betrat, überkam ihn zum ersten Mal an diesem Morgen ein Gefühl der Vertrautheit. Hier hatte sich in all den Jahren nichts verändert. Dieselben polierten Holztische, auf denen rot-weiß karierte Servietten lagen, dieselbe eigenwillige Einrichtung mit aus einem Fass hängenden Lampen, einem ausgestopften Storch neben Hirschgeweihen und den unzähligen Keramikkrügen auf dem Regal hinter dem Tresen.

Sein alter Kollege war bereits da, er erhob sich und ging Pierre mit ausgebreiteten Armen entgegen. Eric Truchon war Anfang fünfzig, schlank und hatte ein schmales Gesicht mit hoher Stirn und einem ebensolchen Haaransatz, der sich stark gelichtet hatte. Sein bürstenkurzes rotes Haar war mittlerweile mit grauen Strähnen durchzogen, was seinem Äußeren fast schon etwas Seriöses gab, obwohl Pierre genau wusste, dass dies nicht seinem Wesen entsprach. Eric war eher unkonventionell, trug außerhalb des Dienstes gerne verschlissene Jeans und derbe Stiefel, und neben einem ausgesprochenen Sinn für Gerechtigkeit hatte er vor allem eines: Mut.

»Schön, dich wiederzusehen«, sagte Pierre und umarmte seinen alten Freund. »Wenn ich mir auch andere Umstände gewünscht hätte.«

»Ach was, ohne diese Umstände wärst du doch niemals hergekommen«, erwiderte Eric lachend. »Dabei bist du mir jederzeit willkommen.«

Die beiden Männer hatten einiges nachzuholen, und während sie die Lücken der letzten Jahre mit Erzählungen schlossen, tranken sie Kaffee und aßen Omelette mit Kräutern und Schinken.

»Wie lange bleibst du?«, fragte Eric schließlich und legte die Gabel beiseite.

»Ich hoffe, dass ich heute noch zurückfahren kann. Es kommt natürlich darauf an, was ich erreiche.«

»Schade, ich hatte gehofft, wir könnten noch gemeinsam zu Abend essen.«

»Das holen wir nach. Davon abgesehen bist du jederzeit eingeladen, mich in Sainte-Valérie zu besuchen.«

Eric schmunzelte. »Sag das nicht zu laut. Ich kenne einige, die eine solche Aufforderung inzwischen bereuen, weil man ihre Gastfreundschaft mit einem kostenfreien Hotel verwechselt.«

»Wenn du wüsstest, wie klein es bei mir ist, würdest du dir ebenso wenig Sorgen darum machen wie ich«, meinte Pierre trocken.

Eric lachte, griff in die Innentasche seiner Jacke und holte einen Zettel hervor, auf dem das Signet der *préfecture* prangte. »Ich habe einen Besucherschein auf deinen Namen ausstellen lassen. Um elf habe ich einen Termin bei Leroc. Er glaubt, ich wolle mit ihm über den neuesten Giftmord sprechen, stattdessen wirst du hingehen.«

Pierre nahm das Papier zögernd an sich. Ein mulmiges Gefühl machte sich in ihm breit. So viele Erinnerungen waren mit diesem Ort verbunden. Gute wie schlechte. Aber die schlechten hafteten länger. Wie würde er sich fühlen, wenn er das Gebäude betrat und die altbekannten Stufen in den ersten Stock hinaufstieg? »Danke«, sagte er leise. »Du hast was gut bei mir. Ich hoffe, du bekommst deswegen keinen Ärger.«

»Das ist es mir wert.« Eric nickte bekräftigend. »Du hattest übrigens Recht, damals. Die Malerin ist nicht nach Brasilien ausgewandert, das Flugticket ist nie eingelöst worden. Nur wenige Monate später hat man ihre Leiche aus der Seine gezogen. Allerdings hat man keine brauchbaren Spuren finden können, und der Fall wurde irgendwann zu den Akten gelegt.«

Mit einem Stoßseufzer lehnte Pierre sich zurück und verschränkte die Arme. »Also hat mich mein Bauchgefühl nicht getrogen.«

»Hast du jemals daran gezweifelt?«

»Ja. Es hat mich sogar bis zum jetzigen Fall verfolgt. Es ist, als würde ich meinen Instinkt immer wieder auf den Prüfstand stellen, obwohl ich mich eigentlich auf ihn verlassen sollte.«

»Erzähl.«

»Jemand, den ich sehr mag, wird des Mordes verdächtigt.«

»Und du bist dir nicht sicher, ob er es nicht doch gewesen ist.«

»Alles spricht gegen ihn.« Pierre wiegte den Kopf. »Aus irgendeinem Grund bin ich trotzdem von seiner Unschuld überzeugt. Ich kann nicht glauben, dass dieser Mann gerissen genug ist, mich in seiner Freundschaftlichkeit zu täuschen. Aber ich kann es nur herausfinden, wenn man mich weiterermitteln lässt.«

»Kann ich dir irgendwie dabei helfen?«

Hatte Pierre noch am Morgen gezweifelt, ob es richtig sei, sich weiterhin so zu engagieren, so spürte er nun eine ungeheure Energie. Es war wichtig, dass er dranblieb. Nicht nur wegen Farid. Er war für die Sicherheit der Bewohner von Sainte-Valérie verantwortlich. Diese Aufgabe nahm er sehr ernst.

»Ja, das wäre großartig. Vielleicht könntest du etwas über die

Solano Resorts in Erfahrung bringen?« Er holte seinen Notizblock hervor und riss die Seite heraus, auf der er die Unternehmensdaten und Namen der Geschäftsführer notiert hatte. »Ich muss wissen, wie diese Firma vorgeht, wenn sie sich für eine Fläche interessiert. Wer ist verantwortlich für die Projektsteuerung? Haben sie hierfür externe Firmen und wenn ja, welche? Ich vermute, dass sie mit jemandem aus Sainte-Valérie zusammenarbeiten. Eine der Verdächtigen ist eine gewisse Heloise Rochefort, Besitzerin eines zig Hektar großen Grundstücks, der andere Farid Ahmad Khaled Al-Ghanouchi, ein Immobilienmakler.« Er schrieb beide Namen auf das Blatt und schob es zu Eric hinüber. »Vielleicht gibt es auch Verbindungen, die ich übersehen habe.«

»Alles klar.« Er nickte. »Dann will ich mich mal an die Arbeit machen.«

Es war kurz vor zehn, als sie sich voneinander verabschiedeten. Pierre nutzte die Zeit bis zum Termin mit Leroc, schlenderte am *Quai de Montebello* entlang, bestaunte die Auslagen der Händler, deren Verkaufsstände die Kaimauer säumten, und bemerkte, dass seine Schritte sich beschleunigten, als er sich der Straße näherte, in der er einst gewohnt hatte. Hier der Italiener, bei dem er abends gerne gegessen hatte, dort die Confiserie, in der es die beste *tarte aux truffes* gab. Bald stand er vor dem Haus und blickte die Fassade empor bis zu dem Fenster, an dem er vor wenigen Jahren jeden Morgen mit einer Tasse Kaffee in der Hand gestanden und über die Dächer der Stadt gesehen hatte. Es muss ein anderer gewesen sein, der hier gelebt hat, nicht ich, durchfuhr es ihn. Alles Vertraute war verschwunden.

Wieder spürte er es. Das Gefühl, trotz Widrigkeiten dem Schicksal dankbar sein zu müssen. Er hatte in Sainte-Valérie etwas gefunden, das er hier niemals gehabt hatte: eine Heimat.

Er war froh, zu Fuß unterwegs zu sein und nicht in einem der Autos, die sich lärmend und hupend über den *Petit Pont* schoben, der das Quartier Latin mit der kleinen Stadtinsel verband, sonst wäre er am Ende vielleicht noch zu spät gekommen. Bis zu zwanzig Minuten konnte es an manchen Tagen dauern, bis man die *Île de la Cité* durchquert hatte, so auch jetzt, da das Brummen unzähliger Motoren und der Gestank nach Abgasen schier unerträglich wurden. Pierre beschleunigte seinen Schritt, bog in den *Quai du Marché Neuf* ein und ging weiter in Richtung *Boulevard du Palais*. Er hatte ganz vergessen, wie laut diese Stadt war.

Noch einmal überprüfte er sein Handy, dann stellte er es auf stumm mit Vibrationsalarm. Gerade als er die hohe, doppelflügelige Tür zur Polizeipräfektur öffnen wollte, ruckelte es in seiner Tasche. Es war Barthelemy.

»Wo bist du?«, fragte der *Commissaire*. »Ziemlich laut bei dir.«

»In Paris.«

»Wo? Du willst doch nicht etwa …«

»Genau das. Dieser Unsinn muss ein Ende haben.«

»Völlig richtig.« Barthelemy brüllte, als versuche er, den Verkehrslärm zu übertönen. »Was Victor Leroc da verlangt, behindert die Arbeit unserer Behörden. Dass er bisher überhaupt damit durchgekommen ist, hat er allein seinem weitreichenden Einfluss zu verdanken. Aber so geht es ja nicht, oder? Was ich damals gesagt habe, gilt auch weiterhin: Ich werde nicht vor irgendwelchen Pariser Sesselpupern kuschen. Wenn ich möchte, dass die *police municipale* meine Arbeit unterstützt, dann wird sie es auch tun.«

Pierre schmunzelte. »Jean-Claude, du riskierst deine Pension.«

»Das ist mit scheißegal!« Er hustete röchelnd. »Keine Sorge. Unser Präfekt ist auf meiner Seite. Wir werden uns bei der Rechtsbehörde beschweren.«

»Wirklich?« Nun musste Pierre grinsen. Die Unterstützung kam unterwartet, Barthelemys Entschlossenheit rührte ihn. »Ich danke dir.«

»*De rien.* Wann sehen wir uns wieder?«

»Spätestens morgen. Ich melde mich.«

»Alles klar. Viel Erfolg.«

Victor Leroc saß an seinem Schreibtisch mit dem Rücken zum Fenster und hatte die Augen auf ein paar Papiere geheftet, die vor ihm lagen. Pierre schloss die Tür und betrachtete den Mann, der ihm so viel Ärger bereitet hatte. Leroc hatte sich kaum verändert. Immer noch derselbe korrekt sitzende Anzug, die in der Mitte zusammenlaufenden Augenbrauen, die schmalen Lippen.

»Kommen Sie her, Eric«, sagte er, ohne den Kopf zu heben, und setzte seine Unterschrift unter eines der Dokumente.

Pierre trat näher und blieb vor dem Schreibtisch stehen. »*Bonjour*, Victor«, sagte er mit fester Stimme.

Lerocs Kopf schnellte hoch. »Pierre?« Er sprang auf, zog die dichten Augenbrauen mit einem Ausdruck von Überraschung und Ärger fest zusammen. »Wie sind Sie hier hereingekommen?«

»Eric hat mir seinen Termin überlassen, also bin ich hier.«

»Das ist doch …« Für einen Moment hatte es den Anschein, als wolle Leroc ihn mit Gewalt hinausbefördern, dann zuckte er die Achseln. »Ich habe mir schon gedacht, dass Sie irgendwann einmal hier auftauchen werden«, sagte er mit eisiger Stimme.

Es war, als hielte die Welt für einen Moment den Atem an, während sie sich schweigend taxierten. Durch das geöffnete Fenster drang Motorenlärm von der Straße herein, eine Taube ließ sich auf dem Sims nieder und begann zu gurren.

»Warum tun Sie das?«, fragte Pierre schließlich.

»Weil es mir höllischen Spaß bereitet, Sie leiden zu sehen.«

»Ich habe damals nichts anderes gemacht als meinen Job.«

»Sie haben meine Ehe zerstört.«

»Das Doppelleben haben *Sie* geführt, nicht ich«, stieß Pierre hervor. »Sie haben von mir verlangt, einen Mörder ziehen zu lassen.«

»Ob es tatsächlich Mord war, ist nicht erwiesen.«

»Wollen Sie mich für dumm verkaufen? Oder wie, glauben Sie, ist die Leiche der Malerin in die Seine gelangt?«

Victor Lerocs Augen wurden schmaler, wie immer, wenn er ansetzte, jemanden zusammenzubrüllen.

Pierre machte eine abweisende Handbewegung. »Was genau geschehen ist, spielt überhaupt keine Rolle«, sagte er äußerlich gefasst, aber in seinem Inneren tobte ein Sturm. »Ich habe getan, was ich als ehrlicher und unbestechlicher *Commissaire* tun musste. Auch wenn mein Handeln für Sie persönliche Konsequenzen hatte, gibt es Ihnen noch lange nicht das Recht, sich zum Richter über mein Leben zu erheben.«

»Sie haben meine Anordnungen missachtet, nur das zählt. Alles andere ist eine Frage der Interpretation. Darüber hinaus haben Sie sich eines Vergehens schuldig gemacht, indem Sie gegen die Strafprozessordnung verstoßen und Ihre im *code de procédure pénale* festgelegten Kompetenzen überschritten haben. Sie sind sich doch hoffentlich darüber im Klaren, dass dies nicht ohne Konsequenzen bleiben wird.« Lerocs Stimme war gefährlich leise geworden. »Da wir das nun geklärt haben, verlassen Sie bitte mein Büro, bevor ich Sie daraus entfernen lasse, verstanden?«

»Nichts ist geklärt«, erwiderte Pierre und blieb unbeirrt stehen. »Und Sie werden mir auch nicht länger drohen können. Was wollen Sie tun? Das Innenministerium einschalten und mich suspendieren lassen? Was wollen Sie den Herren als Grund angeben? Persönliche Differenzen?« Endlich schleuderte er all seinen aufgestauten Ärger dem Mann entgegen, der noch immer mit drohender Miene vor ihm stand. »Die enge Zusammenarbeit zwischen *police municipale* und *police nationale* wird bereits erfolgreich in Nizza, Dijon und Evry praktiziert, und das ist erst der Anfang. Keiner wird sich daran stoßen, wenn Sainte-Valérie das genauso macht. *Sie* werden mich nicht länger daran hindern, meinen Beruf auszuüben.«

»Wenn Sie sich da mal nicht täuschen.« Lerocs Stimme klang schneidend. »Was, glauben Sie, soll mich davon abhalten?«

»Meine Wut.« Auch Pierres Worte hatten nun einen bedrohlichen Unterton. »Lassen Sie mich in Ruhe«, grollte er. »Ansonsten werde ich dafür sorgen, dass der alte Fall wieder aufgerollt wird und man Ihnen Bestechlichkeit nachweist. Sollte mir das nicht gelingen, werde ich all meine Kraft dafür einsetzen, dass jeder in dieser gottverdammten Stadt erfährt, was damals vorgefallen ist.«

»Das werden Sie nicht tun. Ich kann mit einem einzigen Anruf dafür sorgen, dass Sie Ihr Brot künftig als Straßenkehrer verdienen.«

»Lassen Sie es darauf ankommen. Im Gegensatz zu Ihnen habe ich nichts zu verlieren.« Pierre donnerte die flache Hand auf den Tisch, so dass die Taube auf dem Sims erschrocken aufflog. »Ihre Spielchen sind auch anderen aufgestoßen. Sie sollten sich warm anziehen.«

Noch einmal taxierte er sein Gegenüber, dann wandte er sich zum Gehen. Als er die Tür öffnete, hörte er Victor Lerocs Stimme hinter sich. Sie klang nicht länger drohend, sondern war von einer Gehässigkeit durchdrungen, die etwas Abschließendes hatte.

»Ich wünsche Ihnen viel Vergnügen auf Ihrer kleinen Polizeiwache. Und wenn ich Ihnen einen guten Rat geben darf: Verlassen Sie sich nicht allzu sehr auf Ihr Glück. Gut möglich, dass Ihr Assistent Luc Chevallier Ihnen bereits den nächsten Dolch in den Rücken bohrt.«

Es erwischte ihn eiskalt. Aber Pierre gönnte ihm den Triumph nicht und schlug die Tür hinter sich zu, ohne sich noch einmal umzudrehen. Mit würdevollen Schritten ging er den Flur entlang, die Stufen hinab, zur Tür hinaus. Kaum dass er ins Freie trat, stützte er die Hände in die Hüften und atmete tief durch. Dann rief er Barthelemy an, um ihn auf den neusten Stand zu bringen.

Während der Zug ruckelnd anfuhr und das Bahnhofsgebäude verließ, war Pierre in Gedanken noch ganz bei dem kurzen Gespräch. Luc hatte ihm also einen Dolch in den Rücken gebohrt. Mit wenigen Anrufen hatte Jean-Claude Barthelemy herausbekommen, dass es tatsächlich sein Assistent gewesen war, der sich bei der Präfektur in Avignon über Pierres Einsatz beschwert und somit die Welle ins Rollen gebracht hatte. Wenngleich er ziemlich betrunken gewesen sein musste; der diensthabende Inspektor hatte dem *Commissaire* das Band vorgespielt, und man konnte kaum ein Wort verstehen.

Keine Frage, Luc hatte deutlich mehr getrunken, als er vertrug. Aber das allein war kein Grund, um ihn anzuschwärzen. Als Pierre sich nun den morgendlichen Abschied wieder ins Gedächtnis rief, fiel ihm der eigenartige Ausdruck in Lucs Gesicht ein, als er ihm versichert hatte, er werde zurückkommen. Hatte er etwa geglaubt, Pierre bliebe für immer fort? Hatte er gehofft, seinen Posten übernehmen zu können, und deswegen das Gespräch mit dem Bürgermeister gesucht? Oder war dieser Schachzug bloß das hilflose Bemühen, seinen eigenen Ermittlungen Gehör zu verschaffen?

Er musste ihn dazu befragen, heute noch. Sobald der Zug in Avignon ankam, würde er sich ein Taxi leisten und auf direktem Weg zu seinem Assistenten fahren. Ja, er musste dringend aufräumen. Auch in seinem Leben als *Chef de police municipale*.

22

Wieder einmal war sie alleine in dem großen Haus. Vor dem riesigen Panoramafenster gingen die ersten Lichter an, beleuchteten den türkisblauen Pool und die Bäume, deren Zweige sich im immer stärker werdenden Wind bogen. Ein heftiger Luftstrom ließ den Vorhang tanzen, bewegte ihn scheinbar im Takt der Musik.

Celestine schloss die Augen und lauschte den sphärischen Klängen, die aus den Boxen kamen. Chillout-Musik von ihr unbekannten Künstlern. Thomas liebte diese Musik, und sie hatte die CD eingelegt, um ihm irgendwie nahe zu sein.

Plötzlich hielt es Celestine nicht länger auf dem Sofa. Sie stand auf, schlüpfte in ihre strassbesetzten Zehensandalen, zog den Kaftan über den spitzenbesetzten Dessous zusammen und stellte sich an die geöffnete Schiebetür. Der Wind strich durch ihr offenes Haar, während ihre Augen auf der prachtvollen Gartenanlage ruhten, die den Pool umsäumte.

Es war genau das Leben, von dem sie immer geträumt hatte. Eigentlich. Dennoch: Etwas fehlte. Etwas, das sie sich erhofft hatte, als Thomas sie bat, zu ihm zu ziehen: Nähe und Wärme. Aber schon nach wenigen Tagen musste sie sich fragen, ob er zu so etwas überhaupt fähig war. Hatte sie womöglich Aufmerksamkeit mit Zuneigung verwechselt?

Sie nahm noch einen Schluck Champagner, schenkte sich nach und ging mit dem vollen Glas in der Hand ins Badezimmer. Gedämpftes Licht schien auf die marmornen Flächen.

Celestine schaltete die Beleuchtung über dem Spiegel ein und betrachtete ihr Gesicht. Es war schmaler geworden, trotz des guten Essens und der vielen Leckereien, mit denen der Kühlschrank stets bis an den Rand gefüllt war. Nein, sie durfte sich nicht beschweren, Thomas war überaus großzügig, hatte ihr kleine Geschenke gemacht, schon als sie noch mit Pierre liiert gewesen war, sie zum Essen ausgeführt und sogar bekocht. Er hatte ihr ein Leben gezeigt, das sie magisch anzog. Nach wenigen Treffen hatte sie sich in Thomas verliebt, und als er ihr die Hand reichte, hatte sie die allzu vertraut gewordene losgelassen. Endlich, so hatte sie gehofft, würden all ihre Träume von einem unbeschwerten Leben wahr werden. Mit einem Mann, der sie umsorgte und ihr jeden Wunsch von den Augen ablas. Doch es war nur ein Kleinmädchentraum gewesen, ein bunter Strauß von Seifenblasen, die eine nach der anderen zerplatzten. Verdammt, sie war nicht glücklich!

Es war alles so schnell gegangen. Viel zu schnell. Sie hatte das Gefühl, dass ihr die Kontrolle mit zunehmender Geschwindigkeit entglitt.

Sie hatte Fehler gemacht. Nicht nur diesen einen. In ihrer Unbedachtheit hatte sie etwas provoziert, über dessen Ausmaß sie lieber nicht nachdenken mochte. Das war ihr klar geworden, als sie mit Pierre auf den Stufen des Brunnens gesessen und geredet hatte.

Wütend stellte sie das Glas ab. Mit einer geschickten Bewegung schlang sie das dunkle, schwere Haar nach oben und befestigte es mit einem Band. Dann griff sie wieder nach dem Champagner und trat auf den Flur. Die Musik war inzwischen zu einem Arrangement übergegangen, in dem Streichinstrumente von den sanften Tönen eines Saxophons begleitet wurden, und es schien Celestine, als wollten die Musiker sie mit ihren beruhigenden Klängen verhöhnen.

Das Klingeln des Telefons neben ihr auf der Ablage ließ sie zusammenschrecken.

Sie sah, dass es Thomas war, und ging ran.

»Wo bleibst du?«, fragte sie mit leisem Vorwurf in der Stimme.

»Ich muss noch etwas erledigen.«

»Etwas erledigen«, echote Celestine. »Was kann das um diese Uhrzeit schon sein? Thomas, was machst du den ganzen Tag? Triffst du dich mit anderen Frauen?«

»Unsinn. Höchstens mit Klientinnen oder Kolleginnen aus anderen Fachrichtungen. Du weißt, dass ich noch immer als Anwalt arbeite?«

»Ich dachte, wir wollten zusammen zu Abend essen.« Sie kam sich vor wie eine keifende Ehefrau, und diese Erkenntnis machte sie nur noch wütender. »Ich habe heute im Dorf ein leckeres *poulet rôti* gekauft, und wenn ich es noch länger stehen lasse, wird die krosse Hähnchenhaut total labberig.«

»Ich habe einen weiteren Termin, der wahrscheinlich bis neun dauert, vorher schaffe ich es wirklich nicht.«

Wieder diese Unnahbarkeit. Mit einem Seufzen sah sie auf ihre Armbanduhr. Es war kurz nach sieben. Waren denn alle Männer dieser Welt Ignoranten? Sie war vom Regen in die Traufe gekommen. Ihr Ärger nahm zu. »Thomas, so geht es nicht weiter. Ich bin nicht zu dir gezogen, um den ganzen Tag alleine im Haus zu verbringen.«

Seine Antwort war schroff. »Ich dachte, das Haus gefällt dir?«

»Ja. Aber es gefällt mir besser, wenn ich nicht alleine bin.«

»Du kommst doch gut klar alleine, das war in deiner Beziehung mit diesem Polizisten sicher auch nicht anders.«

»Was willst du denn bitte schön damit sagen?«

»Nichts. Ach komm, Celestine, ich habe keine Lust zu streiten. Mein Mandant wartet, ich muss los.«

Nein. Sie hatte es satt, immer nur auf sich gestellt zu sein. Sie dachte an das, was sie heute beim Einkaufen erfahren hatte, und es trieb ihr die Galle hoch. »Ich will das nicht mehr«, spie sie aus. »Ich möchte mich einmal im Leben von einem Mann umsorgt und beschützt fühlen. Ich hasse es, ständig die starke, eigenständige Frau spielen zu müssen. So bin ich nicht. Ich habe Angst!«

»Warum denn das?« Murrays Stimme klang zum ersten Mal besorgt.

»Rochefort ist am Freitag umgebracht worden. Einfach so, mitten auf dem Feld. Aufgespießt wie ein Schwein zum Grillfest. Die Frauen im Dorf hatten kein anderes Thema mehr.« Nun hatte sie sich in Rage geredet. »Weißt du, was ich noch erfahren habe?«

»Woher sollte ich?«

»Man erzählt sich, dass Virginie Leclaude an Carbonnes Essensresten erstickt ist. Verstehst du? Vielleicht bin ich sogar schuld daran.« Der Gedanke schien sich zu verselbstständigen. Hatte sie vorher lediglich ihr schlechtes Gewissen geplagt, so war da auf einmal eine Bedrohung, die ins Unermessliche stieg. »Erinnerst du dich an die letzte Gartenparty? Mein Vater hatte mir kurz davor von Carbonnes Trick erzählt, wie er sich mit jeder Menge Essen versorgte, und ich habe es an dem Abend zum Besten gegeben.«

»Ja und?«

»Alle haben gelacht über diese Geschichte. Aber vielleicht habe ich damit den entscheidenden Funken gezündet. Und nicht nur damit. Ach, hätte ich bloß den Mund gehalten. Ich habe da etwas ins Rollen gebracht, das ich unbedingt aufhalten muss.« Sie schluchzte auf. »Am besten, ich spreche gleich mit Pierre darüber, sonst drehe ich noch durch.«

»Nein!«, sagte Thomas bestimmt. »Lass deinen Ex aus dem Spiel. Glaub mir, du steigerst dich da in etwas hinein. Carbonnes

Frischhalteboxen werden längst Dorfthema gewesen sein, bevor du davon erzählt hast. Auch für alles andere gibt es sicher eine vernünftige Erklärung.« Seine Stimme wurde beschwörend. »Ich komme, so schnell ich kann. Lass dir solange ein Bad ein, das wird dich beruhigen. Bis bald.«

Thomas hatte aufgelegt.

Celestine warf das Telefon auf die Station und brach in heftiges Schluchzen aus. Allerdings nur kurz, dann sah sie in den großen Flurspiegel, wischte sich mit dem Ärmel die verlaufene Wimperntusche von den Wangen und atmete tief durch. Sie hatte einen Entschluss gefasst.

Das Maß war voll. Zeit, Konsequenzen zu ziehen.

Celestine leerte das Glas, stellte es auf die Konsole und eilte die schmalen Stufen zum Dachboden hinauf, wo ihr Koffer lag. Drei Minuten später trug sie ihn ins Schlafzimmer, öffnete den Kleiderschrank und warf sämtliche Sachen hinein, die sie erst vor wenigen Tagen sorgsam verstaut hatte. Alles würde sie nicht mitnehmen können, aber das war jetzt unwichtig.

Während sie mit der Kosmetiktasche in der Hand ins Bad lief, um auch dort ihre Sachen zusammenzupacken, dachte sie daran, dass sie heute im Dorf ihr ganzes Geld ausgegeben hatte und nur noch wenige Münzen besaß. Zu wenig, um sich ein Taxi leisten zu können, und die wenigsten Fahrer hier in der Gegend akzeptierten die *carte bancaire*. Der nächste Bankautomat war in Gordes, dorthin war es ein langer Fußmarsch auf dunkler Bergstraße.

Wie hatte sie sich nur darauf verlassen können, dass Thomas sich von nun an um alle Ausgaben kümmerte? Sie war ja so dumm gewesen, furchtbar naiv und dumm!

Celestine suchte nach ihrem Handy und entdeckte es in der Küche neben den ausgebreiteten Einkäufen – dem Salat, den Oliven, den Tomaten und dem in Alufolie verpackten Brathähnchen. Mit einem wütenden Aufschrei fegte sie alles vom Tresen und wählte Pierres Nummer.

Es klingelte. Einmal, zweimal, dreimal. Die Sekunden kamen ihr vor wie Minuten, dann erklang die Ansage seines Anrufbeantworters.

»Pierre, ich weiß, dass du sauer auf mich bist. Aber kannst du mich bitte bei Thomas abholen? Ich glaube, ich habe einen furchtbaren Fehler gemacht. Und«, sie zögerte, »ich möchte dir etwas erzählen, das mit den Morden in Verbindung stehen könnte. Rufe mich bitte zurück, sobald du das hier abhörst.«

Sie legte auf, sah sich seufzend um. Im Flur stand der gepackte Koffer, darauf die Kosmetiktasche. Was sollte sie jetzt tun? Was, wenn Thomas nach Hause kam und sie in dieser Verfassung antraf?

Noch während sie unschlüssig auf ihr Gepäck starrte, erlosch plötzlich das Licht. Abrupt drehte sie sich um. Nicht nur im Flur war es ausgegangen, auch die Küche lag dunkel und still da. Die Musik, die sie durch die Räume begleitet hatte, war verebbt.

»Thomas? Bist du das?«

Leise Panik stieg in ihr auf. Celestine eilte ins Wohnzimmer und betätigte die Lichtschalter, einen nach dem anderen. Die Dunkelheit blieb. Das ganze Haus schien den Atem anzuhalten, vor dem Panoramafenster bogen sich nachtschwarze Äste im Wind.

»Thomas?« Sie hatte seinen Wagen gar nicht kommen hören. Waren es womöglich Einbrecher, die die Stromzufuhr gekappt hatten?

Das Blut pulsierte in ihren Ohren im Takt ihres rasenden Herzens. Sie legte eine Hand auf die Brust und versuchte, ihre aufgebrachten Nerven mit gleichmäßigen Atemzügen zu beruhigen.

Kein Geräusch deutete darauf hin, dass sie sich derart ängstigen musste. Kein Knirschen von Kies, kein Türknarren. Vielleicht war es nur ein simpler Stromausfall. So etwas kam vor. Gerade wenn es stürmte, konnten die Freileitungen durch umfallende Bäume beschädigt werden. Am besten, sie bestellte trotz allem ein Taxi und fuhr zu ihrem Vater. Der legte ihr das Geld sicher aus.

Mit größter Anstrengung kämpfte sie die Panik hinunter und versuchte, sich krampfhaft daran zu erinnern, wo sie ihr Handy hingelegt hatte. Ihre Gedanken rasten. Ein Klirren ließ sie herumfahren, doch es war nur eine Bodenvase, die der immer heftiger flatternde Vorhang umgerissen hatte. Celestine hastete zur Schiebetür, verschloss sie mit bebenden Händen und lehnte sich gegen das Glas.

»Ganz ruhig«, flüsterte sie sich Mut zu. »Es ist bloß der Wind.«

Endlich fiel ihr ein, wo sie das Telefon gelassen hatte. Dort hinten, auf dem Tresen der offenen Küche lag es. Sie zog die Sandalen aus und schlich auf nackten Füßen über den kalten Steinboden, als wäre es von Bedeutung, sich unhörbar zu machen. Dabei trat sie auf einige Salatblätter und in Bratfett, das sich inzwischen auf dem Boden verteilt hatte, rutschte aus und klammerte sich im letzten Moment an den Tresen.

»*Zut alors!*«, rief sie aus.

Dann wählte sie die Nummer des Taxiunternehmens.

23

Es war eine schlingernde Fahrt gewesen. Pierre hatte erleichtert aufgeatmet, als der vom Wind durchgeschüttelte Hochgeschwindigkeitszug in den futuristisch anmutenden *Gare Avignon TGV* einfuhr. Heute Morgen noch hatte sich kein Lüftchen geregt, und nun krümmten sich die Bäume, ein abgerissener Ahornzweig glitt über die Zufahrt, auf der ein letztes Taxi stand und auf Kundschaft wartete.

Eilig hielt Pierre auf den Wagen zu und öffnete die Tür. Der Fahrer, der mit seiner goldgerahmten Brille eher wie ein Professor wirkte, ließ die Zeitung auf seinen Bauch sinken.

»Ich muss nach Sainte-Valérie«, sagte Pierre. »Was kostet das?«

Der Mann rieb sich die Nase, blätterte in einem abgegriffenen Heftchen, nickte endlich. »Hundertzehn, hundertzwanzig Euro. Ohne Trinkgeld.«

Mit Nachdruck schüttelte Pierre den Kopf. »Das ist zu viel.«

»Es sind über vierzig Kilometer.«

»Ich weiß. Aber es ist zu teuer.«

»Nachttarif. Wir haben nach neunzehn Uhr.«

»Dann machen Sie mir einen Pauschalpreis.«

»Dürfen wir nicht.« Er sah Pierre über seine Brillengläser hinweg an, als warte er trotzdem auf einen Vorschlag.

»Fünfzig Euro.«

»*Beh*, warum nehmen Sie nicht den Bus? Der fährt in einer halben Stunde.« Mit diesen Worten beugte er sich vor und riss die Tür so schnell zu, dass Pierre gerade noch den Kopf zurückziehen konnte.

Mit dem Bus würde er in Coustellet umsteigen müssen, es würde mindestens doppelt so lange dauern, bis er endlich in Sainte-Valérie war, sicher gut zwei Stunden. Wut stieg in ihm auf, er war kurz davor, seinen Dienstausweis zu zücken und einen Notfall vorzugeben. Doch dann musste Pierre an den kleinen Hof denken, der so idyllisch zwischen Olivenbäumen und Eichenwäldchen lag. Auch hier hatte er nahezu knauserig reagiert und das Geld festgehalten, obwohl der Preis durchaus angemessen war. *Merde*, was war nur los mit ihm?

War aus ihm ein kleingeistiger Mensch geworden, der es verlernt hatte, den Dingen ihren Wert zuzugestehen, oder hatte er sich im Laufe der Jahre zu sehr daran gewöhnt, sich nichts zu gönnen? So wollte er nicht sein. Aber es fiel ihm schwer, den Mittelweg zwischen Geiz und Verschwendung zu finden.

Noch einmal öffnete er die Wagentür. »Achtzig Euro, einverstanden?«

Der kugelbäuchige Mann nickte und startete den Motor. »Steigen Sie ein.«

Die Strecke schien eine Ewigkeit zu dauern. Pierre bat den Fahrer, das Tempo zu erhöhen, doch dieser lächelte nur und fuhr mit gleichbleibender Geschwindigkeit weiter. Entnervt lehnte sich Pierre zurück. Es hatte keinen Sinn, den Mann anzutreiben, unter Druck gesetzte Provenzalen konnten sehr kreativ werden, wenn es darum ging, jemanden für seine Ungeduld zu bestrafen. Weit kreativer als die Pariser Fahrer, die mit ortsfremden Touristen lediglich unnötige Umwege fuhren.

Während das Taxi gemächlich durch die sich ausbreitende Dunkelheit glitt, fiel Pierre ein, dass er sein Telefon noch immer auf lautlos gestellt hatte. Kaum dass er es einschaltete, blinkte eine Nachricht auf. Ein Anruf von Celestine.

Er seufzte.

Nein, er hatte keine Lust, sich das anzuhören, er war nicht in der Stimmung für Vorwürfe oder andere Emotionalitäten. Aber als sie Caumont-sur-Durance passierten, siegte seine Neugier, und er hörte die Nachricht doch ab. Leise, mit dem Lautsprecher dicht am Ohr. Ratlos ließ er das Telefon sinken.

Er sollte Celestine von ihrem neuen Freund abholen? Das ging entschieden zu weit. Andererseits sagte sie etwas von Verbindungen, die für den Mordfall wichtig sein könnten, daher drückte er die Kurzwahltaste, und als die Mobilbox ansprang, legte er wieder auf.

Er würde es nachher noch einmal versuchen. Zunächst wollte er Luc zur Rede stellen. Pierre konnte noch immer nicht glauben, dass sein eigener Assistent in der Polizeipräfektur von Avignon angerufen hatte. Also klammerte er sich an die Hoffnung, dass das alles nur ein furchtbarer Irrtum war.

Luc öffnete ihm mit zerzausten Haaren und schweißnasser Stirn. Er hatte einen Jogginganzug an, der entfernt an Skiunterwäsche erinnerte, an den nackten Füßen trug er Badelatschen.

»Pierre? Was willst du denn hier?«, fragte er erschrocken und strich sich über den Kopf. »Ich habe gerade etwas Sport gemacht …«

»Lass mich rein, wir haben zu reden.«

Zögernd trat Luc beiseite.

Pierre schob sich in den engen Flur, von dem nur ein Zimmer abging. Ungemachte Schlafcouch, Fernseher, Kochnische mit schmutzigem Geschirr; es war fast noch unordentlicher als bei ihm selbst. In der Mitte des Raumes eine Hantelbank, daneben ein paar Gewichte. An der Wand gegenüber der Bank hing ein Poster vom nackten Oberkörper des Fußballstars Ronaldo und einer sich am Strand räkelnden Frau im Bikini, wohl als Karotte gedacht, die Luc zum Ziel führen sollte.

»Hier wohnst du also«, sagte Pierre, während er sich wieder seinem Assistenten zudrehte, der sich die Stirn mit einem Handtuch trocknete. Er fühlte sich unwohl dabei, so unvermittelt in Lucs Privatsphäre eingedrungen zu sein, und ihm wurde schlagartig bewusst, wie wenig er ihn wirklich kannte.

»Na ja, also ... Ja, das ist mein Reich«, stammelte Luc und sah ihn an, als erwarte er ein Donnerwetter, das ihn fortan taub werden ließ. »Kann ich dir etwas zu trinken anbieten?«

»Hast du wirklich in Avignon angerufen?«, platzte es aus Pierre heraus.

»Ich ... äh. Na ja.« Er seufzte schwer und strich sich wieder über das verstrubbelte Haar. »Ähm, ich war sauer auf dich.«

»Das habe ich gemerkt.«

»Und betrunken.« Luc lächelte entwaffnend und zog den Kopf ein wenig tiefer zwischen die noch recht unmuskulösen, schmalen Schultern.

»Als du dem Bürgermeister von deiner Arbeit erzählt hast, warst du ja wohl nüchtern, oder etwa nicht?« Pierre ballte die Fäuste. »Weißt du, dass ich deinetwegen beinahe meinen Job verloren hätte?«

»Ich dachte ... Ich meine ... Du wolltest einen Mörder einfach so laufen lassen.«

»Ich habe lediglich gesagt, dass ich Farid für unschuldig halte.«

»Das ist dasselbe.«

»Nein, das ist es nicht. Dein Verdacht fußt ausschließlich auf Vermutungen, es gibt nicht einen konkreten Beweis. Deine Theorie mit den Schlüsseln hat sich als haltlos herausgestellt, und die Tatsache, dass Farid Spielschulden hat, macht ihn nicht automatisch zum Mörder.« Pierre schüttelte den Kopf. »Du hättest mit *mir* darüber reden müssen, bevor du die offiziellen Stellen einschaltest, wir sind doch Partner. Aber statt mir zu vertrauen, hast du dich direkt bei der Polizeipräfektur beschwert. Was hast du dir bloß dabei gedacht?«

»Ich konnte ja nicht ahnen, dass die das gleich nach Paris melden.« Luc schluckte und wirkte plötzlich, als wolle er jeden Moment in Tränen ausbrechen. »Tut mir leid.«

»Ja, mir auch.« Pierre funkelte ihn mit bitterböser Miene an. Doch die Wut hatte an Kraft verloren. Sein Assistent war übers Ziel hinausgeschossen, hatte einen Ehrgeiz entwickelt, den Pierre unterschätzt hatte. Dennoch war er kein berechnender Mensch.

»Wie … wie geht es jetzt weiter?« Lucs Stimme zitterte.

»Ich weiß es nicht. Wie soll ich künftig mit einem Assistenten zusammenarbeiten, dem ich nicht mehr vertrauen kann, der mich hinterrücks verpfeift, nur weil ich seinen hanebüchenen Theorien von Blutrache und der Mordlust nichtchristlicher Völker keinen Glauben schenken wollte. Aus gekränkter Eitelkei…«

Weiter kam er nicht. Ihm war etwas eingefallen, ganz plötzlich, wie aus dem Nichts. Pierre rieb sich die Stirn. Es hatte so deutlich vor ihm gelegen, dass er es in seinem Bemühen, verborgene Motive zu untersuchen, vollkommen übersehen hatte. Rasch holte er sein Handy aus der Tasche und wählte Farids Nummer.

Dieser meldete sich nach einigem Klingeln, er wirkte angespannt. »Pierre, *du*? Ist etwas geschehen?«

»Nur eine Frage: Wer hat sich sonst noch für die alte Poststation interessiert, als du sie in der Vermittlung hattest?«

»Ein Ehepaar aus Holland, das dort ein Seminarzentrum errichten wollte. Und Thomas Murray.«

Luc hatte ihn nicht lange überreden müssen, mitkommen zu dürfen. Auch wenn Pierre noch immer verärgert war, so war er doch froh, nicht alleine hinfahren zu müssen. Während sein Assistent den Wagen in halsbrecherischem Tempo über die Landstraße jagte, versuchte er noch einmal, Celestine zu erreichen – vergeblich. Als Nächstes informierte er Barthelemy, der bereits im Begriff war, sich schlafen zu legen.

»Hat das nicht bis morgen Zeit?«

»Nein. Celestine Baffie, die seit Kurzem bei Murray wohnt, hat mich dringend um Rückruf gebeten, und nun erreiche ich sie nicht. Jean-Claude, ich mache mir Sorgen.«

»Bin schon unterwegs.«

Während sie die schmale Bergstraße weiter hinauffuhren, rasten die Gedanken durch Pierres Kopf. Virginie Leclaude, so hatte Celestine ihm beim Brunnen erzählt, war ihre Nachbarin gewesen. Pierre ärgerte sich, dass er nicht schon damals aufgemerkt hatte. Alles lag nun deutlich vor ihm. Murray war bei seinen Besuchen auf sein Opfer aufmerksam geworden, vielleicht hatte Celestine ihm auch etwas über die Tänzerin erzählt. Der Mord war ein perfektes Ablenkungsmanöver. Während Pierre in Gedanken noch immer bei den gehörnten Ehemännern gewesen war, hatte Murray in aller Ruhe seinen perfiden Plan ausführen können. Erst Virginie Leclaude, dann Rochefort. Und nun war vielleicht Celestine in Gefahr. Verdammt, er hätte schneller schalten müssen. Wenn ihr etwas zustieß, war es seine Schuld.

»Fahr schneller«, wies er Luc an.

»Willst du, dass wir in den Abgrund stürzen?«, blaffte dieser und konzentrierte sich darauf, die scharfen Kurven zu nehmen.

Pierre krallte die Hände in den Sitz. Die Angst um Celestine machte ihn rasend.

Sie waren bereits auf der *Route de Cavaillon*, die an Steinmauern und vereinzelten Häusern vorbei in Richtung Gordes führte, als sein Telefon klingelte. Es war Eric.

»Entschuldige bitte, dass ich dich so spät noch anrufe. Aber wir haben unerwartet Gäste bekommen, daher komme ich erst jetzt dazu. Ich habe von einem Kollegen der Baubehörde eine Information erhalten, die dich interessieren dürfte.«

»Erzähl.«

»Die Firma *Solano Resorts* arbeitet mit unterschiedlichen Projektentwicklern, die den Markt analysieren, den Kauf der Grundstücke steuern und die bauvorbereitende Planung übernehmen. In Sainte-Valérie gibt es keinen eigenen Entwickler, aber in unmittelbarer Nähe, in der Gemeinde von Gordes. Ein Anwalt mit Spezialgebiet Immobilienrecht.«

Endlich fügte sich alles zusammen. »Er heißt Thomas Murray, nicht wahr?«, fragte Pierre.

»Ja. Woher weißt du das?«

»Die Morde scheinen alle mit dem Erwerb von Grundstücken zusammenzuhängen, für die sich die *Solano Resorts* interessiert. Wir sind gerade auf dem Weg zu ihm.«

»*Touché!* Damit dürfte der Fall bald gelöst sein.«

»Das hoffe ich sehr.« Vor allem ohne dass jemand Schaden nimmt, fügte er im Stillen hinzu.

Das Tor zu Murrays Anwesen war verschlossen. Der Wind peitschte über die kurze Zufahrt und wirbelte Sand um ihre Füße.

»Soll ich klingeln?«, fragte Luc.

»Nein.«

Pierre überlegte. Sie durften jetzt keinen Fehler machen. Wenn Celestine sich noch im Haus befand, konnte jeder falsche Schritt sie in Gefahr bringen. Er musste zunächst einmal die

Lage erkunden und herausfinden, ob sie gar mit Thomas Murray in trauter Zweisamkeit auf dem Sofa saß, ohne zu wissen, dass *er* es war, der Sainte-Valérie seit Tagen in Atem hielt.

Er sah auf die Uhr. Es war fast zehn. Ihr Anruf war gegen acht gewesen. Nein, das passte nicht ins Bild. Celestine hatte ihn darum gebeten, sie abzuholen. Sie wollte weg von hier, fort von Thomas Murray. Wenn sie noch hier war, dann war ihr Plan gescheitert.

»Warte hier auf Barthelemy«, sagte Pierre entschieden. »Ich versuche inzwischen, um das Grundstück herumzukommen. Vielleicht kann ich von der Rückseite ins Haus gelangen.«

»Was, wenn Murray hier rauswill?«

»Dann rufst du mich sofort an.« Pierre prüfte, ob das Handy ausreichenden Empfang hatte, stellte es wieder auf lautloses Vibrieren und steckte es in die Brusttasche seiner Jacke. »Keine Sorge, der *Commissaire* wird jeden Moment eintreffen. Vielleicht ist Murray ja auch gar nicht zu Hause.«

»Und wenn doch? Was, wenn der Kerl abhaut, bevor Barthelemy da ist?« Luc stand vor ihm wie ein kleiner Junge mit hängenden Armen und ängstlichem Gesicht.

»Dann versuchst du, ihn aufzuhalten.«

»Und wie? Pierre, ich habe so etwas noch nie gemacht.«

»Denk an deine Ausbildung. Stell dir einfach vor, er ist ein Randalierer, der die Sicherheit der Bewohner gefährdet. Bevor er noch mehr Unheil anrichten kann, musst du ihn in Gewahrsam nehmen.«

»Aber was, wenn er bewaffnet ist?«

Waffen … Das war in der Tat ein Punkt, den er bei Rozier ansprechen musste. Ebenso wie die Anschaffung digitaler Funkgeräte. Die Ausrüstung der *police municipale* war unzureichend, nicht nur in Sainte-Valérie, sogar der Gebrauch von Teasern war nach Protesten der Liga für Menschenrechte seitens des Staatsrates untersagt worden. Er seufzte. »Also gut, du folgst ihm nur und berichtest, wohin er fährt.«

»Aber …«

Pierre legte ihm eine Hand auf die Schulter. »Du schaffst das schon«, sagte er und ging auf das dichte Gestrüpp seitlich des Anwesens zu. Einen Moment später tauchte er in das Dickicht ein, schob sich an der Steinmauer entlang, die das Grundstück wie eine Festung umgab. Undurchdringliches Buschwerk versperrte ihm nach wenigen Metern den Weg. Er fror, doch die Sorge um Celestine trieb ihn an. Er musste weiter.

Pierre zog den Reißverschluss seiner Jacke zu und drängte sich tiefer durch das Geäst, das an seiner Kleidung zerrte und ihm durchs Gesicht schrammte. Er dachte an die guten Momente, die er und Celestine gehabt hatten. Trotz allem, was sie entzweit hatte: Er würde es sich niemals verzeihen, wenn er jetzt zu spät käme.

Bald erhöhte sich das Gelände, an einer Stelle war ein Wall entstanden, der sich an die alte Mauer schmiegte und sie zugänglicher machte. Pierre kämpfte sich durch das Dickicht bis zu der Erhebung, suchte tastend die Mauersteine nach einer Lücke ab, die groß genug war, dass sein Fuß hineinpasste. Endlich entdeckte er einen Tritt, setzte seinen Schuh hinein und stemmte sich hoch, bis er über den Rand schauen konnte.

Vor ihm lag der große Garten mit den Sitzgruppen. Das Haus war auf gleicher Höhe, ungefähr zweihundert Meter von ihm entfernt. Alles war dunkel, nur oberhalb der Eingangstür brannte Licht. Pierre sah zum Himmel, wo sich die Wolken inzwischen vor den Mond geschoben hatten. Er musste rasch handeln, solange die Dunkelheit ihn schützte. Vorsichtig tastete er sich mit den Füßen höher, ein Stein löste sich und fiel mit lautem Poltern in die Tiefe. Er rutschte ab, klammerte sich mit schmerzenden Händen an die Mauerkante und versuchte es erneut. Endlich fand sein rechter Fuß wieder Halt. Pierre schob ihn in die entstandene Lücke und schwang sich mit einer einzigen Bewegung auf die Mauer.

Im selben Augenblick öffnete sich die Tür. Herausfallendes Flurlicht beleuchtete einen großen Mann: Thomas Murray.

Pierre presste sich dicht auf den Absatz. Der Wind zerrte an seiner Jacke; gleich würde der Mond wieder durch die Wolkenlücke stoßen und den flatternden Stoff sichtbar machen, wie eine zum Angriff gehisste Fahne. Er hielt den Atem an, das Gesicht nach unten gewandt.

Aus den Augenwinkeln konnte er erkennen, wie Murray seinen Blick über das Gelände schweifen ließ. Kurz hielt er inne – hatte der Engländer ihn bemerkt? Doch noch bevor das Licht des Mondes zaghaft begann, sich über die Steinmauer zu tasten, verschwand er wieder im Haus. Gerade wollte Pierre sich über die Mauer hangeln, als Murray erneut ins Freie trat. Er trug einen Menschen über der Schulter. Langes schwarzes Haar wallte wie ein Schleier hinab, die nackten Arme hingen schlaff herunter, während er mit seiner Last in Richtung Garage eilte.

Pierre stöhnte auf. Celestine!

Seine Gedanken überschlugen sich. Er betete, dass sie noch lebte, er musste sich nur beeilen, das Überraschungsmoment nutzen. Murray rechnete sicher nicht damit, dass er sich auf dem Grundstück befand. Wenn er jetzt schnell war, konnte er ihn vielleicht noch stoppen. Behände glitt er von der Mauer auf das unter ihm liegende Beet und hastete geduckt über den Rasen. Bewegungsmelder glommen auf und ließen die Kegel heller Scheinwerfer über das Grundstück tanzen. Pierre rannte weiter, hielt auf die geöffnete Garage zu.

Es waren nur noch wenige Meter. Ein Motor startete, und nur den Bruchteil einer Sekunde später schoss Murrays Jeep mit quietschenden Reifen aus der Garage, so dass Pierre sich gerade noch neben der Einfahrt in Sicherheit bringen konnte. Wenige Zentimeter entfernt donnerte der schwere Geländewagen an ihm vorbei, so dicht, dass er den Luftzug deutlich spürte.

»Polizei, halten Sie an!«, brüllte Pierre in die Nacht. Vergebens.

Mit hoher Geschwindigkeit entfernte sich der Jeep in Richtung Tor.

Ich muss Luc informieren, dachte Pierre atemlos. Mit hastigen Bewegungen tastete er nach dem Handy, doch es war verschwunden, er musste es irgendwo verloren haben. *Merde!* Sofort rannte er wieder los, den Weg entlang in Richtung Ausfahrt.

Von Weitem sah er die Rücklichter des Wagens, der gerade auf die Straße in Richtung Gordes bog. Hinter ihm schloss sich langsam das Tor. Mit stechender Brust setzte Pierre zu einem Sprint an und konnte sich gerade noch auf die Straße retten, bevor sich die Flügel mit einem metallischen Geräusch schlossen.

Die Straße lag leer und dunkel vor ihm. Er war allein. Luc war verschwunden und mit ihm der Dienstwagen. Pierre atmete stoßweise. Langsam breitete sich nackte Angst in seinem Magen aus.

Was geschah nun mit Celestine? Musste auch sie einen grauenhaften Tod sterben wie all die anderen vor ihr? Lebte sie überhaupt noch?

Ihm wurde übel.

In diesem Moment schoben sich Scheinwerfer um die Kurve, kurz darauf kam ein Wagen der *police nationale* neben ihm zum Stehen, am Steuer Barthelemy.

Pierre riss die Beifahrertür auf, und bevor der *Commissaire* den Motor abstellen konnte, schrie er: »Los, du musst wenden, er ist mit ihr abgehauen.«

»Wer, Luc?«, fragte Barthelemy.

»Nein, Murray mit Celestine«, erwiderte Pierre und schwang sich auf den Beifahrersitz. »Luc hat die Verfolgung aufgenommen.«

»Ausgerechnet der?« Barthelemy sah ihn skeptisch an. »Wohin soll ich jetzt fahren?«

»Erst mal in Richtung Tal. Gib mir dein Telefon. Na los, mach schon!«

Während Barthelemy den Wagen die enge Straße hinunterlenkte, wählte Pierre Lucs Nummer, doch dieser nahm nicht ab. Wieder und wieder versuchte er es, schließlich gab er auf.

»So ein verdammter Dreck!«, rief er aus. Er hatte sie verloren. Aber was nützte es, planlos durch die Nacht zu rasen? »Halt an. Ich muss nachdenken.«

Der *Commissaire* verlangsamte das Tempo, lenkte das Auto in eine Einbuchtung und stellte den Motor ab. »Was machen wir nun?«, fragte er in die Stille hinein.

»Ich habe keinen blassen Schimmer.« Pierre versuchte, seine Gedanken zu sammeln. Was hatte Murray vor? Wohin wollte er mit Celestine?

Die Ahnung, dass es nicht länger um die skurrile Umsetzung mörderischer Rezepte ging, sondern um die Beseitigung eines Mitwissers, trieb seinen Pulsschlag weiter in die Höhe. »Wenn ich Murray wäre, ich würde Celestine irgendwo mit dem Jeep einen Abgrund hinunterstürzen«, sagte er. »Um dann so zu tun, als hätte sie mich überraschend verlassen, mitsamt dem Wagen.«

»Du kannst doch bezeugen, dass er mit ihr davongefahren ist, oder etwa nicht?«

»Ich habe gesehen, wie jemand den Wagen aus der Garage gefahren hat, nachdem Murray Celestine dorthin getragen hat. Aber diese Aussage wird nicht ausreichen. Als Anwalt ist er sicher schlau genug zu behaupten, ich hätte mir das alles nur eingebildet, *sie* habe hinterm Steuer gesessen, während er, der Verlassene, zurückgeblieben sei. Mit Sicherheit wird er eine Armada von Anwälten auf uns hetzen, die dafür sorgen werden, dass man ihn in Ruhe lässt.«

»Wir haben also nichts in der Hand?«

»Nichts. Rein gar nichts. Nur Indizien.«

Wieder gab Pierre Lucs Nummer ein, wieder erklang nur das Freizeichen. »Du musst eine Großfahndung ausrufen. Allein kommen wir nicht weiter.«

Barthelemy nickte. Doch bevor er die Funksprechanlage betätigen konnte, erklang lautes Rauschen, dann eine Stimme. »Wagen sechs, bitte kommen.«

Der *Commissaire* drückte auf den Empfangsknopf. »Wagen sechs, hier Barthelemy. Was gibt's?«

»Ein Unfall auf der D 2 auf Höhe von Les Bouissières. Krankenwagen und Gendarmerie sind bereits unterwegs. Der Notruf kam von einem Anwohner.«

»Na, dann sind ja alle relevanten Kräfte informiert.« Barthelemy schüttelte verständnislos den Kopf. »Was haben wir denn damit zu tun?«

»Bei einem der Unfallbeteiligten handelt es sich um einen Beamten der *police municipale*. Er hat jemanden von der Kriminalpolizei vor Ort verlangt. Er meinte, es ginge um Leben und Tod.«

»Luc«, sagte Pierre tonlos. Hoffentlich war ihm nichts Schlimmes passiert.

»Wir sind schon unterwegs«, sprach Barthelemy ins Mikrofon und startete den Wagen.

Schon von Weitem konnte Pierre das Blaulicht erkennen. Aber erst beim Näherkommen erfasste er das ganze Ausmaß des Unfalls. Der Wind hatte die Wolken davongetrieben, helles Mondlicht erleuchtete die grauenhafte Szenerie. Murrays Auto hatte sich mit der rechten Front in einer Korkeiche verkeilt, die Kühlerhaube war zusammengeschoben, ebenso der Motorraum, aus dem Rauch und Wasserdampf aufstiegen. Der Dienstwagen hatte die linke Seite des Jeeps fast auf der gesamten Länge eingedrückt und sich auf Höhe der Beifahrertür ins Blech geklemmt. Luc hatte Murray wohl überholen und auf dem Feld rechts von der Straße ausbremsen wollen, aber dann musste ihnen der Baum in die Quere gekommen sein, der einzige entlang dieser Straße.

Barthelemy hatte das Auto kaum zum Stehen gebracht, als Pierre bereits hinaussprang. Sein Assistent lag mit geschlossenen Augen auf einer Bahre, einer der Sanitäter hatte einen Finger prüfend auf die Halsschlagader des Verletzten gelegt. Luc sah blass aus und schmal. Das rechte Bein seiner Jogginghose war aufgerissen, Blut sickerte heraus, tränkte den Stoff.

»Oh, mein Gott«, flüsterte Pierre und griff nach Lucs Hand. »Wie schlimm ist es?«, fragte er den Sanitäter.

»Er ist stabil. Hat wohl einen Schutzengel gehabt, wenn ich mir das Auto so betrachte. Um vollkommen auszuschließen, dass innere Organe verletzt worden sind, müssen wir die Untersuchungsergebnisse im Krankenhaus abwarten.« Mit einem Nicken wies der Sanitäter in Richtung von Murrays Jeep. »Der da drüben ist schlimmer dran. Wir konnten ihn zwar erstversorgen, aber die Leute von der Feuerwehr werden ihn rausschneiden müssen.«

»Was ist mit der Frau?«

»Welcher Frau?«

»Rasch, sehen Sie nach, da muss noch jemand im Wagen sein.«

Pierre löste sich von der Trage und eilte zum Jeep. Das Herz schlug ihm bis zum Hals. Wenn die Sanitäter Celestine nicht gefunden hatten, dann gab es nur eine Möglichkeit.

Mit einem Ruck öffnete er die Klappe des Kofferraums. Tatsächlich, da lag sie. Regungslos. Inmitten von Reisetaschen, Koffern, Kleidern und anderen Habseligkeiten, die Murray vermutlich achtlos hineingeworfen hatte.

Pierre beugte sich vor und legte eine Hand auf ihren Brustkorb. Sie atmete! Mit einem Seufzer richtete er sich auf und machte dem Sanitäter Platz.

Es war, als falle alles von ihm ab. Er war müde, und er fror.

»Celestine lebt«, sagte er, als er wieder bei seinem Assistenten stand. »Das haben wir allein deinem Einsatz zu verdanken.«

Als hätte die Aussage seine Lebensgeister geweckt, öffnete Luc die Augen. »Ich habe ihn aufgehalten«, flüsterte er, und in seinem Lächeln lag Stolz. »Kannst du mir jetzt wieder vertrauen?«

»Du verdammter Idiot«, gab Pierre kopfschüttelnd zurück. »Mach, dass du schnell wieder auf die Beine kommst, ich brauch dich noch.« Damit strich er dem Verletzten das verklebte Haar aus der Stirn.

Eine Hand legte sich auf seine Schulter, und ohne dass Pierre sich umdrehte, wusste er, dass sie Barthelemy gehörte.

»Alles gut«, sagte der *Commissaire*. »Wir haben es geschafft.«

Epilog

Die Morgensonne hatte sich gerade über die Dächer des Dorfes erhoben, als Pierre Charlotte anrief.

»Du bist aber früh dran«, sagte sie mit verschlafener Stimme. »Möchtest du das Picknick absagen? Ist etwas dazwischengekommen?«

»Nein, unsere Verabredung steht.«

»Das ist schön. Ich habe nämlich eine kleine Überraschung für dich.«

»Und ich eine für dich«, antwortete er. »Es gibt etwas zu feiern!«

Was es war, ließ er offen, doch er meinte damit nicht den Abschluss des Falls, nein, diesen wollte er so schnell wie möglich hinter sich lassen.

Daher erzählte er ihr nur kurz von den Ereignissen der vergangenen Nacht. Er wollte, dass sie es von ihm erfuhr und nicht aus der Zeitung. Oder von der Tratschwelle, die spätestens am Vormittag über das Dorf hinwegrollen würde, wenn die Ersten anfingen, über die Festnahme des Engländers zu reden.

Charlotte war fassungslos, aber auch erleichtert. »Dann können wir alle wieder ruhig schlafen«, meinte sie schließlich. »Der Bürgermeister ist bestimmt stolz auf dich.«

Wie stolz dieser tatsächlich auf seinen umtriebigen *Policier* war, das bekam Pierre nur wenig später zu spüren, noch vor der morgendlichen Lagebesprechung. Er hatte kaum die *mairie* betreten, da nahm Rozier ihn beiseite.

»Ich werde dir nie wieder einen Amtsschimmel in den Weg stellen«, beteuerte der Bürgermeister, klopfte ihm mit Nachdruck auf die Schulter und fügte lachend hinzu: »Wo wären wir nur, wenn du auf mich gehört hättest ...«

Es klang beinahe feierlich, und Pierre nahm sich vor, Rozier an sein Gelöbnis zu erinnern, sobald der Amtsschimmel entgegen aller Versprechungen wieder einmal mit ihm durchgehen sollte. Dass dieser Moment kommen würde, sobald der Alltag wieder eingekehrt war, dessen war Pierre sich sicher.

Sie setzten sich zu Barthelemy und Luc an den Besprechungstisch vor dem Fenster, vor ihnen eine Kanne dampfender Kaffee. Dann schilderten die drei dem Bürgermeister noch einmal alle Fakten und sprachen auch über Heloise Rocheforts Rolle in diesem Fall. Es ließ sich ihr nicht nachweisen, dass sie eine Mitschuld an dem Geschehen trug oder gar die Hunde mit Absicht angekettet hatte, als ihr Mann sich in Gefahr befunden hatte. Es sei denn, Thomas Murray, der noch immer auf der von Polizeikräften bewachten Intensivstation des *Centre Hospitalier* lag, machte eine entsprechende Aussage.

Rozier berichtete, dass *Solano Resorts* sich bereits schriftlich von ihrem Projektleiter distanziert hatte und die Vorfälle zutiefst bedauerte. Die Unternehmensleitung habe keinen Einfluss auf die Arbeit externer Firmen. Die Wahrheit war wohl, dass sie einfach nur nicht so genau hinsah – oder dass es den Vorständen schlichtweg egal war.

Während Luc noch einmal wild gestikulierend schilderte, wie er den Engländer von der Straße gedrängt hatte, schweiften Pierres Gedanken zum gestrigen Abend.

Er hatte Celestine im Krankenwagen begleitet, in der Klinik gewartet, bis sie wieder erwacht war, und ihr dabei zugehört, als sie den Verlauf des Abends zu rekonstruieren versuchte. Stockend und mit blassem Gesicht hatte sie erzählt, dass Murray sie überwältigt, gefesselt und ihr nach einer Art Verhör ein merkwürdig riechendes Tuch auf Mund und Nase gepresst hatte, um sie zu betäuben.

»Warum wollte er dich loswerden?«, hatte Pierre gefragt. »Was hattest du gegen ihn in der Hand?«

»Ich hatte ihm am Telefon nur gesagt, dass ich Angst habe, die ganze Sache mit meinen Geschichten über die Dorfbewohner ins Rollen gebracht zu haben. Und dass ich mit dir darüber sprechen wollte. Vielleicht habe ich es missverständlich formuliert. Er hat wohl angenommen, ich sei hinter sein grauenhaftes Geheimnis gekommen.« Sie hatte in einer hilflosen Geste mit den Schultern gezuckt. »Eigentlich hätte ich es ahnen müssen. Er hat sich sehr für meine Arbeit interessiert und für den Mord an Antoine Perrot. Ich habe ihm alles darüber erzählt. Ich dummes Huhn dachte, er mag mich und will mehr über mein Leben erfahren.« Sie hatte den Kopf geschüttelt, wobei ihr Tränen über die Wangen gelaufen waren. »Pierre, ich verstehe das nicht. Ich habe mich auf jemanden eingelassen, der dazu fähig ist, Menschen zu ermorden. Wie konnte ich mich nur so in diesem Mann irren?«

Pierre hatte sie mit seltsam distanziertem Gefühl kurz in den Arm genommen und beim Hinausgehen gedacht, dass auch Thomas Murray es letztlich nicht verstanden hatte, Celestine richtig einzuschätzen. Es war erstaunlich, wie ein derart kaltblütiger Mann bei der bloßen Annahme, sie verfüge über belastende Details, ins Straucheln gekommen war. Murray hatte schlicht die Nerven verloren. Hätte er den Dingen ihren Lauf gelassen, man hätte ihm die Taten nur schwer nachweisen können.

Nun aber überprüften die Spezialisten der Polizei die Festplatte seines PCs, und es dauerte sicher nicht lange, jene Dateien, Browser-Verläufe und Downloads zu finden, die die Verwendung der Kochrezepte bewiesen.

Auch Madame Duprais, die über einen der Sanitäter von dem schweren Unfall erfahren hatte, war noch am Morgen auf der Polizeiwache erschienen, um von ihren Beobachtungen über Murray zu berichten. Obwohl Pierre daran gezweifelt hatte, dass es für den Fall von Belang war, konnte sie ihn mit der Aussage überraschen, dass sie den Jeep des Engländers am Mittwochabend bis weit nach Mitternacht auf dem Parkplatz gegenüber des Appartementhauses in der *Rue des Escaunes* gesehen hatte, obwohl Mademoiselle Baffie inzwischen bei ihm wohnte. Und zwar damals, als die arme Virginie Leclaude ermordet worden war. Dabei hatte Madame Duprais Pierre ein Heft vorgelegt, in dem sie alle ungewöhnlichen Vorkommnisse samt Datum und Uhrzeit protokolliert hatte, und sich in der Begeisterung gesonnt, mit der er es entgegennahm.

»Ich soll Ihnen allen einen besonderen Dank von Gerold Leuthard ausrichten«, schloss Rozier in diesem Moment und lenkte Pierres Aufmerksamkeit wieder auf die Besprechung in der *mairie*. »Er wird die *Domaine* nicht verkaufen. Ganz im Gegenteil. Nun, da er sich ein Bild von der hervorragenden Arbeit unserer Sicherheitskräfte machen konnte und nach den anfänglichen Protesten gegen ihn in Sainte-Valérie sogar richtige Anteilnahme spüren durfte, überlegt er sogar, den Wiederaufbau der Burgruine zu unterstützen, um das Dorf für Gäste noch attraktiver zu gestalten.« Der Bürgermeister lächelte in die Runde. »Meine Herren, heute ist ein großer Tag für Sainte-Valérie.«

»*Heute ist ein großer Tag für Sainte-Valérie*«, wiederholte Luc mit beißendem Spott, als sie hinaus auf den Platz traten. »Natürlich nur wegen der zugesicherten Aufbesserungen für die Stadtkasse. Wofür glaubt Rozier denn, habe ich mein Leben riskiert, hm?« Er stapfte wütend voran in Richtung Polizeiwache, zog dabei das verletzte Bein humpelnd hinter sich her.

Stärker als notwendig, wie Pierre schmunzelnd feststellte.

Die Ärzte hatten seinen Assistenten nach eingehender Untersuchung wieder nach Hause schicken können mit einem Verband um die Wunde, die schon bald verheilt wäre, wie man ihm versicherte.

»Gehen wir etwas essen?«, fragte Barthelemy, der Lucs Ausbruch mit angehobener Braue verfolgt hatte.

Pierre sah hinüber zur Kirchenuhr. Es war zwanzig vor elf. Um zwölf würden die Geschäfte und Banken schließen und erst um vier die Türen wieder aufsperren. Er musste sich beeilen. »Ein andermal gerne. Ich habe noch etwas Dringendes zu erledigen.«

»Na, dann kann ich nur hoffen, dass es nicht zu lange dauert, bis wir uns wiedersehen.« Barthelemy blieb stehen. »Warum bewirbst du dich nicht im Kommissariat von Cavaillon um einen Posten als *Commissaire*? Wir könnten jemanden wie dich gut gebrauchen. Auch wenn du nach unserer Beschwerde gegen Victor Leroc als *Chef de police* künftig unbehelligt ermitteln kannst. Du würdest bei uns wesentlich besser verdienen.«

»Als *Commissaire* in Cavaillon?« Die Idee war in der Tat verlockend. Trotzdem brauchte Pierre nur kurz, um sich zu entscheiden. Nie wieder würde er sich einem riesigen Polizeiapparat unterordnen, in dem Entscheidungsfreiheit ein Fremdwort war, dessen Auslegung einzig und allein in der Hand des Präfekten lag. Da reichte ihm ein einzelner Bürgermeister – den zu zähmen war anstrengend genug. Es gab aber noch einen Grund, der dagegen sprach: Nirgends wollte er lieber arbeiten als in Sainte-Valérie. »Nein, danke für das Angebot«, sagte er fest. »Mein Platz ist hier.«

Er begleitete Barthelemy zu dessen Wagen, sah ihm nach, bis er in die Straße zum Stadttor einbog, und setzte seinen Weg über die gepflasterten Gassen fort, in Richtung *Immobilier Farid*.

»Ah, *mon ami*, ich habe es gewusst«, begrüßte Farid ihn mit dem gewohnten Überschwang, kaum dass Pierre die Tür aufgestoßen hatte. »Darum habe ich mich inzwischen schon einmal schlaugemacht. Setz dich.« Er sprang auf und griff hinter sich ins Regal. Mit großer Geste zog er das Dossier des Bauernhofs hervor und legte es vor sich auf den Tisch. Es hatte deutlich an Umfang gewonnen. »Ein befreundeter Architekt war mir noch einen Gefallen schuldig«, meinte er, während er es aufschlug und ihm einen Stapel sauber zusammengehefteter Seiten entnahm.

»Was ist das?«

»Ein vollständiges Gutachten mit allen notwendigen Baumaßnahmen. Pierre, der Umbau ist bezahlbar.« Farid lachte über das ganze Gesicht. »Und der hohe Raum, *beh*, zwei, drei Stützpfeiler, und das Dach hält bis zum Sankt Nimmerleinstag *à la Saint-Glinglin*.«

»Bist du etwa Hellseher?«, fragte Pierre schmunzelnd. »Woher weißt du, dass ich wegen des Hofs vorbeigekommen bin?«

»Sagen wir besser, ich habe eine ausgeprägte Menschenkenntnis.«

»Und die hat dir verraten, dass ich ihn kaufen werde?«

Farid zwinkerte ihm zu. »Sie hat mir vor allem verraten, dass du ein guter Polizist bist, und als solcher wirst du ein Zuhause brauchen, das deiner würdig ist.«

Ein Bündel tanzender Sonnenstrahlen fiel durch das Blätterdach, unter dem sie ihre Decke ausgebreitet hatten. Neben ihnen gurgelte der Bach, ab und zu hörte man ein Platschen, wenn eine Forelle die Wasseroberfläche durchbrach. Charlotte strich noch einmal über den festen Stoff, bis er ganz glatt war, und öffnete den Picknickkorb.

»*Et voilà*«, sagte sie und zauberte eine *tarte aux truffes* hervor. »Die habe ich heute Morgen frisch zubereitet.« Sie lächelte. »Und nun du. Was gibt es zu feiern?«

»Zuerst der Wein.«

Er holte einen gut gekühlten *Côtes de Provence* aus dem Rucksack, entkorkte ihn und goss ihn in die mitgebrachten Gläser.

»*À ta santé*, Charlotte. Auf das Leben.«

»Auf das Leben? Jetzt bin ich aber neugierig.«

»Also gut. Ich möchte ein besonderes Ereignis feiern und kann mir niemanden vorstellen, mit dem ich es lieber täte als mit dir.« Er griff in seine Hosentasche und fingerte einen Schlüssel hervor, den er vor sich auf die Decke legte.

Charlottes Augen glänzten. »Hast du etwa …«

»Ja, das habe ich. Willkommen auf meinem Hof.«

»Das ist ja großartig!«, rief sie aus, dann wurde sie wieder ernst. »Ich dachte, du kannst ihn dir nicht leisten.«

»Ich habe mich entschlossen, einen Kredit aufzunehmen. Farid ist mir im Preis ein wenig entgegengekommen, und der Filialleiter der *Crédit Agricole* hat mir einen guten Zinssatz zugesichert. Der Notartermin ist bereits Ende der Woche.«

»Was ist mit deiner Unabhängigkeit?«, fragte sie, und in ihrer Stimme schwang eine Spur von Ironie mit. »Mit der Sorge um die berufliche Sicherheit?«

»Ich habe mich dazu entschlossen, dem Leben zu vertrauen. Manchmal muss man einfach ein Risiko eingehen, um zu bekommen, was man begehrt.«

»Gilt das auch bei Menschen?«

Sie sah ihn herausfordernd mit schelmisch lächelnden Augen an. *Küss mich endlich, du Idiot!*, schienen sie zu sagen.

Pierre lachte, weil er ihre Art mochte. Ihr sonniges und dennoch unverblümtes Wesen. Die Art, mit der sie das Leben anging, auch in schwierigen Zeiten. Er strich ihr über das Gesicht, ganz sanft, dann beugte er sich vor, atmete ihren warmen Duft.

Endlich berührte er ihre Lippen mit den seinen. Es war schön, nein, das war untertrieben. Er fühlte sich, als sei er endlich angekommen.

Eine Weile ergab er sich diesem berauschenden Gefühl, dann löste er sich und betrachtete sie lange.

»Du weißt schon, worauf du dich mit mir einlässt?«, fragte er leise. »Ich kann ziemlich eigenwillig sein.«

»Nennen wir es herausfordernd.« Sie grinste und setzte leise hinzu: »Aber es ist nicht deine herausragendste Eigenschaft.«

»Nein, was dann?«

Ein lautes Meckern schob sich in ihr Geflüster, sie setzten sich auf, hielten Cosima davon ab, an der *tarte* zu naschen, und lockten sie mit Äpfeln und Kräutern, bis sie sich wieder trollte und kleine Bocksprünge in Richtung Hof vollführte.

»Deine hervorstechendste Eigenschaft ist deine Aufrichtigkeit«, erklärte Charlotte und begann mit einer graziösen Bewegung, den Kuchen aufzuschneiden. Dann hielt sie ihm ein Stückchen hin.

Pierre nahm eine Gabel und genoss den weichen schokoladigen Kern, das Zusammenspiel der Schichten. Charlotte hatte zwischen Mürbeteig und Füllung eine Karamellcreme eingefügt, die in ihrer klebrigen Süße auf der Zunge schmolz. Es war köstlich. Genau so musste eine *tarte aux truffes* schmecken.

Er nahm noch einen Schluck Wein, ließ den Blick über die Landschaft schweifen, über das Gehöft, das nun bald sein Eigen war. Zufrieden legte er sich zurück, verschränkte die Arme hinter dem Kopf und sah zu den Baumwipfeln und dem dahinter durchblitzenden azurblauen Himmel.

Das Leben, das vor ihm lag, war wundervoll.

Nachwort

Das charmante Dörfchen Sainte-Valérie liegt irgendwo zwischen Weinbergen und Olivenhainen in der Nähe von Gordes. Wer es auf der Landkarte sucht, wird feststellen, dass es den Ort in der Realität gar nicht gibt. Er ist ebenso meiner Fantasie entsprungen wie seine Bewohner sowie alle Personen und Handlungen dieses Buches. Ähnlichkeiten mit toten oder lebenden Personen oder realen Ereignissen sind nicht beabsichtigt und wären rein zufällig.

Glossar

à votre/ ta santé	auf Ihre / deine Gesundheit = zum Wohl
Abbaye de Sénanque	Zisterzienserkloster in der Nähe von Gordes
américain:	*hier:* Filterkaffee
amuse-bouche	auch *amuse-gueule* (=Gaumenfreude), kleines Appetithäppchen
AOC = appellation d'origine contrôlée	geprüfte Herkunftsbezeichnung
auberge	Pension, Gasthaus
barrique	Eichenfass
bière pression	Zapfbier
boeuf en daube	Rinderschmortopf
Bof!	Blabla!
borie	frühkeltische Steinhütte
bouillabaisse	Fischsuppe
boule	Kugel
bouquet garni	gebundenes Kräutersträußchen zum Würzen von Gerichten
brousse	Ziegenfrischkäse
café brûlot	französische Kaffeespezialität mit Cognac, Orangenlikör, Zimt, Gewürznelken, Zucker und Sahne
café noir	kleiner schwarzer Kaffee

cave	Weinkeller
citron pressé	Limonade aus frisch gepressten Zitronen
cocacolonisation	*hier:* Globalisierung
coquillage	Muscheln
d'accord	einverstanden
de rien	keine Ursache
domaine	hier: Landgut
église	Kirche
Et voilà!	Das wär's!
formule express	schnell serviertes Tagesangebot in Restaurants
fougasse	Provenzalisches Hefebrot, auch als Variation mit Speck, Oliven, getrockneten Tomaten und Kräutern
grès	Sandstein
mairie	Bürgermeisteramt, entspricht dem Rathaus in Orten mit Stadtrecht
maison de maître	Herrenhaus, große Villa
Merde!	Scheiße!
Mon Dieu!	Mein Gott!
Mont Ventoux	1912 Meter hoher Berg in der Provence
mouton rôti	Hammelbraten
Noilly Prat	französischer Wermut
petit pain	Brötchen
Petit Pont	kleine Brücke
policier	Polizist
poulet rôti	Brathähnchen
racasse	Drachenkopf (Fisch)
rouille	scharfe Knoblauchsoße
soupe au pistou	Gemüsesuppe mit Basilikumpaste

tapenade	Olivenpaste
tarte	Kuchen aus Mürbeteig
tarte aux truffes	Kuchen mit Trüffelfüllung (= Pralinenfüllung), einer Creme aus dunkler Schokolade und Sahne
touché	getroffen
Zut alors!	Verdammt! So ein Mist!